ro
ro
ro

rororo

Carlo Schäfer wurde 1964 in Heidelberg geboren, wo er auch studierte und bis heute lebt. Er jobbte als Nachtportier und Hilfsgärtner, veröffentlichte Cartoons und war Lehrer in Mannheim. Schäfer ist mittlerweile Hochschuldozent und wohnt mit Frau und Kind in der Heidelberger Altstadt. «Im falschen Licht» ist sein Romandebüt. Weitere Fälle für das Theuer-Team und Staatsanwältin Bahar Yildirim liegen im Rowohlt Taschenbuch Verlag vor: «Der Keltenkreis» (rororo 23414) und «Das Opferlamm» (rororo 23704).

CARLO SCHÄFER

KRIMINALROMAN

im falschen licht

rowohlt taschenbuch verlag

Für meine Mutter

Else Schäfer

Einmalige Sonderausgabe Oktober 2004
Veröffentlicht im Rowohlt Taschenbuch Verlag,
Reinbek bei Hamburg, Mai 2002

Redaktion Wolfram Hämmerling
Umschlaggestaltung any.way, Cordula Schmidt
(Foto: Detail von Peter Marlow / Magnum / Agentur Focus)
Gesamtherstellung Clausen & Bosse, Leck
Printed in Germany
ISBN 3 499 23723 7

Nur einen Sommer gönnt, ihr Gewaltigen!
Und einen Herbst zu reifem Gesange mir,
dass williger mein Herz, vom süßen
Spiele gesättigt, dann mir sterbe!

Mein Artist. Mein Knabe. Mein Kind. Mein Mann. Gefällt dir das Gedicht? «An die Parzen» von Hölderlin. Ich habe es letzte Nacht wieder gefunden, nach langer Zeit. Ruhelos bin ich durch die Wohnung geirrt, und plötzlich sah ich den verloren geglaubten Band im Regal. Als ich diese erste Strophe gelesen hatte, konnte ich endlich schlafen.
Ich weiß, ich sollte diese Zeilen nicht schreiben. Zu sagen, ich brächte mich mit ihnen in Teufels Küche, ist ja noch milde ausgedrückt, ich schreibe mich wohl direkt in den dritten Kreis der Hölle. Was machst du mit mir? Ist dieser Herbst mein Sommer?
Ich schaue aus dem Fenster, es ist derselbe Blick wie gestern. Das Laub, sofern es noch an den Bäumen hängt, ist verfärbt, auf dem Boden sammelt sich der

Schmutz, den niemand mehr wegwaschen wird, bevor die Natur wieder aufwacht. Irgendwann, in fünf Monaten vielleicht?

Und doch sieht alles anders aus, ist alles in einer kaum merklichen Weise ver-rückt. Im Judentum gibt es ein Bild für die Welt nach Ankunft des Messias: Alles sei scheinbar gleich, nur um ein Winziges verschoben – erlöst. Zugleich lässt das Bild aber auch die Armut und Verzweiflung an allen Dingen ahnen, wenn sich die Welt ins Unerlöste wendet.

Und das wird sie, denn du wirst mich nicht haben wollen, nicht auf längere Zeit. Lass uns nicht, lass mich jetzt nicht daran denken. In meinem Garten lag ein Feld brach, bis du kamst. Ich weiß nicht, was dort wachsen wird, und will es nicht wissen. Ich schreibe durcheinander, konfus, ich kann mich kaum auf meine Pflichten konzentrieren und muss das doch, es gibt ja nicht wenige, die mir übel wollen.

Willst du mir gut?

Ich will dich baden, will dich ölen, dass du mir entgleitest wie ein Fisch und ich dich immer wieder greifen kann wie ein hungriges Tier die Beute. Das bin ich, ein hungriges Tier.

Ich verzehre mich nach dir.

Soll ich das abschicken? Nein, das sollte ich wohl nicht. Ich wäre ja ganz in deiner Hand.

Nun denn, so sei es.

Und so unterzeichne ich auch:

in deiner Hand.

1 Man roch den nächsten Regen als eine Ahnung von Metall und Stein in der Luft. Eine graue Wand schob sich neckaraufwärts, als würde die ganze Stadt in eine gigantische Autowaschanlage getrieben.

Gegenüber lag das Schloss im Nebel. Ein schönes erstes Bild für einen Fernsehkrimi, aber hier war wirklich jemand tot, und das war erfahrungsgemäß nicht unterhaltsam. Einzelne Wolkenfetzen grüßten geisterhaft aus dem Stadtwald am Königstuhl herüber. Klein lag die Altstadt am anderen Ufer, die sandsteinrote Stadthalle klammerte sich geduckt fest, als könnte ihr der friedliche Neckar etwas anhaben. Und die Hiesigen wussten: Er konnte. Tauwetter im Schwarzwald, Regen von Stuttgart bis Mannheim – noch war man sich nicht sicher, aber erfahrene Bewohner der Altstadt hatten die Gummistiefel aus dem Keller geholt und die Telefonnummern ihrer Versicherungen im Geldbeutel.

Der Erste Hauptkommissar Johannes Theuer blickte wieder nach links, Richtung Alte Brücke, wo die Neckarstaden fast auf einer Höhe mit dem Fluss verliefen: Nein, es lagen noch keine Sandsäcke aufgestapelt.

Vielleicht würde es ja aufhören. Vielleicht begann ja bald der Heidelberger Frühling, in dem Palmen vor die buckligen Altstadthäuser gekarrt wurden und die Kneipen- und Cafétische das Kopfsteinpflaster eroberten. Der Frühling gehörte den Heidelbergern, manchmal schon ab Februar. Der Frühling ließ die Stadt atmen wie manchmal auch ein warmer

Herbst. Die meisten Touristen kamen im tropisch heißen Sommer. Aber dieses Jahr war Herbst im Frühling. Schon fielen wieder die ersten Tropfen.

Es regnete überall. In Mannheim, Ludwigshafen, Heidelberg, im ganzen Odenwald, über den Rhein, Speyer, Landau, im Elsass – und was scherte Theuer der Rest.

Donnerstag nach Aschermittwoch. Der Hauptkommissar zwang seinen Blick, dem dahinkräuselnden Wasser zu folgen, runter zur Theodor-Heuss-Brücke, die das Nobelviertel Neuenheim mit der Altstadt verband. Am zweiten Pfeiler hatte sich etwas Schwarzes verfangen, das die Kollegen der Wasserschutzpolizei jetzt bargen und mit einem schnittigen Motorboot ans Ufer brachten. Eine Leiche.

Theuer ging über das Neckarvorland langsam zur Anlegestelle des Bootes, er rutschte auf dem schlammigen Grund. Die Kollegen hatten ihm bei diesem Wetter den leichten Schritt voraus und überhaupt oft das Leichte. Er gelobte, zu Hause aus freien Stücken augenblicklich zu Boden zu fallen, wenn er nur jetzt nicht stürzte.

Einer aus seinem Team, der Kollege Thomas Haffner, stand auf halber Strecke zwischen ihm und dem Ufer. Wie ein Wettermännchen, dem ein Taifun die Hütte und das fesche Weib für den Sonnenschein weggerissen hat, starrte Theuers Mann trübselig auf den Winterboden und schien sich dabei sanft zu wiegen. Als der Erste Hauptkommissar näher kam, erkannte er, warum. Sein Junger war betrunken, zumindest noch mit gewaltigen Mengen Restalkohols durchgiftet.

Theuer wusste natürlich, dass es für solche Fälle Anlaufstellen im Revier gab, irgendwelche antherapierten Wracks, die Haffner mitfühlend zuhören und ihn dann einsperren würden, aber er hatte nicht die Nerven, das jetzt ernsthaft in Betracht zu ziehen. Er tat, als röche er nichts – großes Glück für Haffner, angesichts des Pestbrodems, den er ausstieß.

«Was machst du, Haffner? Was stehst du so rum?» Theuer bemühte sich, ein wenig vorwurfsvoll zu klingen.

«Ich werde nicht gebraucht», bellte der Kollege zornig. Sein mächtiger Schnurrbart pinselte eine dumpfe Wut in die Welt. «Alle schicken mich weg. Ich hab schon üble Sachen mitgemacht, wirklich harte Sachen, aber jetzt ist der Stern anscheinend mein Vorgesetzter und nimmt alles in die Hand.»

«Ich brauch dich grade auch nicht», sagte Theuer unschön. «Ich meine», korrigierte er hilflos, «Sie können sich ein bisschen ausruhen, Herr Haffner.»

Der Betrunkene fingerte in den Taschen seines Bundeswehranoraks nach den Zigaretten, die er bereits in der Hand hatte.

«Meine Herren! Kollegen! Sei es im harten Streifendienst auf der Straße oder in der Hektik des Büros! Wir sind doch alle Kollegen. Und selbstverständlich Kolleginnen!»

So schmierig man diese Worte auch finden konnte, sie standen am Beginn der ersten Rede des neuen Heidelberger Polizeidirektors Dr. Ralf Seltmann an seine müden Truppen, gehalten in den ersten Januartagen des Jahres eins, nachdem die Welt nicht untergegangen war und Theuer also immer noch acht Jahre Dienst zu schieben hatte.

«Sie werden sich fragen, was will der Neue?» Seltmann strahlte in die Gesichter seiner Zuhörer.

Hätten Heidelbergs Finsterlinge um die Masse widerwillig in einen Schulungsraum gepferchter Polizeibeamter gewusst, es hätte so manches an diesem Tag den Besitzer gewechselt.

Nur eine Notbesatzung der Streifen und Abteilungen tat so, als habe man alles im Griff, alle anderen waren auf ausdrücklichen Wunsch des neuen Chefs da.

Theuer saß weit vorne, weil er fast zu spät gekommen war. Eingegrottet in seinen Leib und die dicke Lederjacke, die unvermeidlich schlecht rasierten Wangen wie ein Kater bei der Fellpflege am Kragen wetzend, betrachtete er müde den Neuen und hasste ihn nach Sekunden bereits in einer Intensität, die ihn selbst verwunderte.

«Wir müssen reagieren!» Etwas Jammerndes war nun in der hohen Stimme des Vortragenden. Aber wie auch nicht, nach allem, was es zu berichten gab. Amokläufer, Taschendiebe, Notzuchter, Blutschänder, Rattenfänger, Islamisten, Dopingsünder, Mafiosi, sie alle waren gleichsam im Marsch aufs friedliche Heidelberg zu imaginieren. «Wir müssen reagieren!»

Theuer konnte dem Szenarium nicht komplett widersprechen, nur: Eigentlich brauchte der gebeutelte Schutzmann des 21. Jahrhunderts in erster Linie Geld. Davon aber, das war zu ahnen, würde das schmissige Referat nicht handeln.

Stattdessen: «Vernetztes Denken. Kleine, reaktionsschnelle Einheiten!»

«Stellenstreichungen», sagte Theuer halblaut.

«Engere Kooperation mit den Kollegen in Mannheim und Ludwigshafen! Das Rhein-Neckar-Dreieck als gemeinsamen urbanen Raum begreifen.» Und dann kam es: «Polizei 2000.»

Theuer lachte donnernd, und man drehte sich nach ihm um oder rückte gleich ein wenig weg. Die letzten Ladenhüter sollten es mal wieder bringen bei der Verbrechensbekämpfung.

«Sie finden das lustig.» Seltmanns bis dahin messianisch leuchtendes Gesicht entgleiste in ein unsicheres Grinsen, und er sah so aus, wie er eben aussah: ein fünfzigjähriger Mann, der jedes Jahr das Sportabzeichen schaffte. Einer, der die Jugend nachholen wollte, die er strebend versäumt hatte. Mit schnieker halber Lesebrille für den Börsenteil der *Financial Times Deutschland*, wo stand, wie ausgesprochen miserabel es mit der erträumten Finca auf Mallorca aussah.

«Nein», sagte Theuer sachlich und schaute an Seltmann vorbei. «Wenn ich lache, heißt das nicht, dass ich etwas lustig finde. Es heißt gar nichts. Nur eben, dass ich lache.»

Der Polizeidirektor straffte sich: «Na, ich sehe schon, hier gibt es Kollegen, die originell zu denken verstehen! Das brauchen wir. Solche Kollegen will ich und solche Kolleginnen! Darf ich Sie fragen, wie Sie heißen?»

«Theuer», sagte Theuer. «Kollege und Kollegin von der Kriminalpolizei. Kapitale Delikte, ganz schlimme Sachen.»

Jemand kicherte, aber es war nicht Seltmann. Der sprach hüstelnd weiter, und sein Vortrag war tatsächlich nicht einmal das Papier wert. Was nach allen kühnen Visionen herauskam, war nämlich nur Folgendes: Der Direktor würde aus den vorhandenen Kräften einzelner Ressorts der Kriminalpolizei nach und nach Teams bilden.

«Das läuft dann so ab. Totschlag in Heidelberg-Wieblingen. Die Staatsanwaltschaft gibt ihr Okay.» Er sprach «Okay» fast texanisch aus. «Drei fahren hin, einer macht die *Communication* im Amt, schließt sich mit den Mannheimern kurz, schickt Pathologen und Spurensicherer hin. Zwei von dreien beginnen am Tatort sofort mit den Ermittlungen, einer erledigt den bürokratischen Kram.»

Theuer meldete sich und fragte harmlos wie ein Küken, ob *Communication* dasselbe sei wie «Kommunikation» und ob mit dem bürokratischen Kram die Gesetze gemeint seien.

Das hatte ihm hinterher in einem Neuenheimer Bistro zwar drei kleine Weiße auf Kosten des begeisterten Kollegen Metzner beschert, aber er war sich fast sicher, dass Seltmann die Theuer-Gruppe nach diesem Antrittsdebakel besonders genüsslich zusammengestellt hatte.

(Es sollte sich erweisen, dass man den Polizeidirektor hier tatsächlich nicht unterschätzen durfte. Dem oftmals wirren Beziehungsgeflecht zwischen seinen Untergebenen folgte er wie eine hungrige Spinne. So war er schließlich Polizeidirektor geworden.)

Heute, am 1. März 2001, erwies sich nun die jämmerliche Qualität des Seltmann'schen Entwurfs, denn sie waren völlig überzählig am Schauplatz. Der emsige Werner Stern, der dritte des Teams am Tatort, der mit den Streifenbeamten sprach und den Abtransport der Leiche regelte, hätte vollends ausgereicht.

Theuer nahm sich zusammen und ging energisch zu der Gruppe, die um den Toten herumstand – die Schlammspritzer an seinen Jeans sollten monatelang halten. Haffner trottete hinter ihm her. Vor der Kulisse der Altstadt wirkten der mächtige Kommissar und sein benebelter Adept wie zwei Absinthtrinker, die in der Morgenkühle ein neues Leben beginnen wollten.

Man machte dem schweren Kollegen respektvoll Platz. Das wunderte ihn. Nicht ohne Eitelkeit war er der Meinung, es müsste sich bis zum letzten Streifenschieber herumgesprochen haben, dass er seit Jahren gemächlich gen Abstellgleis zuckelte.

Einen Moment noch schonte er sich, spähte unter der Brücke hindurch zum Jachthafen und zu den ersten trutzigen

Gemäuern des Stadtteils Bergheim, dann senkte er den Blick zu dem Toten auf der Wiese. Ein Sanitäter hob kurz die Decke. Man sah ein grämliches Gesicht puppenhaft erstarrt. Menschenleichen, fand Theuer, ähnelten Vögeln, die sich an Glasfronten das Genick gebrochen haben. Fast alles ist noch da, nur ist es nichts mehr.

«Selbstmord oder Unfall wahrscheinlich», sagte Stern leise. «Hatte keinen Ausweis dabei, überhaupt außer einem alten Bartschlüssel keinerlei persönliche Dinge. Schätzungsweise an die fünfzig. Spindeldürr, vielleicht eins sechzig groß. Die Sanitäter sagen, der wäre noch nicht lange im Wasser. Wahrscheinlich vor ein paar Stunden gesprungen oder gefallen, und dann ist er am Pfeiler hängen geblieben.»

Haffner fixierte den stromlinienförmigen Betonpfeiler der Theodor-Heuss-Brücke, als könne man diesen aus dreißig Meter Entfernung einer kriminalistischen Untersuchung unterziehen. «Wie soll man sich denn daran verfangen?», bellte er dynamisch.

«Haffner», stöhnte Theuer, sagte aber nichts weiter.

«Durch das Hochwasser», erklärte Stern eifrig, «ist der Eisenring, den es dort für, ja, für was eigentlich?» Der kluge Ton war weg. «Auf jeden Fall ist der Eisenring zurzeit genau auf Wasserhöhe. Da hat sich irgendwas reinverwickelt, was weiß ich, der Mantel ... auf jeden Fall hing er da, als die Alte ihren Imbisswagen aufgemacht hat. Und die Polizei gerufen hat. Also uns.»

Theuer gab dem Sanitäter zu verstehen, er möge den Toten wieder bedecken. «Warum müssen bei dem Scheißwetter drei von der Kripo kommen, wenn man hier überhaupt nichts tun kann?», brummte er pietätlos. «Das verdanken wir Seltmanns dämlichem Konzept.»

«Der neue Chef tut was für die Ordnungskräfte», wandte ein feister Streifenbeamter ein. «Ich geh in den Erziehungsurlaub, endlich darf ich!»

Haffner musste über einen Mann im Erziehungsurlaub laut lachen. Stern war das sichtlich peinlich, er verdrehte die Augen wie ein kurzgeschlossener Heimwerker.

«Guck nicht so», bellte Haffner. «Du bist ja schuld, dass wir hier sind. Bei dem Pisswetter. Deine Schuld!»

Das war nicht ganz falsch: Stern war immer der Erste im Büro, das sie sich nun teilen mussten. Nur deshalb hatten sie momentan den Fall. Die Sache war zu ihnen durchgestellt worden: zum leicht wahnsinnigen Theuer, leicht schlichten Stern, halb vollen Haffner und verhinderten Doktor Leidig, der jetzt, streng nach Seltmanns tollem Konzept, die «*Communication*» machte, also vermutlich ein Ortsgespräch mit der Staatsanwaltschaft führte.

Ein joggender Muskelprotz kam unter der Brücke hindurch federnd auf sie zu, als ließe sich aus den verschiedenen Fahrzeugen der Polizei, dem Krankenwagen und dem eben eintreffenden Leichenwagen nicht schlussfolgern, möglicherweise überflüssig zu sein. «Ich bin fast Arzt», japste er, «mitten im Examen, kann ich helfen?»

Haffner stauchte den Sportsmann zünftig zusammen, als brauche er zur Entgiftung solch einen Windbeutel in den Fängen. Theuer wollte das nicht hören, wandte sich ab und schaute voll unscharfer Gedanken wieder zum Fluss.

Berge vor und hinter ihm – er fand alles nur eng und albern. Auf der Brücke standen Schaulustige, grade dass sie nicht applaudierten, weil endlich mal was los war. Und die Kollegen verhielten sich ja auch wie die Laienschauspieler. Die Boote der Wasserschutzpolizei fuhren alberne Bögen,

Schwünge aus Gischt in den kalten Dunst zeichnend, als seien sie das ihrem Publikum schuldig.

Der Jogger trottete davon, und Theuer nahm gerade noch wahr, wie der anständige Stern Haffner anzischte, man könne so etwas auch anders sagen.

Wieder standen sie alle so herum, eine Totenwache ohne Gedenken.

Der Erste Hauptkommissar riss sich mit der gleichen Kraft und dem gleichen Gefühl von Lächerlichkeit zusammen, wie die städtischen Bediensteten jetzt unter Mühen den rostigen Reißverschluss des Leichensackes zuzerrten.

Ein Streifenbeamter kam auf die Gruppe der Zivilen zu und winkte Stern kurz zu sich.

«Leidig hat angerufen», berichtete der brave Kommissar, als er zurückgekehrt war. «Auf dem Fall sitzt eine neue Staatsanwältin. Die ist anscheinend ganz heiß auf die Sache, will sich mit uns im Revier treffen.»

«Ich schätze, das hat mit Fasching zu tun», ließ sich etwas zu laut Haffner vernehmen.

«Was?», fragte Theuer müde. «Die Staatsanwältin? Oder mein Hemd?» Er trug zur Jeans ein rotes kanadisches Holzfällerhemd, dessen er sich nicht ganz sicher war.

«Den hat einer im Suff reingeworfen.»

«Gestern war Aschermittwoch!», sagte Theuer vernehmlich. «Da liegen die Leute um halb zehn verkatert im Bett.» Allmählich machten ihn die Schwipsereien des jungen Kollegen wütend. «Kommt, wir fahren heim.»

Er meinte das Revier.

Pfeifen, zwitschern und trällern, denn das Wetter ist schön. Wer sagt, dass es da oben immer kalt ist? MacPherson ist

Duncan, und Duncan ist jemand anders, aber alle diese Namen sind immer er. Er ist sehr gerne er selbst. Er pfeift und trällert und packt.

Es geht auf die Reise. Man könnte sagen: ein Auftrag – aber er sagt lieber Reise dazu – Neues erleben, Neues sehen und Neues tun, am Ende etwas Unerhörtes? Es geht nach Heidelberg, und das macht es besonders schön. In die Hauptstadt der Romantik, ein Haufen Putzigkeiten beiderseits des Weges und er stählern inmitten des Ganzen. So wird es dort sein. Er fühlt sich groß und lebendig.

Packen: sorgfältig gefaltete Kleidung und ein wohl sortierter Kulturbeutel. Landkarten, Reiseführer, Ausweise, Kreditkarten mit seinen verschiedenen Namen. Und all die kleinen technischen Hilfsmittel, die amüsanten Spielzeuge, dezenten Spione, ach was: zusätzlichen Augen und Ohren. Er sieht und hört, was er will. Er pfeift sein lustiges Lied. Noch etwas zur Zerstreuung? Das Leben selbst zerstreut ihn doch schon! Aber dennoch und mit stillem Vergnügen: eine Ausgabe von Hölderlin-Gedichten, in fernen wirren Zeiten erworben, bevor er die Welt erkannt hat – als einen Klumpen Ton, nach Belieben zu formen.

Schließlich, bevor er den Koffer schließt, kümmert er sich noch um die kleine Silberne. Dabei pfeift er nicht mehr, denn es ist ernst und würdig, dieses letzte Ritual vor jeder großen Fahrt. Die kleine Silberne: zum Töten.

Es ergab sich immer so: Stern war der Fahrer. Er hatte anscheinend keine Lust zu wenden und fuhr über die Alte Brücke. Die Touristen stoben auseinander wie Tauben in der Fußgängerzone. In den Gassen nördlich der Hauptstraße wurden die Keller ausgeräumt. Als sie parallel zum Fluss einbiegen wollten, stoppte sie ein Kollege. Der Neckar sei übers Ufer getreten, sie sollten an der Heilig-Geist-Kirche die Fußgängerzone Richtung Bergbahn überqueren und dann am Faulen Pelz via Ingrimmstraße weiterfahren.

«Hält der uns für Touris oder für Studenten?», nörgelte Haffner von der Rückbank. «Wir wissen doch wohl, wie man hier durch die Gassen kommt!»

Stern fuhr langsam. Einige der Passanten schienen sie absichtlich zu blocken, da sie sich des schlimmsten Verbrechens in der Fußgängerzone schuldig machten: der Fortbewegung auf Rädern.

Plötzlich schaute Stern verdutzt drein: «Warum hat er uns nicht einfach gesagt, wir sollen umkehren?»

Sie wussten es alle drei nicht. Theuer nahm an, es hätte dann nicht wichtig genug geklungen.

Am Faulen Pelz war das Gefängnis. Theuer war gebürtiger Heidelberger, aber so recht hatte er sich nie daran gewöhnt, dass man hier seine U-Haft direkt in der Altstadt abbrummte, einen Steinwurf von den Romanisten und Kunsthistorikern, vor allem aber von zahllosen Kneipen entfernt. Zellen mit Schlossblick und fettem Fetensound. Er schaute nicht hin, als sie vorbeifuhren. Stern bog oberhalb des Uniplatzes in die Friedrich-Ebert-Anlage. Allmählich erreichten sie wieder automobile Geschwindigkeit.

Theuer schloss die Augen. Er kannte ja jedes Haus, die Musikhochschule, die Bauten der Jahrhundertwende zu beiden Seiten. Jetzt mussten sie am Ebertplatz vorbeikommen, Adenauerplatz, Kurfürstenanlage, wo das Heidelberg begann, das in den Bildbänden nicht vorkommt. Am Gesundheitsamt ging es dann nach rechts, zum neuen, bereits wieder nicht mehr so neuen Revier Mitte.

Theuer hasste sein Dienstgebäude. Schon nach wenigen Jahren war der Glanz dahin, und es würde nicht würdig altern – diese Krankheit der meisten neueren Gebäude, woran das auch liegen mochte.

Seltmanns Konzept schloss natürlich Rauchverbot in allen Räumen ein, als stärke es den Biss seiner zusammengewürfelten Grüppchen, im Entzug um die Wette zu zittern. Theuer immerhin war das Zigarettenrauchen in den letzten Jahren abhanden gekommen, ganz gegen die gängigen Suchtmodelle. Stern rauchte gar nicht wegen der Gesundheit, Leidig rauchte aus Angst vor seiner Mutter heimlich, und Haffner rauchte nach wie vor Kette, notfalls würde er alte Socken in die Rauchmelder stopfen. So qualmte er auch jetzt, denn die Staatsanwältin war noch nicht da.

Leidig hielt es nicht für nötig, seine elegante Pose zu ändern, nur weil seine Kollegen und sein Chef kamen: Er hatte die Beine auf dem Schreibtisch liegen und die Arme hinter dem Kopf verschränkt, tadellos, aber altbacken gekleidet, als Einziger im Anzug. Wenn seine Mutter nicht dabei war, strahlte er manchmal selbstbewusste Tiefe aus.

Haffner war nicht in der Lage oder nicht willens, von seiner Hypothese zu lassen. Erneut betonte er, es sei ein «Faschingsdelikt». Er wurde kommentarlos übergangen.

«Er hing an der Heuss-Brücke», ergriff Stern das Wort. «Von dort ist er aber wohl nicht gesprungen oder gefallen oder geworfen worden, da wäre er weitergetrieben, die Strömung ist ziemlich stark. Außerdem hätte es dann vermutlich auch Zeugen gegeben.»

Theuer nickte.

Leidig gähnte: «Demnach hat er die Alte Brücke oder sogar das Wehr benutzt.»

Haffner schüttelte trotzig den Kopf, und man sah beinahe, wie sehr ihn das schmerzte: «Mir gefällt überhaupt nicht, dass hier automatisch von Selbstmord ausgegangen wird. Ihr habt anscheinend Angst vor einem Kapitalverbrechen.»

Leidig, der einen guten Teil seines jüngeren Erwerbslebens damit vertat, Haffner zu piesacken, legte nach, er fürchte sich tatsächlich vor Kapitalverbrechen und sehe darin einen guten Sinn.

Entnervt wedelnd sorgte Theuer für Ruhe.

Statt ins Freie, wie er das zum Denken eigentlich brauchte, schaute er von seinem Platz aus auf Sterns großen Jungenkopf. Seltmann hatte alle Tische in den neuen, fahrig und fleckig renovierten Teamzimmern per Dekret in ein kommunikationsförderndes Rondell gezwungen. Schon dafür hasste ihn der frisch gebackene Teamleiter. Vom ersten Tag an hatte Theuer seinen Schreibtisch zentimeterweise aus dem Rondell zu wuchten begonnen, um «es» im Sommer dann geschafft zu haben, aber die Putzfrauen vernichteten allwöchentlich seinen Widerstand.

Er wandte sich um und schaute auf die Großbaustelle schräg gegenüber des Reviers. Ein neuer, riesiger Wohnkomplex entstand, den im wohnungsarmen Heidelberg alle euphorisch begrüßten, außer ihm. Er hing an jedem Altbau, er hätte die letzten unsanierten, grauen Altstadthäuser umarmen mögen, aber alles ging weiter – nur er blieb der Theuer.

«Wir müssen herausfinden», zwang er sich schließlich zu arbeiten, «wer der Tote war, abwarten, was die Pathologen sagen, und dann eben die ganze Routine abspulen. Ihr geht mir auf die Nerven», wurde er lauter, «wenn ihr so tut, als hätten wir's jetzt mit so einem Amifall zu tun, wo man furchtbar viel nachdenken muss!»

Das Team war ein bisschen beleidigt, und das Telefon läutete, zwei blöde Sachen auf einmal.

«Leitung eins», sagte Leidig mit einem resignierten Blick auf den Apparat. «Es ist der Chef.»

«Ich bin nicht da», bellte Theuer zu seiner eigenen Überraschung. «Sagen Sie, ich bin scheißen, reicht mir, wenn ich nachher mit ihm reden muss.»

Leidig nahm ab und schaltete auf Raumlautsprecher: «Kommissar Leidig?»

«Ja, Herr Leidig, gut, dass Sie immer so zuverlässig die häusliche Kommunikation wahrnehmen …»

Theuer hörte nicht zu, denn jedem Dienstgespräch mit Seltmann ging ein menschlicher Teil voraus, der ihm gänzlich unerheblich war. Er betrachtete den Gummibaum hinter Haffners dick bewölktem Schreibtisch und nahm sich fürsorglich vor, die Pflanze bald zu sich zu holen – als schwebten die karzinogenen Dünste nicht auch in seine leere Ecke.

«… ist die Staatsanwältin bei mir und möchte sich selbst gerne über den Fall informieren. Die junge und – wie soll ich sagen – erfrischende Dame wartet jetzt schon eigentlich zu lange. Ich habe mich ein wenig bei einem kriminalitätspräventiven Strategiegespräch mit der Oberbürgermeisterin verweilt …»

Jetzt schüttelte auch Stern den Kopf, die Angeberei war gar zu penetrant.

«… möchte natürlich, dass sich unsere Behörde nun bei einem solchen Lokaltermin gerüstet weiß, und möchte daher Sie, Herrn Leidig (gut, dass wir Sie haben), bitten, mir doch, ich bitte Sie, Herrn Theuer zu geben. Halt!»

«Das hätte er auch gleich sagen können», brummte Haffner.

«Halt?», fragte Leidig mit tückischer Milde.

«Ja! Halt! Herr Leidig, es wäre mir recht, wenn Sie doch bitte nicht auf Raumlautsprecher schalteten. Ich ... ich mag das einfach nicht.»

«Nur keine Sorge, Doktor Seltmann», beruhigte Leidig. «Wir sprechen ganz privat.»

Stern musste lachen und hielt sich den Mund zu, auch der Erste Hauptkommissar spürte wachsendes Vergnügen.

«Herr Theuer ist nur leider auf der Toilette – nichts Ernstes, wenn Sie mich fragen», fuhr Leidig fort.

«Nichts Ernstes», hauchte Seltmann, «das ist sehr gut. Aber Herr Stern ...»

Der winkte verzweifelt ab, noch immer barst er fast vor Lachen.

«... oder der Herr Haffner waren ja wohl auch am Ort des Geschehens ...»

«Dann gebe ich Ihnen mal den Zweitgenannten», schalmeite Leidig und reichte grinsend weiter.

Haffner schnappte zackig nach dem Hörer. «Die Staatsanwältin kann kommen, jederzeit. Hier spricht Thomas Haffner.»

Seltmanns Stimme klang etwas gepresst: «Sie haben ja doch zugehört! Oder woher wissen Sie sonst, dass ich die Staatsanwältin im Vorzimmer habe?»

«Ich weiß es halt», rief Haffner verzweifelt.

«Nicht gut, meine Herren, nicht gut. Nein, nicht gut. Nichts gegen einen Scherz. Auch ich mache gerne vom Humor Gebrauch. Aber doch bitte nicht zulasten anderer. Ich bitte doch sehr. Also, dann komme ich jetzt mit der Staatsanwältin vorbei und schaue mir an, wie es bisher gelaufen ist. Was geleistet wurde. Leistung zählt!»

Er legte auf, und in aller Not war es das erste Mal, dass die vier Beamten miteinander lachten und sich also ein bisschen zu mögen begannen.

«Lüften», japste Haffner vergnügt. «Ich werd mal ein bisschen lüften. Simon, ich kann dich nicht besonders leiden, aber das war ...»

Theuer spürte, dass solche Grobheiten Leidig schmerzten, und versuchte ihn mit Blicken zu trösten. Der junge Kollege bemerkte nichts davon.

«Wie ist es eigentlich bisher gelaufen?», fragte Stern, ruhiger jetzt, wenn nicht etwas ängstlich.

«Na, prima ist es gelaufen», beruhigte ihn sein Chef, «ganz prima. Sie haben sich doch ein paar Notizen am Tatort gemacht?» fügte er vorsichtig hinzu.

Zu seiner Erleichterung nickte der Brave.

Die Tür ging auf, und Seltmann erschien in Begleitung einer jungen Dame im Nadelstreifenanzug. Im scharfen Kontrast dazu trug sie schweinchenrosa hochhackige Schuhe. Alle schauten auf diese Schuhe und dann in ihr dunkles Gesicht.

«Ja, Sie sind ja ...», sagte Haffner fassungslos.

Die Staatsanwältin schüttelte trotzig ihre gekräuselte Riesenmähne in den Nacken und schaute ihn streng an. «Deutsche Staatsbürgerin», sagte sie knapp. «Geboren in Heidelberg, als Kind türkischer Eltern. Bahar Yildirim, Sie werden sich daran gewöhnen. Guten Tag, die Herren.»

Alle antworteten brav: «Guten Tag.»

Seltmann, nun wieder strahlender Führungsmann, legte Yildirim die Hand auf die Schulter, was dieser sichtlich unangenehm war. «Frau Yildirim ist die erste, ja, wie soll man sagen, ehemalige Türkin im Dienste der Heidelberger Staatsanwaltschaft ...»

Theuer betrachtete einen Riss in der Tapete.

Seltmann sah ihn auffordernd an.

«Was ist?», fragte Theuer müde.

«Ich habe Sie gerade gebeten, Frau Yildirim zu erläutern, was Sie bisher herausgefunden haben. Haben Sie das nicht gehört?»

«Nein», sagte Theuer freundlich, «ich hab's nicht gehört.»

«Aber jetzt haben Sie's gehört», sagte Seltmann leise. «Bitte, Herr Kollege.»

«Ja», begann der Erste Hauptkommissar gleichmütig und war Stern für zweierlei dankbar: einmal, weil er ihm elegant seine Notizen zuschob, und zweitens, weil diese leserlich, fast in Grundschulschrift abgefasst waren. «Ein Mann um die fünfzig, unauffällig gekleidet, schwarzer, zu großer Wintermantel. Er hatte einen Schlüssel bei sich und einiges Bargeld, sonst nichts.» Er bemerkte, dass ihn Yildirim interessiert anschaute. Sie schien ihn ernst zu nehmen, was ihn nicht weiter erstaunte – sie war ja neu. «Gewaltanwendung ist äußerlich nicht zu erkennen. Aber der Tote ist so schmächtig, dass es nicht sehr schwer gewesen sein kann, ihn in den Neckar zu stoßen. Er wurde in die Pathologie gebracht, die schauen dann genauer hin. Seine Kleidung wird untersucht, das ist ja alles Routine. Es wird aber sicher schwierig mit der Spurenlage. Er war einige Stunden im Wasser, und dann ist's nichts mehr mit genetischem Fingerabdruck oder so. Also für mich in dieser Reihenfolge: Unfall, Selbstmord oder ein Tötungsdelikt. War noch was?» Er schaute zu seinen Leuten.

«Der Schlüssel ist altmodisch, so wie ein Kellerschlüssel, aber ich denke, manche Häuser in der Altstadt haben noch solche Türen», schaltete sich Stern ein. «Dort würde ich anfangen zu suchen …»

«Genau», sagte Theuer. «Das wäre natürlich das Erste – die Identität feststellen, am besten mit Bild in der *Rhein-Neckar-Zeitung* … Wir müssten ein Foto der Leiche nehmen. Das kann man ja mit dem Computer nachbearbeiten, damit es niemanden erschreckt …»

Yildirim nickte: «Das könnte man machen. Wenn wir gleich drangehen, wäre es spätestens in der Montagsausgabe.»

Während seiner Ausführungen hatte Theuer so etwas wie Feuer gefangen, allerdings spärliche Glut auf viel faulem Holz. Einfach ein wenig Interesse: Man könnte ja mal wieder beim Arbeiten die Uhrzeit vergessen und …

«Aber mal bitte langsam, die Herrschaften», lachte Seltmann und hob seine Hände wie segnend. «Jetzt warten wir doch erst mal ab! Da ist ein armer Mann ertrunken, wahrscheinlich letzte Nacht. Wir wissen doch noch gar nichts weiter! Das könnte doch, bitte schön, auch ein Unfall sein. Herr Theuer meinte ja sogar, das sei wahrscheinlich! So zumindest habe ich ihn verstanden, und ich habe genau zugehört. Es ist wichtig, dass wir uns alle zuhören und … wie könnte man das präzisieren? Kritisch schätzen lernen sollten wir uns, ja. Das sollten wir. Und hier erst mal abwarten. Warten wir doch mal, was uns in den nächsten Tagen an Vermisstenanzeigen zugeht! Ich möchte nicht, dass irgendeine arme Frau am Montag das Bild ihres toten Mannes in der Zeitung sieht … Der Neckar um diese Jahreszeit ist ein reißender Schlund, ich wage mal dieses kühne Bild für den romantischen Begleiter dieser Stadt, die ja jetzt auch die meine …»

Yildirim schien verunsichert. Theuer empfand Mitleid, zusätzlich zu dem bereits wieder anschwellenden Zorn auf seinen Chef. Sie wollte es gut machen. Normalerweise ließ die Staatsanwaltschaft die Polizei die Ermittlungen alleine durchziehen. Sie war neu und wusste ganz genau, dass man ihr keinen Anfängerfehler verzeihen würde, ihr nicht.

«Nein, wir machen erst mal gar nichts! Nach drei Minuten ist man erfroren und vorher bereits von der Strömung ertränkt. Thermische und vertikale Sogkräfte ergänzen sich hier aufs unheilvollste», bejubelte Seltmann sein vermeintliches Wissen und neigte sich Yildirim dann ölig zu: «Wir tun nichts. Badisch abwarten, so sagt man bei uns. Das kann ja auch der Kurpfalz nicht schaden, gell, Frau Yildirim? Es sei denn, unsere charmante Staatsanwältin beauftragt uns mit Ermittlungen. Die Staatsanwaltschaft ist die Herrin des Ermittlungsverfahrens, so haben wir's ja alle mal gelernt, nicht wahr, Kollegen?»

Niemand nickte. Es arbeitete im Gesicht der Staatsanwältin, aber ihre Stimme klang ruhig: «Nein, ich … Sie haben da natürlich die größere Erfahrung … aber wenn Ende nächster Woche nichts rausgekommen ist, dann verständigen Sie mich bitte.»

«Selbstverständlich! Wenn sich dieser tragische Todesfall nicht von alleine aufklärt, dann werden wir ab Ende nächster Woche, mein Wort auf Ehre und Gewissen, geeignete Beamte auf den Fall ansetzen.»

«Wie?», fragte Yildirim verblüfft. «Machen die Leute hier nicht weiter?»

«Oh, das Theuer-Team!» Wahrhaftig, Seltmann legte nun auch seinem schweren Gegner die Hand auf die Schulter. Am liebsten hätte ihn der Befingerte gebissen. «Das Theuer-Team, wenn ich das mal so sagen darf, brauche ich an einer anderen Front. Im Stadtteil Handschuhsheim geht ein mysteriöser Hundemörder um. Schon zwei Schäferhunde wurden ihren Besitzern entwendet und dann im Stadtwald erschossen. Ich denke, da könnten unsere vier hier dem Bürger wieder ein Stück Sicherheit zurückbringen.»

Yildirim nickte etwas ungläubig. «Na ja, wenn Sie das so handhaben.»

Die Stimmung im Raum hätte einem Autisten klar gemacht, dass man sich unter den Polizisten darüber keineswegs einig war. Haffner biss hungrig auf seinem Schnauzer herum, Leidig zählte seine Büroklammern, Stern stierte auf den grauen Bodenflor, nur Theuer wirkte gefasst, was aber täuschte. Er hatte außerordentlich wüste Phantasien, in denen sein Chef und ein Hammer die Hauptrollen spielten.

Die Staatsanwältin verabschiedete sich rasch aus der klammen Atmosphäre, und der Polizeidirektor wollte schleunigst mit.

«Einen Moment, Herr Seltmann», rief Theuer.

«Ja, Herr Theuer?» Seltmann gab sich diesmal nicht die Mühe, die Maske des Management by Love zu tragen. Seine ältlichen Züge drückten unverhohlenen Zorn aus.

«Warum dürfen wir an der Sache nicht dranbleiben?»

«Herr Theuer, das ist doch nichts Persönliches!»

«Bin ich keine Person?»

«O doch!» Seltmann schaute ihn halb gütig an wie ein Schriftsteller seinen Sohn nach der befriedigenden Erlebniserzählung. «Eine Person sind Sie. Ein Original. Ich habe eine Schwäche für Originale. Aber nur eine Schwäche, und sie trübt mein Urteilsvermögen nicht. Ihre Personalakte liest sich wie ein, ich möchte mal sagen, Schelmenroman. Sehr lustig, aber nicht unbedingt Vertrauen erweckend. Oder wie finden Sie das: Ein gewisser Kommissar Theuer hat sich im Jahre 1982 zwei Wochen krank gemeldet. Statt eines Attestes lesen wir eine Notiz von seiner Hand auf Butterbrotpapier.

Er sei krank, weil er sich nachhaltige Sorgen um den Zustand des Universums mache, denn neuerdings zögen sich die Physiker so seltsam an. Wie finden Sie das? Würden Sie diesem Beamten einen Todesfall anvertrauen? Am Ende präsentiert er Ihnen den Mann im Mond als Täter.»

«Das war kurz nach dem Tod meiner Frau», sagte Theuer hilflos. «Ich wollte von einem Fall entbunden werden, aber Ihr toller Vorgänger Röttig ließ mich nicht ...»

«Sehen Sie? Ich lasse Sie.» Seltmann schloss die Tür.

Die vier saßen da wie betretene Realschüler.

«Sie sind ein guter Mann, Stern», sagte Theuer müde. «Sonst wären wir nur noch die Deppen.»

«Ich fürchte, das gibt sich nicht viel», seufzte Leidig. «Machen wir uns nichts vor: Wir sind auch so die ...»

«Manchmal siezen Sie uns, Herr Theuer, und manchmal duzen Sie uns», unterbrach ihn Stern. «Das bedeutet aber wohl nichts?»

«Gar nichts», bestätigte der Erste Hauptkommissar würdig.

Leidig schien zu einer Art Selbstgeißelung entschlossen und setzte nochmals an: «Wir sind das Team, das bei der Teambildung übrig geblieben ist. Mich halten alle für ein Weichei ...»

«Mich halten alle für doof», ergänzte Stern traurig, «sogar mein Vater, weil ich nicht baue.»

«Ja, klar», nickte Haffner herzlos. «Und den Herrn Theuer nennen sie einen Spinner, ich hab's selbst gehört. Nur mit mir ist nichts.»

«Überhaupt nichts», pflichtete ihm sein Chef giftig bei. «Das kannst du ja heute Abend kräftig feiern.»

Haffner ignorierte die Spitze, strahlte vielmehr seinen ganzen Schnauzer entlang: «Und ich sag's euch: Die Türkin da, die steht auf mich.»

2 Der Rest des Tages lag vor den vier Ermittlern wie ein totes Rind. Seltmanns Reform bedeutete wie die meisten Reformen nichts, der Großteil ihrer Arbeit war immer noch alltäglicher Stumpfsinn, und es hatte wenig Taug, einen betrunkenen albanischen Schläger viermal zu verhören oder überhaupt zu viert alleine zu sein. So bosselten sie mürrisch und ohne nennenswerten Austausch an ihren verschiedenen Pflichten herum. Wirtshauskeilereien, Schulhofnötigungen scharf an der Verjährungsgrenze, deren Beteiligte mittlerweile die ersten grauen Haare bekamen, solche Dinge. Am spektakulärsten erschien da noch der Fall einer Diakonisse, die einen gehbehinderten Muslimen aus religiösen Gründen mit dem Schirm gestochen hatte, aber da die Dame einerseits völlig geständig, zum anderen wegen eines galoppierenden Diabetes haftunfähig war, hielt sich auch bei diesem skurrilen Fall die investigative Freude in Grenzen.

Am frühen Nachmittag, Theuer hatte sich seit dem kürzlichen Erwerb einer Digitalwaage das Mittagessen abgewöhnt und war ganz entsetzlicher Stimmung, brachte Kollege Metzner die bisherigen Erkenntnisse zum Fall des Hundeschlächters vorbei. Haffners Blick genügte, diese Übergabe sehr sachlich zu halten, irgendwelche Bosheiten bekam das Team nicht zu hören.

Im Wesentlichen handelte es sich um Fotos zweier erschossener Schäferhunde mit genauen Ortsangaben und sehr vagen Zeitpunkten der Untaten. Auch die Besitzer waren aufgeführt. Keines der Tiere war letzter Trost einer vereinsamten Witwe oder so etwas Lobenswertes wie Blindenführer – es war für einen entschlossenen Hundehasser wie Theuer nicht allzu tragisch, was er da las. Auf das Deckblatt der schmalen Kladde hatte ein namenloser Kollege geschrieben, es sei wohl schwerste menschliche Abart im Spiel. Zumindest wolle er so mal sagen.

Es regnete.

«Ob wir jetzt ein richtiges Hochwasser kriegen, so wie 94?», fragte Stern in die Runde.

«Das klären wir. Wir sind ja gute Ermittler.» Leidig rief bei der Wasserschutzpolizei an. «Der Pegel fällt wieder», berichtete er dann. «Die Schneeschmelze im Schwarzwald ist durch. Die Neckarstaden kann man wieder befahren.»

Keinen der vier freute das, es hieß ja nur, dass der Tag einfach nicht mehr interessant würde.

«94 hatte ich noch einen Onkel in der Altstadt», berichtete Haffner ungefragt, «der ist jetzt auch schon tot. Also 94, da sind wir kurz vor Weihnachten die Untere Neckarstraße mit dem Schlauchboot entlanggepaddelt.»

Niemand sagte etwas.

«Das war lustig.» Haffner strahlte bei der Erinnerung etwas kindlich Frohes aus, das Theuer rührte. «Da hab ich zum ersten Mal Grog getrunken.»

«Hatte er eigentlich einen Ehering an?», warf Leidig ein. Alle wussten, dass er nicht Haffners Onkel meinte.

«Nein», Stern versuchte sich zu erinnern, «das wäre mir bestimmt aufgefallen.»

«Dann wartet vermutlich keine arme Frau», grinste Leidig in die Runde.

Theuer stand auf und ging ein paar Schritte auf und ab, sein rechtes Bein kribbelte vom langen Sitzen.

«Es ist doch auch Schwachsinn», sagte er im Gehen. «Wie fällt man denn bitte einfach so am Aschermittwoch ins Wasser? Man muss sich das vorstellen: Da ist angeblich einer unterwegs, plumpst beim Angeln oder was weiß ich, in den Neckar, und man möge das doch nicht übertreiben. Geangelt hat er im Wintermantel, vor allem aber nachts.»

«Ohne Angel, soweit wir wissen», bekräftigte Leidig genüsslich.

«Also, ich weiß nicht.» Stern schaute offen verwirrt. «Vom Angeln hat er ja gar nichts gesagt. Nur – ich denke ja auch, dass Seltmann Unrecht hat. Wenn die Türkin gesagt hätte, sie will erst mal abwarten, hätte er bestimmt grade umgekehrt geredet.»

«Ja, natürlich.» Theuer zuckte mit den Schultern, genauer gesagt war er so verhangen gestimmt, dass er nur die rechte benutzte, beide waren schon zu viel. «So läuft das bei diesen Profilierungshengsten. Aber was will man dagegen machen?»

«Ja, aber», Stern wirkte für seine sonstige Harmlosigkeit fast empört. «Dann sollten wir doch was unternehmen!»

«Genau, wir ketten uns ans Rathaus und singen Protestlieder», lachte Leidig.

«Wir könnten», fuhr Stern beharrlich fort, «am Wochenende doch ein bisschen durch die Altstadt gehen und rumfragen. Oder ist das verboten?»

«Jetzt aber!», rief Haffner. «Vorhin war ich hier der Depp» – Theuer wollte etwas einwenden und wurde von seinem Untergebenen mit einer bemerkenswert herrischen Geste daran gehindert –, «ich war der Depp, weil ich von Anfang an gesagt hab, es ist eindeutig Mord, und jetzt geht's gleich an die Freizeit, was soll denn das?»

«Ach, Haffner», der Teamchef fäustelte genervt an seinen Schläfen herum, «saufen kannst du trotzdem.»

Das beruhigte Haffner sichtlich.

«Aber du hast schon Recht, ich frage mich immer mehr, ob

man sich für seinen Freitod im kalten Wasser vorher noch einen warmen Mantel anzieht. Und er war klein. Je kleiner man ist, desto schwieriger ist es, aus Versehen über ein Brückengeländer zu fallen. Ja, mein Gott, verboten ist es wohl nicht, zu fragen … ein bisschen rumzufragen.» Dann schlug Theuer mit der flachen Hand auf seinen Schreibtisch und tat sich an einem Bleistiftspitzer weh. «Wenn ihr mitmacht, bin ich dabei.»

Manchmal versuchte der Kommissar etwas Leben zu spüren, indem er die Lebenslust nachahmte.

Ganz woanders tritt er seine Reise an. Der Himmel verdüstert sich, aber das ist ihm gleich. Noch nicht einmal gleich, es ist gut! Die Düsternis beschirmt ihn.

Er reist gerne, und die spezielle Art und Weise seiner dienstlichen Ausflüge gibt ihm ein Gefühl der Leichtigkeit, auf das er nicht mehr verzichten will. Er ist ganz, ganz real, spürt den Boden unter den Füßen, den Wind im Gesicht, und zugleich ist er unsichtbar, gar nicht vorhanden. Diesmal heißt er also vorwiegend Duncan, zunächst aber MacPherson. Was ist schon ein Name, wenn er nach bürokratischen Kriterien gar nicht existiert? Nirgends, in keinem Computer. Es ist, als gehöre er einer anderen Spezies an. Das ist etwas Köstliches, Einsamkeit ist so köstlich.

Er fährt zügig, aber nicht wirklich schnell. Er hat Zeit. Um London der übliche Stau. Neben ihm steht ein Lkw, der Beifahrer raucht und wirft die Kippe auf die Straße. Er steigt aus und sammelt sie auf. Der grobschlächtige Kopilot ist verdutzt, aber er, der Reisende, lächelt ihm zu und genießt die Beschämung des dumpfen Mannes. Diesem Straßenschiffer ist er vermutlich unvergesslich, freilich wird er niemals denken, ein Mann, der anderer Leute Kippen entsorgt, könnte etwas anderes sein als ein pedantischer Kleinbürger. Er ist auch nichts anderes, kein anderer. Er ist verschieden.

Seine Gedanken schweifen um solche Bedeutsamkeiten und unterhalten ihn prächtig. Allmählich erreicht er den geliebten Zustand freier, fast wortloser Assoziation: Er sieht sich als Muster. London ist ein wimmelndes Etwas, die wundersam belebte Mitte eines tibetischen Sandmandalas. Er legt das ordnende Band um das Gewimmel, mag er nun auch gebremst sein, er ist zu klein, um aufgehalten zu werden. Er ist zu groß, als dass man ihn niederwerfen könnte. Man sagt, das Leben setzt sich durch. Das ist es, was er allen voraushat.

Gegen Abend ist er in Dover. Nach den Kriterien der Krone parkt er illegal, aber das ist ganz und gar unerheblich. Welche Schlange verharrt am Ort der Häutung? Sie werden das Auto abschleppen, wenn es ihm längst nicht mehr nützlich ist. Dem guten Mann, dem das Fahrzeug im bürgerlichen Sinne gehört, wird nach der Rückkehr aus dem Urlaub ein gewaltiges Strafmandat den ersten Abend verderben. Armer echter MacPherson.

Bevor er aussteigt, gibt er sich seiner Marotte hin, zupft sich eine Wimper ab und legt sie aufs Armaturenbrett. Wenn sie ihn eines Tages wirklich jagen würden, was hätten sie dann an so einem Fund ihre kindliche Freude! Der genetische Fingerabdruck und ab ins Labor damit! Und nichts trüge es ihnen ein, denn in keiner auch noch so abgelegenen Datenbank fänden sie ihn.

Um zu leben, muss man verschwinden.

Um groß zu sein, muss man klein sein.

In all diesen Paradoxien fühlt er sich wunderbar geborgen. Er schlendert durch eine öde Straße zum Haus des verkommenen Subjekts, dessen er sich manchmal bedient. An seinem Arm spürt er das Gewicht des Koffers, den er trotz der Rollvorrichtung trägt. Gepäck ist keine Last.

Auf sein Klingeln wird sofort geöffnet, und grußlos bellt es: «Heute Nacht würde ich lieber nicht fahren, das Wetter ist zum Kotzen.»

Sprächen die Menschen doch nur dann, wenn es Sinn ergäbe, statt dass sie ständig ungefragt ihre Begrenztheit mitteilten. Er wird in dieser Nacht fahren. Er ist es gewohnt, wie ein Korken auf den Wellen zu tanzen. Er liebt diesen Tanz.

Am Abend dieses Donnerstags kam die Sonne heraus. Haffner sprach mehrfach ungefragt von «beginnendem Biergartenwetter», und Leidig musste wohl noch einen Spaziergang mit seiner Frau Mutter befürchten, so mickrig hing er plötzlich über der Tischkante. Selbstverständlich waren sie nicht fertig, denn das war man nie in einer Welt, wo Achtjährige erbeutete Handtaschen horten, aber Theuer wollte einfach nicht mehr und rief: «Feierabend!» Keiner seiner Jungs hatte etwas dagegen einzuwenden.

Stern fuhr ihn nach Hause.

«Früher stand hier nichts», sagte der schwere Kommissar verträumt, als sie linker Hand das Neuenheimer Feld passierten, die Hochhäuser und Betonblocks der verschiedenen Fakultäten. «Es gab nur Obstwiesen und Äcker.»

Stern hörte das nicht zum ersten Mal, das wusste Theuer. Immerhin verzichtete er auf die Drachen, die man seinerzeit noch selbst gebastelt habe.

«Meinen Sie, dass wir das machen können, trotzdem da herumsuchen? Ich meine, dienstrechtlich.» Der junge Kommissar versuchte, gleichgültig zu klingen, was nicht ganz gelang. Nach seinem kühnen Vorschlag ängstigte ihn sichtlich die eigene Courage.

Theuer gähnte: «Ach, bestimmt. Vielleicht ist es ja Quatsch, aber ich will mich vom Seltmann nicht so einfach abservieren lassen. Wenn wir herausfinden, dass er Recht hat, reden wir nicht weiter darüber. Und wenn wir herausfinden, dass er nicht Recht hat, reden wir auch nicht darüber.»

Fast hätte er gekichert, so schön blöd fand er seinen Satz. Am Mönchhofplatz ließ ihn Stern, der sich ein Kopfschütteln kaum verkneifen konnte, raus. Wie immer vergaß Theuer, sich zu bedanken.

Er wohnte über der Sparkasse am Eck der Brückenstraße, unter dem Dach, gerade so eine Kleinigkeit zu einfach, um sich dem Großbürgertum des Stadtteils Neuenheim zurechnen zu können. Aber der Eigentümer lebte in Kassel, brauchte anscheinend weder menschlichen Kontakt zum Mieter noch allzu viel Geld, und der Blick auf die Backsteinhäuser der Jahrhundertwende gegenüber, ihre Dachgeschosse und Kamine war für Theuer ein Wandschmuck, auf den er nicht verzichten wollte.

Das Hektische und Absurde fiel von ihm ab. Er kaufte sich ein Stangenweißbrot, Pfälzer Leberwurst und eine Flasche Dornfelder beim Weinhändler gegenüber. Dann stapfte er die vielen Treppen hoch, die ihm als Ausrede dienten, keinen Sport zu treiben. In seiner kleinen Zweizimmerwohnung angekommen, ließ er sich auf den alten Sessel plumpsen und dachte an seine tote Frau. Das tat er oft und fast automatisch, aber nun war noch das Scharmützel mit Seltmann dazugekommen. Wie alt sie jetzt wäre? Er rechnete und ließ es wieder, Bilder im Kopf von vollgeschmierten Matheblättern mit roten Sechsen darunter. Er hatte einen lebenslangen Widerwillen gegen die schriftliche Kaufmannskalkulation.

Es war ein Abend, um die erwachsenen Kinder anzurufen, die er nicht hatte, oder bei den Geschwistern nachzufragen, wie die Kontrolluntersuchungen an Brust und Prostata gelaufen waren – er hatte keine Geschwister. Ein paar Cousins und Cousinen gab es, mehrheitlich im Pfälzer Wald und Saargebiet mit der Ehe mindestens so geschlagen wie er mit dem Alleinsein. Er kannte keine einzige ihrer Telefonnummern. Es blieb – und tatsächlich fiel sie ihm jetzt erst ein – seine Freundin. Theuer seufzte und nahm einen Schluck Dornfelder aus der Flasche. Er würde sie morgen anrufen. Es lief nicht gut zwischen beiden. Was sollte er also heute Abend machen? Ihm fiel nichts ein.

Der gute Stern hielt am nächsten Morgen einsam die Stellung im Büro. Theuer stand breitbeinig in der Tür des Kollegen der Nachtschicht. Leidig dagegen nahm den angebotenen Stuhl gerne, und Haffner setzte sich gleich auf die Tischkante ihres müden Opfers.

«Also, wir haben einfach noch nicht viel, das meiste wisst ihr doch.» Der genervte Kollege Scherer von der Spurensicherung bemühte sich, seine Stimme ruhig zu halten. «Ich habe Feierabend. Oder Feiermorgen. Mein Kleiner hat die Windpocken, meine Frau hat kein Auge zugetan. Und ehrlich gesagt, mir geht's auch nicht gut. Ich hab's in der Stirnhöhle. Ich hab einen Brummschädel, sag ich euch.»

Haffner nickte mitleidig und riet zu seinem Erkältungsallheilmittel Glühwein mit viel Kirschwasser, gleichzeitig aber begann er, an einer kümmerlichen Zimmerpflanze die letzten grünen Blätter abzuzupfen.

«Ich soll auch gar nichts machen», jammerte Scherer weiter, «Seltmann hat gesagt, die Staatsanwältin will die Sache zunächst ruhen lassen. Was von den Pathologen reinkommt und so, das soll alles erst mal in eine Akte. Ich hab einfach einen neuen Ordner angelegt. Lass das doch mit der Pflanze, Haffner, die kann doch nichts dafür.»

Leidig schlug die Beine übereinander und entfernte einige Fusseln von seiner Krawatte.

«Wenn ich euch jetzt einfach rausschmeiße, werde ich hundertmal bitten müssen, falls ich mal was brauche, richtig?»

Haffner öffnete eine Schachtel Reval.

«Du wirst mir die Bude voll rauchen, bis ihr habt, was ihr wollt, stimmt doch?», fragte Scherer weiter und musste grinsen. «Was ist das Nächste? Haut ihr mich mit dem Telefonbuch? Ihr seid schon ein Bombentrupp. Als ich mitbekommen habe, wen Seltmann da zusammensteckt, hätte ich mir fast in die Hosen gemacht, aber echt. Simon Leidig und Thomas Haffner, ein Spitzendeckchen auf der Harley-Davidson ...»

«Wer ist das Spitzendeckchen?», brüllte Haffner.

«Na, ich bin das», sagte Leidig gleichmütig, aber Theuer bemerkte, dass seinem Kommissar die Gesichtsfarbe abhanden kam.

«Wisst ihr», Scherers Augen begannen zu tränen, denn Haffner qualmte wie eine Lokomotive, «so krieg ich meinen Schädel nie los ...»

«Nie», bestätigte Theuer. «Das mit dem Telefonbuch ist eine prima Idee.»

«Ich besorg aber eins von Mannheim, das ist dicker», schob Leidig bemerkenswert kalt nach.

Scherer breitete hilflos die Arme aus. «Theuer, ich mag

dich, das muss doch eigentlich reichen. Wer mag dich schon?»

Der so Umworbene musste lachen. Sein Blick fiel auf einen dotterfarbenen Ordner. «Seit wann sind die Ordner gelb?»

«Idee von Seltmann», heulte Scherer. «Wahrnehmungspsychologie, soll fröhlich machen. Mensch, Haffner, jetzt rauch doch nicht gleich wieder. Ich hab einen Mörser im Kopf, sag ich euch ...»

Theuer griff nach dem leuchtenden Ordner und grinste nach dem ersten Blättern wie ein Geodreieck. «Da ist ja unser Fall.»

Staatsanwältin Yildirim wachte auf und dachte kurz, sie sei tatsächlich Lustsklavin der Besatzung eines russischen Atom-U-Boots, das abstruserweise den Bodensee befuhr. Dann konnte sie ihren Traum abschütteln und lief fröstelnd ins Bad. Sie nahm einen Zug Asthmaspray, zog ihrem Spiegelbild eine lange Nase und wusch sich die Hände. Das tat sie seit ihrer Kindheit als Erstes, hatte es auch seit schlappen zwanzig Jahren keinen Sinn mehr, weil sie danach duschte.

Nach all den automatischen Handgriffen, die man braucht, um den Skandal der Leiblichkeit zu verschleiern – auf der Toilette war sie auch schon gewesen –, saß sie an ihrem kleinen Küchentisch und zwang sich, den obligatorischen Multivitaminsaft zu trinken. Danach gab es eine Banane, auf dass der Magen den schwarzen Kaffee verzeihe, aber keine Zigaretten mehr. Nie mehr. Solange es eben ging.

Es klingelte. Yildirim schaute seufzend zur Uhr. Es war zwanzig vor sieben, und eigentlich liebte sie eine lange Anlaufzeit am Morgen. Aber zugleich musste sie lächeln, denn es war klar, wer jetzt schon zu ihr wollte.

Tatsächlich stand die kleine Babett Schönthaler vor der Tür, einzige und ehelos entstandene Tochter der Schreckschraube im Erdgeschoss, ein ganz rührend reizloses Mädchen mit stumpfen, versplissten Haaren, Eulenbrille, doofen Klamotten. Sie war elf Jahre und die meiste Zeit davon schon Yildirims Freundin.

«Ich hab meiner Mama gesagt», flüsterte das Mädchen grußlos, «dass ich früher in die Schule muss, dabei hab ich erst zur zweiten.» Babett quetschte sich in den Flur und ging dann zielsicher in die Küche, wo sie sich den Kaba inzwischen immerhin selbst anrührte.

«Hat deine Mutter das geglaubt?», fragte Yildirim und drehte fürsorglich die Heizung höher.

«Die glaubt, ich hab einen Freund», sagte das Mädchen traurig. «Dabei krieg ich keinen. Schon wegen meinem Namen. Babett, da denkt man doch an eine Gans oder so was.»

Yildirim lächelte die Kleine an und stupste ihr gegen die Knollennase: «Natürlich kriegst du noch einen Freund. Weißt du, die damit anfangen, sind nicht immer die Vorbilder.»

«Ich wollte dich fragen, ob du mich abhören kannst», sagte Babett und leckte sich ihren Kakaoschnauzer unbeholfen ab. «Ich muss was über die Alte Brücke wissen.»

«Nämlich?»

«Sie heißt eigentlich Karl-Theodor-Brücke. Der Architekt hieß Mathias Meier. Der hat auch das Tor auf der Brücke gemacht. Das Tor ist eine Mischung aus mittelalterlicher Bausubstanz, klassizistischer und barocker Architektur.» Die ungewohnten Wörter gingen der Kleinen schwer von der Zunge. «1799 diente es zur Verteidigung gegen die Franzosen. Heute ist daneben ein neuer Brückenaffe aus Bronze, der alte ist kaputt. Der neue Affe ist von Gernot Rumpf aus dem Jahre 1978. Aus Bronze. Ach, das hab ich ja schon gesagt. Waren das zwanzig Minuten?»

Yildirim schüttelte mitleidig den Kopf.

«Dann krieg ich wieder eine Sechs.» Babett legte den Kopf auf den Tisch und schluchzte. «Mama hat gesagt», hörte man sie dumpf und feucht, «wenn ich das Gymnasium nicht packe, gibt sie mich in ein Heim.»

«Das macht sie nicht», sagte Yildirim freundlich und strich ihrer kleinen Freundin über das Haar, drehte mit dem Zeigefinger ein paar Schnecken hinein. «Weißt du, was das Problem mit dem neuen Affen war?»

Babett schüttelte den Kopf.

«Der hatte einen großen Penis, den haben dann die Leute abgesägt, weil sie's unanständig fanden.»

Das Mädchen schaute entzückt auf. «Eschd? Abg'sägt?»

«Sogar mehr als einmal!»

«Wie groß?»

«Stell dir eine dicke Mohrrübe vor.»

Babett kicherte wie eine Meerkatze.

Leidig öffnete fürsorglich Scherers Fenster. Theuer lächelte vor sich hin, im Stile eines Bekifften. Auch Haffner grinste und legte das letzte Papier auf den Kopierer.

Der müde Kollege massierte sich die Schläfen: «Manchmal habe ich das Gefühl, die Leute machen sich falsche Vorstellungen von unserer Arbeit.»

«Das war doch keine Arbeit!», sagte Leidig freundlich. «Und jetzt hast du Feierabend.»

Als sie ins Büro zurückkamen, hatte Stern rote Backen: «Wer war das?» Er schwenkte zornig ein DIN-A4-Blatt.

«Wenn das Kollegen waren, die uns reinreiten wollen, geh ich zum Personalrat, das sag ich euch!»

«Nicht nötig.» Leidig nahm ihm das Blatt gelassen aus der Hand. «Das war ich.»

«Das kannst du doch nicht machen!», schrie Stern verzweifelt. «Dann ist es ganz aus mit uns!»

Diese Aussicht erregte in Theuer durchaus nicht nur Widerwillen. Zwar kämpfte er momentan um das Gegenteil, aber so ein richtiger rabiater Untergang mit dem Schlussbild, wie Haffner und er auf der Parkbank Wermut tranken, pickende Tauben auf den verfilzten Schädeln – auch nicht schlecht.

Er pflückte den Anlass der Turbulenz aus Leidigs Griff und las laut: «Kriminalpolizei Heidelberg, Kriminalinspektion zwei – Deliktsübergreifende/Täterorientierte Ermittlungen. An alle Handschuhsheimer Haushalte. Liebe Bürgerinnen und Bürger von Handschuhsheim, wir benötigen Ihre Hilfe in einem besonders abstoßenden Fall, der vielen von Ihnen das Gefühl von Sicherheit, Ruhe und Ordnung zu rauben droht. In den letzten Wochen wurden im Handschuhsheimer Stadtwald zwei Schäferhunde grausam getötet. Der oder die Täter hinterließen bislang keine ausreichenden Spuren. Haben Sie Menschen beobachtet, die sich auffällig um Kontakt mit anderer Leute Hunde bemühen? Sind Ihnen notorische Hundehasser bekannt? Haben Sie im Wald oder auf Spazierwegen irgendetwas Auffälliges beobachtet? Sei es auch eine scheinbar noch so unbedeutende Beobachtung, sie kann uns helfen, diesen Fall, hinter dem wir schwerste menschliche Abartigkeit vermuten, rasch zu lösen. Wir und Sie wollen nicht, dass noch weitere treue vierbeinige Freunde einen sinnlosen Tod sterben müssen. Hinweise bitte vorzugsweise schriftlich an Ihr zuständiges Polizeirevier. Kriminalpolizei Heidelberg: Wir sind mit Sicherheit für Sie da!»

Theuer schaute stolz in die Runde. «Wunderbar. Das machen wir. Wurfsendung in alle Handschuhsheimer Briefkästen.»

«Schriftlich», stöhnte Stern. «Da schreibt doch keiner. Und jeder kennt einen Hundehasser. Das nimmt uns doch niemand ab! Das bringt überhaupt nichts.»

«Na eben», sagte Leidig geduldig, «dadurch gewinnen wir Zeit.»

«Ich finde das alles nicht so witzig», schimpfte Haffner los. «Ich hatte mal einen Hund. Und ich will auch wieder einen. Oder zwei.»

«Falls einer ermordet wird?», fragte Leidig sanft.

«Mit dem Mörder sollte man dasselbe machen, was der mit den Hunden gemacht hat!», wütete der Kollege weiter. «Auge um Auge, das ist meine Meinung. Ich hab keine andere.»

«Dasselbe machen», meinte jetzt Theuer. «Also erschießen. Du redest einen Scheiß, Haffner! Und du stinkst vielleicht nach Alkohol! Um Gottes willen!» Dann musste er lachen. «Hört mal, Jungs, das geht doch nicht, wir können doch hier nicht rumschreien wie die Rentner.»

«Wenn wir das unters Volk bringen», sagte Stern düster und deutete auf Leidigs zynisches Schreiben, «und nichts rauskriegen in Sachen der Wasserleiche, dann sind wir erledigt.»

Der kolossal beschämte Haffner klang fast weich: «Ich bin dabei. Ich riskier das alles. Für mich und mein Team. Aber ich bin kein Säufer.»

«Natürlich nicht», beruhigte ihn Theuer, «ich hab dich verwechselt.»

Er griff nach den Papieren zum Fall des Ertrunkenen. Zuoberst lag des Toten letztes Gesicht. Er betrachtete es lange. Welchen Charakter konnte man einem toten Gesicht noch ablesen? Die grauen Haare klebten einigermaßen ordentlich an der Stirn, wahrscheinlich hatten die Pathologen etwas nachgeholfen. Fast rührend, da pulten die ihn aus wie Krabbenfischer die Beute, aber bevor sie ihn knipsten, brachten sie die Haare in Ordnung. Kräftige dunkle Brauen, die halb offenen Augen sahen wach aus, nur irgendwie mürbe, als hätten sie zu viel gesehen. Doch das war Quatsch, Ermittlerkitsch. Der Mund war schmal, fast schien er zu lächeln, aber wenn man die Hand auf den gehobenen linken Mundwinkel legte und sich das Gesicht dann ansah, wirkte es mürrisch, griesgrämig, beleidigt vom eigenen Tod. Durchaus verständlich. Theuer nahm sich fröstelnd die anderen Papiere vor.

Schließlich legte er die Unterlagen zur Seite: «Also, ich versuche jetzt mal zusammenzufassen: Die Leiche weist leichte Schürfungen an Brust und Bauch auf. Das deutet auf Gewaltanwendung hin. Der Tote ist ertrunken, hat innerhalb von wenigen Minuten im kalten Wasser das Bewusstsein verloren, keine Drogen intus, kein Alkohol. Unauffälliger körperlicher Allgemeinzustand. Braune Stofffasern unter den Fingernägeln, was doch auf einen Kampf hindeutet. Er hatte vorher gegessen, irgendwas Liebloses, Käsebrot. Also, wie es jetzt aussieht, glaube ich nicht mehr, dass das ein Unfall war. Wer isst vor seinem Selbstmord Käsebrot? Im Wintermantel begeht man keinen Freitod durch Erfrieren, da stimmt wirklich gar nichts. Wer fällt nüchtern übers Brückengeländer? Das heißt wohl: ein Tötungsdelikt.» Er schaute auf. «Komisch, wir haben einen richtigen Fall. Der Haffner hatte Recht.»

Man hörte einen zufriedenen, tiefen rasselnden Atemzug,

der Theuer an die längst verschwundenen Sammelbüchsen für die Kriegsblinden erinnerte.

«Wir machen es so, wie Stern gesagt hat, und gehen mit dem Foto des Toten in die Altstadt. Unterstellen wir mal, die Idee mit dem Schlüssel stimmt und unser Opfer lebte dort. Ach, überhaupt!», Theuer schaute Leidig mit kindlicher Fröhlichkeit an. «Haben Sie das Bild schon gesehen?»

Leidig verneinte, das Kopieren hatte ja Haffner übernommen.

«Na, aber vielleicht kennen Sie ihn ja!», fuhr Theuer fort. «Sie leben doch in der Altstadt.»

«Das kann man doch nicht leben nennen», rutschte es Leidig heraus.

Sein Chef konnte nur «Na, na!» sagen und ihm rasch das Bild des Toten reichen. «Schauen Sie's halt mal an.»

Leidig zuckte so heftig zusammen, dass die anderen gleich mit erschraken. «Das ist Willy.»

3 Die Musik ist weg, keine Musik mehr im Kopf. Schwarze Flächen schwimmen auf ungutem Rot, ohne Geräusch. Er reißt die Augen auf, um dem inneren Bild zu entkommen.

Die nächtliche Überfahrt ist tatsächlich ruppig verlaufen, aber das ist kein wirkliches Problem. Der einzige Teil der Reise, der ihm unangenehm ist, kommt jetzt. Er hasst die unbestimmte Zeit hinter der zweiten Wand der Kajüte, zusammengekauert wie ein Fötus. Das Subjekt trägt nun die Verantwortung, und er ist aller Freiheit beraubt, ein lahmes Pferd in der Box.

Er hört den holländischen Zollbeamten: «Schönes Boot, aber heute Nacht hätten Sie sich nicht rüberwagen sollen ...»

«Ja, das habe ich auch gesagt» – Idiot! –, «mir gesagt. Na, das nächste Mal werde ich schlauer sein.»

«Und Sie wollen rheinaufwärts?»

«Ja, eine Urlaubsreise, auf dem Fluss wird schon nichts ...»

«Gut bestückte Bar haben Sie, alle Achtung.»

Er hat dem Bruchpiloten hoch konzentriertes Chlorophyll verabreicht, gegen die Schnapsfahne, und selbst hat er Kodein genommen, um einem möglichen Hustenanfall vorzubeugen. Wie lange dauert das denn noch? Das Kodein macht ihn schwindelig. Fahren sie weiter oder verwirrt die Droge sein Innenohr? Er hasst Drogen.

Aber alles ist gut, sie fahren. Er hört die Schrauben, hört die Gischt hinter dem Heck. Er wird auf eine andere Art des Transfers sinnen müssen, so geht es nicht, es ist ein Interruptus, der einfach nicht akzeptabel ist, nicht für ihn. Er schlägt gegen die Zwischenwand, tritt dagegen: «Mach auf, du Idiot!» Es wird hell.

«Ist ja alles okay. Wir sind ja durch, regen Sie sich nicht auf.»

Er begreift, dass dieses Wrack ihn beruhigen will. Ihn!

Das Schweigen nach Leidigs Ausruf dauerte eigentlich gar nicht lange, nur so eine der hundertstel Sekunden, die die Abfahrtsläufer am Hang verlieren, wenn sie versehentlich den Daumen abspreizen. Trotzdem war es ein Loch in der Zeit, in das vorübergehend Theuers ganzes absurdes Innenleben plumpste. Er konnte nur ganz sachlich «Wer ist Willy?» fragen.

Leidig schaute nochmals auf das Foto und schüttelte den

Kopf. «Willy ist ... Willy ist Willy. Er ist eine dieser Altstadtgestalten, die man zwangsläufig kennen lernt, wenn man aus diesem Dorf nie rausgekommen ist. Man sieht diese Leute beim Einkaufen, man sieht sie in der Kneipe. Irgendwann hört man halt, dass ihn einer Willy nennt. Ich hab nie mit ihm gesprochen oder so ... Es gibt noch mehr solcher Gestalten: früher die bucklige alte Blumenfrau, die angeblich einen Golf GTI fuhr. Den Verrückten mit seinen Geheimdienstphantasien, den man die halbe Hauptstraße runterschreien hört, was die Spione uns demnächst alles antun. Na, und dann gibt's eben Willy oder besser gesagt: eine ganze Menge Willys. Hängen gebliebene Studenten, schreiben ewig an ihrer Doktorarbeit und so ...»

«Du gehst in Kneipen?», fragte Haffner seinen Kollegen, als sei der plötzlich in warmes Licht getaucht.

«Natürlich», Leidig war gekränkt, «warum denn nicht?»

«Seit einem viertel Jahr sehe ich dich jeden Tag und hätte nie gedacht, dass du in Kneipen gehst.» Haffner stand offensichtlich an der Schwelle zur Verliebtheit.

«Es ist jedermann im Hause bekannt, dass ich mit meiner Frau Mutter zusammenwohne, also gehe ich manchmal aus, um alleine zu sein. Man kann ja auch Kaffee und Mineralwasser bestellen, was du vermutlich nicht weißt», presste Leidig hervor. «Und wir arbeiten seit zwei Monaten zusammen, mag es einem auch länger vorkommen.»

Das reichte als Erklärung. Leidigs Mutter hatte selbst Haffner, für den Mütter Göttinnen waren, zum Urteil «ganz, ganz schrecklich» getrieben. Hilflos und viel zu hart schlug er seinem Kollegen auf die verspannte Schulter.

«Wissen Sie denn gar nichts Weiteres?» Theuer wurde wieder normal und dachte parallel zum Fall an ein Land, in dem nur Bären wohnen, und wie er das fände. Die Petze hätten eine Zeitung mit ganz wenigen, groben Lettern, hauptsächlich Bildern von Lachsen und Bienenstöcken. «Wissen Sie sonst nichts über ihn?», wiederholte er.

Leidig schaute ihn etwas verzweifelt an.

«Sie haben schon geantwortet, und ich hab nicht zugehört», flüsterte Theuer. «Dann sagen Sie's doch bitte noch einmal. Es tut mir Leid.»

Sein Kollege versuchte, neutral zu klingen, aber etwas genervt war er schon: «Ja, wie gesagt ... Ich gehe öfters ins Croissant, da am Heumarkt. Dort hab ich ihn wahrscheinlich gesehen. Und als es den Nanz am Beginn der Hauptstraße noch gegeben hat. Da könnt es auch mal gewesen sein. Ich weiß es nicht. Überall und nirgends. Wann haben Sie zum ersten Mal was von Helmut Kohl mitbekommen? Es gibt ihn halt schon immer.»

«Lügensack, Spendenbetrüger, fette Wendewutz!» Haffner fiel völlig aus der Rolle. In seinem Stadtteil Pfaffengrund wählte man SPD oder die REPs, nur niemals die Schwarzen.

Theuer musste lachen.

Das Gewirr der Straßenbahnoberleitungen lag als knotige Schraffur in der feuchten Luft. Die kleine Babett war nicht mehr heulend, aber auch nicht gerade fröhlich Richtung Schule losmarschiert. Yildirim schaute ihr aus dem Fenster nach und empfand ihre kleine Freundin ein wenig wie ein handkoloriertes Figürchen in einem Schwarzweißfilm.

Angesichts der Einsamkeit des Mädchens überlegte die Staatsanwältin, wie das bei ihr war. Seitdem ihre beste Freundin geheiratet hatte und mit ihrem Mann nach Hamburg gezogen war, fühlte sie sich manchmal versucht, den Hausmotten Namen zu geben. Aus ihrem Studienjahrgang hatte es die Leute in alle Winde zerstreut, und die wenigen, die noch in der Nähe waren, hatte sie durch ihr ehrgeiziges Referendariat vernachlässigt. Nur ein paar Schulfreundinnen waren ihr geblieben, doch auch die ankerten längst im sicheren Hafen der Ehe. Und kein interessanter Mann weit und breit.

Yildirim wohnte in der Bergheimer Straße schon fast auf Höhe des Czernyrings, einen schnurgeraden Kilometer von der Altstadt entfernt, aber zugleich auf einem anderen Planeten. Den Straßenstrich hatte man in die Häuser vertrieben und den Stadtteil Bergheim schonungslos lügend «Heidelbergs neue Mitte» genannt, aber man war eindeutig in einer anderen Stadt, einer wie Mannheim. Kannte sie überhaupt andere Städte? Die Autofahrer gaben Stoff, denn wenn man Vollgas fuhr, schaffte man die Ampeln auf einmal und war schneller auf der Autobahn, was bekanntlich der Seligkeiten höchste ist.

Sie ließ die Gardine wieder vors Fenster fallen und schaute zur Uhr. Sie musste gehen.

Die Anklägerin warf sich den roten Schal um und entschied, dass es zu kalt für die Jeansjacke war. Dann zog sie sie trotzdem an. Ihre Tasche war gepackt, wie immer schon am Vorabend.

Im Treppenhaus ging das Licht nicht. Die Wände waren halbhoch mit grüner Latexfarbe gestrichen, die im Dämmer des Regentages fast schwarz wirkte. Das Haus war in den dreißiger Jahren gebaut und die ganze Zeit über instand gehalten worden, als könne es etwas dafür, nicht inmitten der Heidelberger Schönheiten zu stehen, sondern eben ausgangs des ruppigen Bergheims, Bahnhofs- statt Schlossblick. Es stank nach irgendetwas, das die Staatsanwältin nicht wissen wollte.

Im Erdgeschoss trat ihr Frau Schönthaler entgegen. «Meine Babett ist grade aus dem Haus, des hab ich genau gsehe», keifte sie los. «Die war wieder bei Ihnen. Ich will des net! Und ich hab das alleine Sorgerecht.»

Yildirim nickte, verkniff sich sprachliche Korrekturen und versuchte vorbeizukommen.

«Sie Person, Sie», schimpfte die Nachbarin weiter.

«Vielleicht könnten Sie sich etwas mehr um Ihre Tochter kümmern, anstatt Leute zu beleidigen, die ihr gut wollen?», fauchte Yildirim zurück.

«Ich bin behindert!», kreischte da die Mutter. «Isch hab Blutdruck und Herz. Leute wie Sie sind schuld, dass ich eine so beschissene Rente krieg. Ich ruf bald die Polizei!»

«Ist gut», sagte Yildirim kalt. «Ich richt's der Polizei aus.»

Hinter der breiten Silhouette ihrer Nachbarin sah sie durch die offene Wohnungstür fast deren ganzen kargen Haushalt, vor allem aber eine Cognacflasche nebst Schwenker auf dem Resopaltisch im Wohnzimmer. Eine Modellwohnung für «Rudis Reste Rampe». Manche im Haus meinten, die Schönthaler empfange kommerziell Herrenbesuch, aber Yildirim wollte nicht glauben, dass eine rundum verlebte, teigige, miesepetrige Frührentnerin Männern anziehend erscheinen mochte. Und sie war sich doch sicher, dass es genauso war.

Energisch rempelte sie die krakeelende Nachbarin aus dem Weg und stapfte ins Freie. Die Haustür zog sie immer erst endgültig zu, wenn sie nach links und rechts geschaut hatte. Eine Angewohnheit, die sie ärgerte. Eine kleine Änderung des unbewussten körperlichen Funktionierens, seit die Glatzen letztes Jahr den türkischen Jungen auf die Gleise gelegt hatten. Trotzdem ging Yildirim alle Wege zu Fuß, besaß nicht einmal ein Fahrrad.

Draußen musste man in Form sein. Sie brauchte ihren drahtigen Körper, um ihn gegen die fremde Luft zu stemmen. Gedankenlos schob sie sich einen Nikotinkaugummi zwischen die Lippen. Im Amt durfte man nicht mehr rauchen, und außerdem war es sowieso Wahnsinn, als Asthmatikerin zu qualmen. Ihre Absätze knallten auf dem Asphalt. Sie wusste, dass Männer nach ihr schauten, aber sie war draußen, um sie herum war Eis.

Sie bog rechts ab und kam an ihrem Fitnessstudio in einem DDR-mäßigen Plattenbau vorbei, rechts dahinter war schon die Stadtbücherei, und nochmal dahinter wusste sie die Gerichtsgebäude, wenn sie auch jeden Tag hoffte, sie wären verschwunden.

Der Sportchef aus Hongkong, einer der Menschen, die von der eigenen Stimme irgendwann einen Hörschaden bekommen, brüllte begeistert aus dem Fenster: «Wie viele bringst du heute in den Knast, du verrückte Turka?»

Sie zeigte ihm den Mittelfinger.

Ein Sinuston sauste durch ihren Kopf. Das hatte sie immer öfter. Der schwülstige Polizeidirektor kam ihr wieder in den Sinn. War sie da verarscht worden? Die erste Leiche ihrer Laufbahn, und sie unternahm gar nichts. Sie hätte lieber den Hundefall gehabt.

Die Stadtbücherei grüßte mit warmem Licht aus den großen Fenstern. Wie gerne wäre sie da hinein und hätte gelesen, notfalls sogar Fachliteratur, aber wieder einmal waren die Gerichtsgebäude nicht verschwunden. Verschalte Betonwürfel in Reihe, das Finanzamt gleich dabei. Hier konnte sich der Heidelberger scheiden, ruinieren und einbuchten lassen, ohne nass zu werden. Yildirim mochte ihre Arbeit im Prinzip, aber weder deren Ort noch die alltäglich anfallenden Handlungen.

«Guten Morgen, Frau Doktor.» Etwas zu höflich verbeugte sich der Portier.

«Guten Morgen, Herr Hartmann», sagte Yildirim. «Ich habe immer noch keinen Doktortitel.»

«Für mich seid ihr alle Doktoren», kam es devot zurück. «Sogar Sie.»

Leitung eins. Theuer holte Luft und nahm ab. Stern hatte den Hundebrief vor keiner halben Stunde in die Druckerei gegeben. Der Hauptkommissar schaltete wütend auf Raumlautsprecher: «Theuer.»

«Seltmann. Einen wunderschönen guten Morgen darf ich Ihnen wünschen, mein lieber Herr Theuer. Und wenn ich zur Uhr schaue, auch gleich ein etwas verfrühtes ‹Mahlzeit›. Mahlzeit, Herr Theuer. Sprechen wir privat? Ohne diesen scheußlichen Lautsprecher?»

«Natürlich», log der Kommissar. «Nur Sie und ich. Es ist fast romantisch.»

«Romantisch, Sie sind mir einer! Ach, Menschenskind, Theuer, gestern Abend war ich noch mit meiner Frau spazieren, in der Altstadt, apropos Romantik, so komme ich da drauf, wissen Sie. Also, ich dachte noch, meine Herren, diesem Heidelberg kann auch der Dauerregen nichts anhaben ...»

Theuer musste sich mit aller Macht zwingen, nicht wieder an sein erträumtes Bärenland zu denken oder einfach sofort einzuschlafen.

«Also, ich habe da vorhin Ihren Wurfzettel zu den tierquälerischen Umtrieben in Handschuhsheim gelesen. Mein Guter, normalerweise kommen Papiere zuerst mal auf meinen Schreibtisch, lassen Sie mich übertreiben: in die Höhle des Löwen. Dienstweg, Sie verstehen schon. Aber Schwamm drüber! Es gibt Kollegen, die solche kleinen Lässlichkeiten ausbügeln. Gott sei Dank, sag ich mal ...»

Theuer ging innerlich seine Arschlochkartei durch. Wer hatte sie angeschwärzt? Er kam auf eine beträchtliche Liste von Verdächtigen.

«... aber Respekt! Ich habe mir erlaubt, ein paar kleine Änderungen vorzunehmen, ansonsten zeigt das Papier, dass Ihr Trupp für diese Sache genau der richtige ist. Auf jedes Töpfchen passt ein Deckelchen, hat meine Großmutter immer gesagt.»

«Was für Änderungen?», fragte Theuer ahnungsvoll.

«Ach, nichts weiter, praktisch nichts. Änderungen ist schon zu viel gesagt. Begreifen Sie mich als Lektor Ihrer Bemühungen. Lektoratsarbeit ist Hebammendienst am Geiste, nichts weiter. Mag sie gelegentlich wehtun, sie ist zu jedermanns Bestem! Der Autor ist gebärender Genius, sein Lektor Amme und Arzt. Männliches und weibliches Prinzip. Yin und Yang.»

«Bestimmt.» Theuer schaute zu seinen Leuten und sah in allen Augen seine eigene Furcht gespiegelt. Er musste sich zwingen, nicht «Dick und Doof» zu sagen, stattdessen erlaubte er sich: «Ich war schon ganz schwanger, und jetzt ist es besser.»

Seltmann ignorierte seinen närrischen Satz: «Das mit den schriftlichen Hinweisen, da haben Sie sich sicher verschrieben. Da kommt jetzt die Durchwahl für Ihr Büro rein. Ich lasse Ihnen einen zusätzlichen Apparat schalten. Ja, und dann braucht der Bürger die Zeit. Der Bürger braucht eine Orientierung: Von 10 bis 18 Uhr, Montag bis Freitag. Da dürfte es ab nächster Woche bei Ihnen ganz schön rundgehen, wenn ich mal salopp werden darf. Da will ich nicht mit Ihnen tauschen. Nochmals: Respekt! Ansonsten: weiter so!»

«Wiederhören», sagte Theuer mit Fistelstimme und legte auf.

In einem kleinen Ort sieht er eine Anlegestelle.

Sein Fährmann wundert sich, sagt, man habe doch eine längere Partie vereinbart. Aber er traut diesem Typen nicht mehr. Wenn die Tür knarrt, muss man sie ölen, sofort, sonst knarrt sie weiter, es reicht nicht, sich etwas vorzunehmen. Pläne ohne Umsetzung, das machen die meisten, aber er ist nicht wie die meisten. Irgendwann wird ihn das Subjekt verraten, der Versprecher an der Grenze ist keine Kleinigkeit. Das erste Quietschen geht dem Knarren voraus, das Knarren dem Verbacken der Scharniere.

Nicht für ihn.

Es gibt keine verschlossenen Türen, wenn man einmal versteht, selbst seine Tore in den Stein zu brechen.

Beim Aussteigen beschmutzt er sich das Hosenbein an der Reling des Bootes und zerbeißt einen Fluch zwischen den Lippen. Schmutz ist etwas, das er immer weniger erträgt.

Er geht die Dorfstraße entlang. Er fällt auf, aber er erzählt gut und einnehmend. Alles gehört zum tollen Tanz auf den Wellen, kein toller Tanz ohne Improvisation. Bis hierher habe ihn ein Freund mitgenommen, und ein anderer sei im Wort gestanden, ihn abzuholen, nur, was zähle heute noch ein Wort?

Der Dümmste stimmt stets am lautesten zu. Diesmal ist es ein alter Mann, der seiner Klage über die heutige Zeit tiefe Geistesverwandtschaft entnimmt. Dabei sind sie einander so verschwistert wie ein herrlicher Stier einem Ochsen am Spieß. In Deklamation der allergrößten Liebenswürdigkeiten lässt er sich von dem Alten in den nächstgrößeren Ort chauffieren. Wie er dieses modrige Land verachtet, sei es nun dem Meer abgerungen oder nicht. Er sieht nicht, was an einer versalzenen Marsch dem Spiel der Wellen überlegen sein soll. Platz für die Menschen? Das zuallerletzt.

In diesem nächsten Ort, nach Dankesbezeugungen und Dienern, er muss sich das Lachen verbeißen, besteigt er den ersten Zug nach Osten. Als der Schaffner kommt, quält er ihn mit einem deutschen Wortschwall. Die teuer nachgelöste Karte zahlt er willig mit holländischem Geld, das er selbstverständlich bei sich hat.

Er steigt in einer Grenzstadt aus. «Da drüben ist schon Deutschland», sagt eine freundliche Dame, der er einen linkischen, verirrten britischen Touristen vorspielt. Er geht zu Fuß an den Grenzposten vorbei. Pfeifen und Trällern, fast möchte er einen der staubigen Staatsbüttel zu einem albernen Tanz verführen. Ein Zöllner meint fürsorglich, er müsse seinen Koffer aber noch eine Weile tragen, bis er ein Hotel fände. Endlich darf er lachen, Dank sei dem müden Scherz des Knechtes, er lacht und sagt, der Arzt habe ihm Bewegung verordnet.

Alle Autos werden wegen der Maul- und Klauenseuche angehalten. Manchmal wünscht er sich Publikum, das jetzt klatschen müsste. Zunächst hätte es in den vollen Reihen seines prächtigen Theaters gewispert: Warum mietet er sich nicht einfach ein Auto? Manche der Aufmerksameren hätten um Ruhe gezischt. Dann schließlich hätten auch die Langsamen begriffen: wegen der derzeitigen Kontrollen! Und alle würden applaudieren, spontan, wie bei einer großen Arie. Er hört den Applaus und fühlt ihn anschwellen, denn nur bis hierher könnten die müden Truppen des Systems seine Spur verfolgen. Der Schaffner beispielsweise würde eine Beschreibung abgeben, aber diese wird niemals da auftauchen, wo er herkommt, und niemals in Heidelberg.

«Was haltet ihr eigentlich von der Maul- und Klauenseuche und BSE?», fragte Haffner, wohl einfach, um ihr langes Schweigen zu durchbrechen.

«Ich ess so gut wie kein Fleisch mehr, nur noch Pute», antwortete Stern mit dem gewissen Eifer, mit dem bei diesem Thema derzeit jeder der konsequenteste Nahrungsumsteller, Gutesser, Verzichter und Immer-schon-gewusst-Haber war.

«Ach, lasst doch den Quatsch», knurrte Theuer. «Pute kannst du essen, wenn die Apotheker streiken und du Blutvergiftung hast. Das sind die reinsten Penicillinbomben.» Dann, weil er sich ärgerte, ebenfalls etwas Halbgewusstes aus dem Vermischten Teil der *Rhein-Neckar-Zeitung* beigesteuert zu haben, murmelte er nur noch, bei dem, was man ihnen im Hause zutraue, könne eine galoppierende Hirnerweichung durchaus nichts mehr schaden.

«Also, es ist jetzt Freitagnachmittag.» Leidig klang etwas genervt. «Ab Montag, spätestens Dienstag wachsen uns wahrscheinlich Hundeohren. Was machen wir?»

Seltmanns Manöver hatte ihren kleinen Schwung vernichtet, und im Grunde schien jeder für den anfallenden Alltagskram dankbar zu sein. Theuer zumindest hatte seit Jahren nicht mehr so aufmerksam, fast therapeutisch protokolliert wie bei der heutigen Befragung eines notorischen Schwarzfahrers, der den Kontrolleuren neuerdings mit einem stumpfen Küchenmesser drohte und damit in ihr unscharfes Ressort verwiesen wurde. Die Absurditäten seiner Innenwelt drangen kaum in des Hauptkommissars Bewusstsein vor, und das war entweder ein sehr gutes oder hoch bedenkliches Zeichen. Gerade hatte er kurz erwogen, in stummem Protest fürderhin ein Hundehalsband zu tragen.

Jetzt aber waren die Schreibtische leer, sie mussten an Willy denken.

«Ja, was machen wir?», seufzte Theuer. «Wir könnten hier ein Honecker-Bild aufhängen, was meint ihr? Wir haben gar keine Bilder. Oder Kommissar Rex. Kommissar Rex und Honecker.»

«Und ein Bild meiner Mutter», sagte Leidig zur Überraschung aller, denn zynisch war er sonst nur gegen Haffner, nie gegen sich selbst. «Ich denke, wir sollten bei der Sache bleiben.»

Es amüsierte den Ersten Hauptkommissar, dass ihm nun auch noch intern das Heft aus der Hand genommen wurde, bis er merkte, dass diese Metapher nicht trug. Nichts konnte man ihm aus der Hand nehmen, seine Hände hingen ja schon lange nur leblos herum, gänzlich leer. Das wurmte ihn dann doch.

«Nehmt euch bloß zusammen», sagte er schneidig, «wir haben uns geeinigt, am Wochenende ein wenig herumzuschnüffeln. Das heißt, wir laufen durch die Altstadt, jeder hat ein Bild von Willy dabei, und dann schauen wir halt mal. Ich fände es etwas albern, auf einen schnellen Erfolg dieser engmaschigen Rasterfahndung zu hoffen. Spielt mir hier nicht das FBI nach, ihr Pfälzer Buben!»

So war es recht, die Jungen schwiegen betreten. Nur musste er jetzt dummerweise weiterreden.

«Ich schlage vor», seufzte er, «wir treffen uns morgen um elf am Bismarckplatz» – Haffner nickte heftig, anscheinend hoffte er, da seinen Samstagskater schon irgendwie weggeknüppelt zu haben – «und gehen dann paarweise los. Sprechen Leute nach dem Zufallsprinzip an, so ist ja angeblich das ganze Weltall entstanden. Aus Zufall. Alles, sogar das Heidelberger Schloss.»

«Ist schon hart», nickte Stern und legte die Arme um den Leib, als fröre er. «Das mit dem Weltall.»

Yildirim betrachtete die jämmerliche Figur auf der Anklagebank. Ein schmieriger kleiner Mann mit spitzem, hartem Bauch, einem richtigen Bierstalaktiten. Fettige Haare, großporige Nase. Sie hasste ihn, und das hielt sie aufrecht, aber zugleich war sie ihm damit ungut verbunden, denn in seiner Jämmerlichkeit schien auch er nur von seinem Hass zusammengehalten. Sein Hass hinderte ihn daran, in faulige Einzelteile zu zerfallen.

Sie begann ihr Plädoyer: «Herr Schneider hat in der Nacht zum 23. Dezember des letzten Jahres seine Frau mit einem Stromkabel in der gemeinsamen Wohnung an einen Stuhl gefesselt. Er hat sie mehrere Stunden misshandelt, hat Zigaretten auf ihren Armen ausgedrückt und sie ins Gesicht geschlagen, bis beide Jochbeine brachen. Ich möchte der Nebenklägerin gerne weitere Details ersparen. Ich verweise auf das vorliegende detaillierte Geständnis des Angeklagten, von dem er ja neuerdings nichts mehr wissen will. Des Weiteren haben wir ein ärztliches Gutachten und eine eidesstattliche Aussage des Pfarrers, an den sich die Nebenklägerin in ihrer Not gewandt hat.»

Der Anwalt der Gegenseite, ein stromlinienförmiger blonder Bursche, unterbrach sie: «Wir können wenig Beweiskraft in den letztgenannten Papieren der Anklage sehen. Niemand leugnet die Verletzungen der Gattin meines Mandanten, nur meinen wir eben, sie habe sich diese großenteils selbst beigebracht, um den ihr unliebsam gewordenen Ehemann loszuwerden. Die Nebenklägerin scheint ja nun ihre eigenen Auffassungen ehelicher Treue zu haben …»

«Das sind reine Unterstellungen!», rief die Staatsanwältin zu laut.

«Und unsere Seelsorger in Ehren, aber auch sie können ja nur sagen, was man ihnen anvertraut, ohne den Wahrheitsgehalt prüfen zu können …»

«Solche Verletzungen bringt man sich doch nicht selbst bei!» Yildirims Stimme klang wie eine Kreissäge. Da wusste sie, dass sie verlieren würde. Sie war draußen, sie war aus Eis. Man nahm ihr die Emotion nicht ab, ihre Wut wirkte taktisch. Wieder einmal ganz anders, als wenn sie zu Hause ihre Reden probte. Sie vermied den Blickkontakt mit der müde und resigniert dasitzenden Frau, für die es mit den Qualen weitergehen würde. Sie wusste, was sie eigentlich tun sollte: das Opfer einbeziehen, den müde und schattenhaft dahockenden Richter bei der Ehre packen, bei seiner tollen Ritterlichkeit. Aber sie konnte nicht. Sie war draußen, sie brauchte alle Kraft für sich. Mechanisch sprach sie ihren Text.

«Es ist nicht das erste Mal, dass der Beklagte seine Frau, die er über eine einschlägige Agentur vor vier Jahren aus Thailand, ja, man möchte sagen: gekauft hat, schwer misshandelte …»

Wenig später ging sie nach Hause. Das einzige Glück heute: Eine Verhandlung kurz vor Feierabend war wegen irgendwelcher Malerarbeiten verlegt worden, so musste sie jetzt nicht mehr mit der Niederlage durch den Tag. Zwei Jahre auf Bewährung für den Scheißkerl. Er hatte gegrinst und sich bei ihr bedankt.

Sie war müde. Es war hundekalt, die Jeansjacke half da nicht mehr. An der Ampel vor dem Klinikum musste sie sich beherrschen, um nicht zu zittern. Im Dunkeln schaute sie nicht gerne auf das riesige Krankenhaus. Tags ging es, da wirkte es ganz zivil, immerhin kein kalter Neubau, sondern ein würdiger Komplex mit etlichen Jahrzehnten auf dem Buckel, mit ein wenig, ganz wenig Kurhausflair. Aber die vielen hellen Fenster jetzt, und hinter so vielen ging es den Leuten scheußlich. Sie mochte das nicht sehen und denken. Noch weniger mochte sie aber bei Dunkelheit den Weg durch den kleinen Park bei der Bücherei nehmen.

Es schneite. In ihrer Phantasie war Schnee etwas Wunderbares, etwas, das sie verzauberte wie als kleines Kind. Aber jetzt, allein und nachts, fielen einfach weiße Punkte vom Himmel, die der Haut wehtaten.

Im Briefkasten war eine Einladung ihres Cousins aus Leverkusen. Er heiratete. Sie würde sich mit Bereitschaftsdienst herausreden.

Vor ihrer Wohnungstür saß Babett.

Yildirim seufzte. «Ich habe heute Morgen noch Streit mit deiner Mama gehabt, weil du so oft bei mir warst».

«Ich weiß», flüsterte die Kleine in der typischen Manier von Kindern, nämlich reichlich laut. «Aber heute macht's nix. Sie denkt, ich schlaf bei einer Freundin.»

Augenblicklich setzte der Sinuston in Yildirims Kopf wieder ein. «Das geht aber nicht, Babett», sagte sie lauter und schärfer, als sie wollte. «Du kannst nicht bei mir einziehen. Das geht nicht.»

Das Mädchen stand auf und wollte sofort wegrennen.

Yildirim versuchte, sie festzuhalten. «Ich mein das nicht böse, Kleine! Bitte, ich bin nur müde ... Komm doch morgen früh», rief sie verzweifelt hinter dem Mädchen her. «Ich freu mich, wenn du kommst.»

Babett blieb stehen und ließ den Kopf hängen, als sei sie in die Klasse der Wirbellosen zurückgestuft. Wie von Gummi gezogen kam sie wieder ein paar Stufen höher. Yildirim machte die Wohnungstür auf und schob die Kleine hinein.

In ihrer Küche schepperten die Teller im Schrank. Die Nachbarsfamilie oben führte eine Art Nato-Manöver durch. Die junge Staatsanwältin, der heute eigentlich nur geglückt war, nicht auf einer Bananenschale auszurutschen, nahm einen Zug Kortison gegen das Asthma, das sie in den Bronchienspitzen lauern spürte, und griff dann mit verächtlichen Gefühlen für sich selbst nach den roten Gauloises auf dem Kühlschrank. Unter Babetts stumm-vorwurfsvollem Blick legte sie sie aber wieder zurück. Immerhin hielt die Packung seit Mittwoch.

«Weißt du, dass bei der Peterskirche ein Kaufmann aus St. Gallen bestattet liegt, den Räuber erschlagen haben?», fragte das Mädchen mit wohligem Schaudern in der Stimme.

Yildirim suchte in ihrem Kühlschrank nach etwas Essbarem, vor allem nach etwas, das man nach ihrer Erinnerung als Kind gerne aß, und war nicht ganz bei der Sache: «Da wird doch heute nicht mehr beerdigt, mitten in der Altstadt!»

«Nein», Babett schüttelte die Rattenschwänze wie ein Reggae-Bassist. «Das haben wir heute in Geschichte gelernt. Ist zweihundert Jahre her oder so. Die Heidelberger haben die Räuber dann aber erwischt und auf dem Marktplatz gehängt. Gruselig, gell?»

Yildirim entschied sich für Toastbrot, Butter, Marmelade. Süßes funktionierte ja eigentlich immer. Sie selbst hätte lieber Eier mit Speck gegessen, um sich an diesem Scheißtag mit Schweinefleisch zu versündigen.

«Bei mir hat heute gar nichts geklappt, Kleine», sagte sie

schließlich und war doch etwas erwärmt im Inneren, wie sie da ihre Freundin so hingebungsvoll die Marmeladetoasts mampfen sah. Das halbe Babettgesicht war schon klebrig wie eine Briefmarke.

«Bei mir auch nicht», kam es dumpf zwischen zwei Bissen. «Ich hab eine Fünf bis Sechs für mein Brückenreferat bekommen. Wenn es jetzt Zeugnisse gäb, würd ich sitzen bleiben.»

Bei aller Liebe konnte sich Yildirim ihre Babett nie so recht im Gymnasium vorstellen. Sie musste immer gegen das Bild ankämpfen, wie ein älteres und schweres Fräulein Schönthaler dereinst tapsig auf der Aldikasse herumhämmerte.

«Ich habe mir das gar nicht richtig vorgenommen, nochmal zu dir zu kommen. Ich hab das vorhin einfach gesagt, wie meine Mama den Cognac aus dem Schrank genommen hat. Die macht das immer öfter. Ich hab mich sogar gewundert, dass sie gleich alles geglaubt hat. Ich hab doch gar keine Freundin.»

Yildirim räumte die Sachen vom Tisch. Der Schnee draußen fiel dichter, jetzt gefiel er ihr. Vielleicht schneite die Stadt ja ein, und die Behörden wurden geschlossen.

«Ich freu mich wirklich, wenn du kommst», bekräftigte sie, «aber wenn du über Nacht hier bist, dann kann mich deine Mutter anzeigen, weißt du? Das ist wirklich nicht so ohne.»

Das Zauberwort «anzeigen» verfehlte seine Wirkung nicht, das Mädchen nickte respektvoll. Dann schaute sie ihre müde Gastgeberin vergnügt an: «Ein bisschen ähnlich sind wir uns schon. Ich hab niemanden, der mich mag, und du auch nicht, gell?»

Yildirim zuckte zusammen, sagte aber nichts.

«Na ja, ich sag einfach, ich hätt mich mit meiner Freundin gestritten, das glaubt meine Mutter.» Babett stand auf und wischte sich mit dem Handrücken die Marmelade aus dem Gesicht.

«Stell dich aber noch ein paar Minuten in den Hof, du musst ein bisschen eingeschneit sein.» Yildirim fühlte sich miserabel, wenn sie sich vorstellte, dass das Mädchen wieder in die Tristesse ihrer Wohnung eintauchte wie in ein zu kaltes Bad.

«Das merkt meine Mama nicht», entgegnete Babett, «die ist jetzt betrunken.»

Unter der Wohnungstür stellte sich das Mädchen auf die Zehenspitzen und gab Yildirim einen schnellen Kuss auf die Wange. Die Stelle klebte von der Marmelade. Dann ging sie leise nach unten. Die Staatsanwältin schaute ihr nach und konnte ihre Rührung erst verstehen, als ihr klar wurde, dass zwischen diesem Kuss und dem letzten von ihrer Mutter drei Jahre lagen.

Sie legte sich aufs Bett, trat die Schuhe von den Füßen und schaute aus dem Fenster der Welt beim Schneien zu, bis ihr die Augen zufielen.

4

War es Dienstag oder Mittwoch? Oder Donnerstag? Dienstag, höchstens. Und: War er ein Hund? Oder ein Mensch?

Weder noch, wenn man ihn fragte – er war der Erste Hauptkommissar Johannes Theuer und nachts wohl kurz am Küchentisch eingenickt. Am etwas kleinen Küchentisch – kaum sah man noch das blaue Wachstuch schimmern. Alles war mit ihren Zetteln bedeckt, den Aufzeichnungen der letzten Tage, denen er irgendeinen verborgenen Sinn abzuringen versuchte. In allen Ausrichtungen und Schreibweisen stach ein Wort hervor. «Willy», «Willi», einmal sogar «Whilly», da hatte der Haffner bestimmt an Whisky gedacht.

Das Telefon dudelte, davon war der Kommissar also aufgewacht. Er wartete, ging nicht ran. Der Anrufbeantworter schaltete sich ein.

«Hier ist die Telefonmaschine vom Theuer. Nachrichten, Grüße, Geständnisse bitte nach diesem scheußlichen Pfeifton!»

Pfiff.

«Wie immer zum Totlachen. Hier ist die Hornung. Hör mal, Theuer, so geht das nicht, ich ... Wir müssen reden. Irgendwie rutscht alles weg zwischen uns. Bitte ruf mich zurück.»

Er blieb sitzen, starrte an die Wand. Morgen, morgen würde er seine Freundin zurückrufen. Und auch dann würde er nichts zu sagen wissen.

Er seufzte und machte sich wieder an die Notizen ihrer Altstadterkundung. Tags denunzierten sich die Handschuhsheimer Hundehalter um die Wette, und nichts kam dabei heraus. Hatten die vier Kurpfalzdesperados dagegen in Sachen Willy etwas Wichtiges erfahren? Nichts. Jeder schien Willy zu kennen, aber keiner richtig. Er war nach der Erinnerung der Befragten stets alleine, niemand wusste seinen vollen Namen, niemand wusste, wo er wohnte, niemand wusste, was er beruflich tat. Sie waren in so gut wie allen Altstadtkneipen gewesen, zu viert, zu dritt, allein, paarweise. Überall dasselbe.

Wie ein Überschuldeter vor dem Freitod noch einmal wahllos in die Kiste mit allen Belegen greifen mochte, fasste Theuer in den Zettelhaufen:

«Croissant, Sonntagabend. Haffner säuft, obwohl wir im Einsatz sind. Ein Jazztrompeter namens Baby Hübner (Pseudonym) kennt Willy, weiß aber nichts Genaueres. Fragt Haffner, ob er schwul ist, weil er wie ein Sänger der Popgruppe Village People aussehe. Trägt eine Radlermütze vom Team Telekom. Haffner reißt sie ihm vom Kopf und schmeißt sie in die Ecke. Befragter weigert sich daraufhin, seinen bürgerlichen Namen preiszugeben. Bin mir über unseren Rechtsstatus unsicher und lasse ihn gehen.»

Man konnte über Leidigs akribischen Notizen schon den ganzen kleinen Mut einbüßen.

«Befragte Person im Reichsapfel hat Willy mal gesehen, ist aber trotzdem sehr betrunken.»

Ach, Stern, wie viel hilflose Lauterkeit sprach aus diesen Zeilen.

Vielleicht wäre dem einen oder anderen Altstadtwrack mehr eingefallen, wenn man gesagt hätte, dass Willy tot sei, aber der Erste Hauptkommissar persönlich hatte seine Truppe angewiesen, das lieber zu lassen. Erfahrungsgemäß wurden solche Nachrichten zu Lauffeuern, deren letztes Züngeln ganz gewiss die Schuhspitzen des Herrn Seltmann angesengt hätte. Bis jetzt gab es in der Altstadt nur Gerüchte über die geborgene Wasserleiche. Nicht wenige behaupteten, es sei einer aus der dritten Big-Brother-Staffel, eventuell der nachgerückte Rollstuhlfahrer, der immer so lärmte und dann gleich wieder rausgeflogen war. Flussaufwärts lag das Reha-Zentrum, die Phantasie suchte sich ihre kleinen Haltegriffe.

«Bin in diesem Brauhaus, wo auch der Jazzclub ist, Spitzenbier. Willy war vielleicht mal hier, sagt …»

Den Rest der Ergebnissicherung hatte Kollege Haffner versehentlich auf einen Holztisch der Trinkhalle geschrieben.

Theuer stöhnte. Es war kurz vor eins. Er schlurfte ins Wohnzimmer und suchte in seiner wenig systematisch bestückten Regalwand einen Stadtplan Heidelbergs, fand ihn sogar. Wieder am Küchentisch, schraffierte er mit einem stumpfen Bleistift alle Straßen der Altstadt, in denen sie gefragt hatten. Dann dachte er sich, es könnte Sinn machen, irgendwie hervorzuheben, wo Willy jedermann bekannt war, im Unterschied zu den Orten, wo vielleicht gerade einer ihn schon mal gesehen zu haben glaubte. Da aber bereits fast alles grau verschmiert war, kritzelte er mit blauem Kuli hilflos über Regionen höher frequentierter Willy-Aktivitäten.

Am Ende sah der Plan aus, als hätte ihn ein gelangweilter Vierjähriger in den Patschehänden gehabt. Mit einer Ausnahme: Der Uniplatz leuchtete jungfräulich aus dem ganzen wüsten Gestrichel heraus und bescherte Theuer einen kleinen, grimmigen Ermittlerstolz. Die Uni würden sie sich morgen vornehmen. Dann fiel er ungewaschen ins Bett.

Nur allzu wenige Stunden später saß er am Dienstagmorgen mit seinen Leuten zusammen und referierte ihnen müde seine nächtliche Denkarbeit.

«Also, wir befragen jetzt noch in der Mensa. Am Schluss wären die Geschäfte dran, aber viel ist dann nicht mehr zu tun.» Eine taumelige Stubenfliege streifte seine rechte Schläfe. «Ende der Woche überträgt Seltmann die Geschichte jemand anderem. Und wir suchen den Hundekiller.»

«Ist ja eigentlich auch egal», brummte Haffner, und es regte sich kein Widerspruch. Seltmanns Kränkung schwächte mit der Zeit ab, was blieb, waren Blasen an den Füßen und blöde

Gefühle. Bald hatte sie der Direktor klein, und man gewöhnte sich daran.

«Ich denke, das mit der Uni sollten wir aber wirklich noch machen», sagte Leidig und wedelte eine riesige Rauchwolke zur Seite. «Ich war nämlich gestern noch im Calypso, der Cocktailbar schräg gegenüber von meiner Mutter ...»

«Und», fragte Stern, «war Willy da Barkeeper?»

«Das nicht», Leidig sah ein bisschen stolz aus, «aber er war öfters dort.»

«Hervorragend!», brüllte Haffner unter Hohngelächter. «Das haben wir dreitausendmal rausgefunden. Es gibt in der Altstadt Kneipen, in denen Willy öfters mal war. Spitze, Leidig!»

Nach diesen losen Worten stand Haffner auf und tat etwas sehr Seltsames. Er öffnete das Fenster zur Römerstraße und kippte seinen randvollen Aschenbecher hinaus. Dann schloss er es wieder und setzte sich, als sei nichts geschehen.

«Du bist betrunken», schalt ihn Theuer. «Total besoffen. Du hast eben deinen Ascher auf die Straße geleert.»

Der ertappte Polizist sah kurz aus wie einer dieser kleinen mexikanischen Hunde mit nicht buchstabierbarem Namen, wenn man ihn versehentlich in den Wäschetrockner geschmissen hat. «Dann bin ich halt betrunken», sagte er leise, wurde dann aber rasch lauter: «Jawoll, ich hab's mir gestern so richtig gegeben. Mit Wodka, macht keine Fahne, damit ich nicht wieder stinke. Und? Ist doch wohl egal. Ich bin in einem Scheißteam gelandet! Ich kann hier meine Fähigkeiten nicht ausleben. Nicht zupacken. Richtig nachfragen. Dem Volk aufs Maul schauen! Das ist es doch!»

Theuer fühlte Kopfschmerzen im Anmarsch. Normalerweise hielt er sein müdes Seelenleben in einem wackligen

Gleichgewicht. Dazu bedurfte es vieler Finten, Späße, Verdrehungen und grotesker Sätze – alles, damit die Wippe nicht den Boden berührte. Denn da, wo auf dem Spielplatz Gummistopper verhindern, dass den Kleinen die ersten Hämorrhoiden schwellen, waren bei ihm zwei Minen, bereit hochzugehen. Zwei gelbe Minen, und eine detonierte jetzt leider.

«Dann geh zum Uniplatz, frag dich durch und sauf ein paar 1603 oder Schlossquell Export. Oder von mir aus reinen Sprit aus der Apotheke!»

Haffner schaute verdutzt. «Im Ernst?»

«Im Ernst», sagte Theuer freundlich und stand auf. Dann blickte er prüfend auf seinen Schreibtischstuhl, seinen Schreibtisch, das alberne Rondell der Arbeitsplätze. Schaute auf die fleckigen Wände und in die übernächtigten Gesichter seiner Kollegen. Auf Sterns Schreibunterlage lag ein brauner Apfelstrunk. «Seit letztem Freitag liegt der Apfel da», sagte er kaum hörbar.

Stern fasste sofort nach der zerbissenen Frucht, war aber noch nicht am Papierkorb, als Theuer schon loslegte: «Schmeiß den Apfel weg! Weg mit diesem ganzen Müll!» Dann trat er seinen Stuhl um und versetzte auch gleich dem Tisch ein paar Tritte. Schließlich packte er das Möbel, hob es mit irrer Kraft hoch und ließ es vor dem Fenster krachend zu Boden fallen. Aber er war noch nicht fertig. Wie ein Büffel stapfte er auf Haffner los. «Du bist ja noch da. Scheißteam, was? Hau ab, verschwinde. Und um zwölf bist du zurück mit Ergebnissen! Mit richtigen Ergebnissen, verstanden?»

Haffner, etwas bleich, hangelte nach der Jacke.

«Es wäre vielleicht gut, wenn ich zuerst zu Ende sprechen könnte», sagte Leidig leise.

«Bitte schön», murmelte Theuer und setzte sich mit dem Rücken zu seinen Leuten. «Sprechen Sie zu Ende.»

«Also», Leidigs Stimme klang etwas enger als sonst, «ins Calypso kam er immer nur im Winter und immer in Begleitung von einer Studentin oder einem Studenten, selten mit derselben Person zweimal.»

«War das ein Kinderficker?» Haffner fing sich bereits wieder.

«Haffner, ich bitte Sie: Studenten sind keine Kinder.» Dann stand Theuer auf und ging mit raschen Schritten zu seinem gemaßregelten Burschen. «Mensch, tut mir Leid, dass ich so gebrüllt habe. Ich hab halt auch privat Probleme, mit meiner Freundin ist's schwierig und …»

Verblüfft nickte Haffner. Theuer spielte fast zärtlich mit einer Niete am Jeanshemd seines schwankenden Kollegen.

«War ja auch nicht gut, was ich gesagt hab», murmelte Haffner. «Ihr seid kein Scheißteam. Ich hab halt auch einen Frust mit dem Seltmann. Wir sind ein gutes Team, find ich eigentlich.»

Glücklicherweise entschuldigte sich Stern nicht auch noch für den Apfelbutzen. Eine gewisse Rührung durchwaberte den Raum. Später sollte Theuer denken, dass die vier sich nach diesem Gebrüll begannen, richtig gern zu haben. Er versuchte, sich vorzunehmen, den glimmenden Zorn öfters für solche guten Dinge zu nutzen, ja, ihn quasi anzunehmen, aber er vergaß es wieder. Brav stellte er jetzt nur Tisch und Stuhl zurück in die Runde.

«Also, das Calypso ist eine Cocktailbar», nahm Leidig den Faden wieder auf. «Aber Willy hat dort nie Cocktails getrunken.»

«Das kann nicht sein», entschied Haffner. «Das ist ja so, wie wenn man ständig in die Eisdiele geht und, also ... praktisch gar kein Eis isst!»

Zehn nach zehn. Der erste Hunde-Informant rief an.

Der leitende Oberstaatsanwalt Wernz drückte sein pulsendes Fleisch mit einem Leitzordner unter die Schreibtischschublade. «Frau Yildirim, Sie sehen das zu persönlich. Ich traue Ihnen durchaus zu, jetzt schon kapitale Delikte zu bewältigen. Diese kleine Niederlage am Freitag, na, hören Sie mal!»

Er starrte sie hingerissen an. Yildirim hatte heute keine Verhandlung und war locker unterwegs. Sie trug einen engen weißen Pullover, Jeans und jugendliche Kofferturnschuhe. Die schwarzen Haare hatte sie zum Pferdeschwanz gebändigt. Das mochte alles einen kraftvollen, dynamischen Eindruck machen, aber sie war ziemlich verzweifelt. Das Bild des Frauenquälers hatte sie durch das Wochenende begleitet. Die kleine Babett war nicht mehr erschienen, und Yildirim konnte nicht finden, dass das eine Erleichterung war, denn so war sie einfach nur alleine gewesen. Sie fühlte sich herzlich unfähig, und zunehmend beschlich sie der Verdacht, mit ihrem raschen Einlenken auf die Linie des Polizeidirektors im Fall der Wasserleiche das nächste Fiasko heraufzubeschwören.

«Es ist ja gut, dass Sie um ein Gespräch mit mir nachsuchen, ja, wunderbar. Nur gestern ging es nicht. Da war absolut nichts drin. Da war der Teufel los.»

Wernz schaute betrübt zum Fenster hinaus. Er erwartete wohl eine Frage, was er Tolles zu tun gehabt habe, aber seine unglückliche Besucherin fragte nichts. Was auch immer ihr wieder Selbstvertrauen geben mochte, sie ahnte, dass es nicht von diesem Dr. Wernz kommen würde.

Der schwallte zünftig weiter: «Ich freue mich, dass Sie gekommen sind! Sie sind ja noch nicht allzu lange bei uns, und ich finde es immer gut, wenn man sich besser kennen lernt. Mit Sorgen und Nöten. Als Menschen. Geben Sie nicht einfach auf! Sie leisten hier doch auch ein wenig Stellvertretung für Ihre Landsleute.»

«Für alle achtzig Millionen Deutschen?» Yildirim lächelte spöttisch und rutschte wie eine wurmige Katze auf dem Stuhl herum, irgendwie steckte sie falsch in den Jeans.

Wernz missdeutete das gründlich. «Für die integrationsfähigen jungen Leute aus vielen Herkunftsländern, die frisches Blut in unser Land bringen, ihre Gedanken, ihren Elan ...» Wieder machte er eine Pause, doch diesmal wandte er den Blick nicht von seiner Untergebenen. «... und ihre Schönheit.»

Ein wenig Sonne kämpfte sich durch den grauen Himmel, und seine Glatze spiegelte das Licht, als habe er sie gefettet.

«Es gefällt mir jedenfalls nicht, was die Polizei da macht, bei dieser Wasserleiche. Ich kenne Dr. Seltmann bislang nur von seiner Begrüßung im Rathaus. Wir sind ja hier kein verschlafenes Kraichgaunest. Dass die gar nichts machen! Seinen Hund kann man nicht mehr von der Leine lassen und ...»

«... bei null Grad in den Neckar springen kann man auch nicht mehr», ergänzte Yildirim freundlich lächelnd. Wenigstens ermöglichte ihr dieses marode Treffen, die stählerne Wut zurückzugewinnen, die sie für gewöhnlich senkrecht hielt.

Wernz fand ihren Scherz nicht lustig, sie hatte ihn gebremst. Selbstmitleidig betrachtete er ein gerahmtes Familienfoto auf seinem Schreibtisch. Da klingelte das Telefon. Seine Sekretärin meldete ihm Dr. Martin Duncan.

«Ja, das ist ja phantastisch!», stürmte der Amtsleiter los und öffnete lakaienhaft seine Tür. «Dr. Duncan aus Auckland? Hatten Sie eine gute Reise?»

«O ja», sagte ein etwas unscheinbarer Herr mit kaum merklichem Akzent, der mit seinen asiatischen Zügen wirklich nicht nach einem Neuseeländer mit schottischen Namen aussah. «Ich bin schon eine Woche in Europa. Jetzt komme ich aus Belgien, das ist ja, wie sagt man auf Deutsch: ein Katzensprung ...»

«Mr. Duncan schreibt eine vergleichende Schau der Strafverfolgung in der westlichen Hemisphäre», strahlte Wernz. «Ach, was bin ich ungalant – das ist eine unserer Staatsanwältinnen, Frau Yildirim.»

Duncan gab ihr lächelnd und kräftig die Hand. Man hätte ihn für die Disneyland-Besetzung eines japanischen Faschisten halten können.

«Da habe ich jetzt eine Idee!» Wernzens Augen blitzten: «Frau Yildirim, wenn Sie es einrichten könnten, wäre ich sehr dankbar, wenn Sie unserem Gast vielleicht einmal ein wenig die Stadt zeigen könnten. Das wäre doch was! Und Sie kämen mal auf andere Gedanken.»

Duncan und Yildirim sahen beide gleichermaßen begeistert aus. Aber der Staatsanwältin fiel kein schöner Satz ein, die Sache abzubiegen. Dieser Duncan war keinesfalls ihr Typ, doch sie konnte nicht ablehnen, das wäre schon dem Besucher gegenüber unhöflich gewesen. Gar nichts sagen ging auch nicht. Allenfalls der verkuppelte Gast hätte sie noch retten können, aber der machte keine Anstalten dazu. Es war eine Ersatzbefriedigung: Wenn Wernz sie schon nicht bekam, so spendierte er sie wenigstens einem anderen. Niemals würde er das mit einem männlichen Kollegen machen.

«Passt es Ihnen denn morgen Abend?», fragte sie also hölzern und schwor sich, wenigstens nie für männliche Vorgesetzte Kaffee zu kochen.

«Das passt ausgezeichnet.» Die Stimme des Besuchers klang gestelzt.

«Ich bringe Dr. Duncan im Hotel am Kongresszentrum unter», jubelte Wernz. «Dann holen Sie ihn dort morgen Abend um acht ab, nicht wahr, Dr. Duncan? Da lernt man doch Land und Leute gleich besser kennen!»

Der Gast nickte höflich.

«Also, an der Stadthalle morgen Abend.» Wernz war nun so munter, als ginge er selbst aus. «Das Ding heißt ja jetzt Kongresszentrum, aber wir Heidelberger sagen immer noch Stadthalle. Herrlicher Barockbau.» Krachend schlug er Duncan auf die Schulter.

«Neobarock, Jahrhundertwende», sagte Yildirim trocken. Sie wusste aus einem Jahr Gastaufenthalt in Heidelbergs Partnerstadt Cambridge, dass solch eine Zutraulichkeit wie Wernzens Schulterschlag in der angelsächsischen Welt höchstes Missfallen erregen konnte. Vielleicht waren die Neuseeländer ja anders.

«Und jetzt, Frau Yildirim», brüllte Wernz mit Pferdegrinsen, «jetzt gehen Sie mal ins Revier Mitte und machen in der Sache der Wasserleiche Dampf! Gehen Sie direkt hin, lassen Sie sich nicht am Telefon abwimmeln!» Er wollte seinem Besucher sichtlich imponieren.

Der Esel von Staatsanwalt lässt es sich nicht nehmen, ihn persönlich zum Hotel zu eskortieren. Erstaunlich – nein, überhaupt nicht erstaunlich, wie man dem obersten Strafverfolger einer Provinzstadt mit ein paar falschen Briefköpfen den Geist vernebeln kann. Der Trottel hat sogar brav die Nummer im Briefkopf angerufen, um sicherzugehen, dass ihn wirklich ein neuseeländischer Rechtsforscher besuchen will und kein Team der Versteckten Kamera. Schön hätte man bei ihrem Gespräch aus dem All verfolgen können, wie die Wellen zum Satelliten flogen und zielgenau reflektiert in Neuseeland landeten, um dann – Service einer innovativen privaten Telefongesellschaft für Mitbürger auf Reisen – ohne Aufenthalt zurückzurasen und von oben betrachtet nahe ihres Startpunktes wieder niederzugehen. So haben sie miteinander über das heiße neuseeländische Klima geplaudert und in den Regen geschaut. Die Wirklichkeit ist das, was man am leichtesten verändern kann. Das ist Freiheit.

«Herr Dr. Duncan?», fragt der Trottel anbiedernd.

Er nickt ihm gütig zu.

«Ihr Verlag – verzeihen Sie, wenn ich mit der Tür ins Haus falle – sieht tatsächlich immer noch diese großzügige Aufwandsentschädigung ...»

Er nickt nochmals, diesmal bekräftigend, dazu muss man den Kopf zuerst ein wenig in den Nacken werfen, er hat es geübt: «Wenn wir Sie und Ihre Frau nächsten Sommer in Neuseeland begrüßen dürfen, so ist das keine Großzügigkeit, sondern angemessener Dank an den Repräsentanten einer der wenigen kooperativen Strafverfolgungsbehörden, die unsere Arbeit ermöglicht haben.»

«Ich war nämlich schon mal in Neuseeland», fährt der Trottel erinnerungsselig fort.

Das ist nicht unbedingt erfreulich.

«Herrliches Land! Wo, sagten Sie, sind Sie geboren?»

«In Auckland selbst.»

«Immer dort gelebt?»

«So ist es», sagt er und will vermeiden, dass der Ärger ihm das Öl in der Stimme ranzig macht.

«Aber Sie sind doch sicher herumgereist, wir lieben besonders …»

«Herr Wernz.» Er legt dem Idioten die Hand aufs Knie, ein bisschen übertriebene Nähe bringt Leute zum Schweigen. «Meine Eltern sind auf einer Rundreise durchs Land gestorben, bitte verstehen Sie …»

«O Gott, das tut mir Leid, ich …»

Er ist wütend, er hatte sich mit Neuseeland auf der sicheren Seite gesehen, der, die ein Wernz nie betreten hat. Wenn eine Annahme falsch ist, wird er wütend. Er wird schnell sehr wütend, das ist ein echtes Problem. Die Wut kann ihn inwendig überfluten, und dann sieht er alle Gesichter wie Masken und will sie abreißen, dann steht alles im Weg, und er muss es niedertreten. Er will sich beherrschen, er muss allein sein. Doch zugleich ist er stählern sicher, diese Fluten zu dämmen, eines Tages die Quelle seiner Wut wie einen Wasserhahn bedienen zu können. Dann wird er ganz nach seinem Bilde sein. Aber noch ist es nicht so weit. Er fragt sich, ob er der richtigen Eingebung gefolgt ist, dem Treffen mit dieser Türkin zuzustimmen. Vielleicht weiß sie etwas, hofft er. Vielleicht fickt er sie. Das ist keine Hoffnung, sondern einfach eine Frage seines Willens.

«So, wir sind da. Das Hotel ist nicht das allerbeste, aber Sie wünschten ja ein etwas kleineres …»

«Das ist wunderbar.» Er lächelt, aber das tut im Kiefer weh.

«Gegenüber, sehen Sie, ist die Stadthalle. Da ist auch ein Restaurant, wie gesagt kubanisch …»

Wenn der Trottel nur diese Anbiederei lassen könnte.

«Wunderbar, Herr Wernz. Wenn Sie mich jetzt ein wenig

ausruhen ließen? Ich werde mich dann morgen bei Ihnen melden.»

«Natürlich, Dr. Duncan.»

Endlich ist der Idiot weg. Er steht an der Rezeption. Die Klingel sieht aus wie eine herausgeputzte Qualle, eine kleine dumme Qualle im Sonntagsstaat. Wie mit Schleim eingerieben. Er will die Klingel zerschlagen. Er muss sich beherrschen.

«Ach, Gott, hauen Sie mir nicht die Klingel kaputt, oweiowei ...»

«Entschuldigung, ich habe gedacht, das geht schwerer ...»

«Jaja, schon gut. Mann, haben Sie einen Bums im Arm ...»

«Für mich ist ein Zimmer reserviert, von Herrn Dr. Wernz, oder vielleicht steht da auch Staatsanwaltschaft ...»

«Ja, da hab ich's. Staatsanwaltschaft, jawoll ...»

«Lassen Sie das ruhig stehen, ich bin offiziell hier.»

Ein dummer Satz, aber der Portier schluckt ihn und händigt einfach den Schlüssel aus. Alle schlucken die dummen Sätze. Menschen grasen die Dummheit ab wie Kühe eine satte Weide. Die Wut lässt nach.

Leidigs Entdeckung hatte Theuer bewogen, selbst mit zur Mensa zu fahren. Willys studentische Kontakte legten nahe, dass da etwas zu holen sein könnte. Ihre schöne Versöhnung machte es ihm leicht, Haffner das Hundetelefon zu überlassen, zumal der brave Stern sich gleich angeboten hatte, das mit ihm «durchzustehen».

Diesmal chauffierte ihn also Leidig. Er fuhr zögerlicher als Stern und saß da, als ob man ihm eine Reißzwecke in den Sitz gefummelt hätte. Theuer bemühte sich, ihn beim Steuern nicht zu beobachten, weil er sich aus seinen automobilen Zeiten entsann, wie sehr das nerven konnte. Der Schnee lag nur noch oben auf dem Königstuhl, unten in der Stadt war es feucht und kalt. Sie fuhren die Kurfürsten-Anlage herunter und nahmen den Gaisbergtunnel.

Als sie an der Musikhochschule wieder ans Licht kamen, deutete Leidig nach links, neben das Parkhaus. «Da wohne ich, gleich das nächste Haus neben dem Scheffeleck.»

Theuer nickte, er hatte das schon mal gewusst. Leidigs Haus hatte einen deutlichen Gelbton, der Sandstein im Erdgeschoss und um die Fenster herum war sogar leuchtend rot. «Hast du die Farben ausgesucht?»

Leidig lachte: «Nein, die hat das Denkmalamt ausgesucht, ist angeblich der Originalputz von 1900. In der Altstadt bestimmen die Denkmalschützer alles. Selbst das historische Bindemittel der Farben ist vorgeschrieben. Deshalb fällt der Putz an manchen Stellen auch schon wieder runter. Vor fünf Jahren ist saniert worden. Wenn ich an die Eigentümerversammlungen denke ...»

«Aber so einen Klotz wie das Parkhaus erlauben sie dann», schimpfte Theuer, «und schrauben eine Platte dran, dass Hegel drin gewohnt hat.»

Leidig nickte. «Das Schild ist wirklich ein Gag. Aber das waren die Siebziger, Bürgermeister Brandel und seine Träume von einer Autostadt. Da haben wir noch Glück gehabt, wie es gekommen ist.»

Das stimmte. Theuer dachte an seinen Freund Fabry, einen furchtbar dicken, früh pensionierten Kollegen, der im Schwarzwald in einer Stadt lebte, wo man in diesem Jahrzehnt in der größten denkbaren Geschmacksverirrung die gesamte alte Innenstadt platt gemacht und durch einen krakenhaften Betonbau ersetzt hatte. Er musste sich mal bei Fabry melden. Und dringend bei der Hornung.

Leidig bog links in die Grabengasse ab. Als gutem Heidelberger ging dem Ersten Hauptkommissar immer ein wenig das Herz auf, wenn er den Uniplatz sah. Zwar waren die neueren Gebäude der Universität bemerkenswert scheußlich in die alte Häuserzeile gequetscht, aber allein die Barockfassade der alten Universität gegenüber überstrahlte die ärmliche Architektur. Leidig parkte selbstbewusst am Brunnen, mitten im Fußgängerbereich. Unbeeindruckt von den Protesten einiger Berber, die mit ihren Hunden an der Wand zum Papyrologischen Institut vor sich hin froren, gingen die Ermittler Richtung Mensa und Cafeteria.

Oben war noch zu, Semesterferien, so blieb ihnen nur das riesige, niedrige Erdgeschoss. Theuer ging sinnlos durch die leeren Sitzgruppen und ließ sich irgendwann müde nieder: «Daran hätten wir ja auch mal denken können. Semesterferien – da läuft ja noch gar nichts in der Uni! Wahrscheinlich sitzen unsere wichtigsten Zeugen gerade in Flensburg bei der Oma auf dem Sofa und trinken ranzigen Eierlikör. Sofern es bei diesem Schattenfrosch von Willy überhaupt Zeugen gibt.»

Sein junger Kollege nickte verdrossen, meinte dann aber, er werde sich trotzdem ein wenig umsehen. Unten, Richtung Sandgasse, sah man an den schwarzen Brettern ein paar Studenten herumirren, und schließlich blieb auch noch das Personal.

«Suchen Zimmer, die Kindsköpfe», sagte Leidig ungewohnt hart.

Theuer schaute ihm verblüfft nach. Wahrscheinlich beneidete Leidig die Studiosi, die nicht bei Muttern blieben.

Der Erste Hauptkommissar saß an der Fensterfront zum Innenhof. Inmitten der klobigen Gebäude hatte man dort einen kleinen Pavillon auf Sandsteinstelzen stehen lassen, der keinem erkennbaren Zweck diente. Theuer entsann sich mühsam seines Heimatkundeunterrichts. Das Renaissancetürmchen hatte einst einen Brunnen im offenen Untergeschoss und war ursprünglich Teil eines prächtigen Gartens gewesen, einer Miniaturausgabe des Hortus Palatinus, des Gartens am Schloss. Und jetzt sah es einfach ein bisschen dämlich aus, das Türmchen, kleines altes Einsprengsel im Kunstherz der Alma Mater.

Warum ließ Seltmann sie nicht richtig arbeiten? Theuer ahnte, wie einfach die Lösung dieses großen Rätsels sein mochte: Er wollte sie blamieren – nicht loswerden oder so etwas Spektakuläres, einfach blamieren. Wahrscheinlich glaubte der Polizeidirektor wirklich an eine banale Todesursache, aber jeden anderen im Haus hätte er trotzdem daran arbeiten lassen. Nun würden sie ihm in ein, zwei Tagen die Ergebnisse vorlegen, die sie nicht einmal haben dürften, deshalb einen Anschiss kriegen, und irgendwelche schnittigen jungen Kräfte hätten bald den Täter, denn dann ging bestimmt alles: Bild in der Zeitung, Zeugentelefon, modernste Untersuchungsmethoden. «Theuer und seine Leute hatten den Fall eine Woche lang», würde man sagen, «da ist natürlich erst mal gar nichts passiert.»

Ein forscher Angestellter des Studentenwerks trat an sein Tischchen und wollte ihn hinauswerfen, weil er ja wohl kein Student mehr sei und zum neuen Semester endlich durchgesetzt werden sollte, dass die bekanntlich subventionierten Speisen- und Getränkepreise nur noch denen, die, und so weiter ... Theuer verwies bescheiden darauf, dass er weder esse noch trinke. Der mittelalte Büttel, den man draußen ohne weiteres als Bankfilialleiter oder Hirnchirurg hätte durchgehen lassen, ergänzte gereizt, dass man auch nicht mehr als Wärmestube für Obdachlose herzuhalten bereit sei. Nach Aufklärung des kleinen Missverständnisses wischte der Frustrierte den Tisch. Theuer steckte die Dienstmarke ein.

Im Grunde zerfiel die Menschheit in zwei Kategorien: die Starken, die Fun-Leute, die tätowierten Karrieremacher – und dann die guten bis doofen Gescheiterten, beginnend beim Oberstudienrat für Reli und Latein, endend auf der Zeitung unter der Alten Brücke. Eine dritte Hälfte konnte es nicht geben, und folglich würde er, Theuer, irgendwann verschwinden.

Jetzt kam Leidig zurück, eine kleine, kugelrunde Angestellte im Schlepptau. Die Laune der Frau entsprach etwa der Konjunktur Albaniens.

«Soll ich jetzt alles noch emol sage?», fragte sie, schnaufend angekommen, schmollgesichtig.

Theuer nickte gütig.

«Ha ja, der kommt oft. Also früher, bis jetzt. Weil, jetzt ist er ja ned da.»

Leidig ergänzte, Willy sei nach Aussagen der Frau hier mit Studierenden zusammengetroffen und gemeinsam weggegangen. «Ins Calypso zum Beispiel.»

«Des heb isch net gesagt, des mit dem Kalipso do!», schrie die Dicke.

«Jaja», wiegelte Theuer rasch ab. Was ein gestandener Heidelberger Mensch war – hörbar war die mopsige Küchenkraft einer –, der ließ sich nichts nachsagen, ohne Krach zu schlagen, sei der Anlass auch noch so unbedeutend. «Aber es wäre nett, wenn Sie mit uns mal ein wenig herumliefen und schauten, ob Sie jemanden erkennen, der sich mit dem Herrn getroffen hat.»

«Und was krieg ich dafür?», fragte die Zeugin frech. «Mit euch kriegt man doch bloß Schwierischkeite, und wenn's brennt, seid er net do! Des is so.»

«Das Bundesverdienstkreuz wird's nicht werden, Gnädigste», versetzte Theuer mit blitzenden Augen. Denn er war ebenfalls ein gestandener Heidelberger, mochte er auch oft auf der Nase liegen.

Yildirim hatte es nicht eilig, den befohlenen Gang ins Revier Mitte anzutreten. Ihr Büro war in die Gänge des Familiengerichts ausgelagert. Erst wenn ein Kollege pensioniert würde, wäre wieder Platz in ihrer eigenen Abteilung. Sie war ganz zufrieden damit, denn hier, wo sie in einer besseren Abstellkammer zu arbeiten hatte, stand sie kaum unter Kontrolle, und an die Jammerblicke der gebeugten Paare, die in ihrem Flur auf die Scheidungszeremonie warteten, hatte sie sich gewöhnt.

Sie ging ein paar Akten durch, Fälle, die zu keiner Anklage führen würden. Sie jedenfalls konnte kein öffentliches Interesse darin erkennen, wenn sich der Anwohner einer Eisdiele letztes Jahr über die Maßen von Wespen verfolgt gefühlt hatte. Das war nicht ihr Ressort, auch wenn der geplagte Mensch behauptete, der italienische Besitzer des Lokals habe die Insekten dressiert.

Gegen Mittag schlenderte die Staatsanwältin – unter hastigen Blicken: Nein, Wernz war nicht da – in die öde Kantine und trank Tee. Sie saß alleine. Die meisten Kollegen kannten sie noch gar nicht richtig, und sie hatte gelernt, zur Bekanntschaft nicht gerade zu ermuntern. Sie dachte nochmals an ihre seltsame Verabredung für den morgigen Abend, wenn man das nicht eher eine Verschickung nennen musste, und versuchte, sich einzureden, es könne ja auch ganz interessant werden. Zumindest die Rechnung würde sie Wernz vorlegen, sofern sie dieser geschniegelte Eurasier nicht einlud.

So schummelte sie sich durch die Stunden ihres Arbeitstages, bis genug Zeit vergangen war, um vom Revier aus gleich nach Hause zu gehen. Dann würde sie für Babett und sich Pfannkuchen machen. Vielleicht stampfte die Kleine ja wieder die Treppen hoch, hoffentlich hatte sie sie nicht verschreckt.

Als sie auf der Straße war, kam gerade die Sonne heraus. Die Staatsanwältin musste heftig gegen das Bedürfnis ankämpfen, in die Altstadt stiften zu gehen. Wenn die Sonne nur eine halbe Stunde bliebe, würden sie am Theaterplatz schon die Tische herausstellen, und man könnte draußen sitzen und warm werden, mit sich und der Welt. Aber es ging ja nicht. Und außerdem zog es schon wieder zu. Entschlossen stach sie in Richtung Revier los. Sie würde gleich zu den seltsamen Bullen gehen und sich dabei wenigstens diesen Seltmann sparen, das war sie der Sonne schuldig.

«Ja, wir haben darüber berichtet. Ich muss mal schnell im Computer nachschauen, wann das genau war. Ist noch nicht sehr lange her.»

Er lächelt verbindlich und zieht aus seiner schmalen Aktentasche ein sorgfältig gefaltetes Online-Exemplar der *Rhein-Neckar-Zeitung*: «Die fragliche Ausgabe habe ich bereits dem Internet entnommen. Meine Frage bezog sich eher darauf, ob Sie vielleicht weiteres Material zu der Sache haben, zum Beispiel Nahaufnahmen. Vielleicht kennen Sie ja auch den derzeitigen Stand der fachlichen Verifikation.»

«Ja, so ...» Die Redakteurin wurde etwas unsicher. «So etwas geben wir eigentlich nicht einfach heraus, wissen Sie … Da müsste ich mal telefonieren. Wie heißen Sie bitte nochmal?»

«MacPherson, Universität Edinburgh. Vielleicht kann ich ja auch direkt mit dem jungen Mann sprechen? Er steht leider nicht im Telefonbuch.»

Reste der Wut flackern als neongelbe Fetzen, stören ihn, aber können ihn nicht verwirren.

«Wo wohnen Sie denn, Herr MacPherson? Der zuständige Kollege ist nicht da, ich könnte ihn aber bitten, Sie zurückzurufen.»

«Oh, das ist schlecht, denn ich habe noch gar kein Hotel. Ich melde mich wieder bei Ihnen.»

Als Yildirim das Büro der vier betrat (an die Tür hatte ein anonymer Kollege ein Bullterrier-Abziehbild geklebt), bot sich ihr ein eigentümlicher Anblick. Einer, der Junge, den sie am Freitag im Geiste «Rotbäckchen» getauft hatte, hing am Telefon und machte sich Notizen. Der mit dem Seehundschnauzer saß rauchend auf der Heizung und schaute sie an, als hätte sie so viele Brüste wie die Diana von Ephesus. Beide trugen praktisch das Gleiche, Jeansstoff vom tanzenden Adamsapfel bis zu den Tennissocken, die in billigen Lederimitatsstiefeln steckten.

Dann war da der mächtige Chef mit dem Igelkopf und Stoppelgesicht, der auf ein blässliches Frauenzimmer einredete. Sie vergoss hinter ihrer Kassenbrille dicke Tränen auf ihr östlich-folkloristisches Wams, eine große Babett ohne Pausbacken. Vor der armen Gestalt hockte der Musterknabe in einer Art Konfirmandenanzug, als wollte er ihr einen Heiratsantrag machen.

«Ah, die Behörden rücken zusammen! Nur immer herein», rief Theuer verzweifelt. «Es könnte sowieso nicht besser laufen.»

«Der Nachbar hat also Ihren Hund als Mistköter beschimpft», wiederholte Stern am Telefon geduldig. «Hat Ihr Hund etwas gemacht? Also, ich meine nicht nur Aa, ich meine, irgendwas …»

Theuer drehte eine ratlose Runde um das weinende Mädchen. «Niemand wirft Ihnen etwas vor, jetzt heulen Sie doch nicht … Wir wollen nur wissen, was Sie mit dem Herrn, den alle Willy nannten, besprochen haben. Wenn Sie uns das schon in der Mensa gesagt hätten, hätten wir Sie gar nicht gebeten mitzukommen! Verstehen Sie, wir haben Sie gebeten! Eine Kassiererin hat Sie wieder erkannt, wir wissen, dass noch mehr Studentinnen und Studenten mit ihm irgendwelche Kontakte hatten. Die meisten sind ja wohl noch in den Semesterferien. Wir wollen jetzt einfach nur wissen … ja, vorläufig wollen wir nur wissen, wer Sie sind!» Mühsam beherrscht starrte er zur Decke und hielt die Hände vor sich, als melke er eine ganz große Kuh.

«Sagen Sie uns doch einfach Ihren Namen und Ihre Adresse … sonst müssen wir Sie durchsuchen lassen», wisperte Leidig, dem dieses hilflose Geschöpf zu gefallen schien, wohl, weil er neben ihr fast cool wirkte.

Das Mädchen heulte lauter und schüttelte trotzig den Kopf. «Ich hätt nicht kommen sollen. Alle sind in den Semesterferien weg. Und ich wollt doch nur was lernen …»

Theuer wischte seine achtlos hingeworfene Lederjacke vom Schreibtischstuhl und bot Yildirim verschmitzt lächelnd an, sich zu setzen. «Sie bleiben doch ein bisschen?»

«Wissen Sie, wenn Ihr Nachbar einmal so etwas sagt»,

hörte man wieder Sterns freundliche Stimme, «dann würde ich ... Ja, aber natürlich ist es gut, wenn Sie anrufen ... Ja, also, jetzt bitte ich Sie. Ihr Hund hat ihm ja auch in die Einfahrt ...»

Theuer ging in raschen, kämpferischen Schritten zu Stern, entwand ihm den Hörer, brüllte in die Muschel: «Jetzt behalten Sie Ihren Hundescheiß für sich, verdammt», und legte auf.

In solchen Momenten, wenn man nur so ein kleines Knöpfchen am Telefon drücken durfte, dachte er sehnsüchtig an das lustvolle Auf-die-Gabel-Pfeffern im analogen Zeitalter, als es nach der Wetterkarte noch piepste und niemand aus der DDR durfte.

«Kommen Sie aus der ehemaligen DDR?», fragte er die Studentin sinnlos.

Sofort klingelte das Telefon wieder. Der Erste Hauptkommissar griff nach dem Hörer und bellte: «Wau, wau!» Dann riss er das Kabel aus der Buchse. Es war still.

Das heulende Mädchen deutete auf Yildirim. «Wer ist das?», fragte sie mit bebender Stimme.

«Das ist Frau Staatsanwältin Hilbili», sagte Theuer im tiefsten Bass, dessen er fähig war. «Es ist jetzt sehr ernst.»

«Ich lasse Sie untersuchen», log Yildirim drauflos, «von meinen härtesten Beamtinnen. Das sind die reinsten Schindmähren. Und Sie müssen sich ausziehen. Ganz nackig. Die gucken in den Popo.»

Da ging ein Ruck durch das traurige Fräulein, und sie sprach plötzlich mit der Würde der heiligen Johanna: «Ich sag jetzt alles.»

Theuer schaute zu Yildirim und nickte kaum merklich. Haffner hielt dezent den Daumen hoch. Die anderen beiden mochten die Staatsanwältin im Stillen ehren, auf jeden Fall gehörte sie jetzt dazu.

5 Es war nicht so spät wie in den Fernsehkrimis, aber es langte für den Tag, und nun zog auch Leidigs Drucker nicht mehr richtig ein.

Die inzwischen wieder beherrschte Studentin der evangelischen Theologie Dorothea Buchwald berührte mit ihrer langen Zunge gedankenverloren die dicke Nase in ihrem flächigen Gesicht. Yildirim hasste so etwas und wandte sich ab. Sie glaubte einige anerkennende Blicke für ihr wüstes Manöver geerntet zu haben, bezweifelte jedoch, ob man in so einem frühen Stadium der staatlich bestallten Jurisprudenz schon kräftig bescheißen sollte. Aber sie mochte Glück haben, die Zeugin sah nicht so aus, als habe sie vor, sich irgendwo zu beschweren.

Theuer neigte sich schwer in ihre Richtung: «Was halten Sie jetzt davon, Frau Hilbili?»

«Ich weiß nicht, Herr Terror», versetzte sie honigsüß.

«Sie heißen anders, und ich hab's mir nicht merken können», sagte der Kommissar traurig und sang dann leise vor sich hin, ohne Text, nur so: «Bu-bu-bu …»

Sie musste grinsen: «Ich heiße Yildirim, mit Ypsilon, Vorname Bahar, wie Basar, nur mit ‹h› in der Mitte.»

«Haffner, sei so gut und nimm die Hand aus dem Papiereinzug, ich will das Protokoll nicht auf deine Pranken drucken …» Angesichts seiner sonstigen Tanzstundenmanieren klang Leidig recht genervt.

Der gemaßregelte Haffner schlenderte wie zufällig zu seinem Chef. Sein Blick war gierig, er dachte wohl seit einer Stunde so intensiv an sein Feierabendbier, dass er es fast sah, oder vernebelte ihm die deutsche Osmanin die Sinne?

Theuer lächelte die Staatsanwältin an: «Den Namen haben Sie oft buchstabieren müssen, nehme ich an?»

Sie nickte und verdrehte die Augen.

«Ich probier's mal: Bahar Yildirim.»

«Gar nicht schlecht, Herr Theu-her.» Beide lachten.

Haffner setzte sich, seiner Meinung nach schwungvoll, auf den Schreibtisch seines Chefs. «Heißt das eigentlich was? Ich meine, Ihr Name auf Deutsch, heißt das was?», fragte er laut.

«Ja», sagte Yildirim wieder etwas kühler: «Bahar heißt Frühling. Und Yildirim heißt Blitz.»

Haffner lachte glücklich: «Dann heißen Sie Frühling Blitz.»

«Ja», sagte die Staatsanwältin offen genervt. «Und Sie?»

«Thomas Haffner.» Immer noch gluckste der Ermittler amüsiert vor sich hin. «Ganz normal.»

Man schwieg jetzt. Leidig gab Stern ein Zeichen, er möge es mit dem Drucker versuchen. Stern nickte, trat an das Gerät heran und begann es sanft zu schlagen.

«Bei mir im Rugby», sagte Haffner dann unsicher, «da ist ein Türke, der heißt Junus, und das heißt Delphin.»

«Ja.» Yildirims Stimme klang allmählich wie eine klemmende Schublade. «Ich weiß, was Junus heißt.»

«Der heißt mit Vornamen Delphin, das muss man sich mal vorstellen!»

Das Schweigen wurde lauter. Haffner trollte sich wieder.

«Er macht's, er macht's», rief Stern glücklich, als endlich das erste Papier im jaulenden Drucker verschwand.

«Also», sagte Theuer wenig später zu der jetzt heroisch aufrecht sitzenden Studentin, eine laienhafte Sophie-Scholl-Darstellerin hätte nicht elender wirken können. «Wir lesen Ihnen jetzt das Protokoll vor, und wenn wir richtig wiedergegeben haben, was Sie gesagt haben, müssen Sie es nur noch unterschreiben. Dann können Sie nach Hause.» Verzweifelt fügte er hinzu: «Und wir auch.»

Tapfer nickte die Aufrechte, die sich inmitten des müden Haufens ausnahm wie eine sprießende Bambusstaude auf einem Kompost. Yildirim saß auf Haffners Stuhl und hatte die Beine auf seinen Schreibtisch gelegt, die Schuhe hatte sie ausgezogen. Durch die schwarzen Strumpfhosen sah man ihre dunkel lackierten Nägel schimmern. Das versetzte Haffner in einen offensichtlich immer quälenderen Erregungszustand. Er saß in einer Ecke des Raumes wie ein trotziger Kobold auf dem Boden. Leidig hing wäscheartig über seinem Schreibtisch. Theuers Bauch drückte, ohne dass er das bemerkte, 4000 Abschnittszeichen auf seinen leeren Bildschirm. Einzig Stern stand mit dem mühsam errungenen Papierstapel da, allerdings lehnte auch er an der Wand.

«Name: Dorothea Buchwald. Geboren: 12. 2. 1975 in Mosbach. Wohnhaft: Studentenwohnheim am Heumarkt, Straßennummer ist entfallen, da befragte Person so gut wie nie Post bekommt.»

Buchwald nickte wichtig, als sei es toll, nicht gemocht zu werden.

«Ich kenne den unbekannten Toten ebenfalls nur unter dem Namen Willy. Ein Freund von mir, der mit dem Studium ziemliche Schwierigkeiten hat, war über eine Bekannte, die ich nicht kenne, an ihn vermittelt worden. Er erzählte mir, als ich durch Kirchengeschichte gefallen war, dass es da jemanden gibt, der für einen gewissen Geldbetrag Seminararbeiten schreibt. Ich hätte so etwas eigentlich nie getan ...»

«... Und dann hat sie's doch getan», sagte Theuer müde. «Überspring das ...»

«Weil meine Mutter krank wurde», rief Buchwald schrill.

«Natürlich», sagte der Ermittler, «nur deshalb.»

Stern sah schon wieder etwas verloren aus: «Wie weit soll ich springen?»

Leidig stand auf und nahm ihm lächelnd die Blätter ab. «Ich würde übrigens dafür plädieren, das Ganze noch stilistisch zu überarbeiten ... Warten Sie mal ... hier: Also traf ich mich mit Willy in der Cafeteria der Mensa am Uniplatz. Mir fiel auf, dass er sehr klein war und leise sprach. Das genaue Datum weiß ich nicht mehr, es war im letzten Sommersemester. Willy verlegte unser Gespräch, nachdem wir uns einig geworden waren, ins Café am Theaterplatz, weil dort kleine Außentische stehen, wo man nicht belauscht wird.»

«Na also», schrie Haffner. «Im Calypso, also da, wo er im Winter war», fügte er unnötig hinzu, «sind's auch kleine Tische. Und da läuft immer Musik, da kriegt keiner was mit.»

«Ich denke, das hat tatsächlich jeder verstanden», sagte Theuer. «Lies jetzt weiter, Leidig.»

«Nachdem ich ihm bei einem weiteren Treffen 500 DM als Anzahlung ausgehändigt hatte, schrieb er für mich eine wissenschaftliche Hausarbeit. Sie wurde mit ‹sehr gut› benotet. Danach übergab ich ihm weitere 500 DM. Ich weiß, dass ich mich nicht im Sinne christlicher ...»

«Das reicht», schaltete sich Yildirim ein und setzte sich auf die äußerste Kante ihres Stuhls, der einmal Haffners gewesen war.

«Ja, wir wissen eine ganze Menge mehr», meinte auch

Theuer, der inwendig vom machtvollen Gefühl verschlungen wurde, nichts, aber auch gar nichts zu wissen. «Wenn Sie uns den Namen Ihres Freundes gesagt haben, Frau Buchwald, dann können Sie gehen. Der, über den Sie Willy kennen gelernt haben, falls Sie noch mehr Freunde haben sollten.»

Die Märtyrerpose der welken Betrügerin machte kindlicher Angst Platz: «Melden Sie das meinem Professor?»

«Ich kenn Ihren Professor nicht», grummelte Theuer so dahin. «Aber wenn's einen Prozess gibt ...» Plötzlich bekam er Lust, diesem Lügenbalg eine Lektion zu erteilen, und er schrie: «... dann kann ich für nichts, aber auch für gar nichts mehr garantieren!»

Alle schauten ihn etwas peinlich berührt an, doch die Studentin erschauerte ehrfürchtig.

«Ich weiß», piepste sie. «Sie haben vollkommen Recht. Aber den Namen des Kommilitonen kann ich Ihnen nicht sagen. Da stehe ich im Wort.»

«Dann bleiben Sie eben noch ein bisschen! Dann bleiben wir eben alle noch ein bisschen!», knurrte Theuer.

Sie schwiegen. Buchwald schaute zu Boden. Yildirim fragte Haffner mit Blicken, ob er ihr eine Zigarette schnorren würde. Er hielt es für Zuneigung und zwinkerte ihr zu.

«Andererseits hat er mich gar nicht gut behandelt.»

«Sehen Sie?» Theuer lächelte väterlich.

«Er hat», sofort begann das reizlose Wesen wieder zu heulen, «er hat auf dem Theologenfasching mein Bärle angefasst.»

«Sie besitzen einen kleinen Bären?», fragte Theuer verwirrt.

Buchwald schüttelte den Kopf und deutete flüchtig zwischen ihre Beine.

«Ach, du liebe Zeit», stöhnte Stern. «Das sagt sie, aber wie er heißt, sagt sie nicht.»

«Ich hätt's jetzt gesagt», kreischte die Zeugin. «Aber jetzt sag ich's doch nicht.»

Yildirim stand auf. «Ich stelle hiermit einen Haftbefehl aus.» Fast hätte sie beschwörend den Zeigefinger vor die Lippen gehalten, damit keiner der müden Bullen angesichts ihres frei erfundenen Procedere etwas Überraschtes sagte.

«Wolfram Ratzer», stöhnte das Mädchen. «Bussemergasse, zweites Haus rechts von der Lauerstraße aus gesehen. Die Nummer weiß ich nicht. Die Telefonnummer auch nicht. Ich kann mir keine Zahlen merken. Deshalb bin ich ja auch durch Kirchengeschichte gefallen.»

«Wie geht es heute Ihrer Mutter?», fragte Leidig fürsorglich.

«Gut», heulte die Kandidatin. «Sehr gut, sie kann schon wieder fast alles machen.»

«Niemand kann alles machen», sagte Theuer wieder freundlich. «Das geht nicht.»

Yildirim stand auf: «So, ich gehe dann. Das geht nämlich.»

«Vielleicht gibt es da noch etwas, das Ihnen helfen könnte», wimmerte Buchwald in einer neuen Anwandlung von Tapferkeit. «Ich habe Willy noch einmal gesehen, ein paar Wochen nach unserem ... unserem Handel. Er hat in einem Antiquariat in der Floringasse einen Heidelberg-Stich abgegeben und dafür Geld bekommen.»

«Wenn Sie ihn beim Milchholen getroffen hätten, hätten Sie uns keine größere Freude machen können.» Theuer ging zur Tür und verfing sich unterwegs in einer Falte des lausig verlegten Teppichbodens, sodass er ein bisschen hüpfen musste. Das sah sehr lustig aus, aber niemand lachte.

«Eigentlich hatte das Geschäft Mittagspause», fuhr Buchwald fort. Sie entwickelte fetzenhafte rote Flecken auf den

Wangen, so wichtig nahm sie sich. «Ich hab's nicht gemerkt, und der Besitzer hatte vergessen abzuschließen. Die waren gar nicht begeistert, mich zu sehen.»

«Klar», sagte Haffner herzlos, schwieg dann aber nach einem Blick Yildirims, mit dem man einen Auspuff hätte schweißen können.

Theuer sah plötzlich oberhalb der Tür bogenförmige Blitze. Eine Migräne, auch das noch. «Also, wir nehmen zur Kenntnis, dass er auch Bilder gefälscht haben könnte, wunderbar. Darüber nachdenken werde ich morgen. In Ihrem Ausweis steht zwar nur Ihre Heimatadresse in Mosbach ...»

«Mein Erstwohnsitz ...»

«... Jedenfalls kriegen wir Sie», faselte der erblindende Ermittler, «notfalls. Gute Nacht. Grüßen Sie Ihre Mutter.»

«Das mache ich», sagte Buchwald, als sei das ein Lob.

Als die Zeugin endlich weg war, verfügte Theuer mit mürber Stimme, Haffner solle den Herrn Ratzer morgen mal aufspüren und mitbringen. Dann verabschiedete er sich rasch. Yildirim wollte am nächsten Tag noch einmal vorbeischauen, falls im Amt nichts Wichtiges anläge. In der allgemeinen Erschöpfung fragte sie niemand, warum sie überhaupt gekommen war.

Erst beim Nachhausefahren kam Stern darauf: «Ich schätze mal, dass der Oberstaatsanwalt Seltmanns Nichtstun nicht gut findet. Das hilft uns ja vielleicht.»

Theuer verlor sich zunehmend in seinem Schmerz und erwiderte sehr allgemein, Stern sei ein guter Kerl. «Aber manchmal bist du so still», rutschte ihm dann heraus.

«Das stimmt nicht», sagte Stern erregt, «ich rede eigentlich viel, aber niemand merkt's. Im Fußballclub ...»

«Sie spielen Fußball?», fragte Theuer höflich, doch dann

kam der Schmerz in mächtigen Wellen und nahm den Platz des Lebens ein.

«Ja, ich spiel ganz gut, aber wenn ich ein Tor schieße, vergessen sie es manchmal anzusagen ...»

Theuer hörte nicht zu. Er konnte in dieser Nacht nicht mehr mit seiner Freundin telefonieren, aber morgen, morgen ganz bestimmt.

Yildirim saß zu Hause, hörte alte Queen-Platten und stopfte sich die dritte Portion arme Ritter in den Mund. Zweimal war sie an die Tür gegangen, weil sie Babett gehört zu haben glaubte. Aber natürlich war niemand da gewesen.

Sie schaute zur Uhr: schon fast elf. Wenn dieser Ratzer morgen etwas brächte, müsste der doofe Polizeidirektor den Fall ja eigentlich bei diesen seltsamen vier Polizisten lassen. Irgendetwas lag ihr daran, aber sie hatte keine Lust zu überlegen, was es war.

Sie ging zur Speisekammer und goss sich einen Sherry ein. Bevor sie das Glas an die Lippen führte, klingelte es. Ihr Herz schlug einen Purzelbaum. Sie rannte in Strümpfen an die Wohnungstür, aber es war nicht Babett.

Die Schmerzen waren höllisch. Theuer lag wie ein gestrandeter Wal auf seinem Bett und presste die Hände an seinen detonierenden Kopf. Er wurde von der Migräne nicht allzu oft gebeutelt, andererseits aber gehorchten seine Anfälle keinerlei erkennbarer Logik. Sie konnten ihn jederzeit treffen. Ein zeitloses Vernichtungsgefühl.

Er bemühte sich, nicht zu denken. Er wusste, dass Gedanken jetzt nichts ergäben, praktisch auf halber Strecke stehen bleiben würden, erfrorene Goldfische in einem vereisten

Teich. Die gleißende Helligkeit in seinem Kopf verunmöglichte ihm zu schlafen. Irgendwo, unendlich weit hinten im Neuronenkampf, bildete sich ein silberner Faden, der sich nach vorne wand, das Gehirn durchbohrte und seinen Gaumen bezüngelte. Vorsichtig drehte er sich auf die linke Seite und erbrach sich in den roten Eimer, den er bei Anfällen durch die Wohnung schleppte wie ein Büblein seine Sandelsachen.

Stöhnend warf er sich wieder auf den Rücken, sein Bett schwankte, das Nachfedern der Matratze nahm er grotesk verstärkt wahr. Er war ein herumeiernder kleiner Meteorit in einem All, dessen Physik gerade von einer verspielten Gottheit umgeändert wurde. Ein Meteor, den man in seiner staubigen, alten Materialität vergessen hatte.

Jetzt wurde die Helligkeit schwächer. Erleichtert, dankbar ahnte er es mehr, als dass er es schon sah. Die silbernen Fetzen vor seinen Augen, die die Welt und die Zeit zunichte machten, wurden grau. Zugleich aber war es kein Faden mehr, der aus den geheimen Tiefen des Selbst zu seinem Gaumen hindrängte. Es war ein dickes metallenes Tau, das ihn würgte und ließ, würgte und ließ. In einer sekundenlangen Pause, lange genug, einen Satz zu bilden, sagte er laut: «Ich sollte mir den Eimer einfach umschnallen, aber wie säh das aus?»

Gegen Morgen fiel der Schmerz von ihm ab wie ein großes Handtuch von einer nassen Schönen nach dem Bad. Er fühlte sich frisch und klar, aber zugleich auch geschändet, beschämt. Seine Anfälle ließen keinen Platz für erhabene Gefühle. Ein paar Kurzschlüsse im Hirn, und die Krönung der Schöpfung ist ein sabberndes Wrack.

Er stand auf, putzte seinen Eimer, duschte, schrubbte sich die Zähne, bis er Blut spuckte wie ein sibirischer Einzelhäftling. Die Zahnbürste warf er weg. Seine kleinen Proteste gegen die Beschmutzung und Wehrlosigkeit während der Anfälle waren feste Rituale. Er dachte an seine tote Frau. Er dachte an das geblümte Kleid und einen Sommertag. Aber noch immer waren seine Gedanken wie ausgewrungen. Was er dachte, seufzte er zugleich.

Er rief Hornung an.

Nach dem siebten Läuten nahm sie ab: «Es ist halb fünf.»

Einen kurzen, entsetzlichen Moment hatte Theuer das Gefühl, er habe die Zeitansage angerufen und diese sei lebendig geworden. Dann würde ihn als Nächstes sein Toaster anspringen, oder die Geflügelschere täte etwas Fürchterliches.

«Das tut mir Leid», stammelte er. «Ich hab nicht auf die Uhr geschaut.»

«Theuer?» Hornung versuchte die Stimme vom Schlaf zu reinigen. «Bist du auf Koks?»

«Das wär schön», sagte Theuer müde. «Ich hatte Migräne.»

«Armer Kerl.»

«Ich», sagte Theuer – ein letztes Beben im Hirn ließ ihn das Wort «ich» absurd finden –, «ich find das furchtbar, was da mit uns los ist, ich verstehe das nicht. Ohne dass wir uns streiten, bricht irgendwie alles ab.» Zum ersten Mal seit Monaten hatte er Sehnsucht nach seiner Freundin, wollte sich in sie verkrallen.

«Ja», sagte Hornung leer, «das ist schon richtig, aber du rufst nie an. Da kann es schon mal passieren, dass der Eindruck entsteht, man sei etwas allein.»

Theuer spürte erst jetzt wieder seinen ganzen Leib. Er merkte immer erst hinterher, dass ihm während eines Anfalls weite Teile seines Körperbildes abhanden kamen. «Jetzt rufe ich ja an. Und ich will dich sehen.»

«Ich sollte wahrscheinlich einen Luftsprung machen.»

«Ach was.» Theuer starrte auf die blaue Wachstuchtischdecke in der Küche, die ihm saublöd vorkam. «Ich brauch dich.» Fast schrie er, verzweifelt hoffend, der Satz möge stimmen.

«Das würde ich jetzt so gerne glauben», hörte er. «Wofür braucht mich ein so schwerer, starker Mann?»

«Für das Leichte», sagte er, «und wegen deines Verstands. Du bist so klug.»

Hornung lachte: «Was kann ich dir denn vordenken? Oder interessierst du dich plötzlich für Didaktik? Ich bringe irgendwelchen Zweitliga-Abiturienten bei, wie man in der Realschule Deutsch unterrichtet. Das ist nicht gerade ein Job für Hochintelligente. Ich hock hier in der Wohnung und sehe zu, wie mir der Nagellack aus den Zehen wächst. Als es die Tage geschneit hat, hab ich aus dem Fenster geschaut und gegenüber wieder die Oma gesehen, von der ich dir erzählt habe.» (Theuer erinnerte sich nicht.) «Sie hat mir Leid getan, wie sie da so am Fenster gestanden und einsam rausgestiert hat. Bis ich gemerkt hab, dass es umgekehrt genauso aussieht. Ich bin genauso eine einsame Fensteroma, ohne Enkel. Ich werd fünfzig, soll ich damit zufrieden sein?»

«Nein, überhaupt nicht», sagte Theuer trübsinnig und faselte dann so dahin: «Ich könnte deinen Rat gerade als Wissenschaftlerin und Künstlerin vielleicht brauchen.»

Er spürte gleich, dass das Ganze furchtbar schief lief, und konnte gar nicht sagen, was das Ganze war. Es war vielleicht einfach die Einsamkeit, leer gekotzt, nicht mehr der Jüngste zu sein, und wenn es dann keine Liebe im Leben gibt, erfindet man sie. Irgendwas würgte in seinem Hals herum.

«Kunstgeschichte habe ich studiert, nicht Kunst, im Nebenfach», sagte Hornung scheinbar heiter. «Ich lebe sekundär. Du meinst, du brauchst mich für etwas Berufliches?»

«Ja!», antwortete Theuer, froh, endlich etwas Festes sagen zu können, obwohl er sicher war, dass es nicht stimmte.

Da legte sie auf.

Nackt stand er da. Das Licht der Brückenstraße spiegelte sich in den Scheiben der gegenüberliegenden Wohnungen, und von dort erleuchteten fahle Lichtreste gerade eben so seinen Körper. Er sah seinen schweren Leib als Umriss im Wandspiegel des Flurs, er hatte die ganze Zeit im Stehen telefoniert. Warum? Seine Freundin nimmt man mit ins Bett, oder nicht? Da stand er, der Theuer. Stoppeln im Gesicht, weil er sich nicht gerne rasierte. Alle dachten, er habe einen ganz netten Dreitagebart, aber er war einfach nur zu faul zum Rasieren. Schwer war er, man hielt ihn nicht unbedingt für dick, eher für ochsenstark, aber eigentlich war er nur schwer.

Er ging ins Bett und deckte sich bis zu den Ohren zu, stellte den Wecker auf acht. Er würde sich krank melden, und schon träumte er von Maschinenwesen, die ihm unerhörte Zärtlichkeiten angedeihen ließen.

«Hausnummern kann sich Ihre Freundin nicht merken, aber dafür einen türkischen Familiennamen. Bravo.»

Yildirim saß mit angezogenen Beinen auf dem Sofa, während sich ihr Gegenüber breitbeinig auf einem Sitzkissen niedergelassen hatte. Auf der Straße hätte man ihn für einen bereits nicht mehr jungen Odenwälder Dorfdeppen gehalten. Aber er hatte sich vorgestellt, nachdem er sie und sich rasch und grob in die Wohnung gedrängt hatte. Wolfram Ratzer, Student der evangelischen Theologie an der ehrwürdigen Ruperta Carola.

Mit wem hatte sie es da zu tun? Dorothea Buchwald war anscheinend schnurstracks zu ihm gerannt. Die Staatsanwältin ärgerte sich, ausgerechnet vor dieser Gurke ihren Namen buchstabiert zu haben. Er war bei ihr eingedrungen und machte sich verdächtig damit. Was sollte er davon haben? Yildirim musste sich zaghaft eingestehen, es eventuell mit einem wüsten Spinner zu tun zu haben, einem, der alles Mögliche machte. Sie dachte an Buchwalds Bericht vom «Bärle». Unwillkürlich presste sie die Knie gegeneinander.

«Richtig, die kleine Dorothea hat es nicht mit den Zahlen. Aber immerhin hat sie ein Gewissen. Das schlechte Gewissen ist eine große Hilfe des Geistes», grinste Ratzer und massierte sein rechtes Bein knapp unter dem Saum seiner krachledernen Kniebundhose.

«Ich hoffe, Sie haben auch eines», sagte Yildirim möglichst ruhig. «Ich könnte vergessen, wie Sie hier eingedrungen sind, wenn Sie jetzt etwas christlicher auftreten.»

«Ich glaube nicht, dass Sie davon allzu viel verstehen. Ich bin nicht gekommen, Frieden zu bringen, sondern das Schwert.» Ratzer schwitzte und tupfte sich die Stirn mit einem bayrisch berauteten Schnupftuch ab.

«Was wollen Sie von mir? Mich zu einem Trachtenumzug einladen?» Ungeachtet ihrer kühnen Worte bekam die Staatsanwältin vor diesem untersetzten Waldschrat immer mehr Angst.

«Jetzt hören Sie mal zu.» Ratzers Gesicht verfärbte sich. «Vor einer Stunde ist dieses dumme Mäuschen, das übrigens nie meine Freundin war, heulend an meiner Tür gestanden und hat mir erzählt, dass sie mich verraten hat, das blöde Weib. Ich habe tatsächlich nicht die geringste Lust, irgendeinem Bullen auf den Socken zu stehen. Die Frau Staatsanwältin dagegen findet sich im Telefonbuch und muss auf die Nachtruhe verzichten. So ist das jetzt nun mal. Ausruhen können Sie später.»

Yildirim schaute sich im Wohnzimmer um, aber bedauerlicherweise gehörten Keulen nicht zu ihrer Wanddekoration. Außer der Anlage und einem Regal mit wahllos ausgesuchten Büchern und vielen *Neuen Juristischen Wochenzeitschriften* war da gar nichts. Ihr Zimmer kam ihr kahl vor. Sie war dem schrägen Studenten ausgeliefert.

«Was erwarten Sie?», fragte sie möglichst ruhig. «Meinen Sie, die Ermittlungen werden eingestellt, wenn Sie hier den wilden Mann markieren? Wollen Sie mir an die Wäsche? Wollen Sie mich umbringen? Wissen Sie, wie schnell man Sie hätte? Die Polizei hat Ihren Namen, und eine Hautschuppe auf dem Boden reicht.»

«Sie brauchen sich nicht zu fürchten. Ich tue nichts, und ich meine gar nichts, ich bin in Gottes Hand.» Ratzer richtete sich ein wenig auf und zupfte seinen giftgrünen Pullover zurecht. Die Stehlampe warf seinen Schatten groß an die Wand.

«Sie reden vielleicht einen Quatsch.» Yildirim schüttelte den Kopf. Draußen fuhr eine Straßenbahn wimmernd um die Kurve Richtung Pfaffengrund. Das Geräusch tröstete sie.

«Zum Beispiel war die Haustür offen», fuhr Ratzer fort. «Das war Gottes Werk. Gott sieht uns. In diesem Moment.»

«Und da laufen Sie so herum?»

«Anstatt mich zu beleidigen, anstatt sich in die Schar derer einzureihen, denen es gefällt, mich zu kränken», brüllte ihr Besucher plötzlich los, «sollten Sie sich vielleicht um einen Herrn Fownes kümmern! Oder sollte ich Mister Fownes sagen? Sollte ich das sagen?»

Trotz der mehr als seltsamen Lage, in der sie sich befand,

musste die Staatsanwältin lachen. Der rätselhafte Besucher hatte in all seiner Wut etwas Komisches. Mit seinem Knebelbart erinnerte er sie an einen wilden Troll, der im Moor auf den Podex gefallen war und jetzt wütete wie – das war es: Rumpelstilzchen. In ihrem Wohnzimmer saß Rumpelstilzchen.

Auch Ratzer lachte meckernd los. «Ja, ja, lachen. Unser Affengedächtnis lässt uns lachen! Ich sage: Fownes, F-o-w-n-e-s.» Dann schwieg er und betrachtete die Staatsanwältin aus leeren Augen, die sie an gekippte Bergseen erinnerten. «Wir sind weit entfernt vom Omegapunkt, weit weg. Aber vielleicht gibt es bei Sigma und Tau bereits Verdichtungen ... Ich könnte jetzt einfach sagen: Ich habe nichts mit diesem Willy zu tun, was die Obrigkeit weiter zu interessieren hätte. Aber ich habe einen Verdacht. Ich könnte diesen Verdacht nennen, all die kleinen Abläufe nähmen dann ihren Gang, aber zunächst wäre ich dran. Gut, es gab da einen kleinen Betrug in meinem Studium, der ist heraus, schon längst. Also, Frau Staatsanwältin, was ist mit Willy? Nur heraus damit, sonst taufe ich Sie!»

Yildirim überlegte. Er schien nichts zu wissen. Vielleicht würde ihn die Wahrheit ungeachtet aller Großtuerei abkühlen: «Er ist tot. Er ist ersäuft worden.»

«Und ich soll der Mörder sein.» Zum ersten Mal klang Ratzer echt. Er war schockiert.

«Das hat niemand gesagt.» Die Staatsanwältin versuchte, möglichst ruhig zu klingen. «Sie wären nur eine Möglichkeit, näher an diesen rätselhaften Willy heranzukommen. Vielleicht könnten Sie uns seine Wohnung nennen. Nur um so etwas geht es. Und wenn Sie einen Verdacht haben – umso besser.»

Ratzer schüttelte ärgerlich den Kopf. Er schien grundsätzlich alles besser zu wissen. Dann hellte sich seine Miene auf, er hatte offenbar eine Idee. «Was ich gesagt habe, habe ich gesagt, und das muss reichen. Noch einmal: Bei Sigma und Tau gibt es vielleicht Verdichtungen, die auch einer Ungläubigen zur Erkenntnis verhülfen. Die kleinen Abläufe, die ertrage ich nicht. Und auch Gott trauert um unsere Größe, glauben Sie es nur.»

Yildirim brauchte eine Zeit lang, bis sie begriff, dass er sie mit der Ungläubigen gemeint hatte. Bevor sie sich darüber richtig aufregen konnte, hörte sie Gepolter im Treppenhaus und blödsinniges Geschrei – die Stimme von Frau Schönthaler. Auch Ratzer lauschte und sah plötzlich ängstlich aus.

«Die wird Ihnen nichts tun», sagte die Staatsanwältin säuerlich. «Die nimmt es nur mit Kindern und Ungläubigen auf, nicht mit Rumpelstilzchen.»

Sie erschrak über ihre frechen Worte, aber Ratzer hatte ihr anscheinend gar nicht zugehört. Halb aufgerichtet lauschte er ins Treppenhaus, in seinem lächerlichen Trachtenlook das wunderbare Bild eines Wandersmannes auf dem Donnerbalken. Jetzt hörte man hektische Schritte auf der Treppe und gleich darauf das Trommeln von Kinderfäusten an der Tür.

«Babett, du musst die Polizei rufen!», schrie Yildirim aus vollem Hals. «In meiner Wohnung ist ein Verrückter!»

Sie konnte nur hoffen, dass die Kleine etwas rascher als sonst begriff, denn jetzt sah Ratzer böse aus.

«Ein Verrückter. Soso … Ich finde die Leute verrückt, die die Wahl zwischen Jesus und Barabas getroffen haben. Wissen Sie den Namen noch? Fownes! Fownes!»

Er starrte sie einen qualvollen Moment lang an. Dann sprang er auf und rannte aus der Wohnung.

Yildirim blieb sitzen und begann zu zittern. Leise Schritte kamen näher. Irgendwo unten im Leben lallte die Nachbarin dummes Zeug. Schließlich legte sich ein kleiner Arm um ihren Hals.

«Was soll ich machen? Wer ist in deiner Wohnung? Ich hab's irgendwie nicht kapiert. Der Mann hat mich fast umgerannt.»

6

Die folgenden Tage gliederten sich in Abläufe, die von einem Stroboskop bemessen schienen. Angefangen bei Frau Schönthaler, die zum Entzug in eine Spezialklinik verfrachtet wurde, und einer heulenden Babett, die man von Yildirim wegriss und in ein Mannheimer Kinderheim brachte. Dann heulte Yildirim selbst und versuchte trotzdem, die seltsamen Hinweise ihres Besuchers, wenn es denn welche waren, zu notieren.

Als Nächstes stolperte das Theuer-Team zusammen, dessen Chef, eigentlich krank gemeldet nach seinem wütenden Anfall, zunächst überhaupt nichts begriff und später immer noch nichts. Plötzlich aber war Seltmann der große Macher, und Ratzer wurde zur Fahndung ausgeschrieben. Aber nein, die Presse musste davon nichts wissen.

Wernzens roter Kopf stand in diesen wirren Tagen wie eine böse, große Sonne über einem zerwimmelten Planeten, denn Yildirim hatte ihre Verabredung mit seinem geliebten Dr. Duncan vergessen.

Im Stadtwald von Handschuhsheim wurde der nächste Hund erschossen, keine Spur vom Täter, keine Spur von

Ratzer, keine Rede von Willy. Das Wetter: keine Veränderungen, zu kalt für die Jahreszeit.

«Vitamine, Herr Theuer. Sie sollten sich alle Möglichkeiten moderner allgemeinmedizinischer Prävention zugänglich machen. Ich meine, so möchte ich es formulieren, Sie sehen aus wie der Leibhaftige, ungeachtet Ihrer, nun ja, stattlichen Erscheinung.»

Der Kommissar nickte seinem Chef müde zu. Er musste sich zwingen, überhaupt noch an alles zu denken, weswegen er um ein Gespräch nachgesucht hatte. Wie sie da beide so in Seltmanns Büro saßen, in der schnieken Sitzgruppe für das menschliche Gespräch, auf dem niedrigen Couchtisch die Schale mit geschliffenen Steinen, die man durch die Wurstfinger quellen lassen konnte, wenn einem gar nichts Blödes mehr einfiel, da kam Theuer das menschliche Geschäft und Treiben so unfassbar sinnlos und papieren vor, dass er am liebsten eingeschlafen wäre.

«Ich stimme Ihnen ja zu», fuhr Seltmann fort. «Die Wasserleiche war wohl das Opfer eines Gewaltverbrechens. Das haben wir ohne die große Verunsicherung des kleinen Mannes – verzeihen Sie das kühne Bild –, welche Sie beinahe fahrlässig, mein Lieber, sofort in Kauf nehmen wollten, herausgefunden, also, das mit dem Gewaltverbrechen, meine ich. Der Satz war lang, aber die Botschaft ist klar, nicht wahr?»

«Herausgefunden haben es meine Leute und ich», wehrte sich der Ermittler, «wobei ich glaube, dass wir nichts herausgefunden haben.»

Seltmann schaute gütig: «Sie haben etwas herausgefunden, das Sie nicht herausgefunden haben. So haben Sie eben gesagt. Das ruft meine Fürsorgepflicht auf den Plan, mein guter Theuer. Vitamine! Und wir wollen nicht vergessen, dass Sie gegen meine Anweisung gehandelt und ermittelt haben, während weiterhin Hunde einem beispiellosen Martyrium ausgesetzt bleiben. Aber immerhin, Sie haben mit einigem Erfolg, wie heißt es, wider den Stachel gelöckt. Also Schwamm drüber, vergessen wir's.»

«Wir sollen etwas nicht vergessen, das wir vergessen sollen», entgegnete Theuer knapp. «Manchmal habe ich so meine Zweifel, ob die Sprache überhaupt zu etwas gut ist.»

«Na, hören Sie mal, mein Guter!» Seltmann griff grob nach Theuers Knie und erwischte ihn etwas oberhalb am Schenkel, was der plumpen Geste etwas Schäbig-Erotisches beimengte. «Und das von einem gebürtigen Heidelberger! Diese Stadt, die die Dichter zu Höchstleistungen getrieben hat.»

Theuer stellte sich einen Dichter vor, der über die Alte Brücke Stabhochsprung machte.

«Da war der Zwerg Perkeo, im Heidelberger Schloss», entblödete sich der Direktor nicht zu zitieren, «an Wuchse klein und winzig, an Durste riesengroß ... Sprache, Sprache», hudelte Seltmann weiter vor sich hin, «ist ja wohl das, was uns von Tieren unterscheidet. Bei dieser Gelegenheit – uns ist eine Beschwerde eingegangen. Sie haben letzte Woche nicht zufällig ins Telefon gebellt?»

Theuer verschluckte sich am eigenen Halszäpfchen.

«Auch heißt es» – Seltmanns Stimme erinnerte an ein sich räkelndes Raubtier, das sich nun bald zur Jagd erheben würde –, «ein schnauzbärtiger Mann, der eine Polizeidienstmarke gezeigt hat, habe während einer Befragung ein großes Pils getrunken. Ihr Haffner womöglich? Sie wissen: Dienst ist Dienst, und Schnaps ist Schnaps, wobei ich persönlich, lassen Sie mich nur kurz persönlich werden, die herrlichen Weine der Bergstraße bevorzuge, und auch diese in Maßen.

Wie gesagt, Dienst ist Dienst, das weiß auch der Bürger. Und der Bürger weiß auch, dass Polizisten nicht bellen. Der Bürger ist verunsichert.»

«Das sind», Theuer ruderte beträchtlich nach Worten, «beikommende Faktoren der investigativen Arbeit.»

«Zu bellen», sagte Seltmann fast traurig, «zu bellen.»

Theuer warf sich stolz in die Brust: «Jawohl, notfalls auch zu bellen.»

Der Polizeidirektor musterte ihn verächtlich. «Ich weiß, Sie finden sich originell. Ich weiß auch, dass Sie entlassenen Häftlingen manchmal mit Geld ausgeholfen haben und solche Sachen, Sie finden sich so richtig gut. Und dass Sie damals einen Aktenordner unter ein zu kurzes Bein Ihres Schreibtisches gelegt und dort vergessen haben, das muss man einem feinen Mann wie Ihnen natürlich verzeihen. Wir hätten beinahe einen Mörder laufen lassen müssen.»

«Meine Frau war tödlich verunglückt», sagte Theuer leise und stellte sich vor, wie er Seltmann ein paar hinter die Ohren semmelte. «Außerdem habe ich den Ordner schließlich wieder gefunden.»

«Metzners Ordner. Sie hatten eine völlig falsche Spur verfolgt und einen Schullehrer bedrängt.»

«Damit kann ich leben.» Theuer wurde lauter. «Was heißt überhaupt ‹wir›? Sie waren doch damals in Bruchsal am Radfahren, Sie ...»

«Ein Radfahrer, ich, ausgerechnet», wiederholte Seltmann fast träumerisch, denn er hatte vor Urzeiten einmal einer Bürgerinitiative angehört und wählte FDP. «Sie groteske Figur wollen meinen Werdegang in Zweifel ziehen. Ich weise Sie hiermit an, sich endlich der Hundstötungen in Handschuhsheim anzunehmen.» Schon wieder beherrscht, blickte er aus dem Fenster und seufzte: «Ein Fall kardinalster Tierquälerei.»

«Ich vermute eben, dass dieser Ratzer nicht der Schlüssel zu dem Ganzen ist», quälte sich Theuer ohne Hoffnung weiter. «Es ist eine Sache, bei einer allein stehenden Staatsanwältin den wilden Mann zu spielen, ganz anders ist es, jemanden lebend in den Fluss zu werfen. Er war laut Frau Yildirims Aussage ehrlich verblüfft, von Willys Tod zu erfahren. Wir müssen mehr über Willy erfahren, müssen uns mit Ratzers komischen Andeutungen befassen ...»

«Sie verstehen aber auch gar nichts. Ratzer lebt, versteckt sich und ist kein Profi. Das heißt, wir kriegen ihn. Und wenn wir ihn finden, werden wir über kurz oder lang erfahren, da bin ich mir ganz sicher, dass er mit einer Fälscherei Ihres Willys unzufrieden war und ihn bei passender Gelegenheit ins Wasser gestoßen hat. So passieren doch wohl die meisten Tötungsdelikte, das müssten Sie doch wissen.»

«Das weiß ich», stöhnte Theuer. «Meistens erschlägt ein eifersüchtiger Ehemann seine Frau mit dem Alessikessel und kommt dann heulend zu uns. Aber diese Täter faseln auch nie was von Omegapunkt, Sigma, Tau, geheimnisvollen englischen Namen, was weiß ich! Die besuchen nicht die ermittelnde Staatsanwältin, führen sich dort auf wie Tschetniks und rennen schließlich vor einem kleinen Mädchen davon.»

«Nehmen wir mal an» – Seltmann machte ein Gesicht, als hätte er ein Mongoloides an der Hand, dem er den Zebrastreifen erklärte –, «dieser Ratzer ist durch seine Tat verwirrt und legt sich in seiner theologischen Halbbildung irgendetwas zurecht, wodurch er sich unschuldig fühlen kann. Da wäre er nicht der Erste. Und ein bisschen überrascht tun, wenn man die Tat erwähnt, das können die alle. Denken Sie an den Philosophiestudenten, der 89 seine Vermieterin in Stücke geschnitten hat. Gar nichts hat er erst mal gewusst. Und dann hatte er gleich eine Theorie für seine Sauerei. Schreibt im Knast eine Geschichte der Eugenik.»

Theuer registrierte, dass sich sein Chef schon bemerkenswert tief in den Aktenbestand des Hauses eingearbeitet hatte, und vermied es schaudernd, zu denken, wie oft er da auf kleine Unsinnstaten des Kollegen Theuer gestoßen sein mochte. Laut sagte er nur: «Selbst dann wissen wir immer noch nicht, wer Willy war.»

«Das werden wir sehr schnell erfahren», lächelte Seltmann. «Ratzer hat ihn ja wohl nicht auf die alte Brücke gebeten, um ihn zu ermorden. Er hat ihm nachgestellt, mein lieber Theuer, und da hat er ihn ja wohl auch mal aus seinem Haus kommen sehen oder auf dem Heimweg verfolgt. Das wird er uns sagen. Das ist kleines Polizisten-Abc, so möchte ich's ungeschützt bezeichnen.»

«Und wie geht das große?», fragte Theuer mürbe.

Sie waren aus allem draußen. Irgendwelche Kollegen waren auf der Suche nach Ratzer, man sagte ihnen nicht einmal, wie es damit stand, und die Staatsanwältin ließ sich nicht mehr blicken. Sie nahmen Anrufe zu den Hundemorden an und erstellten lieblos ein mögliches Täterprofil. Der Täter war männlich, ortskundig, völlig unerschrocken im Umgang mit Hunden und gut zu Fuß, denn die Tatorte waren stets nur nach längeren Fußmärschen zu erreichen. Theuer fügte handschriftlich an, dass der Mann mit an Sicherheit grenzender Wahrscheinlichkeit kein Tasmanier sei, denn es gebe in Heidelberg keine Tasmanier.

Ansonsten ließ man sie weitgehend in Ruhe. Es hatte sich

herumgesprochen, dass eines der neuen Teams dem Chef nicht so lag, und viele, die im umgekehrten Fall sicher ganz innig gewesen wären, wollten zurzeit nicht als Theuerfreunde gelten. Zwischendurch gab es Krach, weil auf Leidigs PC der Bildschirmschoner geändert worden war – statt «Carpe diem» flimmerte plötzlich «Muttertag nicht vergessen» über den Monitor. Haffner leugnete eine Zeit lang standhaft und gab es dann doch zu.

Stern las in den Pausen Magazine verschiedener Bausparkassen. Theuer war so ziemlich alles egal. Seine Freundin hatte sich nicht mehr gemeldet, und allmählich musste er sich an den Gedanken gewöhnen, dass es das gewesen sein könnte. Zu seinem Schrecken gewöhnte er sich rasch daran. Manchmal war da ein großer Schmerz in ihm, aber er konnte ihn nicht unterscheiden, nicht aufteilen zwischen dem geblümten Kleid und der Dr. Hornung in ihren schwarzen Hosenanzügen und dem gescheitelten, langen schwarzen Haar, das sie manchmal nachzufärben vergaß. Dann erinnerte sie ihn mit ihrem grauen Streifen auf dem Kopf an einen Waschbären. Und überhaupt die Bären. Inzwischen hatte er im Geiste eine ganze Bärenstadt beieinander, mit einer Bärenkirche, wo es zum Abendmahl lebende Lachse gab.

Die allgemeinen Klagen über das miese Wetter dieses Frühlings ließen ihn kalt. Die allgemeine, geheuchelte Dankbarkeit, um ein Hochwasser herumgekommen zu sein, steckte ihn nicht an. Irgendwann kamen längere Zeit keine Anrufe herein. Theuer machte sich unverhohlen an ein Kreuzworträtsel und trug in ein Feld für sechs Buchstaben, die einen Zufluss zu irgendeinem Gewässer benennen sollten, ohne zu denken, «Fownes» ein. Er starrte eine Weile auf das Wort, bis er sich erinnerte. Dann griff er nach dem Zettel, den er die ganze Zeit nicht weggeräumt hatte: Yildirims Notizen gleich nach Ratzers Besuch. Er las sie und schaute anschließend auf seine traurig vor sich hin werkelnden Untergebenen. «Sollen wir es nicht doch nochmal versuchen?»

Niemand musste fragen, was er meinte.

Yildirim bekam von ihrem Chef einen billigen Blumenstrauß, eine Ansichtskarte des Heidelberger Schlosses mit geschraubten Worten der Entschuldigung, und vor allem bekam sie anstandslos frei, nachdem Wernz richtig kapiert hatte, warum das Treffen mit Duncan vergessen worden war. Auch der undurchsichtige Doktor aus Neuseeland ließ es sich nicht nehmen, ihr telefonisch seine Betroffenheit über ihr unschönes Erlebnis zu versichern. Nach seinem Anruf waren sie wieder verabredet für den kommenden Mittwoch. Yildirim musste rechnen, wann das war. Es war morgen, also war heute Dienstag. Irgendwie hing ihr innerer Kalender am Abend von Ratzers Attacke vor fast einer Woche fest. «Fownes» und «Omegapunkt» waren Worte, von denen sie träumte, und sie spürte, dass sie sie verstehen musste.

Gegen den Hausverwalter setzte sie kalt eine schriftliche Abmahnung durch, weil er das gelegentlich versagende Haustürschloss seit einem Jahr nicht ausgewechselt hatte. Schon am nächsten Tag war das Schloss ausgetauscht, und keine 24 Stunden später hatte Yildirim auch zwei neue Schlüssel, als letzte Partie im Haus.

Jetzt saß sie in der OEG nach Mannheim und gab sich einem Grundgefühl des Rhein-Neckar-Kreises hin: Ärger, dass die Bembel für die zwanzig Kilometer nach Mannheim eine knappe Stunde brauchte. Ihr gegenüber saß ein türkischer Mann mit dem Käppi und dem Bart derer, die den Koran als Entenhausener Pfadfinderhandbuch verstanden, als lebenslange wortwörtliche Handlungsanweisung. Sie hielt seinem skeptischen Blick stand und musste lachen, als er ausgerechnet an der Haltestelle «Ochsenkopf» den Zug verließ.

Nur wenige Minuten nahm die Bahn richtige Fahrt auf, Heidelberg und Mannheim waren fast zusammengewachsen. Sie genoss die kurze Fahrt durch die leere, vom Regen eingesumpfte Rheinebene. Man konnte sich vorstellen, dass man ans Meer fuhr, an ein kaltes nordisches Meer, wo man unter grauem Himmel alleine das Frühstücksbüfett durchprobieren konnte. Unter lautem Möwengeschrei säße sie dann auf einer Parkbank und würde sich mal so richtig langweilen, bis es wieder Spaß machte, arbeitslosen Zechprellern in Anwesenheit des goldbehangenen Nobelkochs die Verwerflichkeit ihres Tuns um die Ohren zu hauen und Autoknackern übersetzen zu lassen, dass es beim nächsten Mal dann aber wirklich Knast gäbe.

Edingen Bahnhof. Der Fahrerwechsel dauerte zehn Minuten, die Tür hatte der abgelöste Pilot offen gelassen, und es wurde lausig kalt. In Mannheim Seckenheim, Pforzheimer Straße, stieg sie aus und ging in raschen Schritten auf das Schifferkinderheim zu.

Babett stand neben ihren gepackten Sachen und flog ihr in die Arme. «Bleib ich jetzt für immer bei dir?»

Yildirim lächelte und versuchte, den Kopf ganz sanft zu schütteln. «Nein, das vielleicht nicht. Aber das Jugendamt ist einverstanden, dass du bei mir wohnst, bis deine Mutter gesund ist. Und dann sind wir ja immer noch Nachbarinnen.»

Die Kleine war enttäuscht.

Yildirim griff in die Tasche und gab ihr ein kleines Päckchen. «Mach's auf.»

Babett fingerte ungeschickt an der Verpackung herum. Sie hatte abgenommen, sogar die Brille war ihr jetzt zu weit. Sie standen immer noch dicht aneinander gelehnt, und Yildirim spürte zwei kleine Brüste. Das rührte sie, und ihr eigener Busen, den sie in seltener Zufriedenheit eigentlich perfekt fand, kam ihr plötzlich riesig und tierhaft vor.

«Ein Schlüssel?», fragte Babett unsicher. Es war ganz eindeutig ein Schlüssel.

«Für meine Wohnung», sagte Yildirim. «Du brauchst nicht mehr zu klingeln. Nie mehr.»

Im Zug zurück war Babett so lebhaft und fröhlich, wie Yildirim sie noch nie erlebt hatte. Es war wohl wegen ihrer Nähe und ihres Geschenks – die Staatsanwältin wurde rot –, dass sie so geliebt wurde. Die Kleine schnatterte alles Mögliche, von den schlaflosen Nächten im Heim, den wilden Mädchen, von denen ein paar ganz nett waren. Eine Erzieherin rauchte so viel, dass sie blaue Lippen hatte, war aber lieb.

«Jetzt fällt mir noch ganz viel zur Alten Brücke ein. Weißt du, wo ich für mein Referat so eine schlechte Note gekriegt hab ... Im Brückentor war früher ein Gefängnis, oben für Leute, die ihre Schulden nicht bezahlen konnten, unten, wo's dunkel war, für richtige Verbrecher. Du jagst doch Verbrecher, das ist doch interessant.»

Yildirim nickte und bestätigte artig, das sei sehr interessant, dachte allerdings auch, dass sie das alles seit der eigenen Schulzeit wusste, und stellte sich Ratzer vor. Im Turm, aber ganz unten.

Er sitzt dem Idioten gegenüber. Er sieht die Blödheit des Oberstaatsanwalts durch jede große Pore auf der Kartoffelnase dampfen. Er muss sich zwingen, nicht ganz unvermittelt in diese dicke Nase zu kneifen.

«Ja, Herr Dr. Duncan, da kann ich Ihnen nicht helfen. Es ist schon möglich, dass wir mit der Sache befasst würden, wenn ein hinreichender Verdacht vorläge. Aber offen gestanden habe ich den Gedanken, dass an diesem Fund etwas nicht ganz in Ordnung sein könnte, noch gar nicht gehabt. So ein Fall ist uns hier auch noch gar nicht untergekommen ... Es gibt da in Stuttgart eine eigene Abteilung der Landespolizei, die würden sich vielleicht melden, wenn da etwas dubios erschiene. Ja, wirklich, mein Guter, da wundere ich mich fast, dass Sie davon wissen ...»

«Solche Angelegenheiten sind eine Art Steckenpferd von mir ... Jeder hat ja so seine Spezialfälle. Und das Internet ...» Er ist enttäuscht. Er hat sich mehr von diesen Provinzdeppen erwartet. Nicht viel, nur etwas mehr, als er vorfindet. Enttäuschung ist eine graue Wölbung im großen, leeren Raum des Misslingens. Aber zugleich ist da auch Freude. Es gibt noch so viel zu lernen, so vieles, was man nur immer besser machen kann, was er immer besser machen wird.

«Das Internet, da haben Sie Recht ... Globalismus, äh, Globalisierung. Das ist so eine Art Steckenpferd von mir. Das sind meine Lieblingsfälle ...»

Merkt der Idiot von Staatsanwalt eigentlich nicht, wie lächerlich er sich gerade macht? Der erste einigermaßen global operierende Täter seiner ärmlichen Beamtenlaufbahn sitzt vor ihm, und er würde ihm für den ersehnten Billigurlaub die Schuhe küssen.

«... kommen bei uns allerdings nicht allzu oft vor.»

«Na, vielleicht darf ich der Sache ein wenig nachspüren, Dr. Wernz? Wie gesagt, es ist so eine Art Steckenpferd, und vielleicht komme ich mit einer Referenz der Staatsanwaltschaft etwas weiter …»

Der Idiot denkt. Man sieht es, und es wirkt, als habe er einen plumpen Rechenschieber hinter der Stirn, der sich äußerst mühsam bedienen lässt. Wird er Verdacht schöpfen, wundert er sich über die sehr speziellen Interessen eines Fremden, der doch eigentlich nur das deutsche Rechtssystem kennen lernen will? Er ist sicher, dass dem nicht so ist. Dächten die Menschen das Richtige, sähe die Welt anders aus. Kurz betrübt ihn das: Eine Welt der Klugen wäre nicht die seine, wo ihn Dummheit doch rasend machen kann. Er ist er durch das, was er hasst. Aber dann kehrt orange Freude zurück: Die Welt ist das, was man will, nicht das, was ist. Das, was ist, ist Zeug.

«Ihr Philosoph Heidegger war ein großer Denker.»

Der Idiot schaut verwirrt. «O ja, der hat wunderbare Bücher geschrieben … Warten Sie, wie könnte ich Ihnen Ihre Passion etwas erleichtern? Als Privatmann dann …» Der Idiot überlegt, wie weit er ihm entgegenkommen kann, um nicht gegen irgendeinen Paragraphen zu verstoßen. «… Ja, das könnte ich machen. Ich lasse Ihnen bescheinigen, dass Sie offizieller Gast der Heidelberger Staatsanwaltschaft sind. Das könnte Ihnen auf den Ämtern vielleicht einige Türen öffnen. Wäre das recht?»

Danken, lächeln, Hand schütteln. Pfeifen und singen. Er erzählt vom morgigen Treffen mit der Türkenschlampe, menschlich und dankbar sein.

«Die arme Frau Yildirim hat sich ja so weit erholt, sie wird diesmal an Ihre Verabredung denken, da bin ich mir sicher. Das Missgeschick müssen Sie der Armen nachsehen, saß da einem mutmaßlichen Mörder gegenüber … Na ja dann, Herr Duncan. Sie finden ja hinaus.»

Aber gewiss doch, er findet hinaus. Und hinein. Wo er will.

Theuer und die Seinen zermarterten sich die Hirne. Es ließ sich nicht leugnen: Seltmann konnte Recht haben.

«Angenommen, er ist unschuldig ...» Stern massierte sich seine Nichtraucherschläfen, während er sprach.

Haffner hatte sich eine zweite Zigarette angezündet, während die erste noch heftig zwischen seinen sinnlos vor sich hin schmatzenden Lippen tanzte.

«... dann wüsste ich gerne mal, was ihn so eine Scheiße bauen lässt. Als er bei Yildirim eingedrungen ist, hat er sich schließlich strafbar gemacht, und jetzt ist er verschwunden.»

«Das müssen wir herausfinden.» Theuer hatte den Eindruck, sich ständig zu wiederholen. «Vielleicht gibt es ja auch eine Freude am Untergang.» Und ob es die gibt, fügte er in Gedanken hinzu. «Vielleicht hat er Willy nicht umgebracht, aber die ganze Sache ermöglicht ihm jetzt, in einem missglückten Leben einen Strich zu ziehen. So oder so wird es dann wenigstens nie mehr so sein wie vorher.»

«Also, nehmen wir mal an», quakte Haffner drauflos, «jemand bringt Leidigs Mutter um, nur so ...»

«Nur so», wiederholte Leidig spitz. Die anderen beiden waren zunächst zu verblüfft über Haffners Geschmacklosigkeit, um einzuschreiten.

Dann aber verhinderte Theuer rasch, dass der stumpfe Kommissar möglicherweise Schlimmeres ersann, und begann recht planlos laut zu denken. «Wer war Willy? Was wissen wir denn von ihm? Gar nichts. Mit Ratzer als Verdächtigem haben wir gerade mal ein mögliches Motiv im Visier. Ein offensichtlich leicht besemmelter Bummelstudent ist mit einer Fälschung Willys unzufrieden und bringt ihn deshalb um. Stellt euch das doch mal vor! Er hat ihn entweder von der Alten Brücke oder vom Wehr Höhe Karlstorbahnhof ins Wasser gekübelt, trotz der immensen Gefahr, gesehen zu werden. Macht man das? Wenn ja, sind das eigentlich die Art Täter, die hinterher sofort alles zugeben. Es könnte ja auch sein, dass Willy für jemand anderen genau das Gegenteil gemacht hat ...»

«Was?», fragte Leidig verwirrt. «Nicht gefälscht?»

«Doch, doch ...» Theuer wedelte nervös mit der Hand. «Ich meine, vielleicht sehr erfolgreich gefälscht. Wenn ich mir eine Arbeit fälschen ließe, dann wäre es für mich fast genauso schlimm, wie wenn die Sache aufflöge, wenn ich ausgerechnet mit dieser falschen Geschichte groß rauskäme. Versteht ihr?»

Sie dachten sich in diese Variante ein: Womöglich war irgendjemand durch eine Willy-Arbeit berühmt geworden und wurde von ihm erpresst. Oder aber er wollte einfach nicht das Risiko eingehen, irgendwann einmal erpresst zu werden.

«Dafür würde ich dann eher jemanden umbringen», bestätigte Haffner herzlos. «Das wollte ich ja vorhin auch eigentlich sagen, also als andere Seite der Medaille ...» Er verhedderte sich in sein Beispiel von Leidigs Mutter, meinte, da rede man dann nicht vom Omegapunkt oder fremden Namen. Es ergab überhaupt keinen Sinn, und Theuer nahm einen milden Azetongeruch wahr, der von Haffner ausging. Sollte sich sein ruppiger Mann nicht gerade Nagellack entfernt haben, hieß das wohl, dass er wieder mit dem Abbau eines strammen Quantums Schnaps beschäftigt war. Trank er tagsüber? Hatte er eine Pulle im Klo versteckt? Was, wenn sowieso alles anders war? Am Ende gab es die Bärenstadt? Oder sollte er Amokläufer werden, die Wippe runterkrachen lassen?

Stern schaltete sich ein: «Wir folgen ja jetzt Ratzers Vermutung. Er hat uns, aus welchen Gründen auch immer, auf diese Fownes-Spur gebracht. Vielleicht hat er einfach Quatsch erzählt. Es gibt ja immer noch alle erdenklichen Möglichkeiten, wer Willy warum umgebracht hat.»

«Die ich liebend gern delegieren würde», nahm sich Theuer wieder zusammen, «wenn man uns offiziell ermitteln ließe. Die ganze Maschine wird den Ratzer nicht kriegen, allerdings sind denen auch diese seltsamen Begriffe egal: Fownes, I-Punkt …»

«Omegapunkt», korrigierte Leidig scheu.

«Ja», nickte Theuer, «sehr richtig … Das ist diesem Seltmann einfach keine Überlegung wert. Wir sind geradezu dazu verdammt, weiterzuwursteln …» Der Hauptkommissar schlug sich müde auf die Schenkel. «Bleibt die Art des Todes! Denn auch im Fall einer Erpressung oder wenn man fürchtet, den guten Ruf durch Willy zerstört zu bekommen, würde man ihn doch nicht mitten in der Stadt ins Wasser schmeißen. Bleibt, dass wir nicht wissen, wer er war, wo er wohnte, bleibt, dass er – Stern hat Recht – vielleicht selbst gesprungen ist oder von einem Idioten wegen zwei Mark fünfzig ins Wasser geworfen wurde – na ja, Geld hat er ja bei sich gehabt … Und war es von der Alten Brücke oder vom Wehr oder, oder …? Wir bräuchten Zeit, aber wir haben ja noch nicht mal das Recht, was zu unternehmen. Scheiße.»

Auf dieses ermutigende Resümee wusste zunächst niemand so recht etwas zu sagen. Theuer schaute aus dem Fenster auf die Großbaustelle schräg gegenüber, es wurde dunkel. Man sagte für die nächsten Tage besseres Wetter voraus. Wenn der Frühling käme und die Menschen in die Altstadt strömten, musste etwas mit ihm und Hornung geschehen sein, das wusste er.

«Also», sagte er schließlich und wandte dabei den Blick nicht von der hereinbrechenden Nacht. «Wenn wir uns geschickt aufteilen, könnten wir vielleicht klären, was es mit diesen Andeutungen Ratzers auf sich hat. Bei dem Omegapunkt könnte es sich um irgendwas Theologisches handeln, ich bezweifle, dass das Arschloch von irgendwas anderem auf der Welt Ahnung hat. Und Fownes ist wahrscheinlich auch einer aus dem Verein. Ich übernähme es, mich morgen bei den Theos in der Altstadt umzuhören. Jemand anderes sollte nochmal die Ochsentour durch die Kneipen machen, auch abends. Wir müssen alles über Willy erfahren, seinen Charakter wenigstens ahnen können, über irgendwas muss der doofe Zwerg doch geredet haben! Und dann die Läden – wir haben viel zu wenig erfahren, was er für Gewohnheiten hatte, Leidig, du kennst dich doch aus. Und einer macht hier das Feigenblatt in Sachen Hundemord. Vielleicht fährt man auch mal nach Handschuhsheim und sucht ein paar Hinweisgeber persönlich auf, das macht einen guten Eindruck, schätze ich. Am Ende fassen wir sogar den Hundekiller.»

«Mir ist es egal, ob ich die Hunde mach oder nochmal in die Kneipen gehe.» Man sah Haffner an, dass er log. «Ich mag ja Hunde.»

«Und Kneipen», ergänzte Stern. «Nee, lass mal, Haffner, ich geh nach Handschuhsheim. Ich wohn ja schließlich da. Meine Frau will auch nicht, dass ich abends ständig weg bin.»

Nicht gerade begeistert, aber wie immer anständig, stopfte Stern die inzwischen umfänglichen Hinweise zu ihrem spektakulären Tierfall in die Aktentasche.

Babett hatte fünf arme Ritter gegessen und war dann auf Yildirims Couch eingeschlafen. Die Staatsanwältin sah sich plötzlich in einer sehr eingeschränkten Lage. Fernseher, Stereoanlage und Bücher waren im Wohnzimmer. Die Verbindungstür zwischen den Zimmern war zu, und somit war ihr Schlafzimmer nur noch ein kleiner Raum mit einem großen Bett. Wenn sie Familienbesuch hatte, erntete sie bisweilen befremdete Blicke, weil man anscheinend dachte, eine Alleinstehende mit so einer großen Liegestatt müsse diese gelegentlich teilen. In Wirklichkeit nahm die junge Frau im Schlaf eine raumgreifende Haltung an, die am ehesten mit einem Hakenkreuz zu vergleichen war.

Wach, somit noch nicht in dieser schändlichen Position, sondern klösterlich auf dem Rücken liegend, starrte sie nun an die Decke und begann die Tage oder Wochen mit Babett zu organisieren. Was sollte sie morgen kochen? Brauchte sie einen Babysitter, wenn sie mit diesem dämlichen Duncan ausgehen musste? Wen könnte sie fragen?

Er geht spazieren. Unzufriedenheit frisst sich durch ihn hindurch, er frisst sich durch die Nacht. Er kommt nicht recht voran. Die Blödheit dieses Ortes beginnt ihn zu erdrücken. Es ist das erste Mal, dass er mit der Ignoranz seiner Melkkühe mehr Scherereien hat als mit ihren oberschlauen Nachstellungen. Hat denn niemand hier begriffen, dass es bei der Sache um Millionen geht? Was sind das für ethische Purzelbäume, wenn man ihm seitens des örtlichen Käseblattes die Adresse des Finders vorenthält? Müssen die Deutschen immer heraushängen lassen, was für prächtige Wächter der Menschenrechte sie geworden sind? Es ist kalt. Wenn man etwas heraushängen lässt, ist das ein bleierner Lumpen, der über einem sinnlosen Ding hängt und am Boden schleift, dunkelgrüner Boden.

Ein paar Meter vor ihm läuft ein junger Bursche in Schlangenlinien. Auf welcher Droge mag er sein? Einer dieser kleinen Scheißer, die sich gehen lassen und beim Autoknacken erwischt werden. Einer, der die Gesellschaft dafür verantwortlich macht, dass er sich nicht aus dem dumpfen Gelass seiner selbst befreien kann.

Er nähert sich dem Bubi. Die Haare sind gegelt, als wäre er ein Hotelpage oder Barmann und nicht etwa unterwegs, um in den nächsten Hauseingang zu kotzen. Der Junge murmelt etwas, kichert. Was gab's zu trinken, Bubi? Schmeckt's noch nach, brennt dir schon der Magen? Wie ist es, durch einen Ort zu schwanken, wo jede Gasse einen Namen aus einer Puppenstadt hat – wo sind wir denn jetzt? Pfaffengasse. Wunderbar, wunderbar, wie sich die Häuschen krumm in die Straße beugen, putzig, die schmiedeeisernen Schilder im historischen Stil, hier zur Gedenkstätte, dort zum Weinladen, hier zum Teufel.

Die Haare riechen nach Kokosfett. Ob er eine Freundin hat, die er brutal besteigt, der es wehtut und die in ihrem Schmerz dann an Kokospalmen denkt? Ob sie die Palmen von unten sieht, während sich der Mistknabe in ihr reibt?

Er sieht die Palmen, sieht die Blätter vor blauem Himmel, lange weiße Strände, alleine zu begehen. Blauer Himmel, der sich in Schwärze wendet und plötzlich in einer rasenden Überblendung glutrot, magenta, blassrosa, weiß wird.

Er schlägt zu.

7 Auf einmal stimmte nichts mehr. Die Sonne stand am blauen Himmel, die gewässerte Stadt dampfte wie Bügelwäsche, Wetterfühligen wuchsen Hufeisen im Kopf. Theuer ging zu Fuß Richtung Altstadt und hatte mit brummendem Schädel beschlossen, dass er sich nicht extra im Büro abmelden musste. Einer der Jungs würde dort schon vorbeischauen und auf Anfrage irgendwas erfinden.

Als er den Fluss überquerte, konnte er oben auf dem Königstuhl immer noch Schneereste erkennen, auf der Brücke kamen ihm aber die ersten halb nackten Skater des Jahres entgegen und drängten ihn zur Seite. Es ging ihm zu schnell, das Wetter und alles andere. Eine Schar Graugänse stolperte über das Neckarvorland, von oben gesehen schienen sie einer komplizierten Choreographie zu folgen. Auf jeden Fall tappten sie so zahlreich herum, dass frühe Sonnenanbeter ihre Decken und Vorlesungsverzeichnisse unter den Arm klemmten und beschämt flohen. Dort unten hatten sie gestanden, als Willy in einem Plastiksack abtransportiert wurde. Knappe zwei Wochen war das her.

Theuer hatte einige Mühe gehabt, sich durch die Winterschlaf haltende Uni zu telefonieren, aber schließlich hatte sich ein Professor Bendt, der viele Sätze mit der hymnischen Formel «Ich als Theologe» begann, zu einem Gespräch über Ratzer bereit gefunden. Der Kommissar war gut in der Zeit, und da er die Hauptstraße, längste Fußgängerzone Europas und erlesenste Idiotenrennbahn der Welt, nicht mochte, tappte er geduldig die laute Sophienstraße am Bismarckplatz entlang, um dann durch die kleine Plöck an den Fuß des Schlossbergs zu gelangen, wo die ehrwürdige evangelische theologische Fakultät ihren Sitz hatte.

Er fand die Altstadt eigentlich klein, mit zügigem Schritt

konnte man sie, obwohl schmal und lang zwischen Hügel und Neckar gezwängt, rasch durchqueren. Nur dass man in Heidelberg zwischen sieben Uhr morgens und null Uhr nachts selten zügig gehen konnte. Japanische und amerikanische Reisegruppen verstopften die Plätze, bis zu dreißigtausend Besucher am Tag veranstalteten auf der Hauptstraße eine Dauerdemonstration für den entwickelten Kapitalismus, und in den kleinen Gassen versuchten die Bewohner geduldig, ihre Geheimwege zu gehen, was es manchmal ebenfalls eng machte. Der Alltag der Anwohner wies spezielle Schwierigkeiten auf, ein Grund, warum Theuer in Neuenheim wohnte. So hatte Leidig einmal erzählt, es sei zwar kein Problem, in der Altstadt Designerklamotten zu erwerben – da gebe es stets eine reiche Auswahl, ungeachtet der Tatsache, dass bald jede Woche irgendein Edelladen an den unglaublichen Mieten der Gegend zugrunde ging. Schwieriger sei es, wenn man beispielsweise eine Schraube oder Glühbirne brauche oder ein Netz Orangen für Durchschnittsverdiener, die sich nicht so recht auf japanische Apfel-Birnen-Kreuzungen umstellen wollten. Es gab kaum einen größeren Supermarkt.

Aber je nun, es war halt «die Stadt», ein Ort wie aus dem Bilderbuch, ein Labyrinth aus kleinen Wegen, mehrfach kaputt und immer wieder ganz gemacht, zuletzt im Barock, mit Fachwerk, Sandsteinfratzen an den Giebeln, Sprossenfenstern, Kopfsteinpflaster und immerhin einigen echten Menschen. «Hier wohnte von ... bis ...» las man bald ebenso oft wie «Bitte keine Werbung». Bunsen, Hegel, Jaspers, Goethe, Hölderlin, Eichendorff, wer nicht alles da gewesen war.

Und tot war.

In der unangenehmen plötzlichen Schwüle setzte sich

Theuer am Spielplatz Märzgasse, Ecke Plöck, unvermittelt fröstelnd auf eine Bank. Er dachte an Willy.

Wie hatte dieser kleine Mann gelebt? Wie hatte er es geschafft, über Jahre, wenn nicht Jahrzehnte, an denselben Orten aufzutauchen und anscheinend niemals mehr als seinen Vornamen – wenn der nicht sogar ein Pseudonym war – preiszugeben? Melancholisch erkannte der Ermittler, dass das so schwer gar nicht sein mochte: Wer hört schon zu? Und wer interessiert sich für einen unauffälligen kleinen Wicht, der weder attraktiv war – so viel ließ sich rückschließen – noch mit irgendwelchen Statussymbolen geprotzt haben dürfte? Reich konnte ihn die Fälscherei nicht gemacht haben. Wenn sie denn seine einzige Einnahmequelle gewesen sein sollte, warum machte man dann nicht irgendwann etwas anderes? Natürlich hatte Willy Gesetze gebrochen, aber Theuer sah in ihm weniger einen Kriminellen als einen schicksalsergebenen kleinen Versager, einen, der, wenn er schon nichts Großes ist, gar nichts sein will. Und ungeachtet des ganzen Gelabers von Vernetzung, gläsernem Bürger und am Ende weltweitem Irgendwas war es immer noch sehr einfach, gar nicht zu existieren. Zwar konnte man das noch nicht wissen, denn sie kannten ja Willys Namen nicht, aber Theuer war sich sicher, dass der Fälscher in keiner Liste der Stadt Heidelberg als Bewohner auftauchte. Wenn er im Studium hergekommen war und sich nie richtig angemeldet hatte, dann stand er eben auch nirgends. Sicher war er in irgendeiner anderen Stadt geführt, in irgendwelchen alten Karteien der Uni, aber da hätte man wieder seinen Namen kennen müssen. Nach wie vor war eine Veröffentlichung seines Porträts das einzig Erfolgversprechende, aber ganz bestimmt würde Seltmann von einer einmal gefassten Meinung so schnell nicht abrücken. Sie mussten es ohne die Öffentlichkeit weiter versuchen.

Er stellte sich Willys Leben vor. Man konnte sich in so etwas einrichten. Sicher hatte der Kleine das Schloss im Mondschein wie ganz für ihn erschaffen erlebt. Herbstwinde hatten ihn wohlig frösteln lassen. Einsamkeit konnte etwas Köstliches sein, das wusste der Kommissar. Vielleicht hatte er sich nach Liebe gesehnt. Theuer sah den kleinen Mann durch ein Sprossenfenster in die Nacht starren, hörte seine leicht schwülstigen Gedanken. «Irgendwo da draußen läuft meine Liebe herum», flüsterte er in der Rolle des Fälscherzwergs.

Ein maßlos stinkender Penner setzte sich unvermittelt neben ihn. «Die Amis haben die Wirtschaft, aber wir, mein Lieber, wir haben die Wissenschaft», lallte der Plagegeist los. «Hab ich Recht?»

Theuer schüttelte gleichmütig den Kopf. «Wir haben gar nix.»

Der Penner musterte ihn ernst und fragte dann: «Bist du einer von uns?»

«Seh ich so aus?», fragte Theuer streng. «Riech ich so?»

«Du hast so einen Blick.» Die Stimme des Betrunkenen wurde weich. «So wie eine Katz.»

Theuer entschied, er sei schon schlimmer beleidigt worden.

«Ich geh dann Bier kaufen.» Der Stinker stand auf. «Tschüs.»

Was hatte Willy studiert? Die bisherige Verbindung wies auf die Theologie hin, aber das musste nichts heißen, zumal ja dieses schlichte Menschenkind, Frau Dorothea Buchwald – lustvoll nannte er sie bei sich «die Verräterin» –, auch bildnerische Taten erwähnt hatte. Wenn die doofe Dumpfnuss da nur nicht irgendwas total falsch mitgekriegt hatte. Es kratzte ihn inwendig im Schädel, wenn er an Bildfälschung dachte, aber das war wohl nicht mehr als ein dumpfes Neuronengebrutzel. Vielleicht hatte er einen Film gesehen oder irgendwas gelesen, das sich in den Metropolen der Welt abspielte, von denen er keine kannte?

Das Leben eines Fälschers war immer sekundär. Wahre Zufriedenheit konnte sich nicht einstellen, allenfalls kleine Triumphgefühle. Und dann war irgendetwas geschehen, irgendetwas vergleichsweise Großes hatte sich in Willys Leben ereignet, womit der Kleine nicht umgehen konnte. Vielleicht war es ja die Liebe.

Hinter ihm hatte das Hölderlingymnasium Pause. Das war ein guter Grund weiterzugehen, denn innerhalb von Sekunden machte die nur von ein paar herumhüpfenden Kleinkindern belebte Idylle einem Jungmenschengeknäuel Platz, bei dem der schwere Theuer fürchten musste, totgetreten, taub gebrüllt und von der ausdefinierten Physis der kappentragenden Denker von morgen auch noch geblendet zu werden. Fast wäre er im Aufstehen anzüglich mit der Nase an ein Bauchnabelpiercing gestoßen. Das gar nicht bemerkend, blätterte das zugehörige Girlie in einem lateinischen Grundwortschatz.

Als er sich fast aus der Gymnasiastentraube herausgekämpft hatte, sah er, dass ihm Leidig nebst Mutter entgegenkam, und blieb stehen. Lieber in dieser fünfminütigen Love-Parade zugrunde gehen als Frau Leidig begegnen. Sie war weder groß noch dick, aber sie strahlte die dichtere Molekularstruktur aus, die manche alte Damen zu besitzen scheinen und von der sie dann auch rücksichtslos Gebrauch zu machen verstehen. Man fühlte sich in Mutter Leidigs Gegenwart schon abgekanzelt, wenn sie einen nur ansah.

Der Erste Hauptkommissar blieb unbemerkt, schnappte

nur auf, dass sein Junger sehr defensiv darauf hinwies, er habe jetzt Leute zu befragen, und die Mutter kategorisch darauf bestand, er müsse sie zuerst zur Fußpflege begleiten, da er ja ohnehin nichts tue – beziehungsweise er bringe sie noch um mit seiner Art, das tue er schon. Ein paar Schüler lachten das Paar aus.

Theuer ging rasch weiter. Aber gleich war die nächste Pause fällig. Wann war er das letzte Mal im Zuckerladen gewesen? Im altertümlichen Schaufenster stand immer noch der rostige Zahnarztstuhl. Wenn er jetzt hineinginge, käme er zu spät zu den Theologen. Er beschiss sich professionell, indem er Willys Bild aus der Tasche zog.

Der schon überregional berühmte Inhaber des Ladens, ein weißhaariger, spindeldürrer Fröhlichmacher mit silbrigem Chinesenbart, nickte ihm zu, als seien sie die allerbesten Freunde. Obwohl der Laden ausnahmsweise fast leer war, musste der Kommissar dennoch zehn Minuten lang ein Würfelspiel des Händlers gegen einen fünfjährigen Kunden abwarten. Ein heiliges Ritual, das wusste jeder Heidelberger, der nicht gerade Zucker hatte. Die Spielregeln änderten sich minütlich, und am Ende gewann immer der Kunde.

Theuer wurde nicht langweilig. Der schmale Laden war eine heimelige Mischung aus Alchemistenküche, Schatzkammer, Rumpelkeller und Museum. Neben den zahllosen Süßigkeiten in Gläsern, Vitrinen, Schachteln und Kolben fiel ihm ein altes, kopfüber an der Decke hängendes Ruderboot auf. Hatte das dort schon immer gehangen?

Der Zuckermann betrachtete schließlich das Bild nur kurz. «Kenn ich vom Sehen, weiß aber nicht, wie er heißt. Hat immer nur Ingwerbonbons gekauft. Was ist mit dem?»

«Er ist tot», rutschte dem Kommissar gegen alle Vereinbarungen mit seiner Truppe heraus – und auch noch zu laut, denn der kleine Junge, schon unter der Tür, erschrak.

«Ingwer ist nicht jedermanns Sache», versetzte der Zuckermann, «kein Wunder.» Dann wandte er sich dem Kleinen zu: «Da brauchst du nicht weinen, wenn ein alter Sack mal den Arsch zusammenkneift. Wenn ich nicht irgendwann abschramme, kriegst du ja nie den Laden hier! Er ist nämlich mein Nachfolger», sagte er verschwörerisch zwinkernd.

«Ingwer», sagte Theuer, um von seinem Fauxpas abzulenken. «Mögen Sie Ingwer?» Ohne eine Antwort abzuwarten, dachte er laut: «Ein Billigsnob oder so was, oder einfach einer, der Ingwer mochte.» Dann schämte er sich für sein wirres Reden und beeilte sich, Brausestangen zu kaufen, beim Würfeln zu gewinnen und die theologische Fakultät aufzusuchen.

Den Karlsplatz fast am Ende der Altstadt erreichte er verschwitzt, zu spät, und sein Hemd war mit rosa Brausekrümeln übersät. Böse Menschen hatten wirklich nichts zu lachen, solange sie der Theuer jagte.

Er ist ganz ruhig und genießt diese Ruhe, als durchforste er müßig und allein eine erhabene Landschaft. Der Tag ist schön, ein bisschen sehr warm plötzlich, aber schön. In seinen Schlag hat er alles legen können. Eine unprofessionelle Tat, wenn man so will, aber zur vollen Wiederherstellung seiner Präzision hat er sie gebraucht. Und nun hat er den Namen und die Adresse, die er seit fast zwei Wochen sucht. Dank sei dem Kokosschädel, er hat ihm neue Gedanken beschert. Dass er nicht gleich daran gedacht hat!

Er verlässt das Institut für Kunstgeschichte und schlendert Richtung Hauptstraße. Heute erträgt er die putzige Stadt.

Rechts von ihm das Gefängnis, er nimmt es als amüsantes Einsprengsel in die nervige Gemütlichkeit. Und überall die Stätten des Wissens, jetzt passiert er das Anglistische Seminar, die Romanisten hat er eben hinter sich gelassen. Wie viele sich ums Wissen balgen und nichts erfahren.

Heute Abend wird er also doch mit der Türkin ausgehen. Vielleicht springt ja was raus dabei. Vielleicht erfährt er etwas, vielleicht fickt er sie. Er geht durch die Hauptstraße, kaum gestört von den Menschenmassen, und stellt sich vor, wie er es täte. Bevor er platzt, geht er immer heraus und behält sich. Wenn ihn die Damen dann großäugig anstarren, legt das eine stählerne Platte zwischen ihn und das Weib. Während es in den Lenden zieht, ist er so alleine, wie man es nur sein kann. Wenn es so geht, ist es gut, wenn es misslingt, ist ihm die Frau, kaum hat er sie nass gemacht, so zuwider, dass er sie schlagen will. Aber meistens beherrscht er sich. Er lernt immer besser, sich zu beherrschen.

Ob der Knabe tot ist? Er hat es nicht geprüft, weil es nicht nötig war. Der Saukerl hat ihn schließlich nicht gesehen, und sinnloses Töten ist ihm zuwider wie jedem kultivierten Menschen. Vielleicht waren es einfach der Duft und die Lust, diesen Schädel wie eine Kokosnuss platzen zu lassen. Niemand war in der Gasse. Kleine Hotels haben keinen Nachtportier. Er ist sicher, niemand hat ihn bemerkt. Es ist, als sei es gar nicht passiert. Es ist nur für ihn geschehen. Er lacht. Er findet, es ist eine gute Idee, die Türkin zu ficken.

Der Professor für neutestamentliche Theologie Hans Babtist Bendt war ein Mann, der von feinem Kreidestaub überzogen schien. Theuer schaute sich in dem unfrohen Büro nach einer Tafel um, aber es gab keine. Der einzige Wandschmuck war ein schauderhaftes afrikanisches Tuch, auf dem der Leberstich in Christi toten Leib in unbegabten bunten Flächen aufgepinselt war.

«So, so, dann ist also der Kommilitone Ratzer in eine schlimme Sache verwickelt.» Der Gelehrte verknotete die langen Finger und schob sie unter die Nase.

Theuer hatte nur das Notwendigste mitgeteilt. Er musste gar nicht viel sagen, Ratzer war anscheinend recht bekannt.

«Aber ich kann mir nicht so recht vorstellen, dass er wirklich etwas Böses getan haben könnte», fuhr Bendt fort. «Als Mensch kann ich mir das nicht vorstellen und als Theologe auch nicht.»

«Was ist der Unterschied?», fragte Theuer ehrlich interessiert, bereute seine Frage aber dann gleich, denn der Professor verfiel in mehrminütiges Schweigen, die Denkfalten auf seiner ausgemergelten Stirn erinnerten an ein Manager-EKG. Der Kommissar bemerkte, dass zumindest ein Teil des staubigen Eindrucks daher rührte, dass dem Gelehrten zahlreiche Schuppen aus der wilden Frisur rieselten.

«Es ist kein Unterschied», sagte Bendt schließlich. «Sie haben ganz Recht. Zumindest sollte es keiner sein.»

Theuer nickte ergeben.

«Ja, Wolfram Ratzer ... Sie treffen vermutlich keinen im Hause, der ihn nicht kennt. Ich glaube, er ist inzwischen im fünfundzwanzigsten Semester, aber es können auch mehr sein. Und vom Examen ist er noch weit entfernt. Wissen Sie, er kommt aus einer wohlhabenden Familie im Württembergischen, sein Vater war Mathematikprofessor in Tübingen. Ein brillanter Kopf, der ausgerechnet darüber seinen guten Ruf verspielte, dass er Delphine für intelligenter als Menschen hielt und das jedermann erzählen musste.»

«Warum sagen Sie ‹ausgerechnet›?», fragte Theuer dazwischen.

Bendt sah ihn etwas ratlos an: «Na, weil es schließlich stimmt. Delphine sind intelligenter als Menschen.»

Der Kommissar nahm sich vor, nicht mehr zu unterbrechen.

«Ja, also. Ich habe immer angenommen, das Theologiestudium stellte für Herrn Ratzer eine Möglichkeit dar, sich gegen den rationalistischen Vater abzugrenzen, und folgerichtig hat er sich auch speziell mit abseitigen Denk- und Glaubensschulen auseinander gesetzt, dem Irrationalen im Irrationalen. Er wollte so eine Art Heiliger sein, hat sich auch immer absichtsvoll unmodern gekleidet und dergleichen.»

Theuer dachte an Yildirims Beschreibung und nickte.

«Aber er hat seinen Platz in unserer oft wolkigen Wissenschaft dann eben doch nie gefunden», fuhr Bendt fort und sah aus, als wolle er in Tränen ausbrechen. «Er wollte das Licht, aber nur wer die Dunkelheit kennt, erkennt das Licht.»

Der Kommissar war mit diesen Worten zu seiner Verblüffung vollkommen einverstanden.

«Also, was bleibt so einem Unglücklichen? Mathematisch geprägt, dennoch in einer gewissen Exzentrik aufgewachsen, als Ziel seiner Bemühungen einen Beruf vor Augen, für den ihm alle charakterlichen Voraussetzungen fehlen? Er ist nicht als Seelsorger vorstellbar, noch nicht einmal sich selbst! Was sollte er tun?»

«Ich weiß nicht», sagte Theuer. «Ich würde das Studienfach wechseln.»

Bendt hatte diesen Gedanken offensichtlich noch nie gehabt, verbannte ihn mit zögerlichem Kopfschütteln auch gleich wieder aus seinem hohen Geist und flüsterte stattdessen beschwörend: «Mystik. Ratzer hat sich der Mystik verschrieben.»

Theuer hätte den Begriff nicht definieren können, aber er ahnte, dass er mit dem Omegapunkt zu tun haben könnte. Seine diesbezügliche Frage zog einen Vortrag des Professors nach sich, den der überforderte Gast nicht vollständig hätte memorieren können, aber Vorträge von Professoren haben ja auch selten diesen Anspruch.

Der Kommissar lernte zumindest, dass es Ende des 19., Anfang des 20. Jahrhunderts einen französischen Theologen namens Pierre Teilhard de Chardin gegeben hatte, der in gewaltigen und gewaltig umstrittenen Werken die Evolution des Lebens, die Entwicklung des expandierenden Universums, die Historie des Menschen und das Wirken Gottes in ein Modell gegossen hatte, in dessen Zentrum die Verschmelzung aller dieser Kräfte zu sehen war, Erlösung also nicht mehr nur religiös, sondern auch naturwissenschaftlich «oder, besser gesagt, in einer Art und Weise, für die es keine Worte gibt, zu sehen ist».

Bendt nahm sich zu Theuers großer Überraschung eine Zigarette aus der Schublade seines plastikfurnierten Tisches und begann ohne die moderne Fragerei, ob es denn sein Gegenüber auch wirklich nicht umbringe, süchtig zu rauchen. «Die Katholiken haben ihn schließlich rausgeworfen», fügte er mit niveauloser Freude hinzu. «Aber erkannt haben sie Chardins Kardinalfehler nicht. Den habe ich erkannt.»

Theuer verkniff sich die Frage, ob der Franzose die Delphine vergessen hatte.

«Er zwingt Gott in einen Zeitstrahl, verstehen Sie? Ich als Theologe kann das nicht zulassen!» Bendt wurde laut.

Theuer nickte verlegen.

«Das geht nicht! Das kann nicht sein!», ereiferte sich der Professor. «Das hieße, man schöbe der göttlichen Realität einen Riegel vor, ein ‹Jetzt nicht›! Das ist – verzeihen Sie, Herr Wachtmeister – eine Kastration des Menschensohnes zum Eunuchen Darwins. Hegel ist nicht ohne Christus, Christus aber ganz gewiss ohne Hegel vorstellbar.» Bendt schwieg, ergriffen von sich selbst.

Nach füglicher Pause wagte der Gast freundlich einzuwenden, er sei Kommissar, nicht Wachtmeister, was der Gelehrte immerhin akzeptierte.

«Also, ich versuche das jetzt für meine bescheidenen Zwecke zu deuten», ergriff Theuer dann mutiger das Wort. «Ratzer kommt mit dem Studium nicht zurecht, er steckt in seinem Fach wie in einem schlecht sitzenden Anzug. Er sucht sich ein abgelegenes Teilgebiet, wo er vielleicht noch was werden kann, aber das klappt auch nicht so recht. Er wird seltsam, verrennt sich in seine Ideen. Ich habe mir überlegt, ob er vielleicht, obwohl er unschuldig ist, so eine Art Ende mit Schrecken seiner Bemühungen inszeniert. Einen privaten Omegapunkt.»

Bendt nickte amüsiert. Ein denkender Polizist, so was!

«Und sein Hinweis mit Sigma und Tau? Da könnten Sie mir vielleicht noch helfen.»

«Griechische Buchstaben grob in der Mitte des Alphabets. Er meint vermutlich, dass er sich für diesen speziellen Fall an einer Stelle befindet, wo verschiedene Stränge zusammenlaufen. Ziemlich anmaßend, er setzt sich ja damit eigentlich an Gottes Stelle.» Bendt löschte die Zigarette in einer kleinen Blumenvase. «Der wird nie ein Pfarrer.»

«Und an diesem Punkt befindet er sich entweder logisch»,

sinnierte Theuer, «oder räumlich. Oder beides.» Er musste breit grinsen. Er war sich plötzlich sicher, wo Ratzer zu finden war. Er war sich allerdings auch sicher, dass er sich schon oft getäuscht hatte.

«Und Fownes?», fuhr er schließlich fort, seine Liste abzuarbeiten. «Ist das auch ein Mystiker?»

Bendt dachte angestrengt nach. «Der Name sagt mir gar nichts», knurrte er schließlich. Wissenslücken schienen ihm unerträglich zu sein, und er funkelte den Polizisten sekundenlang in einer Weise an, die dem Nazarener missfallen hätte. Aber nach Konsultation einiger Nachschlagewerke besserte sich seine Stimmung wieder. «Wer auch immer dieser Herr Fownes sei oder gewesen sein mag – ich als Theologe sage: Das ist kein Theologe.»

Theuer seufzte, es wäre ja auch zu einfach gewesen. «Hat Ratzer eigentlich einen Täuschungsversuch auf dem Buckel? Hat er irgendeine falsche Arbeit vorgelegt? Das ist dann wirklich meine letzte Frage.»

Bendt ging nochmals in sich, aber merklich unlustiger. Schließlich ging es jetzt um etwas höchst Irdisches. «Na, über alles im Haus weiß ich natürlich nicht Bescheid, es gibt ja noch genug Kollegen, bei denen etwas vorgefallen sein könnte. Ach, ja! Das war Anfang des Jahres. Eine wirklich dumme Sache …»

Voller Gedanken verließ Theuer ein paar Minuten später das Gebäude. Ratzer war in all den Jahren noch nicht einmal in der Lage gewesen, das Latinum abzulegen. Nun hatte er im Januar plötzlich das Zeugnis eines privaten Instituts vorgelegt, das ihm bescheinigte, in den letzten Semesterferien einen erfolgreichen Crashkurs belegt zu haben. Dummerweise war das Institut zum Zeitpunkt dieser Schulung bereits pleite gewesen. Da der erschreckte Student aber daraufhin das Dokument sofort zurückzog und sich selbst zu geißeln drohte, hatte man, dem Geiste des Hauses gemäß, Gnade vor Recht ergehen lassen.

Also wirklich ein Grund, sich zu ärgern – Willy hatte gepfuscht. Ein Grund, sein Geld zurückzufordern – aber ein Grund, jemanden zu ermorden?

Der Kommissar achtete nicht so recht auf den Weg und stieß schmerzhaft mit einer Frau zusammen.

«Wusst ich's doch, dass du auf mich stehst.»

Verblüfft schaute er in das angriffslustige Gesicht seiner Freundin Renate Hornung.

8

«Ist das jetzt einer der beschissenen Zufälle, die mich in amerikanischen Filmen wahnsinnig machen?» Theuer schien es angebracht, die Sache nicht zu defensiv anzugehen.

«Ich kann dich beruhigen», fauchte Hornung. «In meiner Verzweiflung habe ich mich bis in dein Büro durchtelefoniert. Ein freundlicher Herr Stern hat mir mitgeteilt, dass du heute Morgen zu den Theologen wolltest. Klang übrigens ziemlich verzweifelt, weil du dich noch nicht gemeldet hast. Irgendwas ist wohl passiert.»

Theuer beschloss, diese Nachricht vorübergehend zu vergessen.

«Selbstverständlich geht es mich nichts an, was du hier gemacht hast, aber soviel ich weiß, nehmen evangelische Geistliche keine Beichte ab – du solltest in die Jesuitenkirche. Ich bring dir auch ein Vesper vorbei, wenn es länger dauert.»

«Es war dienstlich», schnarrte Theuer, «dienstlich, und darüber darf ich nicht sprechen.»

«Demnach ist dein ganzes Leben dienstlich.» Hornungs Lippen waren schmal wie Tapetenrisse.

«Sollen wir uns irgendwo hinsetzen?», fragte Theuer lahm. «Was trinken?»

Yildirim spülte das Frühstücksgeschirr. Die vielen zusätzlichen kleinen Abläufe eines Familienlebens war sie noch nicht gewohnt. Im Moment war es vor allem der versteinerte Nutellateller des Morgens, an dem sie sich, wenn schon nicht den Kopf, dann die Fingernägel zerbrach.

Babett hatte heute bis 16 Uhr Schule und tapfer behauptet, es mache ihr nichts aus, am Abend alleine zu sein. Die Staatsanwältin wusste nicht, was sie in zwei Wochen empfände, wenn Frau Schönthaler zurückkommen sollte, aber dass sich ein wenig Erleichterung in die Wehmut mischen würde, konnte sie nicht ausschließen.

Es war schon fast Mittag. Wernz hatte sie angerufen und ölig gemeint, es sei ja nun an der Zeit, vielleicht wieder halbtags einzusteigen. Es sehe ja auch seltsam aus, wenn sie mit Dr. Duncan krank gemeldet einen Abend in der Stadt verbringe. Als ob es ihre Idee gewesen wäre, mit dem Kiwi einen draufzumachen.

Sie kratzte die letzte Nutellaspur ab und stellte den Teller, ohne ihn nochmals zu spülen, in den Geschirrständer. Dann schrieb sie einen Zettel an ihr Mündel, sie solle sich aus dem Kühlschrank bedienen. So spät würde es nicht werden, aber sie solle keine schlechten Filme gucken und die Zähne putzen. War das mütterlich genug? Zweifelnd malte Yildirim mit ihrem Lippenstift ein kleines Herz unter den Text.

Groß und rot stand Babetts Vesperdose auf der Spüle. Yildirim hatte ihrem Mädchen nichts mitgegeben. Das beschäftigte sie so, dass sie den üblichen Sicherheitsblick vergaß, als sie auf die Straße trat.

Hornung und Theuer saßen schließlich bei Milchkaffee und Mineralwasser vor dem Croissant, direkt gegenüber von Buchwalds Studentenwohnheim. Der Kommissar schöpfte ein wenig Kraft daraus, dass diese Verräterin ihn sehen könnte und Angst bekäme, aber allzu viel nützte das nicht. Die Aussprache. Immer vor sich hergeschoben, und nun ging es nicht mehr. Er hatte nicht die geringste Ahnung, was er seiner Freundin sagen sollte. Hornung schaute nicht weniger ratlos drein, ihre Wut war wohl nur eine Spielart einer großen Ratlosigkeit gewesen, wie das bei der meisten Wut so ist.

Sie schob ihr Bein an seines, und Theuer erschrak kurz, weil er dachte, ein Hund sei unter dem Tisch.

«Also, was war das, wofür könntest du mich brauchen?», fragte sie schließlich. «Es darf ruhig etwas Berufliches sein.»

Einerseits war Theuer erleichtert, denn sie glitten wohl wie üblich in ein Ersatzgespräch ab, andererseits hatte er Mühe, sich an sein nächtliches Gestammel zu erinnern. «Ach, das hätt ich gar nicht sagen sollen ... Komm, vergessen wir das.»

Hornung zog ihr Bein weg. Ein zerklüfteter Mann in gelben Clogs tuckerte auf einem Motorroller vorbei und bog in die Kleine Mantelgasse ab. Theuer hätte ihn gerne verhaftet und die Holzschuhe in den Neckar geschmissen.

Seine Freundin wandte den Blick ab und lächelte wieder mühsamer: «Schade.» Ihre Mundwinkel zuckten. «Ich rede mir seit Tagen ein», sprach sie schließlich unter Mühen weiter, «dass es gar nicht so schlecht ist, wenn man für etwas gebraucht wird. Ich rede mir ein, wenn ich einmal etwas wirklich Bedeutendes für dich täte, würdest du nicht ständig vergessen, dass es mich gibt.» Sie rührte sinnlos in ihrer Tasse und starrte in den selbst gemachten Strudel, als geschähe in ihm etwas Unerhörtes.

«Ich vergesse dich nicht», sagte Theuer. «Ich vergesse eher mich selbst.»

Er stand auf, ging in die kleine frankophile Kneipe, verachtete pflichtbewusst die lederhäutigen Gestalten, die sich am Tresen bereits um diese Zeit Pilse in die Schädel hämmerten, aber eigentlich hätte er gerne mitgemacht. Er warf fünf Mark in den Zigarettenautomaten. Einfach so, er dachte sich nichts dabei. Der Automat funktionierte nicht. Fast erleichtert drückte er auf die Geldrückgabetaste und ging wieder zur Tür, musste aber einen Moment warten, weil die Wirtin vor ihm zwölf Kaffeetassen durch die Stammkundschaft hindurchzubalancieren hatte.

«Ich hab denen natürlich nicht alles gesagt. Ich will erst wissen, ob die dem was anhängen wollen. Der eine hat ausgesehen wie der von Village People, der mit dem Seehundschnauzer.»

Theuer wandte den Kopf nach dem selbstbewussten Thekenredner. In der innigen Traube der Versammelten konnte er nicht gleich ausmachen, wer gesprochen hatte, aber einer trug eine Mütze vom Team Telekom. Der Kommissar wusste, dass ihm das irgendetwas sagen sollte, aber was, fiel ihm nicht ein. Der Ausgang war frei.

Hornung hatte ihn durch die große Fensterfront beobachtet. «Sie kosten jetzt sechs Mark. Sei nicht so blöd, wieder anzufangen.»

Theuer schaute sie verblüfft an. «Rauchst du etwa?»

Hornung lächelte bitter wie ein Sack Zitronen: «Ja, manchmal. Auch durchaus schon in deiner geschätzten Gegenwart.»

Der Ermittler schaute belämmert drein.

«Weißt du, Theuer, ich habe nie erwartet, dass für uns ein gemeinsames Leben herausspringt. Dafür sind wir vielleicht schon zu alt, auf jeden Fall sind wir ... ach, man erwartet von Korallen keine großen Bewegungen. Nur schön müssen sie sein. Sollten sie sein, verstehst du?»

Theuer nickte, aber er verstand nicht.

«Ich hätte mir gewünscht, es würden ein paar gute Jahre», fuhr sie fort. «Es geht doch alles sowieso so schnell vorbei. Wie lange sind wir zusammen, Herr Kommissar?»

Theuer musste sich anstrengen: «Zwei Jahre?»

«Es sind fast vier.» Hornungs Augen wurden nass. «Und ich bin so weit, dass ich wenigstens nützlich sein will. Wenigstens das. Ich würde dich so gerne verachten. Verachten dafür, wie du mich behandelst. Aber es geht nicht. Man kann große Felsen nicht verachten, es geht einfach nicht.»

«Man kann sie höchstens besteigen», sagte Theuer unschuldig.

Diese Anzüglichkeit war das Falscheste, was er hätte von sich geben können.

Hornungs Augen blitzten: «Ich kann dir aber auch hier und jetzt eine schieben, du alter Sack.»

Theuer hob unbeholfen die Hände zum Schutz und hatte echte Angst vor einer Ohrfeige, wie ein Kind. «Sagt dir vielleicht der Name Fownes was?», hauchte er verstört.

Es funktionierte. Hornung dachte nach. Der Kommissar beglückwünschte sich still und herzlich.

«Nein», sagte sie schließlich. «Hat das mit deinem Fall zu tun.»

«Ja, schon.» Theuer lächelte unsicher. «Aber darüber kann ich dir natürlich nichts sagen.»

Eine weitere schlimme Pause entstand.

«War das jetzt schon wieder alles, Herr Theuer?» Hornungs Stimme nahm einen Klang an, der ihren hilflosen Freund an eine Metallsäge erinnerte, und diese Säge würde ihn jetzt demnächst zerteilen, ganz mühelos, denn er war wirklich nicht aus Metall. Er war eigentlich gar nicht.

Er holte tief Luft, zubbelte sich die Lederjacke enger um den Körper, ruckte die Hose zurecht. Er schaute zum Himmel, ob da oben alles in Ordnung war.

Dann erzählte er von Willy.

Yildirim stand im Flur, an dessen Ende eigentlich ihr Büro lag, und musste lachen. Der Durchgang war mit zwei gekreuzten, splissigen Bohlen verstellt, dahinter lagen Abdeckfolien, und vier Maler pinselten zu den schwungvollen Klängen der Wildecker Herzbuben die Wände voll.

Einer kam auf sie zu: «Womit kann ich dienen, mein schönes Kind?»

«Ach, mit nicht viel», antwortete die Staatsanwältin vergnügt. «Nur müsste ich eigentlich dahinten in mein Büro. Um zu arbeiten.» Mit beständig anwachsender Fröhlichkeit sah sie, dass just vor ihrer Tür eine Pyramide aus Farbeimern errichtet worden war.

«Ja, gute Frau.» Auch den Maler schien das Ganze zu entzücken. «Da ist erst mal nichts drin! Vor dem Wochenende sind wir bestimmt nicht fertig. Gestern wurden doch alle Büros hier geräumt. Schon vergessen?»

«Schon vergessen», lachte Yildirim. «Ich bin halt ein Schussel.»

Der Handwerker grinste ihr aufmunternd zu. «Aber Deutsch kann sie schon ganz gut. Donnerwetter.»

Die Staatsanwältin klapperte fröhlich in den Trakt ihrer Abteilung und bat um ein rasches Gespräch mit ihrem Chef.

Zum ersten Mal genoss sie seine Gesellschaft. Wernz hatte sichtlich daran zu beißen, die Sache mit den Tünchern vergessen zu haben. Ja, gewiss, alle hätten gestern ein Ersatzbüro zugewiesen bekommen, nur sei sie ja nicht da gewesen. Schließlich wählte der leitende Oberstaatsanwalt die Pose, die Herrschern am besten steht, wenn sie einen Murks gemacht haben: Er wurde großmütig. Yildirim habe es jetzt eben gut, bis die Renovierungsmaßnahme vorbei sei.

«Schließlich haben Sie ja auch Schlimmes hinter sich.» Schon atmete er wieder schwerer. Die imaginierte Notzucht stand obszön in seinen Augen. «Den Dr. Duncan», lenkte Wernz sich ab, «den sollten Sie aber heute nicht vergessen, und vielleicht schauen Sie mal auf dem Revier Mitte nach, wie es da mit diesem Ertrunkenen steht. Ich habe kurz mit Dr. Seltmann gesprochen ...»

Yildirim stimmte rasch zu, ehe Wernz sie mit gänzlich sinnlosen Aufträgen für die nächsten zwei Tage eindeckte.

«Was macht eigentlich dieser Duncan hier?», fragte sie im Hinausgehen. «Also bei uns. Weshalb ist er da?»

«Er forscht», sagte Wernz ehrfurchtsvoll. «Er forscht.»

«Er ist aber nie zu sehen oder so.»

«Einen guten Forscher sieht man nicht», korrigierte der Chef in klugem Ton. «Zu viel Präsenz verändert das Ergebnis. Die Sonde muss fein sein. Meine Tochter nimmt das gerade in Biologie durch.»

«Das ist ja eine seltsame Geschichte», sagte Hornung, die zur Missbilligung des schweren Ermittlers zu Weißwein übergegangen war. «Ein Zwerg ohne Namen in den dunklen Gassen des romantischen Heidelberg. Ein Fälscher ohne Namen ... Aber sag mal, habt ihr schon an diese Geschichte mit dem Turner-Bild gedacht?»

Theuer schüttelte dumm den Kopf.

Sie grinste und leerte das halbe Glas auf ex: «Na, wer sagt's denn? Ich bin doch wirklich nützlich, gell, Herr Kommissar?»

Keine halbe Stunde später lagen sie auf Hornungs Teppichboden und schmusten. Theuer genoss die Küsse seiner Freundin wie Waldwutzen das Suhlen im Schlamm. Er brummte und knurrte und spielte ein wirres Menuett auf ihrem Rücken, nachdem er es endlich geschafft hatte, ihren Reißverschluss zu öffnen. Vorhin war es ihm nicht aufgefallen, aber wenn er jetzt gelegentlich die genießerisch geschlossenen Augen ein wenig öffnete, sah er ungewohntes Rot, wo sie sich doch sonst immer so schwarz anzog, als müsste sie zu Sartre in die Sprechstunde.

Sie atmete tiefer, und in das Ende jeden Atemzuges mischte sich ein kleiner Wehlaut, ein Locken, das sich nicht sicher war. Theuer fühlte sich groß werden und fingerte nach seinem Gürtel.

«Verschieben wir's doch noch kurz», flüsterte Hornung.

Der Ermittler schaute verdutzt und etwas gekränkt auf. «Hätte ich mich rasieren sollen?»

Hornung streichelte seine Reibeisenbacke. «Wenn ich an dir etwas gewohnt bin, dann ist es dein Stoppelbart. Aber ich habe gedacht, ich sollte dir meine Turner-Idee erklären?»

Theuer musste zugeben, dass diese professionelle Einstellung eigentlich die seine sein sollte. Andererseits ginge es ja bei ihm auch nicht unbedingt stundenlang … Aber seine Freundin, Detektivin Hornung, krustelte bereits aufgeregt in der Küchennische herum, was ihm die Gelegenheit gab, sich plump auf den Rücken zu drehen und dumpf an die Decke zu starren.

Seit einigen Jahren sah er manchmal kleine Geißeltierchen durchs Bild schwimmen, eine normale Alterserscheinung im Glaskörper, hatte ihm der Augenarzt erklärt, und Theuer hatte sich daran gewöhnt. Jetzt sah er nur ein Gallerttierchen oben rechts in seinem Sehfeld dahindümpeln, es hätte ein kleines, gemein funkelndes Fragezeichen sein können. Aber es war ja nur ein Klecks Gewebe, das sich in seinem alternden Augapfel losgemacht hatte. Immer mehr Teile gingen schon auf die Reise. Er seufzte innig und eigentlich gemütlich.

«Jawoll!», rief Hornung. Sie kniete unter der Arbeitsplatte, und der leicht aufgegeilte Polizist verrenkte sich fast einen Halswirbel, als er sah, wie gründlich er in dieser Position ihren Hintern studieren konnte. Schon tauchte sie wieder auf und schwenkte triumphierend eine leicht vergilbte Ausgabe der *Rhein-Neckar-Zeitung*.

«Dabei nehme ich mir immer übel, dass ich mein Altpapier so anwachsen lasse. Da, schau mal …» Sie schlug die Lokalnachrichten auf und hielt sie Theuer unter die Nase.

Student findet unbekanntes Aquarell von William Turner

Sensation auf dem Speicher verborgen

Daniel Sundermann hat gut lachen. Der Student, der passenderweise neben Sport das Fach Kunstgeschichte studiert, hat gleich doppelten Grund zur Freude. Zunächst erbte er ein Haus in der Bussemergasse, das einem Onkel gehört hatte. Beim Ausmisten des Dachbodens ist ihm dann ein echter Schatz in die Hände gefallen: ein bis dato unbekanntes Bild des großen englischen Malers William Turner, dessen berühmte Ansicht von Heidelberg demnächst bei Sotheby's versteigert wird.

«Das Haus war im 19. Jahrhundert eine Gastwirtschaft», verriet der sympathische junge Mann unserer Zeitung. «Gut möglich, dass Turner dort auch abgestiegen ist.»

Von der Echtheit des Bildes ist er überzeugt, er sei ja schließlich vom Fach, aber er werde die Arbeit natürlich so schnell als möglich anerkannten Experten vorlegen, zunächst vom hiesigen Institut, dann vielleicht auch den Turner-Spezialisten von der Tate Gallery in London.

Gefragt, wann denn die Heidelberger Öffentlichkeit den Fund in Augenschein nehmen dürfe, meinte der junge Mann in sympathischer Offenheit, für ihn gehe im Moment sein eigenes finanzielles Interesse dem öffentlichen vor. «Ich bin Vollwaise und habe jede Menge Bafög-Schulden, und mein neues Haus ist sanierungsbedürftig.»

Selbst wohnt Sundermann im Mannheim. Aber er könne sich einen Umzug in die Bussemergasse vorstellen, wenn er die «Geschichte mit dem Bild» hinter sich habe.

Tatsächlich sah man einen hübschen Kerl mit einer modischen Kappe auf dem Kopf stolz ein Bild in die Luft stemmen.

«Turner», sagte Theuer. Das war es, was ihm am Morgen dunkel durch den Kopf gespukt war. «Aha. Ich kenne nur Bachman-Turner Overdrive, das war mal eine Gruppe. Ich hab halt nix studiert.» Gelegentlich fand er sich zu allem Überfluss ungebildet.

«Dann setzt's jetzt halt einen Intensivkurs, Herr Kommissar.» Hornung, vergnügt wie selten, hüpfte in ihren Strumpfsocken zum Bücherregal und zog einen Bildband aus dem untersten Fach.

Wieder zeichneten sich durchs Textil intime Formen ab, und Theuer schimpfte sich im Stillen den größten Dabbes, dass er erwogen hatte, die Beziehung zur Herrin dieses Podex abzubrechen. Sicherheitshalber drehte er sich auf den Bauch. Und dann auch noch ihr nackter Rücken mit dem schwarzen BH, vom roten Kleid umflattert – der Kommissar wäre ums Haar in dümmlich mahlende Beckenbewegungen gegen den Teppichboden verfallen.

Hornung legte sich neben ihn. «Da, ‹Turner in Deutschland›, das war vor ein paar Jahren eine Ausstellung in Mannheim.»

Sie blätterten gemeinsam die Seiten durch. Während Hornung einiges erklärte, das der Ermittler nicht ganz aufnahm, fühlte er sich eigentümlich von den Bildern berührt, so, als fände er Verbündete in ihnen. Verwischtes Spiel aus Licht und Schatten, Farben und Striche scheinbar ineinander verkeilt oder übereinander liegend wie Herbstlaub. Und das Ganze ergab eine Landschaft, Heidelberg mit einem Regenbogen, Heidelberg im Sonnenuntergang. Nicht mit irgendeinem Blick, sondern dem Blick in dieser damaligen Sekunde. Jedes Bild war, was nur der Maler gesehen hatte, und legte Zeugnis seines Mutes ab, es genau so zu zeigen. So zumindest erschien es dem Ermittler, der solche Courage an besseren Tagen besaß – aber die waren selten.

«Braucht man zum Malen Mut?», fragte er unsicher.

«Ja», sagte Hornung, «ich denke, schon. Und Farben.» Sie kicherte, was Theuer etwas kränkte. «Man könnte meinen», fuhr sie ernster fort, «er stand da und hat alles in einer Sekunde, in einem übermenschlichen Bogen hingeworfen, punktgenau. Nur hat er so nicht gearbeitet. Er hat auf seinen Reisen ungeheuer viele Skizzen gemacht und sie zum Teil erst Jahre später zu den Bildern ausgearbeitet.»

«Wie der das Licht malen kann», raunte Theuer ehrfürchtig. «Ich glaube, ich versuche so ähnlich zu denken, wie der gesehen hat. Aber ich bin natürlich zu doof dazu.»

Versonnen blätterte er weiter im Katalog und las hier und da einen Abschnitt. Mehrfach war Turner in den Jahren um 1840 in Heidelberg gewesen. Am Karlsplatz hatte er gewohnt, nicht weit weg von den Theologen, wo Theuer sich heute mit dem Omegapunkt herumgeschlagen hatte. Und obwohl die Bilder sekundenhaft eingegeben erschienen, las und sah er, dass sich der Maler die Freiheit genommen hatte, am zerstörten Schloss einige Reparaturen einzufügen oder Menschen aus verschiedenen Epochen in ein und dasselbe Bild zu stellen, sodass die Sekunde aus Licht zugleich ein gutes Stück außer der Zeit markierte, Zeit und Raum vertauschte.

Dann stieß er auf Skizzen, schnelle Striche und Farbflächen, aus denen es hell leuchtete, und der Kommissar spürte wohl: Gäbe man ihm dasselbe Werkzeug, käme höchstens ein dumpfer Klecks heraus.

Er blätterte, schaute und las.

Plötzlich schlug der Blitz in die freudlose Dossenheimer Neubausiedlung ein, in der Hornung wohnte. Zumindest machte ein schwerer Mann dort plötzlich alle Anstalten, dass dem so sei. Theuer wippte im Hohlkreuz auf und ab, trommelte mit den Fäusten auf den Boden, sprang auf und rief mehrfach «Ja, ja, ja», wie ein Gewichtheber, der einen Weltrekord gestemmt hat. Dabei klappte der Katalog leider zu, und sie mussten ein paar Minuten blättern, bis sie die Stelle wieder fanden.

«Ich zitiere!», schrie Theuer. «‹Übrigens war in der Zeitung zu lesen, dass *Mr. Turner* sich in Begleitung eines *Mr. Towner* oder *Fownes* befand – wahrscheinlich eine …› Scheißegal jetzt. Das ist es doch! Das ist es doch!»

Er schaute Hornung begeistert an. Dann fiel ihm erst auf, dass sie ihn ja gar nicht verstehen konnte, und er begann etwas wirr den Stand der Ermittlung zu skizzieren. Kleinigkeiten wie Dienstgeheimnisse sollten den Glanz dieses Tages nicht trüben.

Danach schliefen sie miteinander, übermütig und jugendlich unbeholfen. Theuer sah fast so viele Blitze wie während einer mittleren Migräne. Es gab einen Raum in ihm, den er nicht betrat, den er mit Minen sicherte. In diesem Raum war er stark, stärker als das miese Leben, und deshalb wusste er nicht, was geschähe, wenn er ihn betrat, aber jetzt – jetzt war die Tür einen Spalt breit offen.

Keuchend lagen sie danach nebeneinander, auch ein wenig verlegen angesichts ihrer tierhaften Platzwahl für den Liebesakt. Hornung machte Kaffee, Theuer nahm sich noch einmal den Zeitungsartikel und das Foto des Bildes vor. Es war ein Turner, soweit er das erkennen konnte. Eine von den gründlicheren Skizzen, man sah das Schloss und einen kleinen Teil des Gaisbergs in Licht getaucht, gleichsam über dem Fluss schwebend, die Alte Brücke im Zentrum des Bildes anfliegend. Mehr war auf der kleinen Reproduktion der Skizze nicht zu erkennen.

«Einerseits ist das typisch für Turner», sagte Hornung. Sie kam mit zwei Henkelbechern in der Hand zurück.

Der Kommissar hatte gar nicht bemerkt, dass sie sich wieder angezogen hatte, und holte das für sich rasch nach.

«Zumindest, soweit ich das beurteilen kann. Turner wählt die verrücktesten Standorte des Betrachters, schwebend, kauernd, gänzlich wider die Natur …»

«Ja, und andererseits?» Theuer verspürte allmählich einen Beamtentrieb, wenigstens gegen Feierabend nochmal im Büro vorbeizuschauen, und einen Jagdtrieb, Kampfeslust. Ihm fiel auch ein, dass da angeblich irgendwas los war. Er ruckte sein zerknittertes Hemd zurecht und übersah, dass ihn Hornung ohne Worte zu einer Umarmung einlud.

«Na ja, andererseits ist es eine Skizze – und skizziert hat er nach der Natur», sagte sie verunsichert. «Ich meine, das müsste ein Fachmann klären, aber der Blick des Betrachters wäre vielleicht ein Ansatz … Es ist ja keine Endfassung oder so …» Hornung sah ihn schon wieder viel trauriger an, und er begriff immerhin, wie sehr sie wünschte, ihm unentbehrlich nützlich zu sein.

«Wenn das nötig wäre», fragte er und versuchte seine Stimme sanft klingen zu lassen, «könnten wir uns dann mal mit dir treffen? Ich meine, wenn wir fachkundige Beratung brauchen oder so? Es gibt so Formulare, mit denen kann ich dich auf Verschwiegenheit vereidigen lassen …» Er hatte nur eine sehr vage Vorstellung, ob das stimmte.

Hornung nickte. «Wenn das ginge, wäre ich schon dabei. Ich kenne einen Kunsthistoriker, der hat hier studiert, aber zuerst in Marburg wie ich. Jetzt ist er Konservator in Stuttgart an der Staatsgalerie. Der könnte euch helfen, uns.» Sie lächelte. «Das löst aber nicht alle unsere Probleme, Theuer.»

Der Kommissar hatte schon die Jacke an und stand im kleinen Flur der Wohnung zwischen voller Damengarderobe und Gegensprechanlage eingeklemmt. Er nickte und streichelte tapsig die Schulter seiner Freundin: «Ich will, dass wir zusammenbleiben. Du und ich und unsere Probleme.»

«Rufst du mich an?»

«Sowieso!» Theuer schloss schwungvoll den bis jetzt vergessenen Hosenladen. «Ach, lässt du mir bitte ein Taxi kommen? Ich weiß nie die Nummer.»

Hornung nestelte das Telefonbuch unter irgendwelchen Katalogen in einer alten Kommode hervor. «Von dem, was du für Taxis ausgibst, könntest du dir längst ein Auto leisten.»

«Ich habe ein Auto», sagte Theuer stolz. «Es steht im Hof des Gebäudes, in dem ich wohne.»

«Stimmt ja», sagte Hornung und griff nach dem Telefon. «Wir sollten uns vielleicht öfter sehen und rauchen und Auto fahren.»

9

Der gegen alle Realität alberne Erste Hauptkommissar, sein Team und die junge Staatsanwältin und Pflegemutter saßen beieinander wie Kriegsflüchtlinge, die im Geiste melancholisch noch einmal ihren gebrandschatzten Besitz abgingen und ansonsten genug damit zu tun hatten, die Kälte des Alls zu ertragen.

In Wirklichkeit mussten sie jedoch nicht den grimmen

Kosmos, sondern nur den ungefähr fünfundzwanzigsten Wintereinbruch in diesem Frühjahr aushalten. Ein großer Föhn hatte das Neckartal durchblasen und war zum Abend hin ausgegangen. Grauer Himmel und Warnungen vor Reifglätte in den lokalen Radiostationen. In Wirklichkeit hatten sie auch keinen großen Besitz eingebüßt. Nur Haffner hielt trotzig beständig fallende SAP-Aktien. In Wirklichkeit waren sie auch in keiner Bahnhofshalle oder Hafenkneipe oder an sonst einem Ort der Heimatlosen. Sie saßen in einem indischen Restaurant in der Kettengasse, weil Babett überraschenderweise dort essen wollte und Yildirim das schlechte Gewissen wegen des morgendlichen Vespers und ihrer Verabredung in zwei Stunden nicht loswurde. Verschärft wurde die seltsame Ortswahl dadurch, dass direkt neben Yildirims und Babetts Haus ein großes indisches Restaurant war, doch dieses hatte die Kleine verschmäht. Sie wollte zu ihrem «Traum-Inder», und der war eben in der Kettengasse.

So weit, so gut, jedoch: Kriegsflüchtlinge waren sie schon. Ein junger Mann war totgeschlagen worden, letzte Nacht, mitten in der Altstadt. Und dieses Mal war in Seltmanns übersichtlichem Hirn der Funke im Aktivitätsspeicher übergesprungen: Alle Ressortchefs waren schon frühmorgens zu einer Sitzung gebeten worden, der nur Herr Theuer unentschuldigt fernblieb. Als man nach ihm gesucht hatte, stieß man darauf, dass auch keiner seiner Mitarbeiter zur Arbeit erschienen war.

«Sag's nochmal, damit ich's glaube», knurrte Haffner. Er hatte sich in dem üppig orientalisch dekorierten Restaurant Pommes frites bestellt, mit der Ausrede, die seien auch für das Mädchen. Allerdings aß Babett zufrieden schmatzend ein mildes Hühnercurry, und der Kellner, der Theuer an einen Mexikaner in «Lucky Luke» erinnerte und somit nur amüsierte, schaute immer wieder böse zu ihnen herüber.

«Meine Mutter hat das Gespräch entgegengenommen», stöhnte Leidig. «Bei der Fußpflege. Ich war auf der Toilette. Weil ich vorher in der *Bunten* geblättert hatte, gefiel es meiner Mama, Herrn Seltmann zu bestellen, ich läse Pornohefte und er solle mir die Ohren lang ziehen. Zufrieden?»

«Sehr», sagte Haffner, «die Pommes sind prima.»

«Es hat keinen Sinn, dass wir uns quälen.» Theuer stierte verschmitzt in sein Rotweinglas. «Nichts hat einen Sinn, also auch nicht, dass wir uns quälen.»

«Wollen Sie jetzt etwas essen?» Der Kellner trat funkelnden Blicks an den Tisch.

«Pommes», sagte Theuer leise und streichelte einen kleinen Holzelefanten in einer Wandnische. «Ich will auch Pommes.»

«Wir sind ein indisches Spezialitätenlokal», konterte der Ober schneidig.

«Dann bringen Sie mir eine Schüssel Reis», grunzte Theuer voll dumpfen Vergnügens. «Ich bezahle ihn und schmeiß ihn dann am Marktplatz den ersten zwei Jammergestalten ins Gesicht, die den Bund fürs Leben ihrer Anwälte schließen.»

«Wir sind von der Polizei», sagte Leidig verlegen und zeigte seine Marke.

Der Kellner trollte sich kopfschüttelnd.

Babett kicherte.

«Was gibt's da zu lachen?», fragte Stern gereizt.

«Ich finde euch lustig», strahlte Babett. «Vor euch hätte ich keine Angst, wenn ich ein Dieb wäre.»

«Iss, meine Kleine», wisperte Yildirim und wich den Blicken der Männer aus.

«Das Mädchen hört Dinge, die es nicht hören dürfte.» Haffners Stimme hatte einen jaulenden Beiklang.

«Das geht nicht anders, wenn Sie mich dabeihaben wollen», fauchte die Anklägerin.

«Und es macht überhaupt nichts», bekräftigte Theuer, einen weiteren Rotwein herbeiwinkend. «In der Demokratie hat die Polizei nichts zu verbergen. Wir sind doch eine Demokratie, oder ist's schon wieder rum?»

Irgendwann war dann am späten Vormittag der Kollege Stern im Revier eingetroffen und hatte stolz einen Verhafteten in Sachen Hundemord präsentiert. Nach kurzer Überprüfung musste der Mann auf freien Fuß gesetzt werden. Es war ein taubstummer Hundebesitzer mit tadellosem Leumund.

«Er ist einfach weitergelaufen, als ich ihn befragen wollte, und der Hund hat gebellt wie verrückt», jammerte Stern. Er trank wie immer nur Radler, um zeugungsfähig zu bleiben.

Theuer nickte verbindlich.

«Was braucht ein Tauber einen Hund?», schimpfte Haffner. «Ein Tauber ist schließlich nicht blind.»

Der blamierte Stern war dann ins Büro der vier geflüchtet, wo Yildirim auf ihn wartete und Theuers Kreuzworträtsel zu Ende machte. In diese Zeit fiel Hornungs Anruf. Etwa gegen drei Uhr nachmittags war Haffner dann wegen Zechprellerei in der Alten Schmiede von vier stämmigen Tellerwäschern aus Osteuropa bis zum Eintreffen der herbeigerufenen Streife festgehalten worden. Er hatte sein Geld zu Hause vergessen.

Das war noch akzeptabel, aber die Rechnung belief sich auf vier große Pils und zwei Ouzo und lag nun bei Seltmann.

«Ouzo ist ein ehrliches Getränk», verteidigte sich Haffner.

«Das ist egal», bellte Leidig. «Hat's in Sachen Willy wenigstens was gebracht?»

Da konnte auch Haffner nur stumm den Kopf schütteln.

«Ich habe immerhin rausgefunden, dass Willy im Weinladen in der Märzgasse immer Montepulciano für sieben Mark gekauft hat.» Leidigs Stimme klang bitter. «Nur im Januar dieses Jahres, erinnert sich der Besitzer, hat er sich mal eine Flasche Schampus gegönnt. Was für eine Entdeckung.» Er stützte müde den Kopf in die Hände.

Als Theuer schließlich voller Gedanken und Possen im Revier eingetroffen war, lagen vier schriftliche Abmahnungen auf ihren Tischen. Yildirim war weggegangen, um Babett von der Schule abzuholen, hatte aber ihre Handynummer dagelassen. Nach einigen Anrufen hatte man sich auf den Inder geeinigt, und da waren sie jetzt. Kriegsflüchtlinge eben.

Theuer sprach nun lange und geduldig. Er erklärte, was er bei den Theologen herausgefunden hatte, und erläuterte den tollen Fund im Turner-Katalog. Beinahe hätte er auch von seinem Beischlaf berichtet, konnte es aber eben noch abbiegen. Was für eine komische Euphorie spitzelte durch seinen dicken Kopf?

«Das heißt, dass da was ist», schloss er professionell. «Ich würde Folgendes sagen: Wir können davon ausgehen, dass Willy wegen seiner Fälscherei ums Leben gekommen ist. Wir können davon ausgehen, dass Ratzer darüber etwas weiß oder zumindest vermutet, dass es mit diesem Turner-Bild zu tun hat. Ich sehe Ratzer nicht als den Täter: Sein Latinumsbeschiss hat ihm ja letztlich nicht geschadet. Apropos: Das mit dem Latinum war auch im Januar. Und der Turner-Fund nicht viel später. Willy hat ja wohl keinen Schampus gekauft, weil er schlecht gefälscht hat. Interessant, interessant ... Nein, ich nehme einfach an, Ratzer weiß etwas und will sich möglichst lange dadurch wichtig fühlen. Das heißt für mich auch, dass er es irgendwie darauf anlegt, von uns gefunden zu werden. Oder vielleicht sogar von Ihnen.» Theuer schaute zu Yildirim. «Sie sind jetzt dabei. Deshalb war es mir auch wichtig, dass Sie heute bei dieser Besprechung sind ...»

«Moment, bitte!» Haffner wedelte aufgeregt mit der leeren Pilstulpe. «Welche Besprechung? Wir sind ja wohl im Eimer! Ich ruf morgen meinen Schwager in Lampertheim an, der hat eine Kfz-Werkstatt, vielleicht darf ich dort das Öl wechseln oder so ...»

Theuer musste im Stillen einräumen, dass er die schriftliche Abmahnung möglicherweise etwas leicht nahm. Nur am Rande nahm er wahr, dass sich der artige Leidig ein scharfes Gericht bestellte und Stern mit einer Suppe nachzog. Die Jungs waren in Ordnung. Sie hatten Anstand, denn sie bestellten jetzt indisches Essen, um den Kellner zu beruhigen. Und der Haffner war auch in Ordnung, soff halt zu viel, aber was sollte es? Die Türkin mochte er auch gut leiden. Ja, es war wirklich sinnlos, sich zu quälen.

Der wievielte Rotwein war das eigentlich? Sein Blick fiel auf Babett, die ihre Mahlzeit mit einem veritablen Rülpser beendete. Dann begann sie ein Heidelberg-Lied zu trällern, es ging irgendwie um Fische namens Neckarschleimer, er kannte es nicht. Ja, die Musik ...

Theuer wurde plötzlich ganz von einem unerklärlichen Glücksgefühl erfüllt. Er entsann sich eines Abends, als er Tom Waits gehört hatte, immer wieder «Grapefruit moon». Ein trauriges Lied, aber wirklich traurig war es ja, wenn es für die Traurigkeit keine Melodie gab. Damals hatte er das Gefühl gehabt, seine Gedanken seien Töne, so wie er heute das Licht auf Turners Bildern als Heilung, als Antwort geahnt hatte, Tau auf verbrannter Haut. Es war weiter nichts geschehen, aber er hatte etwas berührt, von dem er nichts verstand und bei dem das gar nichts machte. Der Blick durch eines anderen Augen, die Zweisamkeit, das Spiel mit Farben und Tönen, eine leichte, einladende Welt. Die Winzigkeit, die alles Vorhandene vom Wunderbaren unterschied, die hatte er gefühlt, damals und heute.

Im Restaurant breitete sich fassungsloses Schweigen aus. Der Kellner stand wie angepflockt vor ihrem Tisch und hielt ein schaumig tropfendes Glas in der Hand, das er anscheinend gerade gespült hatte, als es passiert war. Einige Gäste hatten sich halb aus den reich beschnitzten Stühlen gewuchtet, der Kommissar sah ihre leuchtenden Gesichter. Herr Johannes Theuer hatte wohl eine ganze Strophe Tom Waits in lausiger Intonation ins Dämmerlicht von Tausendundeiner Nacht gekräht. Lächelnd winkte er den vielen Entsetzten zu. Der Kellner verschwand wieder.

«Ich will, dass wir alles rauskriegen, ich will, dass wir den ganzen Scheiß rauskriegen, ich will es mir jetzt nicht mehr verbieten lassen, als Hauptkommissar der Kriminalpolizei den Tod eines rätselhaft Ertrunkenen aufklären zu dürfen.» Er wurde lauter. «Wir werden an der Ausübung unseres Berufes gehindert, und das mache ich nicht mehr mit. Ich will keinen salbungsvollen Mist mehr von diesem Bruchsaler Schleimsack hören. Ich will diesen Mord aufdecken. Ich will herausfinden, wer es war, und nicht die Jahre bis zur Pensionierung im Verkehrsgarten die Muttern an den Stützrädern nachziehen. Ferner möchte ich allen klar und deutlich zeigen, dass heute möglicherweise ein paar Kleinigkeiten danebengegangen sind, dass wir aber ansonsten eine gute Truppe sind. Wir haben die Sache im Griff. Und wenn sie uns ohne Hosen auf dem Wochenmarkt sehen, die so genannten Experten, dann tun wir das, weil wir unsere guten Gründe dafür haben. Mozart kam ins Armengrab, und Turner musste sich möglicherweise fälschen lassen. Damit muss Schluss sein. Schluss mit dem Unrecht dieser Welt! Wir fangen jetzt richtig an. Wir drehen das große Rad. Wir räumen auf mit dem Faschismus in den eigenen Reihen! Wir lassen die blöden Witze gegen Frau Yildirim nicht mehr zu. Haffner, du säufst jetzt erst mal ein paar Stunden nichts. Und Leidig, du sagst deiner Mutter, ich verbiete ihr das Entgegennehmen dienstlicher Telefonate unter Androhung schwerster Strafen, jawoll! So geht es nämlich vorwärts. Nur so! Stern, du bist ein guter Kerl. Aber lass dir nix aufschwätzen! Du baust dann ein Haus, wenn du das willst, und sonst baust du eben keins. Wer braucht schon ein Haus? Guck mich an! Ich habe kein Haus, ich habe noch nicht einmal einen Hausarzt! Nur so kann es vorwärts gehen. Ist das allen klar? Auch dem Kind?»

Theuers Augen loderten. Haffner salutierte, die anderen waren ebenfalls seltsam angesteckt.

«Ich werd auch besser für die Schule lernen», piepste Babett, «*I do, you do, he, she, it duhs ...*»

«Ich will an der Sache weiterarbeiten», sagte Theuer jetzt ruhiger und tätschelte die Wange des Mädchens desinteressiert. «Noch heute. Und ich bitte Sie, Frau Yildirim, uns noch so lange Gesellschaft zu leisten, bis Sie wenigstens entscheiden können, ob wir Ihre Hilfe wert sind. Das erwarte ich von Ihnen. Als Herrin der Ermittlung. Als deutsche Muslimin. Als Frau, der ich vertraue.»

Yildirim nickte verdattert.

Dann warf sie der Kellner hinaus.

«Egal», schrie Theuer in die kalte Nacht. «Wo gehen wir noch hin? In den Bock? Auf, wir gehen in den Weißen Bock!»

«Da ist seit Jahren nichts mehr los», beschied ihn Haffner souverän. «Das ist jetzt so auf edel. Da fliegen wir auch gleich wieder raus.»

«Egal!», schrie Theuer nochmals.

Yildirim zupfte ihm vernehmlich am Ärmel: «Jetzt ist es aber mal gut. Außerdem muss die Kleine ins Bett ...» Sie spürte, dass sie den Kommissar traurig machte, und setzte hinzu: «Wir können aber alle noch zu mir.»

So trotteten sie durch die Hauptstraße, denn ihre Autos standen noch am Revier Mitte. In der Altstadt waren legale Parkplätze dünn gesät, und keiner hatte das Herz gehabt, sich polizeiliche Freiheiten herauszunehmen. Am Uniplatz erwischten sie die Linie 33, und Theuer plünderte sein Fahrscheinheft. Noch immer schien er seltsam zu beben.

«Ich gehe nochmal zu Seltmann, verdammt nochmal, ja», murmelte er halblaut in die Runde, die sich ganz hinten im Bus zusammengerottet hatte.

«Wie?», fragte Yildirim verblüfft. «Heute?»

«Allerdings. Jetzt, heute, hier ... Also nicht hier, sondern dann ...» Er deutete vage in Richtung des Reviers.

«Ist der um die Zeit überhaupt noch da?» Stern versuchte, seine Digitaluhr im schwachen Licht zu lesen.

«Halb acht, kann schon sein.» Leidig zuckte die Achseln. «Er ist vieles. Faul ist er nicht.»

«Scheiße!» Yildirim fasste sich an den Kopf. «Scheiße, ich hab den Duncan vergessen!» Rasch erklärte sie, um was es ging.

Die entsetzten Blicke der Kollegen ignorierend, beruhigte Theuer sie mit Großmut in der Stimme: Er und die Jungs würden sich um die Sache kümmern, also das Kind. Beziehungsweise, er dann bald, wenn er mit diesem Schrumpfgermanen von Seltmann reinen Tisch gemacht habe, und vorher die drei jungen Kollegen. Kein Problem.

«Au ja», rief Babett und fummelte den Schlüssel unter ihrem Pulli hervor. «Ich zeig euch, wo alles ist.»

«Vorerst reicht die Wohnung», sagte Leidig matt. «Alles brauch ich nicht, ich hab eh schon zu viel.»

Eine verlegen dankende Yildirim stieg an der nächsten Haltestelle aus. Dann waren sie beim Revier.

«Tja, wir gehen dann also in die Bergheimer Straße», sagte Stern. «Sie kommen ja dann hoffentlich noch.»

«Aber gewiss doch», schnaubte Theuer, «ich halte Wort. Welche Nummer ist es gleich?»

«130», krähte Babett, «gar nicht so weit.»

«Wie man's nimmt, wie man's nimmt, kleine Dame», schulmeisterte Theuer blödsinnig vor sich hin und fuhr dann grollend wie Donner fort: «Jetzt geh ich hoch. Es brennt noch Licht in Seltmanns guter Stube. Und gleich brennt alles! Ich werfe Bomben!»

Und schon war er weg.

«Was hat er denn?», fragte Stern perplex.

«So muss er früher gewesen sein», sagte Leidig, «das erzählen alle ... Vielleicht hat er ja, ich weiß nicht, vielleicht ist er krank ... aber ich glaub's nicht.»

«Ich find's super», röhrte Haffner. «Auf, Kläni, jetzt bringsch uns mol häm.»

Theuer durchmaß mit raschen Schritten das Vorzimmer seines Chefs. Aus der *Micky Maus*, die er sich gelegentlich heimlich kaufte wie richtige Männer die *Penthouse*, wusste er, dass man mit frontalem Angriffsverhalten sogar Krokodile verjagen konnte. Fraglich, ob das die Krokodile wussten.

«Wer sind Sie?», rief die Sekretärin. «Sie sind doch dieser Theuer ...»

«Zwingt Sie hier bis spät in die Nacht zu Überstunden, typisch», bellte der forsche Besucher und schob das tapfere Fräulein sanft von der Tür weg, hinter der er seinen Widersacher wusste. «Herr Seltmann, ich habe Ihnen einiges zu sagen, was Sie interessieren dürfte.»

«Mich interessiert überhaupt nichts.» Seltmann erhob sich, als stünde eine Rauferei an, was so falsch ja nicht war. «Ich muss mir nichts anhören. Ich muss nämlich gar nichts.»

«Doch», meinte Theuer leichthin, «sterben müssen Sie irgendwann. Das müssen alle.» Er knallte die Tür zu. «Sie müssen sterben, Herr Seltmann. Sie werden sabbern und keuchen und schließlich sterben. Dann ist nichts mehr mit Ihrem Seminarwissen!»

Seltmann öffnete den Mund, aber Worte wollten sich nicht finden.

«Sterben musste meine Frau», schäumte Theuer, «im neunten Monat schwanger, wussten Sie das?»

«Nein», stammelte Seltmann, «das ...»

«Wo Sie doch sonst alles von mir wissen. Steht's nicht in meiner Personalakte? Gott sei Ihrer schmutzigen Katasterseele gnädig!», schrie der Erste Hauptkommissar und ging zur Wohlfühlsteinschale, entnahm ihr wahllos einigen mineralischen Zierrat und steckte ihn in die Jackentasche.

«Warum hassen Sie mich?», fragte Seltmann klagend.

«Wie sieht es überhaupt in diesem Büro aus?», brüllte Theuer weiter und gab dem Papierkorb, der tatsächlich inmitten des Raumes stand, einen kräftigen Fußtritt. «Wir haben den Eindruck, ja, die Theorie, man möchte sagen, starken Grund zu der Annahme», ab jetzt log er hemmungslos, «dass dieser feige Angriff auf den jungen Mann letzte Nacht in unmittelbarem Zusammenhang mit dem Neckartoten steht und dass es da möglicherweise internationale Verwicklungen gibt, bis hin zu den Hunden. Und wir haben da unsere Fühler weit ausgestreckt, wir haben uns, Herr Direktor, waghalsig aus dem Fenster gelehnt. Sie Rübezahl! Meine Jungs hatte ich zu Stillschweigen verdonnert, Sie Amateur!» Theuer sprang erstaunlich behände in eine Zimmerecke und stierte konspirativ an der Tapete entlang. «Die Wände haben Ohren, und die im Dunklen sieht man nicht, Herr Doktor.»

«Dazu müssen Sie mir mehr sagen.» Seltmann wurde ein wenig blass und sank wieder auf seinen Stuhl.

«Ich muss doch nichts über einen Fall sagen, den ich gar nicht bearbeite, ich kann doch nichts über etwas sagen, das es gar nicht gibt! Abgemahnt bin ich! Abgewatscht und abgemeiert! Was sind Sie für ein Mensch? Wir holen hier die Kohlen aus dem Feuer! Aus lodernder Höllenglut! Abgemahnt! Ich wiederhole meine Frage und erwarte eine Antwort: Was sind Sie für ein Mensch?»

Theuer baute sich vor dem Schreibtisch seines mediokren Herrn auf und fühlte sich wie ein Silberrückengorilla im ugandischen Hochland. Die fühlen sich nämlich groß und stark.

«Ein Mensch mit Fehlern», krächzte Seltmann, «ein fehlbares Menschenkind. Aber immerhin, mein lieber Theuer:

Der Haffner, der war ja wohl zu, Herr Theuer, schlimm betrunken. Und der taube Mann, der arme taube Mann, und ich konnt ihm gar nicht sagen, wie Leid es uns tut …»

«Kollateralschäden!», schrie Theuer. «Das ist nicht Bruchsal hier! Das ist keine Villengegend. Wir sind kein Baptistenchor. Wir sind Bullen, harte Bullen! Wenn ich Ihnen gesagt habe, was ich Ihnen sagen muss, gehe ich ins Büro und schufte die Nacht durch. Das wievielte Mal in meinem Leben eigentlich? Wer zählt die durchfighteten Nächte eines Kriminalbeamten? Sie? Ich? Wer ist man denn als Polizist heutzutage?»

«Partner des Bürgers», jammerte Seltmann. «Sie ermitteln jedenfalls nicht sehr partnerschaftlich, Kollege Theuer.»

«Vielleicht ist es gut», Theuer ließ die Stimme sinken, «wenn sich noch der eine oder andere der Verschwisterung mit dem Bösen verweigert.» Er fixierte Seltmann. Dann fiel er in einen ganz beiläufigen Ton: «Warten Sie, ich bringe das in Ordnung. Und vielen Dank für den Tipp mit den Vitaminen. Sie sehen ja, die wirken!» Der Kommissar verschwand hinter der Schreibtischkante wie eine gründelnde Ente und warf die verstreuten Abfälle wieder in den Papierkorb zurück.

«Herr Theuer, möglicherweise habe ich den Fall des Ertrunkenen zu leicht genommen. Internationale Verwicklungen – können Sie mir bitte mehr dazu sagen?»

Theuer sammelte schweigend weiter den Müll ein. Erst nach einer guten Minute bequemte er sich zu einer Antwort: «Auf dem Fundament eines gesicherten Status im Hause. Ohne Abmahnung. Mit vollen Kompetenzen. Weit reichenden Kompetenzen, notfalls mit» – hier machte er eine Kunstpause – «Hinzuziehung des BKA und des Generalbundesanwaltes. Aber noch ist es nicht so weit … Wer weiß, vielleicht könnte dieser arme Junge noch leben, wenn man uns nur endlich in Ruhe arbeiten ließe …» In aller Schelmerei musste sich Theuer für seinen letzten Satz tadeln.

Seltmann schnappte vernehmlich nach Luft: «Ich denke, ich muss das morgen mit der Staatsanwaltschaft klären. Ich habe leider Herrn Wernz schon informiert, dass Sie, je nun, wie soll man's nennen, wie sag ich's meinem Kinde, so hoch im Kurse nicht stehen, standen, ach, du liebe Zeit. Ich ruf ihn morgen an. Ja, das ist das Beste, warten Sie, ich helfe Ihnen …»

Nun krabbelte auch der Polizeidirektor auf dem Boden herum und sammelte Papierschnipsel auf. «Wenn das alles vorbei ist», japste er, «möchte ich gerne mit Ihnen eine Mediation haben, bei einer neutralen Person unser beider Vertrauen. Wir beide, wir beide, keineswegs nur Sie, sprechen viel zu sehr auf der Beziehungsebene, nicht auf der Inhaltsebene. Die Beziehungsebene ist wichtig, aber wenn es da nicht stimmt, dann muss man wenigstens lernen … Herr Theuer, wir beide müssen lernen, uns auf der Inhaltsebene zu begegnen. Als Gesprächspartner. Ich betone: Partner.»

Er wählt die Nummer.

«Hallo, wer ist da?»

Er sagt nichts, hört nur die Stimme, wie der Jäger den Rufen des Wildes lauscht.

«Wer ist denn da, verdammt? Ich hab ISDN, ich krieg die Nummer raus!»

Armer, echter MacPherson. Eine junge Stimme, eine unbedarfte Stimme, aber selbstbewusst.

«Ich leg jetzt auf, du Arschloch!»

Er lächelt.

Yildirim saß im kubanischen Restaurant und kam sich absolut überflüssig vor. Die Musik aus «Buena Vista Social Club» konnte sie nicht mehr hören. Das südamerikanische Essen bedeutete ihr nicht viel, zumindest in der Fassung für die zartgaumigen Europäer. Vor allem aber war ihr Gegenüber sich selbst sichtlich genug. Unausgesetzt ließ er sein Wissen über Heidelberg ab, und sie konnte nur nicken.

«Sehr interessant ist es doch auch, dass die Universitätsbibliothek, ungeachtet ihres zeittypischen Prachtportals im Magazinflügel, in der damals geradezu avantgardistischen Skelettbauweise errichtet wurde. Das finde ich doch sehr interessant …»

Er genießt die Langeweile der Türkin. Ein, zwei Stunden hat er einen Reiseführer gewälzt, das reicht, um den informierten Touristen zu spielen. Es muss genügend Vorbau da sein, damit der eine Satz ganz nebenbei fallen kann.

Während er redet, schaut er sich um. Ein prachtvoller Raum, von Säulen gegliedert, von Plastikpalmen ungeschickt mit falschem Havannaflair bespritzt.

«Prometheus am Eingangsportal sollte ja den forschenden Geist in seine Schranken weisen …»

Yildirim musterte ihr Gegenüber, alles andere war einfach zu öde. Etwas war seltsam an diesem eurasischen Gesicht, sie konnte nicht genau festlegen, was es war. Etwas Maskenhaftes mischte sich in die durchaus belebte Mimik, eine ständige Kontrolle schien jeder scheinbaren Spontaneität beigemengt.

«… verehre ich besonders.»

«Was?», fragte sie. «Wen? Entschuldigen Sie bitte, ich habe nicht zugehört.»

Eine wimmelnde kleine Armee grüner Zornesameisen wuselt durch einen leeren, betonfarbenen Raum seines Innern. Man hat ihm zuzuhören. Er bemüht sich, die Stimme ruhig zu halten, und wiederholt: «Turner soll hier auch verschiedentlich abgestiegen sein.»

Strahlen, auch wenn es im Kiefer schmerzt.

«Da finden Sie in Ihrem Reiseführer sicher auch etwas darüber», sagte Yildirim kalt. Sie überlegte, ob das ein Zufall war, schon wieder mit Turner konfrontiert zu werden, aber vermutlich war es einer. Im letzten Sommer hatten sie an drei aufeinander folgenden Urlaubstagen Männer angebaggert, die sich «Frankie» nannten. Einem hatte sie nachgegeben. Von vornherein ohne große Hoffnung. Aber es war dann noch jämmerlicher geworden, als sie befürchtet hatte.

Es klappt nicht. Es klappt nicht. Er will aber doch, dass es klappt, und es klappt nicht. Giftgrüne Wellen und betonfarbener Wellenbrecher, und dann diese Musik, beständiges Beworfensein mit einem modrigen Netz

«Mein Gott», Yildirim fischte sich eine Not-Zigarette aus ihrer Jacke. «Mir geht diese Musik auf den Wecker. Steht in jedem Ikeaschrank und schwappt über einem zusammen, als würden irgendwelche kubanischen Humpelgreise ein Fischernetz nach dem anderen auswerfen.»

Jetzt entglitt Duncans Gesicht die Kontrolle, und er sah wie ein Junge aus, der einen Modellflieger unter dem Weihnachtsbaum findet: «Das ist ja faszinierend! Da sind wir uns ähnlich, sieh mal einer an. Gedanken, Geräusche, Begriffe sehen zu können. Das nennt man synästhetische Wahrnehmung. Ein Zeichen von Intelligenz.»

Immerhin ermöglichte ihr diese Abkehr von der lokalen Historie ein verbindliches Lächeln: «Na, ich weiß nicht. Ich hab das auch keineswegs immer. Die Acht ist blau, und die Sieben ist gelb.»

«Nein, Zahlen haben bei mir eher Formen ... Die Lust ist gelb.»

Es geht schief. Es geht schief, weil er ehrlich ist. Er ist wütend auf sich selbst. Das wollte sie nicht hören. Ihr Gesicht wird zu Eis. Dabei war er doch noch gar nicht da, wo er sie ficken wollte! Er hatte an einen langsamen schmeichelhaften Tanz der Worte gedacht, hatte sich an der Vorstellung geweidet, sie aufzuweichen wie einen trockenen Schwamm, geschmeidig zu reden, sie hinwegzugurren, sie schweben, zerfließen zu lassen. Dann niederhämmern auf den Grund, in die zu bekriechende Welt des entblößten Weibes, als läufige, wunde Schimpansin in die Nacht jagen.

Es ist die Ehrlichkeit, er muss sich die Ehrlichkeit abgewöhnen.

«Da sehen Sie den Unterschied», kalauerte Yildirim genervt. «Bei mir ist sieben gelb, bei Ihnen Sex.» Sie winkte dem Kellner und zahlte ihre Tortillas und die zwei Mineralwasser. Es war ihr scheißegal, ob das jetzt unhöflich war. Sie wollte zu Hause sein, bevor dieser Haffner Babett zu rauchen beigebracht hatte.

«Weil ich vorhin von Turner sprach ... Herr Wernz meinte, die Staatsanwaltschaft habe sich noch gar nicht mit diesem Bildfund da befasst. Da hat doch ein Student ...»

Es ist kein Tanz. Er walzt stumpf dahin. Er ist enttäuscht von sich. Aber er muss noch diese Stelle der Wand abklopfen. Sie schaut ihn an. Er hat getroffen, aber sie hat ihn zielen sehen. Besser als ein Fehlschuss, aber ein verheerendes Bild für einen Heckenschützen.

Das war kein Zufall. Yildirim war verwirrt: «Hat Ihnen Dr. Wernz da irgendwas erzählt?» Gleich fiel ihr ein, dass das nicht sein konnte, da ihr mäßiger Chef ja gar nichts von der Sache wusste.

«Ich habe es der Presse …», sagte Duncan, ohne seinen Satz zu beenden. Er suchte irgendetwas in seiner Jackentasche. «Ich habe gesehen, dass Sie rauchen. Darf ich Ihnen das schenken? Ich habe das Rauchen aufgegeben.» Er legte ein silbernes Zigarettenetui auf den Tisch.

Jetzt war sie offen genervt: «Das ist sehr freundlich, aber ich sollte auch nicht rauchen. Nein, vielen Dank. Ich fände es außerdem etwas unpassend, ein Etui mit Ihren Initialen zu benutzen.»

Das hat er nicht bedacht. MD. Wie kann er so einen Fehler machen? Giftgrün wird Rot, er muss sich beherrschen. Sie verabschiedet sich, er verhaspelt seinen Satz. Sie geht, er sieht ihren Kopf durch die Menge der Gäste schweben, sieht ihn abgetrennt auf dem Wasser dahintreiben. Er steht auf, geht auch. Jemand hält ihn fest, er macht sich los. Wieder festgehalten, er will sich frei treten. Zwei Kellner, er hat nicht bezahlt. Er zahlt, und während sie sein Geld nehmen, nimmt er ihre Gesichter in sich auf. Jede Pore dieser Hurensöhne. Wenn alles vorbei ist, wird er sie töten.

Als Yildirim kurz nach zehn nach Hause kam, bot sich ihr folgender Anblick. Die vier Polizisten saßen auf dem Sofa wie die Vögel auf der Stange. Dann war da eine ihr gänzlich unbekannte Frau im schwarzen Hosenanzug, die unglücklich in der Ecke stand. Vor allem waren auf dem Boden ihre sämtlichen Ausgaben der *Neuen Juristischen Wochenzeitung* zu einem gewaltigen Haufen aufgeschüttet, der mit viel Phantasie etwas Burgenähnliches hatte.

«Was ist das?», fragte sie müde.

«Wir haben die Sprengung des Heidelberger Schlosses gespielt», sagte Stern kleinlaut.

«1689», ergänzte Leidig schlau.

«Also nicht nur wir vier», warf Haffner ein. «Mit der Kleinen halt.»

«Dann ist der Chef gekommen», fuhr Leidig fort. «Und er hat erzählt, dass er's dem Chef gegeben hat. Also der Theuer dem Seltmann.»

«Ich», sagte der Erste Hauptkommissar mit seltsam mürber Stimme, «bin der Theuer.»

«Könntet ihr gespritteten Bullen jetzt bitte normal reden und euch nicht ständig abwechseln wie im Komödienstadel?» Yildirim griff nach ihren Zigaretten, aber ließ es dann wieder, weil man Kinder nicht voll qualmen soll. Überhaupt Babett, die lag dann wohl in ihrem Zimmer.

«Ich bin Renate Hornung. Ich bin die Freundin von Herrn Theuer», schaltete sich jetzt endlich die Unbekannte ein. «Die Herren haben mich zur Hilfe geholt, weil Babett plötzlich über Bauchschmerzen klagte. Sie hatten Angst, das Mädchen bekäme das erste Mal ihre Tage, und da wussten sie nicht, was sie tun sollten. Aber sie hatte nur ein paar Blähungen.»

Yildirim musste lachen. «Und was ist jetzt das Problem? Herzlich willkommen!»

Theuer straffte sich. «Eine Frau Schönthaler ist gekommen, Babetts Mutter. Sie hat die Kleine mitgenommen.»

Yildirim ließ sich auf ein Sitzkissen plumpsen, das sie seit Ratzers Eindringen nicht mehr benutzt hatte. Diesmal dachte sie sich nichts dabei. «Ach, Scheiße.» Sie schüttelte ihre Mähne. «Die vom Jugendamt haben gesagt, die Schönthaler bliebe wochenlang weg ...»

«Sie ist auf eigene Verantwortung entlassen worden», sagte Theuer. «Das war keine Geschlossene oder so ...»

«Sie hat gesagt: ‹Auf eigene Antwort›», ergänzte Hornung spitz.

«Wir haben uns gedacht, dass Sie jetzt traurig sind», murmelte Haffner tränenschwanger. «Deshalb sind wir alle hier geblieben.»

Die Staatsanwältin zog jetzt erst die Jacke aus. Ihr fiel ein, dass sie nun rauchen konnte, aber sie hatte keine Lust mehr.

Theuers Freundin hockte sich neben sie. «Und kann man sich eine tröstlichere Gesellschaft vorstellen als diese vier Prachtmenschen?»

Yildirim musste ein wenig lachen: «In der Tat, da haben Sie Recht ... Na ja, sie hat einen Schlüssel, sie kann jederzeit wiederkommen.»

«Den hat ihre Frau Mutter entdeckt, das Mädchen trug ihn ja um den Hals.» Leidig klang offen hasserfüllt. «Sie hat ihn ihr weggenommen.»

Die Staatsanwältin begann nun doch zu rauchen. Die jungen Kommissare räumten die Ordner wieder in die Regale. Theuer brachte ihr auf ihre Bitte hin einen Sherry aus der Küche und trank ihn gedankenverloren selbst.

«Ich weiß schon, was man macht, wenn ein Mädchen ihr Sach' kriegt», verteidigte sich Haffner beim Abschied. «Ich denk nur, psychologisch sollte dann eine Frau da sein. Das ist meine Meinung.»

Hornung war mit dem Taxi gekommen, sie trotteten also alle zusammen zum nahen Präsidium.

Theuer spürte seiner Euphorie nach – sie war weg. Das erschütterte ihn einigermaßen. Mit dem Auftritt der teigigen Mutter war das zurückgekehrt, was ihm jede Vergnüglichkeit austrieb. Die Macht des Dumpfen, das Beharrungsvermögen von toten Stubenfliegen auf Honigbroten. Der Mut der Greise, die Junge beschimpfen, weil sie jung sind. Das fröhliche Ausländerhassen am Stammtisch oder in besseren Kreisen: das Nullgeschwätz, das Seltmannprinzip. Als Jan Ullrich die Tour de France gewonnen hatte, wollten alle plötzlich Rad fahren, als Hitler Polen einnahm, war die Freude groß.

Sie passierten das Landfriedgelände.

«Waren das Zeiten, als das noch eine Tabakfabrik war», knurrte Haffner. «Und jetzt diese Disco da drin, was da das Bier kostet.»

Jedes Rindvieh fuhr Rad. Team Telekom …

Theuer blieb stehen: «Baby Hübner. Das war's. Der war das im Croissant. ‹Hab denen nicht alles gesagt …›»

Einmal mehr wurde der Kommissar von mehreren Menschen fragend angeschaut. Er erläuterte seinen Gedankengang aber vergleichsweise griffig, erinnerte an Leidigs Zettel, dass es da einen Herrn aus der Jazz-Szene gebe, der sich Baby Hübner nenne und eine Team-Telekom-Mütze trage, und erzählte von den beiläufig aufgeschnappten Sätzen, als er mit Hornung vor dem Croissant gesessen hatte. Vor wie vielen Wochen war das?

«Heute Mittag», half seine Freundin aus.

«Genau», nickte Theuer. «Den müsste man nochmal …»

«Tschüs!», rief Haffner und rannte Richtung Altstadt.

«Aber doch nicht jetzt!», rief ihm Theuer hinterher. «Sonst geht alles so schnell!»

Die Seele, der im Leben ihr göttlich Recht
nicht ward, sie ruht auch drunten im Orkus nicht;
doch ist mir einst das Heilge, das am
Herzen mir liegt, das Gedicht, gelungen ...

6. Januar 2001

Mein Artist,
wieder lese ich Hölderlins Gedicht, diesmal vor allem die zweite Strophe. Ein göttliches Recht habe ich nicht, ich dachte aber, ich hätte ein göttliches Geschenk erhalten. Und nun? Was ist denn nur los? Habe ich etwas falsch gemacht? Du bist anders, macht es dir denn kein Vergnügen mehr? Heute ist Dreikönigstag – bist du mein König? Bist du noch mein König?
Als ich klein war, haben wir diesen Tag gefeiert, es gab Hefezopf, und in einem Stück war eine Münze verborgen. Wer sie gefunden hat, war einen Tag König und konnte bestimmen, was die Familie machen sollte, so habe ich es jedenfalls verstanden. Ich war aufgeregter als an Weihnachten, ich wollte nur einmal die Münze haben, die Krone für einen Tag. Aber

die Jahre vergingen, und nie fand ich das richtige Stück. Als wir das Ritual das letzte Mal begingen – eigentlich war ich schon zu alt dafür –, da habe ich das lang ersehnte Glück gehabt, so, wie ich eben Glück habe. Viel zu gierig biss ich zu, und ein Zahn brach heraus. Blut tropfte auf meinen Teller, ich sehe es vor mir. Mein großer Bruder machte seine Bemerkungen, wie immer. Habe ich dir erzählt, dass ich einen Bruder habe? Was weißt du denn von mir? Was wissen wir voneinander?

Da, wo du mich erschaffen hast, wo du mir wiedergegeben hast, was an diesem Dreikönigstag ausgeblutet ist, da windet es sich, als sei eine zweite Kreatur in mir. Und doch bin ich es, ich, die sich windet, ich wälze mich vor dir.

Ich habe dich doch nicht zu sehr entmutigt? Du bist doch mehr als das, was du auf unserem Felde sein willst und vielleicht nie sein wirst. Wir Fachmenschen zählen die Sterne, nichts weiter. Du dagegen bist selbst ein Stern, der hellste von allen. Das Heilge, das am Herzen mir liegt und dir am Herzen liegen sollte . . .

Du verbrennst mich, und ich will es so.

Ich schmelze
in deiner Hand

10 Gerne erzählte es Haffner seitdem: Grade, als er sich's am Uniplatz strategisch klug mit Blick auf die Hauptstraße bequem gemacht hatte, schwebte oberhalb seines Spiegelbildes eine Team-Telekom-Mütze vorbei, nur sie erwischt von den letzten Lichtsprengseln der Straßenlaterne. Er legte irgendwelches Geld auf den Tisch und ging hinaus.

«Baby Hübner?»

Der Jazzmeister drehte sich um: «Bulle! Immer noch unterwegs? Du komischer Lederschwuler hast noch ein Bier offen im Croissant, lass dich da bloß nicht mehr blicken!»

Haffner trat nahe an den vergnügten Bohemien heran und nahm ihn vorübergehend fest.

Sie lagen bei Theuer im Bett. Der Hausherr tat sich schwer, die Zweisamkeit zu genießen. Er lag auf dem Rücken, hörte zu, wie unten am Mönchhofplatz das Altglas zur verbotenen Zeit zerdeppert wurde, und erwiderte gerade so viel von Hornungs Streicheleinheiten, dass er glaubte zu genügen.

«Was liegt dir so an diesem Fall?», fragte seine Freundin leise.

Die Frage traf ihn seltsam unvorbereitet. «Ich weiß es nicht genau. Seltmann will mich zum Deppen machen, das will ich nicht hinnehmen. Neuerdings ist es auch das Licht. Aber vor allem das Tote, fürchte ich. Vielleicht habe ich heute deshalb so auf den Busch geklopft.»

Hornung seufzte.

«Ein Zwerg war er», flüsterte der Kommissar in die Nacht. «Zwerge haben kleine Pläne und nutzen andere Pfade als Keiler. Zwerge laufen lieber zwischen den Regentropfen hindurch, als dass sie große Schirme aufspannen. Das war Willy, ein kleiner Mann mit Angst vor schlechtem Wetter.»

«Unter kriminologischer Hypothesenbildung habe ich mir immer etwas reichlich anderes vorgestellt», gurrte Hornung, und ihre Hand glitt unter die Bettdecke.

Der Kommissar wurde schläfrig. Er ahnte noch, dass das jetzt die äußerste Kränkung für seine Freundin war, doch das bedrückte ihn schnell nicht mehr, umschwebten ihn doch schon bemerkenswerte Engel mit Bärenschnauzen.

Haffner sollte es noch oft erwähnen: Inzwischen war es Donnerstag. Erst seit zwanzig Minuten. Er saß mit Baby Hübner in einer Imbissstube am Marktplatz und aß Pommes rotweiß, während der erschöpfte Jazzmusiker sich an einem tropfenden Cheeseburger abmühte.

«Wir haben jetzt alles abgegrast, wo ich Willy gesehen habe», jammerte Hübner. «Wir waren sogar in Kneipen, wo ich Willy nur gesehen haben könnte, und allmählich habe ich das Gefühl, ich hätte ihn ständig gesehen. Wahrscheinlich seh ich ihn morgen im Spiegel. Ich wäre wirklich dankbar, wenn ich langsam nach Hause könnte, ich spiel übermorgen auf einer Hochzeit. Bis dahin sollte ich wieder nüchtern sein.»

«Mein Chef hat gehört, wie du gesagt hast, du hättest nicht alles gesagt – also du hast gesagt, dass du nicht alles vorher gesagt hast. Nicht vorhergesagt, vorher gesagt. Verdammt! Irgendwo muss doch selbst dieser Lügenzwerg rausgelassen haben, wo er gewohnt hat.»

Hübner schaute dumpf auf die Tischplatte. Dann richtete er sich auf, als läge eine Reißzwecke auf der Bank: «Er hat gegenüber von mir gewohnt.»

Haffner vergaß, zu essen, zu atmen und zu denken, und – so zumindest trieb er's in seinen Erzählungen gerne auf die Spitze – vermutlich setzte auch sein Herz eine beträchtliche Zeit aus. Dann huschte seine Hand fast anmutig über den Tisch.

«Au!», kreischte Baby Hübner. «Du Scheißbulle, was fällt dir ein? Du ohrfeigst mich? Es gibt Gesetze in diesem Land!»

«Du verheulter Hosentrompeter», fauchte Haffner. «Gehst mit mir in Sachen Willy stundenlang spazieren und kommst nicht auf die Idee, mir das mitzuteilen?» Sein Blutdruck ließ ihn violette, tanzende Kreise sehen. Da sei er erschrocken, so erzählte er später, habe sich aber schnell daran gewöhnt.

«Ich will keine Scherereien! Verdammt, meine Backe, wenn meine Lippe schwillt, dann kann ich nicht spielen, dann ist der Ansatz hin ... Ich wollt ja, dass ihr's rausfindet, ich wollt nur nicht, dass ihr's durch mich rausfindet. Und du hast die ganze Zeit nur gesagt, du willst in alle Kneipen, in denen Willy auch war», greinte Hübner. «Mein rechter Brillenbügel ist verbogen, du Bullensau, weißt du, was die AOK für so was zahlt? Nix mehr. Du zahlst es. Und eine Wohnung ist keine Kneipe.»

Haffner winkte dem Kellner.

«Die Rechnung?» Der balkanische Griller trat an den grobhölzernen Tisch.

Haffner zahlte für beide – unabsichtlich, wie er später betonte.

«Und jetzt?», fragte Hübner, als sie müde und stolpernd den Marktplatz überquerten.

«Jetzt bring ich dich nach Hause und geb dir Geld für eine neue Brille», knurrte Haffner, «und die hau ich dir wieder kaputt. Ich batsch dir äni, groß wie ä Rharbarberblatt.»

Aber das klang selbst für Haffner so schlaff, dass es wohl nicht einmal der merklich erschrockene Musiker sonderlich bedrohlich fand.

Sie trotteten an der Heilig-Geist-Kirche entlang, als folgten sie einem Pfad in unwegsamem Gelände.

«Ich wohn in der Floringasse, das ist gleich gegenüber vom Palmbräuhaus», sagte Hübner. «Beschissen wohn ich. Im Erdgeschoss gegenüber von der Weinstube. Ob Neumond, Sonnenfinsternis oder Laserattacke aus dem All, bei mir ist es immer gleich hell.»

«Da ist eine Weinstube?», wunderte sich Haffner, der davon ausging, alle Kneipen der Stadt im Griff zu haben. («Da hab ich begriffen, dass man Heidelberg nicht kennen, sondern einfach nur lieben kann», kommentierte er gerne im Nachhinein den Schock.)

«Ganz klein, fast nur Stammkunden. Ich gehör nicht dazu, 's gibt kein Bier. Der Wirt hat nicht mal mehr ein Schild draußen, will keine Touris. Und da obendrüber hat Willy gewohnt.»

«Woher kommt eigentlich der saublöde Name?»

Hübner wurde wieder selbstbewusster: «Floringasse? Ist doch klar! Von St. Florian, dem mit dem Feuer ...»

«Nein», Haffner fand seinen Informanten zum Verzweifeln dumm: «Baby Hübner.»

«Das war mal eine Figur aus der Augsburger Puppenkiste. Jeder Jazzer braucht einen Künstlernamen.»

«Warum hast du dann auch noch die beschissene Kappe auf?»

«Wieso beschissen?» Hübner war ehrlich verblüfft. «Ist doch gut, Jan Ullrich und so. Und dieses Jahr packt der den Ami.» Schweigend näherten sie sich der Gasse. «Und Zabel, der Sprinter», fügte der Musiker hinzu. Ein paar Schritte weiter schließlich: «Und der Bölz, der Wasserträger, das ist so ein richtiges Pfälzer Kampfschwein, den find ich gut.»

«Ja, den find ich auch gut», pflichtete Haffner ein wenig versöhnt bei. («Hätt ich den Hübner unter anderen Umständen kennen gelernt, wir hätten die besten Kumpels werden können, aber so ...»)

Das Telefon. Theuer wachte auf und hatte das Gefühl, er wäre jemand anderes, denn schließlich war das ein anderer Wecker. Aber während er sich aus dem Bett wuchtete, merkte er, dass Hornung nach Hause gegangen war, und das machte es ganz sicher: Er war Theuer. Er hatte sie nicht befriedigt, das hatte er gemerkt, aber er war sehr müde gewesen und offensichtlich über diesen emanzipierten Gedanken eingeschlafen. Mit schrecklichen Gefühlen und auch noch nackt stand er schließlich im dunklen Flur.

«Theuer?»

Am anderen Ende der Leitung gurgelte und raschelte es, jemand schnaufte.

«Ist da ein Kind?», fragte Theuer. «Ich kenne kein Kind!»

«Haffner», kam es schließlich schlampig artikuliert. «Die Babett kennen Sie, aber ich bin der Haffner. Kann sein ... sein, dass ich ein bisschen später komme ... Ich bin noch nicht fertig.»

«Womit? Mit Saufen?»

«Damit schon ...», sagte der Kommissar verträumt.

«Haffner», knurrte Theuer leise, «was willst du mir bitte

sagen? Du darfst mich ruhig auch mal anrufen, wenn du nichts sagen willst, aber nicht unbedingt um diese Zeit …»

«Geht es Ihnen gut?», fragte der junge Mann verzweifelt, er hatte offensichtlich total vergessen, was er sagen wollte.

«Es geht so», antwortete Theuer und klang dabei auch nicht viel glücklicher. «Ist was mit diesem Hübner?»

«Ja», schrie Haffner, denn es war wieder da, dem Ozean abgetrotzt, eine Boje im Sturm. «Jetzt!»

«Was ist jetzt?» Es war höchste Gefahr im Verzuge, denn Theuer schnurrte wie ein Kätzchen.

«Ich hab Willys Wohnung.»

«Dann müssen wir da dringend hin», hörte sich der Erste Hauptkommissar sagen, «denn da hockt der Ratzer.» Er fand seine Entschlossenheit erstaunlich.

«Reicht's nicht morgen?», fragte Haffner verzweifelt. «Wieso denn der Ratzer? Wer war gleich nochmal der Ratzer?»

«Morgen haben wir genug vor», sagte Theuer, «und außerdem ist heute Morgen. Ich sag Stern, dass er mich holen soll, Leidig kann ja bei dir vorbei, oder kannst du noch fahren?»

«Theoretisch ja», heulte Haffner.

«Er holt dich. Wo ist die Wohnung?»

«Ober Röd 23.»

Theuer notierte fahrig, dann bekam seine Stimme einen ganz zarten Flaum goldener Härchen: «Das ist Ihre Adresse, Herr Kollege, und ich kenne sie. Ich meinte Willys Anschrift.»

«Ach so!» Es musste Haffner ganz schrecklich gehen. «Über der Weinstube in der Floringasse.»

«Da ist eine Weinstube?»

«Das ist ja die Sensation.»

Stern war zu müde, um Fragen zu stellen. So dachte Theuer im nächtlichen Dahinbrummen durch leere Straßen an die Lust vor wenigen Stunden und wie sie ihm entglitten war. Gedanken an sonst was hatten ihn verwirrt, sein Bärenland und was nicht alles, während Hornung an ihm gearbeitet hatte wie ein unglückliches Mädchen an einem unerwidert geliebten Schürzenjäger. Und dann war er eingeschlafen, mitten in der totalen und wohl schon verzweifelten Hingabe seiner Freundin weggeknackt.

Sein Herz klopfte heftig. Er beschloss, zum Arzt zu gehen.

Kurz vor sechs. Man ahnte es gerade hell werden, aber man wusste schon, es würde wieder kalt sein. Stern und Leidig froren wie die Schneider. Haffner lehnte an der Wand und fror nicht, weil die dafür erforderlichen Nervenbahnen blockiert waren wie der Gotthard im August.

«Also, die Tür ist es», brummte Theuer, «dann wird ja wohl ein Name an der Klingel stehen. Dein Trompeter ist vielleicht ein Depp, dass er das nicht früher rauslässt.» Sein sterbender Pfaffengrunder Kollege hatte gerade noch einen nachvollziehbaren Bericht seiner Erlebnisse zustande gebracht.

«Wenn ich den Hübner unter anderen Umständen kennen gelernt hätte ...»

«Das sagtest du schon», unterbrach Leidig fast mitfühlend. «Sag mal, wie viel hast du denn jetzt eigentlich gestern und heute gesoffen, so insgesamt?»

Haffner winkte ab. «Ach Gott», sagte er leise. «Au wei, o wei.»

«Also», sagte Theuer, «ich habe das Gefühl, Ratzer ist da drin. Das ist sein privater Omegapunkt. Da laufen alle Fäden zusammen, wenn man seine doofen Rätsel geknackt hat. Wir finden ihn, und er ist wichtig.»

Seine Mitarbeiter schienen nicht allzu überzeugt zu sein.

«Ich kann auch falsch liegen.» Der schwere Ermittler ließ gekränkt die Schultern sinken. «Ich kann natürlich voll danebenliegen. Ich bin ja der Theuer. Das Ganze kann so daneben sein wie ein Eunuch als Heiratsschwindler ...»

«Können wir mal weitermachen?», stöhnte Leidig. «Ich friere.»

Theuer schaute ein wenig erschüttert das Gässlein hinunter zur großen Kirche. «Ich gehe zum Arzt, das mache ich bald», flüsterte er. Dann erst bückte er sich zu den Klingeln. Als beobachte man ihn dabei, hörte man es irgendwo lachen.

«Auf dem Schild steht ‹W.›, das ist ja ganz fabelhaft.» Der Kommissar seufzte. «Wir müssen da irgendwie rein.»

Wieder hörte man Gelächter.

«Da lacht doch irgendjemand», sagte Leidig, «wartet mal ...» Er legte sein Ohr an die geschlossenen Klappläden der namenlosen Schankstube. «Das ist da drin.»

Er klopfte gegen die Läden, zunächst ohne Erfolg. Dann machte Stern mit, was wohl die Gemütlichkeit störte, denn endlich flog der mittlere der drei Läden auf, knapp an Haffners brummendem Kopf vorbei. Ein wuchtiger Oberkörper stieß sich in die Gasse. Es roch augenblicklich so, als habe man das große Fass auf dem Schloss geöffnet.

«Will da jemand aufs Maul?»

«Sind Sie der Wirt?», fragte Theuer schneidig. «Dann sähe ich gerne mal Ihre Nachtkonzession.»

«Das ist eine private Feier und geht dich Stoppelgesicht einen Schoppen Scheißdreck an ... Ach so, Polizei. Moment, ich mach auf.»

Die Weinstube war ganz entzückend. Ein mittelgroßer, holzgetäfelter Raum, wo offensichtlich niemand Anfang der Achtziger der Meinung gewesen war, man müsse Kneipen jetzt an die Behaglichkeit eines urologischen Behandlungszimmers angleichen.

Fünf altgediente Helden der Nacht saßen mit gut gefüllten Pressglasrömern bewaffnet beisammen, unter ihnen, an einem Geschirrtuch in der Hose erkennbar, der fast schlafende Wirt und mit einem rustikal portionierten Birnenschnaps in Händen auch Baby Hübner.

Haffner, der angesichts des maroden Haufens das schlimme Gefühl haben mochte, gleich fünffach in die Zukunft zu schauen, funkelte den Musiker böse an: «Kein Stammgast, was?»

«Ja, liebe Zeit», heulte der Zeuge auf, «meine Backe brennt. Ich kann nicht schlafen.»

«Notfalls koch ich euch fünf Kaspern Kaffee, aber jetzt wird ausgepackt», sagte Theuer fest und wollte schwungvoll Willys letztes Gesicht auf den Tisch knallen, aber er hatte es im Zuge der Ermittlungen irgendwann irgendwohin und hätte stattdessen ums Haar eine Kopie des Sundermann-Artikels zwischen die verdutzten Trinker geworfen.

Von solchen alltäglichen Versagensmomenten abgesehen, wurde es ein ergiebiger Termin. Willy war oft unten gewesen. Neben Baby Hübner, der zerknirscht einräumen musste, seine Altstadtbesinnungen praktisch täglich mit einem Birnenschnaps ausklingen zu lassen, waren auch die anderen in der kleinen Schänke schon beinahe wohnhaft.

Das Team verteilte sich zur Befragung an die verschiedenen Tische. Einen schickten sie allerdings bald nach Hause – einen dicken Amerikaner, der fast taub war. Er wusste über

Willy gar nichts, obwohl er ihn, beständig sein apfelsinenstückgroßes Hörgerät nachjustierend, als einen seiner allerbesten Freunde bezeichnete.

«Also nochmal.» Stern saß mit einem spindeldürren Männlein am kleinsten Tisch in der Mitte des Raumes.

«Ich heiße Kohl, nicht verwandt und nicht verschwägert ...»

«Das haben wir schon», unterbrach Stern freundlich. «Sie haben das Antiquariat an der Ecke zur Ingrimmstraße ...»

«Jaja, ich hatte schon manchmal meine Zweifel, ob diese Stiche und Drucke, die er da angeschleift hat, alle aus seinen geheimen seriösen Quellen stammten, aber ich habe nie wissentlich eine Fälschung ...»

Stern blickte ihn freundlich an: «Haben Sie diese Bedenken denn nie geäußert? Schließlich rutscht man doch schnell in eine krumme Geschichte rein und dann ...»

«Der Willy hat nicht viel geredet ... und dann wär er halt zum Nächsten gegangen. Meinen Sie, man wird mit dem Standort reich?»

«Ich weiß nichts», sagte der vierschrötige Mann, der die Läden aufgestoßen hatte, und lehnte sich müde an die Wand.

«Ich weiß noch weniger», lächelte Leidig, «aber ich fasse gerne zusammen, was wir bisher besprochen haben, um das zu ändern: Sie heißen Steinmann und wohnen in Neckargemünd. Ein bisschen schlauer werde ich aber noch werden. Wir haben nämlich viel Zeit, uns zu unterhalten.»

Haffner hatte Hübner nicht mehr allzu viel zu sagen. Er konnte es offensichtlich nicht fassen, dass man ihn mit seinem letztlich doch guten Kern so belog, auch nach all den Jahren im Dienst noch nicht.

Theuer stand mit dem Wirt am Tresen.

«Ich bin der Eigentümer des Hauses, das würden Sie ja sowieso rausfinden. Und jetzt freuen Sie sich und denken, ich sage Ihnen Willys Nachnamen, aber da muss ich Sie enttäuschen.» Der Wirt funkelte forsch hinter schwartendicken Brillengläsern hervor.

«Sie können zwar noch ganz gut reden, dafür, dass Sie die ganze Nacht gepichelt haben», sagte Theuer mit verhaltenem Zorn, «aber ganz bestimmt können Sie mir nicht weismachen, dass Sie den Nachnamen Ihres Mieters nicht kennen. Sie sind dann automatisch verhaftet, weil es mir langsam reicht.»

«O Gott», der Wirt stützte sich müde auf, «muss Ihr Kollege so viel rauchen? Mir wird's schlecht. Willy wohnte unterm Dach. Seit mindestens fünfundzwanzig Jahren. Als ich das Haus geerbt habe, war er schon da. Aber er war damals nicht der Hauptmieter. Das war eine WG. Einer nach dem anderen ist mit dem Studium fertig geworden und ausgezogen. Irgendwann war dann der Willy übrig.»

«Und Sie haben ihn nie gefragt, wie er heißt?», fragte Theuer bittersüß.

Der Wirt schüttelte den Kopf. Der Ermittler zog drohend ein Paar Handschellen aus der Tasche, gekauft für solche Zwecke beim Spielwaren-Knoblauch.

Der Wirt betrachtete melancholisch die Fesseln. «Ich sag's jetzt. Er hat die Miete bar bezahlt, jeden Monat. Ziemlich viel Miete, und kein Finanzamt hat jemals was davon mitbekommen.»

Theuer nickte und atmete tief ein, als stünde er inmitten eines herrlichen Luftkurorts und nicht vielmehr im Moder einer durchzechten Nacht, der allmählich von Haffner'schen Tabakschwaden besiegt wurde, die an südfranzösische Waldbrände erinnerten. «Das wird nicht billig», sagte er.

Der Wirt goss sich einen Birnenschnaps ein. «Wollen Sie auch einen?»

«Ich trinke ganz selten Schnaps vor den Cornflakes, danke.» Der Kommissar fühlte steinschwere Müdigkeit aufsteigen. Aller Schwung des gestrigen Abends war eine schöne Erinnerung, und dazwischen lag einmal wieder ein echter Theuer, ein richtiges Versagen auf der ganzen Linie, eine gedankenlose Egonummer.

«Der Willy hat immer gesagt: Herr Haug, also das bin ich», erklärte der Wirt, «Herr Haug, ich brauch den Abstand zu den Menschen. Wenn Sie mein Bild mal in ‹Aktenzeichen XY› sehen, können Sie mich sofort verpfeifen, aber bis dahin lassen Sie mich einen komischen Kauz sein.»

«Und da er so nett war, dafür gut zu zahlen, waren Sie großzügig. Dass er tot ist, war Ihnen auch keine Anfechtung. Dabei gibt's doch jetzt gar keine Kohle mehr.» Theuer klang verächtlicher, als er empfand.

«Ich war mir nicht sicher, ob es stimmt», sagte Haug und klang ehrlich. «Ich hab so was läuten hören, von wegen ertrunken, aber es war ja gar nix Offizielles zu lesen, nichts in der Zeitung. Jemand im Neckar ertrunken – ja, das kann jeder sein. Er war oft mal eine Zeit lang weg, und er hat nie was erzählt …»

Theuer nickte und hasste Seltmann dabei mal wieder aufrichtig.

«Außerdem habe ich in den letzten Tagen manchmal Schritte oben gehört. Da habe ich gedacht, er sei zurück …»

«Ich auch!», röhrte der taube Amerikaner, der immer noch planlos in der Tür stand.

Stern schob ihn hinaus.

«Ratzer ist oben», sagte Theuer.

Willys Wohnung war groß, aber nieder unter dem Dach. Armaturen und Möbel stammten sichtlich aus den frühen achtziger Jahren. Viele Bücher ohne thematischen Schwerpunkt standen in diversen billigen Regalen, einige, an den Banderolen erkennbar, in Seminarbibliotheken der Uni geklaut. Die ersten Blicke in Schubladen und Schränke zeigten nichts Persönliches. Gar nichts.

Ein Zimmer allerdings war fast leer, in ihm standen nur ein großer Tisch und ein leeres Regal. Auf dem Tisch saß Ratzer in einem unbeholfenen Lotussitz.

«Haben Sie also Ihre Hausaufgaben gemacht, meine Herren», rief er in irrem Falsett. «Ich dachte schon, Sie kommen nicht mehr!»

«Musstest du komischer Heiliger fasten?», fragte Theuer. «Da steht ihr Typen doch drauf.»

«Ravioli», versetzte Ratzer schneidig. «Dieser Schmierfink hatte viel Ravioli im Haus.»

Haug bestätigte, dass das Haus noch alte, marode Schlösser habe und jeder Depp mit einer Haarnadel hereinkomme.

«Selig sind ...», begann Ratzer auf einem Ton zu singen.

«Genug», fuhr ihn Theuer an. «Haffner, nimm ihn mit nach nebenan und pass auf ihn auf, das kriegst du ja wohl noch hin.»

«Ich schätze, Willy hatte noch einen anderen Wohnsitz», sagte er dann zu Stern und Leidig, als sie den allerersten Überblick gewonnen hatten.

«Dieser Antiquar hat erzählt, Willy habe da unten manchmal Tagebuch geschrieben. Das wäre ja interessant zu finden», meinte Stern.

Sein Chef war nicht sehr hoffnungsvoll: «Wer es fünfundzwanzig Jahre lang schafft, niemandem auch nur seinen Namen zu nennen, der hat mit Sicherheit ein gutes Versteck für sein Tagebuch. Erstaunlich, dass er so was überhaupt geschrieben hat.»

Den Wirt im Schlepptau, gingen sie unter Theuers müder Führung nochmals in das leere Zimmer: «Können Sie sich das erklären?»

«Ich war seit Jahren nicht mehr hier oben», sagte Haug außer Atem. «Aber er hat vor ein paar Wochen was umgeräumt und einige Sachen rausgepackt. Das habe ich mitgekriegt.»

«Hatte er ein Auto?», fragte Theuer matt, denn er ahnte, was kommen würde.

«Er hat sich manchmal das von dem tauben Ami geliehen, selbst hatte er keines. Er ist aber viel Zug gefahren, wusste fast den Fahrplan auswendig.»

Theuer ging ein paar Schritte ins Zimmer hinein. «Hier riecht's nach Seife», sagte er, «riecht ihr's auch?»

Haffners olfaktorischer Sinn war dem Rauchen geopfert, aber die Kollegen bestätigten den Geruch.

Stern witterte wie ein Maulwurf. «Es kommt von der Tischplatte. Die muss er gebürstet haben wie ein Wahnsinniger. Riecht aber auch ein bisschen nach Schweiß.»

«Dürfte Ratzers Marke sein», warf Leidig kalt ein.

Stern wich erschrocken zurück.

Theuer schaute aus dem Fenster auf die Ziegel des gegenüberliegenden Hauses. «Das ist der Fälschertisch. Es liegt kein Staub in dem leeren Regal. Er hat also was weggeschafft. Warum jetzt, wo er doch schon lange fälscht? Weil er was Größeres laufen hatte? Wir müssten alle erdenklichen Schaffner befragen ...»

Übers Handy beorderte er Hilfe in die Gasse, die der milde Kollege Scherer auch freundlich zusagte. Dann ergänzte dieser aber, dass ja eigentlich in diesen Minuten ihre offizielle Dienstzeit beginne – und sie seien noch in der Altstadt.

Theuer musste fast lachen: «Also hör mal, Scherer, wir sind jetzt seit drei Stunden hier, wir haben Ratzer und die Wohnung des anonymen Neckartoten. Was soll denn das, wenn wir da ein paar Minuten später im Büro …»

Es knisterte in der Leitung, und er hörte jemanden hechelnd atmen. Seufzend erkannte er seinen Chef. So nahe war er ihm in seinem Hass gekommen.

«Theuer, wo bleiben Sie denn?», wimmerte Seltmann. «Wernz ist da, die Presse ist da, nur Sie sind nicht da!»

«Die Presse?», fragte der Ermittler und spürte das Leben entweichen, als presse man es durch einen texanischen Exekutionskolben.

Wieder keuchte Seltmann zwei Züge lang, bevor er weitersprach: «Ich hätte Sie ja angerufen, aber …»

«… Aber Sie haben's nicht getan», sagte Theuer blöd.

«Wernz ist heute auf meinen Wunsch schon ganz früh gekommen, da Sie ja anscheinend einer größeren Sache auf der Spur sind. Ich habe mich für Sie eingesetzt, aber die Leute müssen auch mal was erfahren von all dem, die Presse hat ein Recht … Diese Zusammenhänge, die Sie nannten, natürlich nur, insoweit es die Ermittlungen nicht wirklich …»

«Da muss man sich doch absprechen!»

«Herr Theuer! Ich wollte mich absprechen, Punkt neun! Mit Ihnen und Wernz und dieser Yildirim, die auch zu spät zur Arbeit kam. Und jetzt ist es neun vorbei, und die Pressefritzen wollen um zehn die Konferenz, wie stehe ich da?»

«Mein Gott, reden Sie einen Scheiß», brüllte Theuer zum Schrecken seiner Kollegen. Alles lag in diesem Ausbruch: der Schwung des letzten Abends, der Absturz im Liebesakt, die

Müdigkeit, die ihm Schlagbolzen in die Nackenmuskeln hämmerte, das schreckliche Gefühl, selbst furchtbaren Unsinn angerichtet zu haben, mit einer Seifenkiste den Mount Everest hinunterzurauschen, wo man doch bloß mal ein bisschen rumgurken wollte, und das schreckliche Durcheinander in seinem Seelenhaus, das ihm wie ein kubistisches Labyrinth vor den müden Augen herumtanzte. «Sie beraumen eine Pressekonferenz an, weil Sie es einfach nicht aushalten, dass da ein Riesenfall läuft und Sie niemand im Fernsehen sieht.» Er schaute verzweifelt auf seine Armbanduhr. «In fünfundzwanzig Minuten!»

Da seine Männer langsam begriffen, was vor sich ging, näherte sich ihre Gesichtsfarbe Haffners grünlicher Erscheinung an. Haug hingegen schöpfte Kraft, denn wenn es bei der Polizei so zuging, würden sie das mit der Steuer vielleicht vergessen.

«Sie sprachen von internationalen Verwicklungen», krähte Seltmann. «Bedeuten Worte nichts?»

«Selbstverständlich bedeuten sie manchmal nichts», hörte sich Theuer sagen, «aber wir haben Willys Wohnung und sind ganz nahe dran, seine Identität aufzuklären, und jetzt setzen Sie eine Pressekonferenz an, ich kenn das nur aus dem Fernsehen!»

Seltmanns Stimme wurde ruhig. Man ahnte, dass er durch tibetisches Atmen seinen Solarplexus mit positiver Energie auflud: «Mir geht es nur um die Sache. Sachbezogenes Sprechen. Wir müssen uns auf der Inhaltsebene treffen, Herr Theuer. Inhalt heißt jetzt, Doppelpunkt: Kommen Sie bitte sofort mit Ihren Männern hierher. Das ist eine Anweisung, Herr Theuer, und eine Rüge ist es auch. Hiermit rüge ich Sie.»

Haffner taumelte ins Zimmer. «Ratzer ist weg.»

«Wie, weg?», fragte Theuer.

«Er ist», Haffner keuchte, «durch das geschlossene Fenster gesprungen, vor meinen Augen. Wer rechnet denn mit so was?»

«Dann ist das Fenster hin?», fragte Haug besorgt.

Theuer hatte gerade noch Zeit mitzubekommen, dass Ratzers Sprung in den Innenhof durch eine Pergola gebremst worden war, was der Narr gewusst haben dürfte. Er wurde allerdings in tiefer Bewusstlosigkeit in die Kopfklinik gebracht.

Im Konferenzraum brummte es wie auf alten Märchen-LPs, wenn die Helden in eine Stadt reiten. Vorne stand der Direktor im Stresemann und war von allerhand optischen Präsentationswerkzeugen ummauert. Er hatte beträchtlich in Kommunikationsmittel investiert.

Theuer suchte sich unwillkürlich einen hinteren Platz in der Nähe des Fensters, sodass er zur Not ebenfalls springen konnte. Auch das Winken seines Chefs ignorierte er zunächst, aber es half nichts: Für ihn war natürlich ein Platz auf dem Podium reserviert, direkt neben einem öligen Herrn in Taubenblau. Als er sich durch die Reihen nach vorne schob, stratzte Yildirim an ihm vorbei, als wolle sie einen Geherpokal gewinnen. Man sah den taubenblauen Mann erblühen, tiefgekühlte Butter in der Mikrowelle. Das war also Wernz. Theuer saß zwischen ihm und Seltmann. Er suchte den Raum nach seinen Getreuen ab.

Sein Chef beugte sich zu ihm. Nervös-säuerlicher Atem strömte mit seinen Worten: «Dem müssen wir uns stellen, Herr Theuer.»

Der Kommissar nickte. Wenn wenigstens Yildirim bei ihm

gesessen hätte, im Feindesland zählte jedes vertraute Gesicht, aber zwischen ihnen saß ja dieser Wernz, gehüllt in alle Wohlgerüche eines orientalischen Basars.

Seltmann schaltete das Mikrophon ein und bootete etliche Höllenmaschinen. «Schauen Sie nicht drein wie ein schlecht präparierter Gymnasiast! Außenwirkung, Theuer!» Dieser hilfreiche Impuls drang akustisch verstärkt auch in den letzten Winkel des Saales.

«Meine sehr verehrten Damen und Herren, liebe Kolleginnen und Kollegen, ich begrüße Sie zu dieser Zusammenkunft. Ich schlage vor, ich gebe Ihnen einen Überblick über die aktuellen Vorkommnisse in unserer Stadt. Der leitende Herr Oberstaatsanwalt Wernz kann hierzu seine Ergänzungen machen, natürlich auch seine charmante Kollegin, Frau Yildirim, ja, beide möchte ich hiermit sowieso begrüßen.»

«Was bist du doch für eine Knallcharge», murmelte Theuer, und es war ihm scheißegal, ob sein Chef ihn verstand. «Eigentlich müsste dir so was doch liegen, und jetzt jammerst du dir da einen ab.»

«Danach kann Ihnen der konkret mit dem Fall betraute Erste Hauptkommissar Theuer, soweit das möglich ist, einen Einblick in den – ich scheue nicht das Wort: spektakulären – Fall geben und auch auf Fragen der Presse antworten.»

Anschließend hielt Seltmann einen bemerkenswert unpassenden Vortrag über polizeiliche Ermittlungstechnik im 21. Jahrhundert, den er mit vielen Folien, Powerpoint-Präsentation und vergrieselten Beamer-Projektionen aufgemotzt hatte. Verständlich wurde sein Tun, als er, symbolisch unterstrichen durch eine plötzlich schwarze Leinwand, die gelegentliche Notwendigkeit des kurzfristigen Informationseinbehalts – und so weiter, und so fort …

Schließlich legte der Direktor ohne irgendwelche visuellen Impulse dar, dass sich der Kollege Wernz und er unabhängig voneinander entschlossen hätten, die Ermittlungen zunächst weiter in Händen des neben ihm sitzenden erfahrenen Ersten Hauptkommissars Theuer zu belassen, obwohl neuere Erkenntnisse nun nahe legten, dass die Untersuchungen den Boden der rein deliktbezogenen Arbeit verließen, hin zu einer – hier suchte der Redner beträchtlich nach Worten – täterorientierten Sichtweise führten und mithin auch andere Beamte einzubeziehen wären beziehungsweise noch würden, noch nicht, aber bald.

Theuer wunderte sich, dass dieser Blödsinn geschluckt wurde. Das machte ihn freilich nur wenig mutiger, zumal er gar nicht mehr genau wusste, mit welchen frechen Lügen er gestern Abend Seltmann in Angst versetzt hatte. Das Gefühl, letztlich noch in Sicherheit zu sein, solange die beiden Kasper zur Rechten und Linken weiter logen, trug ihn dann gerade noch durch Wernzens Ausführungen. Da nahm es der Ermittler auch kaltherzig hin, dass es der oberste Ankläger der Stadt wie ein feiger Grundschüler Yildirims «noch nicht so großer» Erfahrung anlastete, dass es etwaige Informationslücken gegeben haben könnte, wenn es denn überhaupt Lücken waren und nicht – je nun – allenfalls so eine Art Ausdünnung und Faserspliss im starken Band, das die Behörden in Heidelberg quasi seit Anbeginn der Zeit verbände.

Am grauen Himmel hing ein bunter Fesselballon, weit hinten, vielleicht hoch über Neckargemünd. Da wollte Theuer sein. Allein in einer Gondel und in lichter Höhe Maronen mampfen, Spätburgunder saufen, an schöne Sachen denken und pfeilgerade in den Himmel steigen. Als aber Wernz mit den Worten schloss: «Das Ganze müssen Sie sich wie ein

Puzzle vorstellen, das aus unendlich vielen Teilen besteht, und Sie müssen diese Teile unendlich lange zählen, bevor Sie sie unendlich langsam zusammenfügen, und deshalb dauert das nun schon ein paar Wochen, das Ganze», da war der müde Kommissar tatsächlich fast erleichtert, dass nun nur noch Yildirim und er zu sprechen hatten und man dann vor allem weiteren Leiden wenigstens Kaffee trinken konnte oder Tee oder Rizinusöl.

«Wir haben in der Sache des unbekannten Ertrunkenen bisher abwartend agiert» – Theuer glaubte, Yildirim inzwischen so gut zu kennen, dass er ihre Wut auf ihn heraushörte –, «was möglicherweise den Eindruck von Zögerlichkeit hervorgerufen hat. Ich bitte Sie aber, zur Kenntnis zu nehmen, dass echte Ermittlungen sich nur sehr selten an das Neunzig-Minuten-Schema halten, das uns aus Fernsehkrimis geläufig ist. Die neuen Erkenntnisse, die nun eine Verbindung zwischen den verschiedenen Fällen nahe legen» – blitzender Zornesblick zu Theuer –, «sind mir im Detail noch nicht bekannt. Da müssen Sie sich an den leitenden Beamten zwei Plätze neben mir halten.»

Theuer schluckte etwas Immaterielles, was dafür aber ziemlich groß war. Er hatte es wieder einmal übertrieben, und sie hing natürlich mit drin. Er würde schlimmstenfalls frühpensioniert, ihr aber drohte es die ganze Laufbahn zu verhageln. Er suchte den Himmel nach dem Ballon ab. Er war weg. Wie hatte er gleich vor sich hin gelogen? Die Hundemorde und Willys Tod hingen international zusammen?

«Ja», sagte Theuer und rutschte auf dem Stuhl herum. «Ja, wie gesagt», fuhr er fort und wunderte sich über den souveränen Klang seiner Stimme, die aus der Verstärkeranlage zu ihm zurückbrandete. «Es ist im Grunde alles gesagt, was wir sagen können. Die weiteren Ermittlungen» – feine Stiche in seinem Magen – «werden uns zeigen, inwieweit wir Recht haben mit unseren Annahmen.» Er schwieg kurz und verlassen und rief dann: «Hat dazu irgendjemand jetzt Fragen?»

Die versammelte Presse schaute etwas verdutzt, aber ein reichlich junger Mann meldete sich keck als Erster: «Torsten Lacour, *Bild Rhein-Neckar.* Ihre bisherigen Ermittlungen legen also nahe, dass sowohl dieser weitgehend unidentifizierte Tote aus dem Neckar, von dem wir nun nach Wochen dankenswerterweise etwas erfahren, als auch der erschlagene Jugendliche vor der Stadthalle und auch noch die Tiertötungen in Handschuhsheim auf ein und denselben Täter zurückgehen?»

«Nein, nein», sagte Theuer aufrichtig, «nicht denselben Täter, gar nicht. Aber dem Ganzen scheint ein Konflikt zugrunde zu liegen, der durchaus ... Über die Sache mit dem Jugendlichen weiß ich derzeit noch gar nichts.» Er hörte es in Seltmanns Leib gurgeln.

Jetzt meldete sich der Nächste, ein dicker, schwitzender, aber ersichtlich schlachtenerprobter Veteran der lokalen Schreibzunft: «Risch, *Rhein-Neckar-Zeitung.* Wenn ich das richtig verstanden habe, laufen die Ermittlungen in diesen drei bisher unabhängig voneinander gesehenen Fällen bei Ihnen zusammen, und von einem der drei haben Sie überhaupt keine Ahnung?»

Theuer hatte Empfindungen, die ihn fürderhin Mitgefühl für Wespen in Essigfallen empfinden ließen.

«Sie wollen den zweiten Schritt vor dem ersten», schaltete sich Yildirim ein.

«Wenn sie Pralinen mag, kauf ich ihr welche», flüsterte Theuer. «Ganz viele. Alle, die es gibt.»

«Wir können nicht jetzt, wo die Fälle zusammenlaufen, bereits jedes Detail memorieren, das hieße ja, wir wären von Anfang an von dieser Hypothese ausgegangen, die ja neu ist.» Sie schaute Theuer vernichtend an.

«Ich verstehe das nicht» rief ein Rundfunkreporter.

«Ich setze Sie auf die Rednerliste», jammerte Seltmann. «Bitte reden Sie nicht hinein. Bitte!»

«Welche Rednerliste?»

«Noch eine Frage», hakte der mächtige Lokalreporter Risch unbeeindruckt nach: «Ein Theologiestudent, der anscheinend von der Polizei gesucht wurde, ist in diesen Minuten in die Kopfklinik eingeliefert worden. Er liegt im Koma, das kam gerade per SMS rüber. Sehen Sie hier weitere Parallelen?»

«Parallelen kann man immer sehen», sagte Theuer in seiner Not, «aber sie schneiden sich in der Unendlichkeit. Denken Sie an das Puzzle des leitenden Oberstaatsanwalts ...»

Seltmann schrie fast, ungeachtet seines weiterhin ölig dahingrimassierten Lächelns: «Jetzt bitten wir aber, dass Sie uns weiter unsere Arbeit machen lassen. Wir halten Sie mit Sicherheit auf dem Laufenden, ja, wenn ich unseren Wahlspruch zitieren darf: Wir sind mit Sicherheit für Sie da ...»

Unter den Medienvertretern regte sich merklicher Unmut.

Theuer schnappte auf, dass sich die besorgte Öffentlichkeit nicht mit spärlichen Erinnerungen an den Mathematikunterricht der Mittelstufe beruhigen lasse, und gab dem von ganzem Herzen Recht.

«Die Kopfklinik täte gut daran», keifte ein schwitzender Wernz in die Menge, «hier keine ungelegten Eier weich zu kochen. Es gibt noch eine ärztliche Schweigepflicht in diesem Land!»

«Mein Kollege ist kein Arzt», höhnte Risch. «Es gibt auch eine Informationspflicht der Behörden. Vielleicht wäre manches zu verhindern gewesen, wenn der Bürger gewusst hätte, dass ein Killer in der Stadt sein Unwesen treibt.»

«Die Pressekonferenz ist beendet! Gehen Sie hinaus!», japste Seltmann.

Die Journalisten verliefen sich. Theuers Blick fiel auf einen Exoten in ihren Reihen, der es nicht eilig zu haben schien. Er fragte sich, was ein Japaner unter den Lokalreportern suchte. Oder war es ein Chinese?

«Mein lieber Duncan.» Wernz spreizte bedauernd die Arme, als müsse er ein letztes Gnadengesuch unterm Fallbeil verwerfen. «Der öffentliche Teil unseres Vormittags ist vorbei, es tut mir Leid, aber von der weiteren Aussprache muss ich Sie leider ausschließen ... Ein böses Wort, ein böses Wort, aber es geschehen auch böse Dinge in dieser Stadt zurzeit ...»

Duncan nickte äußerst verständnisvoll, legte gar in einer angedeuteten Umarmung die Hand an die Wabbelhüfte seines Gastgebers.

«Wir arbeiten durchaus professionell», jammerte Wernz, «aber während einer komplizierten Ermittlung kommt es immer wieder zu Momenten des kreativen Chaos.»

«Oh, das ist überall auf der Welt so», bestätigte Duncan artig.

Überall ist das Chaos, und er unterscheidet sich davon.

Er hat das kleine Gerät in Singapur gekauft. Man schaltet es ein, und es sendet in wunderbarer Qualität auf den Ohrhörer. Bei Bedarf lässt sich alles auf ein beliebiges Speichermedium überspielen, aber das braucht er nicht, er kann es sich merken, er merkt sich, was er will, denn er vergisst auch, was er will.

Es ist ihm nicht leicht gefallen, den Trottel zu umarmen, aber das schmale Gerät in seine Tasche gleiten zu lassen, war dafür ein herrlich schwereloses Manöver gewesen. Und wenn der Trottel in die Tasche fasste, würde er sein, Duncans, Zigarettenetui finden. Aus Versehen eingesteckt, wie peinlich, schleunigst zurückgeben, danke. Er amüsiert sich königlich über die blechernen Dispute im Ohr.

Ohne die Presse gelang es Theuer seiner Meinung nach etwas besser, ihre bisherigen Überlegungen in Worte zu fassen, aber das nützte wenig.

«Das sind Ihre Erkenntnisse? Das sind Ihre Erkenntnisse?», schrie Seltmann.

Wernz hatte sich von Yildirim abgewandt, körperlich und seelisch abgewandt, und gäbe es weitere Möglichkeiten, er hätte sie ergriffen.

«Ich habe Ratzer gefasst.» Der Kommissar musste sich an der Tischkante festhalten, sonst wäre er einfach so hin geplumpst.

«Und aus dem Fenster springen lassen!» In seinem Furor bekam der Polizeidirektor etwas beinahe Würdiges.

«Sein privater Omegapunkt ... Er hätte sich in der Zelle den Schädel eingerannt oder sich an den Kniebundhosen erhängt, es war nicht zu verhindern ... Aber es war der Sigmapunkt, so richtig sterben wollte er nicht, schätze ich ...»

«Vielleicht der G-Punkt?», schweinigelte Wernz dazwischen.

«Wir brauchen endlich ein Bild von Willy in der Zeitung oder besser im Fernsehen.» Theuer fühlte seine Kräfte schwinden. Immerhin hatten sich seine Jungs treu zu ihm gesellt, lümmelten, standen und litten (Haffner) um ihn herum.

Noch immer saß man auf dem albernen Podium, beobachtet aus gelichteten Reihen von peinlich berührten und dennoch neugierigen Kollegen.

«Ich bestelle die Presse, weil ich denke, es gibt ein Riesending, und Sie, Herr Theuer, haben ein Bild von einem Bild in der Zeitung und eine Wohnung in der Floringasse gefunden. In der Tat auch einen Gesuchten, den Sie freilich nicht suchen sollten. Dieses einzig Gute an Ihren hilflosen Kapriolen hüpft sich dann allerdings fast zu Tode. Richtig, Kollege Haffner?»

«Richtig», stöhnte Haffner. «Bitte sprechen Sie etwas leiser.»

«Ich sehe nicht den geringsten Grund, leise zu sein», brüllte Seltmann weiter. «Was ich hier durchmache, sollte man zur Anzeige bringen!»

«Dann zeigen Sie mich halt an», rief Theuer. «Sind ja genug Polizisten im Raum.»

«In der Tat, wir haben genug fähige Leute. Ich nehme Ihnen den Fall weg. Ich nehme Ihnen alles weg. Ich nehme Sie weg. Aus, vorbei!»

«Das geht so nicht», stöhnte Wernz und stützte den Kopf in beide Hände. «Wir können schlecht der gesamten Presse hier eine Komödie vorspielen und am Montag erzählen, wir hätten es uns anders überlegt. Zumindest eine Weile sollen die Leute» – er warf Yildirim einen Blick zu, der bedeutete, sie sei freilich nicht einmal mehr ein Leut –, «eine Weile müssen sie offiziell weitermachen.»

«Da haben Sie, fürchte ich, Recht.» Seltmann fiel in sich zusammen. «Ich hatte Ihnen die Akten zu dem Fall dieses toten Jungen noch gestern Abend zugespielt. Warum haben Sie die nicht wenigstens gelesen? Theuer, warum?»

«Auf meinem Schreibtisch lag nichts», sagte Theuer. Er

traute sich nicht zuzugeben, dass er gleich wieder gegangen war.

Einige im Saal lachten.

«Soso.» Seltmanns Stimme klang, als habe er ein Briefchen Senf verschluckt. «Im Computer war's aber schon, Herr Kollege. Sie entsinnen sich vielleicht – hausinterne Vernetzung.»

Wieder lachten welche.

«Die lachen mich aus», dachte Theuer, «mich und die Jungs.» Er versuchte, seine Stimme fest klingen zu lassen: «Ich habe eine Kunstsachverständige gewonnen, wegen dieses Turner-Bildes, und die wird einen weiteren Experten hinzuziehen ...»

«Ich verstehe.» Seltmann hob zynisch anerkennend die Brauen bis zur Decke. «Die Expertin besorgt einen Experten! Großartig! Wo ist sie denn, Ihre Expertin?»

«Ich weiß es nicht», sagte Theuer traurig. «Sie ist weggelaufen.» Allmählich gewöhnte er sich an das Lachen, in das Wernz und Seltmann diesmal meckernd einstimmten.

«Dann müssen Sie sie suchen.» Seltmann wählte einen Ton, in dem man Kindern das Töpfchen erklärt. «Sie und Ihr Team gehen jetzt bis Montag die Expertin suchen, und ich unterhalte mich hier mit ein paar Kollegen, wie wir wirklich weiterarbeiten. Ach, wissen Sie was? Sagen wir Dienstag!»

Zunächst konnte es Theuer nicht glauben: «Wir sollen raus? Sie schicken uns ins Büro?»

«Viel besser», sagte Seltmann: «Ich schicke Sie in ein verlängertes Wochenende. Feiern Sie Ihre Überstunden ab, sofern Sie welche haben, und hiermit haben Sie welche. Gehen Sie nach Hause. Oder in den Wald. Experten suchen. Und ab Dienstag seid ihr Clowns ein paar Tage unsere Pappkameraden für die verschiedensten Fälle und Unfälle, von mir aus auch Wasserfälle, aber dann heißt's Hundefänger spielen. Ab Dienstag. Bis dahin haben Sie alle Hausverbot hier. Raus!»

«Und Sie gehen auch, Frau Yildirim.» Wernzens Stimme drang so eben noch durch die Scham, die sie alle umhüllte und einte. «Wir werden über Ihre Zukunft reden müssen. Vielleicht könnten Sie sich ja um die Abschiebung von Ihresgleichen kümmern?»

«Ich glaube, ich sterbe», sagte Theuer draußen.

«Das hoffe ich», fauchte ihn Yildirim an. «Ihre Karriere mag vorbei sein, aber meine fing eigentlich gerade an. ‹Ihresgleichen›. Scheiße!» Sie stapfte davon.

Es klopft, er öffnet.

«Herr Wernz?»

«Man sagte mir auf dem Amt, Sie seien ins Hotel gefahren. Das ist doch Ihr Etui? M. D.»

«Aber ja, das ist ja phantastisch! Ich habe es schon gesucht! Wo haben Sie es denn gefunden?»

«Ich muss es versehentlich eingesteckt haben – es tut mir Leid … Ich hatte gar nicht mitbekommen, dass Sie rauchen.»

«Nur ganz selten.»

«Also, wie gesagt, dass ich so was einfach einstecke!»

«Aber ich bitte Sie. Schön, dass es wieder da ist!»

«Gewiss … Ich habe langsam so meine Sorgen, wie unsere Behörde in Ihrer Arbeit dargestellt wird … Wir sind in komplizierten Umstrukturierungsmaßnahmen …»

«Seien Sie nur ganz unbesorgt, Herr Kollege, ganz unbesorgt.»

«Ja, dann. Vielen Dank.»

«Ich danke.»

«Und Sie fühlen sich wohl? Vielleicht möchten Sie mal mit

meiner Familie eine Schifffahrt machen? Obwohl – ich glaube, die fahren erst ab Ostern. Aber dann ist es wunderbar: Neckargemünd, Neckarsteinach, der Dilsberg … oder runter nach Worms! Der Rhein in Flammen …»

«Ich denke, ich bin vor Ostern fertig, Herr Dr. Wernz.»

So ist es recht. Das Monogramm zu vergessen, die Apparatur überhaupt in ein Etui mit Monogramm einsetzen zu lassen, war ein Fehler gewesen, zu viel Freude an der Rolle, zu gerne Martin Duncan. Aber aus dem Fehler ist ein Trumpf geworden. Es ist eine Frage der Beweglichkeit und des Willens. Was ist Tanz anderes als Wille und Bewegung?

Den restlichen Donnerstag verbrachte Theuer ganz ruhig. Er verabschiedete sich höflich von seinen Kollegen, erinnerte sie freundlich an die nächsten gemeinsamen Schritte. «Die Kunst, es geht jetzt nur noch um die Kunst.» Nachfragen, ob das jetzt noch Sinn mache, nahm er nickend zur Kenntnis, sagte nicht viel dazu. Vielleicht sei es tatsächlich besser, eine Nacht darüber zu schlafen, zumal sowieso Haffner dringend ins Bett müsse. «Gute Nacht, meine Herren.»

Es war zwei Uhr mittags.

Dann spazierte er langsam weg. Stern bot nicht an, ihn mitzunehmen, das war ihm ganz recht. Er wollte jetzt ein wenig herumtrotten, schauen und sinnen. Vor allem aber zugrunde gehen. Dunkel erinnerte er sich, wo er vor Jahren seine letzte Tetanusspritze empfangen hatte. Langsam nahm er Kurs auf dieses Haus in der Weststadt, wie ein Öltanker auf einen Punkt am Horizont.

Er wusste, dass das Viertel keinen großen historischen Rang einnahm, aber hier konnte man in Gärten und Höfe gucken und sich daran erwärmen, wie proper die Villen herumstanden. Die neue Synagoge fand er gar nicht schlecht, und ein paar spielende Kinder erinnerten ihn an den Geruch von Torwarthänden nach einem kalten, nassen Tag voll fetzender Lederbälle auf den Kasten – zwei Schulranzen, keine Querlatte, zu hohes nasses Gras und Disteln. Fabry schießt die Elfer. (Er musste ihm schreiben.)

Theuer vergoss eine Träne, dann war er wieder ganz dumpf. Alles war zu. Alle tollen Gefühle weggesperrt, er erstickte. Er musste zum Arzt.

Der Kommissar fand das Haus, sah schon von weitem das Emailleschild blinken. Die Tür war offen. In der Praxis ging es zu wie in einem Lazarett nach schwerem Beschuss. Die einzige der drei Sprechstundenhilfen, die nur einen statt zwei Telefonhörer am Ohr hatte, fragte ihn verzweifelt, ob er einen Termin habe oder ob es etwas Akutes sei.

«Akut», sagte Theuer. «Immer akuter.»

«Dann müssen Sie warten», sagte die junge Frau. «Welche Kasse?»

«Privat», sagte Theuer, «ganz privat.»

Er füllte mit zittrigen Runen einen Zettel aus, beinahe wäre ihm seine Telefonnummer nicht eingefallen. Bäurisch nickend grüßte er die anderen Patienten im Wartezimmer, es waren unzählige, und las eine ganze *Frau im Spiegel.* Eine Dame hatte die ganze Ohrwaschel voller Akupunkturnadeln und redigierte dennoch hektisch in einem Manuskript herum. Gerne hätte ihr Theuer die Vergeblichkeit solchen Menschenwerks verdeutlicht, aber es kam nur ein Gähnen heraus, das niemand bemerkte.

Als er nach zwei Stunden schließlich dran war, wusste er gar nicht so recht, was er sagen sollte.

«Herr Theuer, was kann ich für Sie tun?», fragte der Arzt

und schaute ihn so geduldig an, als sei er der einzige Kranke in einem edlen Sanatorium, während weiterhin das pausenlose Telefon- und Türgebimmel der Leidenden durch die geschlossene Tür drang.

«Ich habe manchmal solche Herzstolperer», sagte Theuer. «Und ich denke komisches Zeug. Ich nehme an, ich will mich damit irgendwie von meinem Leben ablenken. Ja, und manchmal habe ich Migräneattacken, aber nicht sehr oft.» Er schwieg.

Auch der Arzt schwieg einen Moment und schien plötzlich selbst ein wenig krank zu sein: «Das ist eine Hals-Nasen-Ohren-Praxis», sagte er schließlich leise. «Das wissen Sie sicher.»

Theuer schaute ihn mürbe an: «Ich habe hier mal eine Tetanusspritze in den Po bekommen, von wegen Hals oder Nase oder Ohr.»

«Vor zehn Jahren war hier ein Allgemeinarzt. Er ist jetzt Bildhauer. Seitdem sind wir hier.»

Der Polizist wunderte sich, dass der Mediziner so höflich blieb, und nahm es als kleines Geschenk an diesem schroffen Tag. «Ist er ein guter Bildhauer?», fragte er milde.

«Ich würde sagen: nein.» Der Arzt dachte nach. «Aber er ist anscheinend glücklich.»

«Dann ist es gut so», nickte Theuer und fragte demütig: «Ich gehe wohl wieder?»

«Es tut mir Leid», sagte sein Gegenüber und legte ihm die Hand aufs Knie. «Es geht Ihnen sicher nicht gut, und Sie sollten vielleicht einen Kollegen aufsuchen, der sich mit psychosomatischen Beschwerden befasst. Das wäre mein Ratschlag. Vielleicht auch in Urlaub fahren? Am besten nicht alleine. Und nicht nach Mallorca, da ist es entsetzlich.»

Theuer schüttelte den Kopf. «Ich sollte nochmal zu der Staatsanwältin, der habe ich, glaube ich, alles kaputt gemacht».

Dann schlief er ein.

Als er aufwachte, war es still in der Praxis. Er brauchte einige Zeit, um sich klar zu werden, wo er war. Dann allerdings sprang er auf, als säße er nicht in einem weichen Behandlungsstuhl, sondern im Kochtopf ungeduldiger Kannibalen. Es war dunkel. Er hastete zur Tür.

Am Anmeldungstresen im Flur stand der Arzt und trank Espresso. «Wir haben Sie schlafen lassen», sagte er. «Mein Sozius ist in Urlaub, da hab ich bei ihm im Zimmer weitergemacht.»

«Sie müssen mich für komplett wahnsinnig halten», meinte Theuer und griff nach seiner Lederjacke, die wie halbmastig geflaggt als einzige noch am vorher übervollen Kleiderständer hing.

Sein freundlicher Gastgeber zuckte mit den Schultern.

Eine letzte Sprechstundenhilfe schoss aus dem Labor. «Ich geh dann, Herr Dr. Zuber – ach, er ist wach. Auf Wiedersehen, Herr Theuer.»

Der Kommissar winkte wie ein defekter Scheibenwischer.

«Was heißt schon wahnsinnig?», sagte der Arzt. «Ich habe heute siebzig Patienten behandelt, seit zwölf Stunden bin ich hier. Mein Sohn ist angeblich im Stimmbruch, aber das kann ich nicht beurteilen – bis ich zu Hause bin, schläft er wohl schon. Und alles das habe ich mir ausgesucht. Ihnen dagegen ist nicht gut, und Sie gehen zum Arzt. Wer von uns beiden ist wahnsinnig?»

Theuer lächelte, es ging ihm besser.

Als er auf die Straße trat, purzelten wieder Schneeflocken vom Himmel. Er hatte keinen Schal und keine Handschuhe dabei und fröstelte noch vom Schlaf. Aber zugleich erfüllte ihn das weiße Gestöber mit großer Freude, kindlichem Glück.

Er ging ziellos durch die Straßen der Weststadt. Musebrotviertel nannte man den Stadtteil, weil die großen Villen hier ein paar Jahre später gebaut worden waren als in Neuenheim. Hochmut allerorten, und der Kommissar war von Demut erfüllt. In den Bürgertempeln brannten die Lichter. Sie glommen gedämpft durch die Vorhänge wie Lampions durch die Nacht.

«Es ist immer etwas dem Licht Verwandtes, das uns fehlt», dachte er.

Er spazierte weiter, mäanderte gemächlich und seltsam durch die Straßen Richtung Altstadt.

«Sundermann?»

«Sie gestatten, dass ich mich weiterhin nicht namentlich melde, aber ich wollte doch hören, ob Sie mein Angebot überdacht haben ...»

«Ich habe dazu nichts zu sagen. Uns trennen nach wie vor ganz beträchtliche Summen, Beträge, die ich erzielen werde, wenn ich die Sache so abwickle, wie das üblich ist.»

«Möglicherweise trennt uns der Grad unserer Einsicht mehr als die Summen, von denen Sie träumen. Denn es ist zweierlei, ob man irgendwann vielleicht eine Menge Geld bekommt oder sicher sofort einen ebenfalls erfreulichen Betrag. Einfach so, Herr Sundermann, ohne Steuern, ohne weitere Expertisen ...»

Klick.

Er hält einen Moment inne. Das Bürschlein hat einfach aufgelegt. So will er sich nicht behandeln lassen. Er ist schließlich nicht irgendwer. Er ruft noch einmal an.

«Bist du es wieder, du Arschgesicht? Kennst du das mit der Trillerpfeife? Wenn du wieder anrufst, pfeif ich dir ein Loch in den Kopf!»

«Dein kleiner Zwerg ist tot. Schon seit ein paar Wochen.»

«Was?»

Klick.

Er wird warten. Aber nicht mehr lange.

Theuers Schritte hatten einen festen Rhythmus, als hätte er ein Metronom in der Hose. Er schaute auf die Flocken, durch sie hindurch. Die Flocken waren ein Vorhang, der aufschwang, wenn man ihn berührte, und dann war da der nächste Vorhang. Er ging durch viele Räume der Nacht, und wenn sich der letzte Vorhang gehoben haben würde, läge ein Geheimnis vor ihm. Oder er stünde vor einer nackten Mauer. Wenn denn nicht die Mauern das Geheimnis waren.

Er blieb vor dem Hotel Ritter stehen. Jemand übte in der nahen Heilig-Geist-Kirche hinter ihm Bachwerke auf der Orgel. Die alte Renaissancefassade des Hotels verzauberte mit tausend Augenfängern. Die klaren Bässe des Leipzigers beruhigten seinen Puls. Er würde bald Bach hören, Schönes betrachten, am Ende sicherlich sterben und als Ritter wiederkehren. Er stellte sich seine Stadt vor, brennend, die französischen Soldaten grölend in den Gassen. Sah, wie sie verirrte Sauen abstachen und schreienden Weibern die Unschuld nahmen. Nur dieses Haus hatte den letzten Angriff auf Heidelberg überlebt. Es stand und würde stehen. Er wollte einfach auch nur stehen können. Aber er ging weiter.

Theuer erreichte das ruhige Ende der Hauptstraße, es klarte auf und wurde kälter. Er ließ das Kulturzentrum im alten Karlstorbahnhof im Rücken und überquerte die Straße. Er ging aufs Stauwehr, flussaufwärts zur Alten Brücke gelegen, und schritt es im wohligen Schauder ab, unter sich das eiskalte Wasser des Flusses donnernd niederstürzen zu hören. Hier konnte Willy gestorben sein. Auf halbem Weg zum anderen Ufer blieb der Kommissar stehen und lehnte sich über das nietenbesetzte Geländer. Die Alte Brücke, das Schloss, das Häusergewirr der Altstadt, angestrahlt wie ein Hochsicherheitsgefängnis, gemütlich glimmend von tief hängenden Lampen in alten Stuben, mit grellen Einsprengseln der Ikea-Klemmleuchten fürs erste bis hundertste Semester, die man zum Fenster hin dreht, wenn man sich auf Sex geeinigt hat. Im Nachtlicht zog das schwarze Wasser des Flusses unter ihm hin, eher, dass er es fühlte, als dass er es sah.

Aber war es so? Was sprach dagegen, dass der Fluss stand, und die Welt hastete flussaufwärts zu den Quellen: Um festzustellen, dass die Quellen der Ströme klein sind, dass es irgendwo speuzt und blubbert, wo wir den großen Anfang vermuten. Die rasende, irrsinnig dahinrasende Welt, der stehende Fluss, und er, Erster Kriminalhauptkommissar Johannes Theuer, schwebte über ihm.

So weit in diesen Gedanken, durchpeitschte es den Ermittler: Ein fallen gelassener kleiner Steinbuddha war er, inmitten eines kosmischen Flippers, in dem es bimmelte, knallte und blitzte. War es eine Erkenntnis, die ihn da heimsuchte? Eine Vision, eine neue Spielart der Migräne oder der offene Irrsinn, der die letzten Hürden übersprang und die Beamtenpension bedrohte? Aber nein, Theuer war sich sicher: Das war der Blick des Bildes!

Das war Turners schwebender Blick – eine Fälschung, vom Wehr aus gesehen.

Er stierte flach atmend auf die Stadt und fuhr mit der Hand in seine Jackentasche, zunächst in die falsche, dann aber hatte er den Zeitungsausschnitt. Wie ein Kupferstecher im Talglicht kniff er unter der fahlen Beleuchtung des Wehrs die Augen zusammen und drückte die Nase auf die Zeitung, riss dann wieder die Augen auf und starrte den Fluss hinunter: Schloss und Altstadt waren im genau selben Winkel, in genau denselben Größenverhältnissen gemalt, wie er sie von seinem Standort aus sah. «Heidelberg vom Wehr aus gesehen» müsste das Bild heißen, vom Wehr aus, das es zu Turners Zeiten noch nicht gab.

Es war nun keine Euphorie oder Verzweiflung mehr in ihm. Er war jetzt einfach mittendrin. Da, wo es stattfand. Er ging rasch zurück, Richtung Neckarmünzplatz, zum Taxistand.

Es war etwas geschehen. Er hatte durch eines anderen Augen gesehen – und diesmal nicht im Abstand von Jahrhunderten. Im Haus, im Verlies seiner müden Eigenbrötlerei war eine Wand eingestürzt, und selbst wenn er gewollt hätte, hätte er sie nicht ohne Weiteres wieder errichten können. Er konnte sich nicht mehr aus allem heraushalten, er war zu erschöpft, um faul zu sein.

Hornung saß zitternd auf ihrem Sofa und heulte. Theuer stand zunächst hilflos herum, dann kochte er Kaffee.

«Ist noch etwas außer mir? Ist etwas passiert?», fragte er schließlich, als er mit zwei Bechern wiederkam.

Sie schüttelte den Kopf und zog sich an ihm hoch.

Seine eigenartige Stimmung, ganz mit allem zu tun zu haben, bewirkte hier, dass er keine spezielle Neugier für Hornungs Zustand empfand. Er wollte durchaus für sie da sein – unter anderem, eine Sache mehr, mit der er befasst war. Dass er nur weiterhin in aller Lebendigkeit sich selbst als Zentrum annahm, fiel ihm nicht auf. In einem Hängeschrank fand er eine Flasche Cognac.

«Das soll doch angeblich helfen, oder willst du noch Auto fahren?»

Sie verneinte ohne Worte, nippte aber nur an ihrem Glas.

Theuer saß freundlich gestimmt neben ihr, hielt ihre Hand und erwog viele Sätze, von denen er keinen aussprach. Nur jetzt nichts ändern, nur so zusammen sein.

Nach einer halben Stunde wischte sich Hornung die letzten Tränen aus dem Gesicht: «Ist doch komisch, was man alles miteinander anstellt.»

Theuer hatte keine Lust, die andächtige Stimmung, die er empfand, zu verlieren: «Ich muss mich jetzt mit Leuten beschäftigen, die wirklich was anstellen.» Er sah sofort, dass er sie damit verärgerte.

«Stimmt, ich habe niemanden umgebracht, es gibt kein echtes Problem.» Ihr Blick ließ ihn ein wenig schrumpfen.

«Nein», log er, «ich meine, letzte Nacht, da habe ich ja wirklich … also, das war bestimmt keine große Tat von mir.»

«Es ist nicht das.» Ihre Stimme klang müde. «Du musst kein Hengst sein. Ich hatte nur plötzlich das Gefühl … ich meine, du bist ja eingeschlafen, mittendrin. Ich bin so wahnsinnig alleine, Theuer.»

Der Kommissar seufzte. Er wollte nicht aus seinen deutlichen Gefühlen in den üblichen absurden Brei abrutschen und schwieg.

Hornung holte Luft, als käme sie vom Perlentauchen: «Ist schon gut, vielleicht reden wir da jetzt besser nicht drüber.

Immerhin tauchst du überraschend bei mir auf, zum ersten Mal. Seien wir bescheiden: Hat sich bei euch etwas getan?»

Das war das Stichwort. Eifrig begann Theuer zu erzählen, denn nur deshalb war er ja gekommen. Wunderte sich seine Freundin anfangs noch, mit welchem Gleichmut er sein vormittägliches Desaster schilderte, so konnte sie sich seiner Erleuchtung auf dem Wehr kaum entziehen.

«Also, dann ruf ich jetzt meinen Kommilitonen an», sagte sie. «Die Sache scheint ja wirklich ... ich weiß nicht ... Ja, vielleicht ist jemand wirklich wegen dieses Bildes umgebracht worden. Gib mir mal das Telefon, der wird schon noch nicht schlafen. Die Kunsthistoriker spielen sich immer wie Hirnchirurgen auf, als müssten sie alles jenseits der offiziellen Arbeitszeit erledigen.» Sie ging in den Flur.

Während sie telefonierte, schenkte sich Theuer Kaffee nach und nahm einen veritablen Schluck aus der Cognacflasche. Natürlich gab es in jedem Bundesland eine Abteilung der Polizei, die eigens auf Kunstfälschung spezialisiert war, aber es war wenig wahrscheinlich, dass die am Wochenende für den kleinen Kollegen Theuer zu sprechen waren, und noch unwahrscheinlicher, dass sie das nächste Woche wären, wenn er arbeitsloser Kaufhausdetektiv wäre. Sie mussten alleine weitermachen.

Hornung kam zurück. «Ja, also der kommt. Wir können uns morgen Abend bei mir treffen. So um sieben.»

Theuer nickte.

«Ich koche nichts», sagte sie traurig.

Theuer umschloss sie mit seinen Armen und versuchte alle Wärme seines Leibes hineinzulegen.

Seine Freundin grunzte wohlig: «So hast du mich lange nicht in den Arm genommen.»

«Noch nie», berichtigte er sie vergnügt.

«Kannst du nicht hier bleiben?», fragte sie leise unter seinem Kragen hervor. «Ich hab Angst.»

«Angst wovor?»

Sie weinte wieder: «Vor uns.»

Er sagte nichts.

Irgendwann machte sich Hornung los. «Ja, ich weiß, du schläfst nicht gern auswärts. Ich bestell dir einen Wagen.»

Zu Hause schaute Theuer dem davonfahrenden Taxi von oben nach. Der Fahrer hatte noch Zigaretten geholt und fuhr jetzt erst weiter. Dann betrachtete der schwere Ermittler noch eine Zeit lang den nächtlichen Verkehr, der ihn in seinen Rhythmen und wechselnden Pulsen entzückte.

Danach rief er Stern an.

«Ja, hier Gaby Stern?»

«Guten Abend, hier spricht Johannes Theuer, der Kollege Ihres Mannes ...»

«Sind Sie der Verrückte?»

Theuer musste lachen und bejahte der Einfachheit halber. Man hörte, wie der Hörer entwunden und einiges gezischt wurde.

«Herr Theuer, hier Stern. Es tut mir Leid, meine Frau ...»

«Ist schon gut», beschwichtigte der Erste Hauptkommissar und fügte sinnlos hinzu: «Grüßen Sie sie... Ist ja auch schon spät. Ist ja auch alles verrückt. Wie spät ist es eigentlich? Hören Sie mal, Herr Stern, wir müssen morgen Gas geben ...»

Es kostete einige Mühe, Stern zu überzeugen, dass nicht alles verloren war. Am Ende predigte der Kommissar fast: «Wenn wir jetzt aufgeben, sind wir erledigt. Dann stellen Sie mir beim Wein-Ochs einen Klappstuhl auf. Und im Supermarkt nimmt mir die Kassiererin den Geldbeutel ab, weil sie die Münzen schneller findet. Euch Jungen würd's nicht viel besser gehen. Morgen Abend treffen wir uns bei meiner Freundin – Renate Hornung, Frauenpfad 14, Dossenheim. Hast du's? Du sagst den anderen Bescheid, das ist ein Befehl. Vielleicht traue ich mich auch, die Yildirim anzurufen, und vielleicht kommt sie.»

«Also gut», sagte Stern schließlich, und Theuer fragte sich verärgert, warum er seine Anweisungen neuerdings von den Empfängern genehmigen lassen musste.

11

Der Erste Hauptkommissar saß in Yildirims Küche und ließ sich geduldig beschimpfen. Er hatte telefonisch erfahren, dass sie sich krank gemeldet hatte, gerade jetzt, wo der Teufel los sei. Die Anklägerin ging auf und ab. Sie trug einen Schlafanzug mit Bärenmuster und dicke Wollsocken.

«Wissen Sie, was in der Zeitung steht? Über Sie? Über mich? Ich konnte es nicht zu Ende lesen: ‹überfordert›, ‹chaotisch›, ‹der ausgebrannte Kommissar›, ‹die naive Deutschtürkin› … Wir sind erledigt! Ich habe meine Tage – lieber wär ich mit einem Igel schwanger. Die ganze Nacht hat es in meinem Ohr gepfiffen, als hätte ich eine Blindenampel verschluckt, und jetzt erscheinen Sie hier und wollen gutes Wetter machen!» Sie blieb zornig stehen: «Ich hätte ja auch etwas Ansteckendes haben können, und dann?»

Theuer legte den Kopf schräg, als sei er ein Spätzchen. «Ich kenne seit gestern einen ausgezeichneten Ohrenarzt …»

«Ich war längst beim Ohrenarzt», schnauzte die junge

Staatsanwältin drei Punkte an seinen angefangenen Satz. «Ich soll Stress vermeiden. Wenn ich das tue, wird es leiser und verschwindet vielleicht. Wenn ich Stress habe, wird es lauter und verschwindet nicht. Sie passen eigentlich ganz gut zu meinem Ton. Wenn ich Stress habe, sind Sie dabei.»

Der Gescholtene suchte die Wände nach einem Ablenkungsmanöver ab. «Haben Sie keine Bilder von Ihrer Heimat?», fragte er verklemmt.

«O mein Gott!» Yildirim ging zum Kühlschrank und holte sich eine trockene Légère aus der halb leeren Packung. «Oder soll ich Allah sagen? Geht es Ihnen dann besser? Stimmt dann wieder alles? Ich will Ihnen mal was erzählen: Ich habe meine frühesten Erinnerungen an die Ingrimmstraße in der Altstadt, da habe ich im Erdgeschoss gewohnt. Und an den Kindergarten in der Kanzleigasse, da habe ich mir mal in die Hosen gemacht, und das war peinlich, fast so peinlich wie die tolle Pressekonferenz gestern. Später bin ich in die Friedrich-Ebert-Grundschule gegangen. Das erste Lied, das ich konnte? ‹Ich hab mein Herz in Heidelberg verloren.› Meine erste Urlaubsreise? Eine kirchliche Freizeit nach Beerfelden im Odenwald. Später war ich dann mit meinen kaputt geschafften Eltern manchmal in der Türkei. Wenn mein Bruder oder ich Türkisch gesprochen haben, ist uns die Hälfte der Wörter nicht eingefallen. Soll ich mir jetzt die Hagia Sophia oder den Atatürk an die Wand pinnen? Und dann fragen mich die Leute zu den unmöglichsten Gelegenheiten, ob ich zurückkehren will. Wohin denn?»

«Na, zum Beispiel in die Ingrimmstraße», versuchte Theuer zu scherzen.

«Ach!» Yildirim ließ sich wutschnaubend auf den Stuhl

ihm gegenüber fallen. «Und wissen Sie, was?», fuhr sie ruhiger, gleichsam resigniert fort. «Meine Eltern sind zurück, so richtig vorbildlich, Rentner in Izmir. Und sie sind kreuzunglücklich, vor allem mein Vater, weil's dort keinen Pfälzer Riesling gibt.»

«Und Ihr Bruder?» Theuer hoffte ihren Zorn allmählich zu privatisieren, von ihm abzulenken.

«Der hat eine Disco in Freiburg. Wir haben nicht viel miteinander zu tun.»

Fürs Erste schien die Anklägerin leer geschimpft. Sie erzählte ruhiger, dass Babett ihr einen Brief unter der Tür hindurchgeschoben hatte. Die Mutter hing gleich wieder am Fusel. «Und ich freue mich, verstehen Sie? Ich freue mich, dass sich die arme Sau tot säuft, weil ich dann meine Kleine wiederkriege. Aber wenn ich sie hätte, wüsste ich gar nicht, wie es weitergeht. Ich bin doch nicht die Mutter eines Teenies!»

«Na ja», beruhigte sie Theuer fahrig, «Sie sind ja sicher schon fünfunddreißig, und wenn Sie früh …»

«Ich bin dreißig», zischte die bestrumpfte Staatsanwältin. «Ich hätte sie also mit neunzehn kriegen müssen. Das machen nicht einmal mehr alle Türkinnen so!»

«Also, jetzt müssen Sie mich aber mal reden lassen», sagte Theuer fest.

Yildirim gab einen Laut von sich, den er als Erlaubnis werten konnte.

«Ich hab meine Leute heute Abend zu meiner Frau bestellt. Da kommt ein Kunsthistoriker, der mit der Materie vertraut ist, und dann wollen wir es nochmal versuchen. Viel Zeit lassen die uns ja nicht mehr.»

Es gelang ihm noch so eben, Yildirim den derzeitigen

Stand zu erklären, aber man konnte ihr ansehen, dass sie für eine neue Eruption die Lava sammelte. Als er sein Mysterium auf dem Wehr schilderte, war es mit der Beherrschung vorbei.

«Das gibt's doch einfach nicht! Das kann doch nicht wahr sein! Ich bin an einen Bullen gekettet, der mitten in der Nacht das Gefühl hat, er schwebt, und deshalb, bitte schön, bei ‹Aktenzeichen XY› mitmachen will. Herr Theuer, das ist kein Beweis! Zumindest nicht in Mitteleuropa. Vielleicht sollten Sie sich in Indien bewerben!» Das war es dann aber auch schon, offensichtlich zwang die Menstruation die Staatsanwältin, mit ihren Kräften hauszuhalten.

Theuer hörte sich selbst zu, daran erkannte er, dass er ernsthaft nachdachte. «Es geht ja nur darum: Wenn Willy das Turner-Bild gefälscht hat, dann haben wir mit diesem Sundermann einen Topverdächtigen.» Er schwieg verblüfft – es war ja tatsächlich einfach.

Yildirim schaute ihn lange an. Dann ging sie zum Telefon: «Ja, hier Yildirim. Es geht mir besser. Ich melde mich hiermit wieder gesund. Ich komme nach der Mittagspause. Ich bin also wieder im Dienst.» Dann setzte sie sich Theuer gegenüber. «Fahren Sie zu diesem Sundermann, und wenn Sie Anhaltspunkte haben, verhaften Sie ihn.»

Er fand das selbst etwas unpassend, aber er konnte ein zufriedenes Grinsen nicht zurückhalten. Sicherlich stemmte sich die Staatsanwältin noch energischer dagegen, doch auch ihre Mundwinkel zuckten.

Die *Rhein-Neckar-Zeitung* hatte die Adresse widerwillig herausgegeben. Anscheinend war er nicht der Erste mit diesem Ansinnen, und er hatte wieder ziemlich herumlügen müssen.

Er fuhr selbst – das erste Mal, seit er den Wagen schwitzend und unter zahllosen Anfängerfehlern vor zwei Jahren zum TÜV gebracht hatte. Ein Wunder, dass der behäbige Opel überhaupt ansprang. Aber der Wagen spurte, und er, der derzeit übelst beleumundete Ermittler der Stadt, saß am Steuer. Er fuhr langsam, nicht einmal auffällig vertrottelt. Er hatte versucht, sich den Weg zu Sundermanns Wohnung auf dem Stadtplan gut einzuprägen. Der junge Mann hatte am Telefon versichert, nichts gegen ein Gespräch zu haben, allenfalls etwas genervt gewirkt.

Auf der Autobahn wagte sich Theuer gar über 100 km/h. Dann überholte ihn ein gelbes Auto, und ihm wurde schlecht. Zwischen Seckenheim und Neckarau fuhr er so langsam, dass die Lkws hupten.

Sundermann wohnte in einem älteren Häuserblock drei Eingänge neben einer Schule, die der Architekt anscheinend mit dem Legokasten geplant hatte. Theuer wollte gerade klingeln, als hinter dem Betonklotz ein muskulöser junger Mann auftauchte, der einen Döner in sich hineinschlang. Der Ermittler überlegte gerade, ob so einer noch Schüler sein konnte, da grinste ihn der Passant an.

«Sind Sie der von der Polizei?»

«Ja, Theuer ist mein Name. Herr Sundermann?»

«Mhm.» Der junge Mann stopfte sich den letzten Bissen in den Mund und leckte sich etwas Knoblauchsauce vom rechten Daumen, bevor er dem etwas irritierten Theuer die Hand hinstreckte: «Herzlich willkommen im schönen Mannheim-Neckarau. Aber lassen Sie uns bitte reingehen. Gleich haben die Hauptschüler große Pause, und die haben noch Böller von Silvester. Ich musste einfach einen Döner einwerfen, ich war die ganze Nacht auf der Piste.»

Sundermann schloss die Haustür auf. Wie zum Beweis seiner Worte detonierte ein Kanonenschlag auf dem Schulhof um die Ecke, gleichzeitig ertönte die Pausenklingel, und ein einziger polyphoner Schrei ging durchs Viertel.

«Die freuen sich», sagte Sundermann. Er ging vor Theuer die Treppen hoch und nahm dynamisch immer drei Stufen auf einmal. «Das klingt dann so.»

Theuer hatte noch zu verdauen, dass im 21. Jahrhundert ein Mensch, der sich der vertieften Sicht auf alte Bildschätze zu weihen plante, wie der Barmann einer Techno-Disco aussehen konnte. Ungeachtet des Sauwetters trug Sundermann unter einer dünnen Fliegerjacke ein ärmelloses T-Shirt zur weiten Hip-Hop-Jeans und irgendwelche bunten Stoffschuhe. Nur seinen praktisch kahlen Kopf schmückte er mit einer GAP-Mütze. An den Ohren baumelten diverse Ringe.

Im zweiten Stock schloss er eine Tür auf. Theuer beeilte sich, nicht allzu viel später anzukommen.

«Kommen Sie rein», sagte Sundermann. «Wollen Sie Kaffee oder so was? Ich hab nur kalten, so japanischen ...»

«Gern.» Theuer schaute sich um. Die Wohnung war groß, drei bis vier Zimmer, spärlich möbliert, vielleicht aus Geldmangel, vielleicht, weil der Hausherr so cool war wie ein Eiszapfen. Im Wohnzimmer, in das Sundermann ihn führte, standen nur ein plüschiges rotes Omasofa, eine voluminöse Stereoanlage und ein Fernseher.

«Für einen Kunsthistoriker haben Sie ziemlich wenige Bilder an der Wand», meinte Theuer, während er sich umschaute. «Nämlich gar keine.»

Sundermann lachte: «Ich nehme an, Sie lesen privat auch keine Krimis, oder? Es gibt allerdings in diesem seltsamen

Fach einige, die das Ganze als so eine Art Religion betreiben. Eigentlich fast alle.»

Theuer nippte an der Dose süßen, kalten Kaffees, er schmeckte gar nicht schlecht.

Es klingelte an der Tür.

«Das ist wahrscheinlich meine Putzfrau.» Sundermann stand lässig auf, aber sein tiefer Atemzug passte nicht so recht dazu.

Theuer hörte halblaute Sätze in die Gegensprechanlage gesprochen, verstand aber nichts. Schwungvoll kam der Hausherr zurück.

«Jetzt muss die arme Frau wegen mir nochmal kommen?»

Der schicke Knabe zeigte wenig Mitgefühl. «Kriegt zehn Mark die Stunde – da kann sie schon mal eine Runde drehen.»

Theuer entdeckte etwas Kaltes in den sympathischen Zügen seines Gegenübers. «Also dann zur Sache: Sie haben dieses Bild gefunden.»

Sundermann nickte und erzählte dann im Tonfall eines immer wieder gehaltenen Politikerstatements: «Ich habe ein Haus in der Altstadt geerbt. Meine Familie ist sehr überschaubar. Seit meine Eltern vor fünf Jahren unter eine Lawine gekommen sind, gab es nämlich nur noch meinen versoffenen Onkel Horst und mich. Und Horsts Leber hat jetzt das Zeitliche gesegnet.»

«Dann waren Sie aber früh allein.»

Sundermann flegelte sich lässig aufs Parkett. «Hat auch Vorteile.»

«Und mal angenommen, das Bild ist wirklich von William Turner», kehrte Theuer zum Thema zurück. «Wie kam es dann auf den Dachboden Ihres Onkels?»

«Das Haus war immer in Familienbesitz. Im 19. Jahrhundert diente es als kleine Weinstube. Turner ist immer in der Altstadt abgestiegen, und einem guten Tropfen war er auch nicht abgeneigt. Vielleicht hat er's verloren, vielleicht hat er mal nicht genug Geld dabeigehabt, um seine Zeche zu zahlen. Oder es hat ihm nicht so gut gefallen, und er hat es liegen lassen. Kann ja sein, dass er dort seine Eindrücke des Tages skizziert hat.»

Der Kommissar nickte. Er fand die Geschichte zu seinem Leidwesen überzeugend, überzeugender, als wenn Sundermann eine lückenlose Erklärung geliefert hätte.

«Jedenfalls habe ich es beim Ausmisten in einer alten Truhe gefunden. Glück gehabt, darf ja mal sein. Bei den Denkmalschutzvorschriften in der Heidelberger Altstadt hätte ich mir sonst eine Renovierung nie leisten können.»

Theuer schwieg und schaute den jungen Mann noch einmal an. Ein offenes Gesicht. Ein junger Kerl, der sich wacker durchs Leben schlug, ein Paradiesvogel. Gut, er verhielt sich etwas herrisch gegenüber seiner Putzfrau – seltsam genug, dass man als Anfangszwanziger und Student eine Putzfrau hatte –, aber es war ja das Vorrecht der Jugend, Fehler zu machen …

Dann sah Theuer das Wehr bei Nacht. Willy und Sundermann. Der kleine, einzige Mitwisser der Fälschung. Er sah den muskulösen jungen Mann den mürben Zwerg über das Stahlgeländer wuchten.

«Wo waren Sie in der Nacht vom 28. Februar auf den 1. März?»

«Du liebe Zeit!» Sundermann seufzte. «Das weiß ich doch nicht.»

«Aschermittwoch.»

«Ach so!» Seine Miene hellte sich auf. «Da war Chill-out-Party im Compagnion.»

«Und da hat man Sie gesehen?»

«Ja, logisch, ich war bis zum Schluss da, bis neun Uhr morgens.»

Theuer versuchte, sich zu erinnern, was er mal über das Compagnion gelesen hatte, denn es schien fester Bestandteil der Allgemeinbildung zu sein, den Laden zu kennen, und der Kommissar wollte nicht als Greis dastehen. Dann fiel es ihm ein: «Das Compagnion ist doch die größte Schwulendisco in der Region?»

Sundermann nickte unbefangen: «Ein bisschen bi schadet nie, oder sind Sie anderer Meinung?»

Theuer hatte keine besonderen Vorbehalte gegen Homosexualität, aber fremd war sie ihm im Innersten doch. Hieß das nun, dass Sundermann homo- oder bisexuell war? Oder machte sich der Knabe nur interessant? War es wichtig für den Fall?

Wieder klingelte es.

«Jetzt schicken Sie aber Ihre Putzfrau nicht wieder weg.»

Sundermann seufzte. «Ich fürchte, das ist nicht meine Putzfrau.»

Erstaunt verfolgte Theuer, wie sein charmanter Gastgeber scheinbar ohne Hemmungen an der Sprechanlage loslegte. Diesmal konnte man alles verstehen, es war laut genug.

«Verpiss dich, klar? Wenn du's wissen willst: Die Polizei ist da. Du kannst kommen, wenn du meine Bedingungen akzeptierst. Ich schalt jetzt die Klingel ab.»

Lächelnd kam er zurück: «Ein Kunstinteressent.»

Theuer stand auf und ging zum Fenster. Er sah einen schwarzhaarigen, gut gekleideten Mann scheinbar lässig wegschlendern. Das Gesicht war abgewandt. Es war möglich, dass er ihn schon einmal gesehen hatte, aber das konnte auch der Wunsch eines tapsigen Ermittlers sein. Er setzte sich wieder auf das tiefe Sofa.

«Reden Sie immer so mit Ihren potenziellen Käufern?», fragte er.

Sundermann lachte. «Was meinen Sie, wie ich mit Ihnen reden würde, wenn ich nicht wüsste, was Sie machen.»

Theuer schaute den jungen Mann nochmals lange an und fand ihn nicht mehr so sympathisch. War er so kalt, wie er tat? «Kennen Sie Willy?»

«Wer ist Willy?» Sundermann grinste scheinbar unbeeindruckt, aber das gelang ihm nicht ganz, wenn sich der Kommissar nicht gänzlich vertat.

«Ein kleiner Mann in meinem Alter, der so unauffällig gelebt hat, dass wir bisher nicht einmal seinen vollen Namen kennen. Und das, obwohl er mit Fälschungen über die Runden gekommen ist. Seminararbeiten, vielleicht Promotionen, sicher aber auch Bilder.»

Sundermanns Miene verriet nichts.

«Er ist tot. Am Aschermittwoch ertrunken. Oder ertränkt worden wie ein Wurf überzähliger Katzen.»

Irrte er sich, oder zuckte es in Sundermanns Gesicht?

«Soso, und deshalb wollen Sie wissen, was ich am Aschermittwoch gemacht habe. Ist ja ein Ding.»

«Wir müssen das nachprüfen», sagte Theuer und stand auf. «Wo ist das Bild?»

«Da, wo es niemand findet», sagte Sundermann sehr selbstsicher. «Es gehört im Moment noch mir.»

Theuer musterte ihn aggressiv: «Wir können das Bild als Beweismittel sicherstellen lassen, das geht dann ganz schnell.»

«Möglicherweise ist es dann ganz schnell verkauft.» Der junge Mann hielt dem Druck stand. Wie stark war er?

Theuer wurde lauter: «Haben Sie nicht die Befürchtung, als Schwätzer dazustehen, wenn niemand Ihren tollen Fund überprüfen kann?»

«Mein toller Fund ist überprüft.» Wieder hatte Sundermann dieses Grinsen im Gesicht. «Von Frau Professor Dr. Cornelia Oberdorf, Ordinaria für Kunstgeschichte an der Ruprecht Karl Universität Heidelberg, und von der zuständigen Abteilung der Tate Gallery in London, falls die Ihnen was sagt.»

«Das war's noch nicht», sagte Theuer zornig. «Ich finde selbst hinaus.»

Er knallte die Tür hinter sich zu.

Wie Abc-Schützen saßen sie abends bei Hornung auf dem Teppich. Auch Theuer hatte sich zu seinen Jungs gelümmelt, nur Yildirim lehnte stocksteif an der Wand, so sehr war ihr der endlich erschienene Experte zuwider.

Dr. Fabian Häcker, Konservator an der Stuttgarter Staatsgalerie, hätte sich für diese spannende Sache notfalls auch ein paar Tage seines ohnehin immensen Urlaubs genommen. Das Wochenende jedenfalls ließ er Frau und Säugling gerne alleine. In feines Tuch gekleidet, kein Gramm Fett zu viel auf dem Leib, mit einem kantigen Gesicht, das ständig grinsen musste, um nicht doch bäurisch zu wirken – nein, Theuer mochte ihn nicht.

«Fälschungen gibt es, seit es Kunst gibt, und die meisten kennen wir gar nicht», dozierte Häcker vom Sofa her.

«Kann man das nicht an den Farben erkennen?», fragte Theuer.

«Meinen Sie, Fälscher malen den Himmel grün an?»

«Ich meinte die Beschaffenheit der Farben», präzisierte der Kommissar mit steigendem Blutdruck.

«Auch daran nicht unbedingt.» Häcker lächelte milde. «Wenn einer sein Handwerk beherrscht, mischt er sie in traditioneller Weise. Bei Aquarellfarben zugegebenermaßen etwas schwierig, aber keineswegs unmöglich. Am schwierigsten wird es noch sein, Ochsengalle ohne nachweisbare Umweltgifte aufzutreiben.»

«Und die Radiokarbonmethode, um das Alter zu bestimmen?» Leidig versuchte sich zu behaupten.

«Ist das betreffende Aquarell auf einer Holzplatte?», fragte Häcker strahlend zurück. «Doch wohl nicht. Bei Papier ist das nicht so leicht. Außerdem ist das Original ja, wie Sie erklärten, gar nicht zugänglich. Kann ich die Abbildung mal sehen?»

Hornung gab ihm die Zeitung. Theuer fiel auf, dass der Klugschwätzer eine Art hatte, sich zu bewegen, als würde er beständig gegen Ecken rumpeln.

«Dank dir, Renate», sagte der Wissenschaftler und grinste verschwörerisch. «Groß ist das ja nicht», lachte er dann. «Oje, was für eine Quellenlage …»

«Wir haben nichts Besseres», sagte Theuer giftig, «wir sind nämlich Deppen.»

Hornung lotste ihn in den Flur, offiziell, weil er ihr mit dem zusätzlichen Kaffeegeschirr aus der Kommode helfen sollte. «Hör mal, der nimmt sich für euch vielleicht sogar Urlaub! Was soll denn diese Aggressivität? Jetzt trag bitte die Tassen …»

Theuer rutschte das Geschirr auf dem Tablett hin und her, als serviere er auf der Titanic den finalen Darjeeling.

Ohne hinzuschauen, griff sich Häcker ein Gedeck und stellte es auf sein Knie, wo es wie dem Bein entwachsen stehen blieb. «... Das Bild gliedert sich in drei kompositorische Schwerpunkte: Brücke, Schloss und eingedunkeltes Ufer gegenüber. Die Stadt ist in locker hingetupften Kommata angedeutet, das Abendlicht lässt weite Teile des skizzierten Schlossberges dem Schatten unserer Ratlosigkeit anheim fallen ...»

«Ich glaube, wir haben es alle gesehen», sagte Theuer ungeduldig.

Häcker schaute ihn selbstverständlich grinsend, aber doch auch unverhohlen verächtlich an: «Sie sind möglicherweise nicht vollständig mit den Herangehensweisen komparatistischer Kulturwissenschaften vertraut, kann das sein?»

«Richtig», presste Theuer hervor, «das bin ich nicht. Ich bin eher so eine Art Klomann. Ich räume für die Balletttänzer die Scheiße aus dem Weg.»

Es wurde zunehmend peinlich, und Häcker sandte Hornung einen Blick des Inhalts «Wen hast du dir denn da genommen?» zu.

«Entschuldigung», sagte Theuer belegt.

«Ich bitte Sie», strahlte der Wissenschaftler. «Das kann man Helden des Alltags nachsehen.» Haffner stöhnte leise, aber Häcker fuhr ungerührt fort: «Die hereinbrechende Nacht lodert bläulich von den Rändern des Blattes her ... Das Schloss ergänzt sich erst im Auge des kreativen Betrachters zu seiner ganzen Versehrtheit, die in der Blindheit des Flusses, in dem sich nichts spiegelt, sich das Nichts findet, eine vakuöse Entsprechung findet ... Ob das Bild echt ist, kann ich Ihnen nicht sagen. Das Papier sieht alt aus, aber Fälscher kaufen zum Beispiel einfach Bücher in Antiquariaten und lösen das erste leere Blatt heraus.»

Theuer bilanzierte bitter, dass der Experte überhaupt nichts wusste. Häcker schilderte dann langatmig Turners Verbindung zu Deutschland und Heidelberg, es war im Wesentlichen das, was der Ermittler in Hornungs Katalog gelesen hatte, aber er wagte nicht mehr, so etwas zu sagen.

«Wer hat Echtheit bescheinigt?», fragte Häcker schließlich.

«Die Tate und eine Professorin Oberdorf», antwortete Hornung. Irrte sich Theuer oder versuchte sie sich dem schnöseligen Ton des Besuchers anzupassen?

«Oberdorf!» Häcker schüttete ein falsches Gelächter über den Teppich. «Stimmt ja, die Vettel ist wieder da! Na superb, das ist ja eine große Expertin ...»

Was er dann beisteuerte, ärgerte Theuer, denn es war lohnend, und er hatte sich schon so gefreut, dass Häcker nichts taugte. Frau Cornelia Oberdorf, so erfuhr man, war in den siebziger Jahren Deutschlands jüngste Professorin gewesen. Eine brillante Wissenschaftlerin, eine Walküre schon damals, die mit den Jahren immer unbeliebter geworden war, aber aufgrund ihrer Fähigkeiten trotzdem Karriere gemacht hatte. Zuletzt war sie in London Leiterin des renommierten Institute for Continental Art gewesen. Aber dort war sie letztes Jahr im Streit geschieden. Sie hatte sich mit sämtlichen britischen Experten über die Echtheit eines neu entdeckten Caspar-David-Friedrich-Gemäldes zerstritten, das sie als Einzige für falsch hielt. Eine willkommene Gelegenheit, sie loszuwerden, zumal sie schon mit allen britischen Kollegen verfeindet war – oder besser: die mit ihr. Insofern war ihre Heidelberger C4-Stelle ungeachtet der Reputation ein schmähliches Karriereende. Zumindest in der Fachwelt, die sich darüber ausgiebig die Münder zerriss.

«Ein Meter neunzig, dreistelliges Gewicht, Hobbyjägerin. Leichen pflastern ihren Weg: Hirsche, Rehe, Studenten, Doktoranden, Kollegen, die so leichtsinnig waren, ihr zu widersprechen ... Ich hab in meiner Heidelberger Zeit auch unter ihr gelitten!», schloss Häcker seine Ausführungen.

Theuer verkniff sich unter Qualen zu fragen, ob auch die Hirsche und Rehe widersprochen hätten. Er zeigte nur Willys Foto, aber Häcker schüttelte den Kopf.

«Ich war nur zwei Semester hier, dann bin ich nach Paris und Rom, schließlich nach New York. Hier ist es doch ein bisschen, na ja, eng, oder? Für mich ist schon Stuttgart eine Katastrophe, aber meine Frau will ihr Kind in Deutschland aufziehen.»

Theuer hasste ihn aufrichtig.

«Was ist – Freitagabend, gehen wir noch in die Stadt?» Häcker lächelte in die Runde, aber es war zu merken, dass er hauptsächlich Hornung meinte.

Die schaute zu Theuer, aber er tat so, als sehe er nichts. Großmütig entließ er sein Team ins Wochenende.

Zu Hause trank er ein paar Biere. Er hatte den treuen Stern eigens an einer Tankstelle halten lassen. Der Kommissar war zornig und müde, befasst mit den vielen Rätseln, froh, alleine zu sein. Er schlief tief und traumlos.

Yildirim lag nackt auf dem Teppich im Wohnzimmer. Manchmal tat sie das, befremdet von sich und doch erregt vom puren eigenen Fleisch. Es war spät.

Babett hatte wieder einen Zettel geschrieben: «Mama schläft besofen. Du bist nicht da. Aber ich leg dir den Zetel auf den Tisch. Kapirts du? Ich hab den Schlüssel geklaut und dich lib.»

Sie musste mit ihr schreiben üben.

Yildirim legte das Briefchen weg und drehte sich auf den

Rücken. Die Heizung jaulte an der oberen Belastungsgrenze, aber das war ihr egal. Alle Vorhänge waren zu.

Sie legte die Hände auf ihre Brüste und begann sie zu streicheln, ganz langsam. Sie spürte das leichte Ziehen vom Ort der Liebkosung in den Leib hinein, durch ihn hindurch. Sie schloss die Augen. Im Nacken und hinter den Ohren war ihre Haut Papier, Leder war auf der Hüfte, um den Nabel ein Fell. Ihr Körper löste sich in Regionen auf, in rätselhafte Teile eines Landes, das sie öfter bereisen wollte. Sie ließ die rechte Brust los und strich sanft nach unten, drückte mit Kraft den irren Bezirk zwischen Schenkel und Scham. Es schoss durch sie hindurch und entfachte einen wimmelnden Flammenherd im Po. Sie musste ihn anheben, ganz wenig.

Etwas knarrte. Sie fuhr herum.

Babett stand in der Tür. Sie trug einen verschlissenen Frottee-Schlafanzug und hatte eine jämmerliche Puppe im Arm. «Ich kann nicht schlafen. Was machst du denn da?»

Yildirim hätte nun keine Heizung mehr gebraucht. «Ich wollte gerade baden.» Sie versuchte, normal zu klingen. «Baden.»

«Im Wohnzimmer?» Das Mädchen schaute skeptisch. «Ich glaub, du wolltest wichsen.»

«Na, hör mal.» Yildirim stand auf. «Ich hab doch meine Tage!»

«Ach so.» Babett war beruhigt.

Sie schliefen zusammen in Yildirims Bett. Die Staatsanwältin schämte sich noch ein bisschen, dann ließ sie sich in Babetts piepsigen Atem fallen und dämmerte weg.

«Du hast nicht mehr gebadet», flüsterte es da aus den tausend Räumen der Nacht. «Ich glaub, du wolltest doch wichsen.»

12 Am nächsten Tag saß Theuer einer gewaltigen Frau gegenüber und fühlte sich winzig.

Er hatte sich zu einer Überfallstrategie entschlossen, weil er keine Lust zu telefonieren und richtig Bock aufs Autofahren verspürt hatte, fast mit dem Aufwachen.

Die Villa der Professorin lag prachtvoll und hexenhaft begiebelt in der Klingenteichstraße, gleich oberhalb des Uniplatzes, umgeben von Wald. Aber sie lag in einer Kurve, die selten oder nie Sonne abbekam. Ein Schattenschloss.

«Sind Sie nicht dieser Polizist, der in der Presse geradezu als Trottel gehandelt wird?»

Er nickte freundlich.

«Das will nichts heißen», sagte die Professorin versonnen. Dann straffte sich ihre Baritonstimme: «Das Bild ist echt, nicht weil es die Tate für echt hält, sondern trotzdem.»

Alles war perfekt eingerichtet. Theuer ahnte kaum, welchen Werten er da seinen Hintern anvertraute, wie alt die Gemälde, Gobelins und bemerkenswert vielen Flinten an der Wand sein mochten. Die Professorin, daran ließ sich nichts deuteln, war das Hässlichste weit und breit. Sie war in der Tat riesig und reichlich dick, aber vor allem war alles bei ihr eine Spur zu vorhanden, um nicht abzuschrecken. Die Finger waren Rohre, der Mund erinnerte an ein welkes Salatblatt, selbst die zum Dutt gebändigten, noch weitgehend schwarzen Haare schienen den Durchmesser von Paketschnüren zu haben. Ihre Augen dagegen waren wässrig wie pochierte Eier, und sie blickte stets über den Kommissar hinweg, als sehe sie über dem fernen Fluss das himmlische Jerusalem.

In einem unerhörten Wortschwall begründete sie ihr Votum für das Bild und gab dann zu verstehen, dass das Gespräch beendet sei. Willys Gesicht nahm sie ungerührt zur Kenntnis. Sie kannte ihn nicht.

«Im Übrigen hat der Finder des Bildes versucht, bei mir seine Magisterarbeit zu schreiben – erfolglos. Ich glaube, man kann mir nicht unterstellen, dass ich ihm einen großen Gefallen tun wollte.» Sie stand auf und wies Theuer herrisch zur Tür, neben der der Kopf eines gewaltigen Keilers hing.

«Frau Oberdorf, es kann schon sein, dass wir nochmals nachfragen müssen.»

Sie hatte bereits die Tür geöffnet. «Was denn?», fragte sie entnervt. «Haben Sie nicht zugehört, Herr Kommissar?»

«Doch, doch, aber … nun ja, vielleicht zeigt sich ja, dass Sie … Unrecht haben.»

Kurz fürchtete der Kommissar, er fange eine Backpfeife, aber die Professorin beließ es bei einem schnaubenden Laut und schob ihn einfach hinaus.

Theuer stand im feuchten Vorgarten, schaute durch die Waldschneise auf Stadt und Fluss. Die Sonne war herausgekommen.

«Das habe ich ja noch nie erlebt», sagte er laut.

Gegen Mittag rief Häcker auf dem Handy an, dessen Nummer Theuer ihm widerstrebend gegeben hatte, und teilte stolz mit, er habe mit der Tate gesprochen, und so eindeutig sei deren Urteil nicht ausgefallen.

Was das nun heiße, fragte Theuer.

«Das heißt», sofort war wieder Belehrung in Häckers Ton, «es ist erst mal ziemlich schwierig, am Samstag jemanden Zuständiges ans Telefon zu bekommen. Man benötigt gute Kontakte.»

«Die Sie haben», lobte Theuer nicht ohne Sarkasmus.

«Die ich habe. Und dann war eben zu erfahren, dass es kein offizielles Urteil zu diesem Bild gibt. Irgendein Mitarbeiter hat seine Privatmeinung geäußert, das ist alles.»

«Eine Privatmeinung, die aber auch stimmen kann?»

«Natürlich.» Häcker schien irritiert. «Es gibt in unserer Wissenschaft wenige unverrückbare Gewissheiten.»

«Genau solche muss ich aber gewinnen», schnauzte Theuer und beendete das Gespräch. Mochte das undankbar sein, dann war er eben undankbar.

Er ging in die Stadt. Hornung rief er nicht an, auf keinen Fall wollte er nochmals mit Häcker zusammentreffen, geschweige denn ausgehen oder etwas in der Art.

Er ließ sich treiben. Da immer noch die Sonne schien, setzte er sich mit einer Zeitung in ein Straßencafé. Es war nicht so warm wie neulich vor dem Croissant, aber es ging. Später aß er alleine in der Backstube zu Abend und genehmigte sich drei Viertel Côte du Rhône.

Als er gegen elf nach Hause kam, holte er erst die Post aus dem Briefkasten. Rechnungen, eine Karte von Fabry: «Wie geht's, Dicker? Bin noch dicker!» Ein Päckchen: «Wir von der Firma MD wollen als international tätiger Gourmetversand einen Standort in Deutschland aufbauen. Sie, Herr Theuer, sind uns als genussfreudige Natur genannt worden. Dürfen wir Sie mit unserem Zigarettenetui aus echtem Stirlingsilber neugierig auf unseren Katalog machen, den wir uns erlauben Ihnen in den nächsten Tagen zuzusenden?»

Etwas seltsam. Er legte das Etui auf den kleinen Wohnzimmertisch und vergaß es.

Hornung war auf dem Anrufbeantworter: «Theuer, es ist halb elf. Ich bin auf der Reichenau im Ferienhaus, du musst kommen.» Sie weinte. «Es ist etwas passiert. Ruf nicht an, ich muss dich sehen. Ich muss, verstehst du? Ich zieh das Telefon raus.»

Theuer hatte zu viel getrunken und konnte nicht mehr fahren. Er schlief schlecht, wachte spät auf und machte sich schnell fertig.

Wenn der Verkehr einigermaßen ging, würde er zwischen zwei und drei Uhr mittags dort sein. Es war seine erste Autobahnfahrt seit Jahren.

Zunächst musste er Richtung Stuttgart, dann Singen. Das Wetter war schön, nach Süden hin wurde es wärmer, die Autobahn war frei. Immer wieder wunderte er sich, dass er selbst am Steuer saß. Hinter Stuttgart nahm der Verkehr zu. Er fuhr langsam zwischen zwei Lastwagen, hatte keine Lust zu überholen. Eine Viertelstunde später hätte er nur noch mühsam überholen können. Dreißig Kilometer vor Konstanz stand eine halbe Stunde alles. Im Schritttempo ging es weiter. Theuer suchte einen Sender, der ihm einigermaßen gefiel. Der Unfall, der den Stau verursachte, wurde gemeldet – er war noch zehn Kilometer weg. Man möge keine brennenden Gegenstände auf die Fahrbahn werfen. Im Rückspiegel sah der Ermittler eine junge Frau ihre Kippe aus dem Fenster schnipsen. Er funkelte sie böse an.

Als er eigentlich schon bei Hornung sein wollte, passierte er erst die Unfallstelle. Ein schwarzer Mercedes war von der Fahrbahn abgekommen und über die Leitplanken geflogen – direkt in einen roten Renault hinein, von dem nichts mehr übrig war als ein Klumpen Metall. Ein Tanklastzug lag auf der Seite. Etliche Streifen- und Krankenwagen waren am Unfallort, und man sah mehrere Tote unter Decken. Eine Katastrophe. Ein älterer Herr stand bei den Polizisten und redete aufgeregt. Er presste sich ein durchgeblutetes Taschentuch gegen die Stirn. Vielleicht der Fahrer des Mercedes.

Theuer fuhr den nächsten Parkplatz an und atmete hechelnd gegen den Widerschein des gelben Fahrzeugwracks in seinem Inneren an, in dem seine Frau gesessen hatte.

Um fünf Uhr nachmittags hatte er endlich den Damm erreicht, über den man die Reichenau anfuhr. Er kannte den Weg – Renate Hornung verbrachte viel Zeit auf der Bodenseeinsel. Sie hatte die Wohnung vor vier Jahren geerbt, im selben Jahr, als sie sich kennen gelernt hatten. An der Kirche bog er rechts ab, dann links, schließlich fuhr er im Schritttempo die Seestraße entlang.

Eine Gruppe von Geschäftsleuten hatte sich zusammengetan und ein altes Bauernhaus renovieren und in zehn Eigentumswohnungen umwandeln lassen. Alle diese Wohnungen wurden als Zweitwohnsitze genutzt, und kaum jemand kam so oft wie Theuers Freundin. So hatten sie den Garten mit dem kleinen Badestrand am Gnadensee oft für sich allein gehabt, was Theuers Gefühl verstärkt hatte, dass ihm das Ganze zu einem guten Teil gehöre.

Heute fühlte er sich jedoch fremd.

Er fuhr in den Hof. Hornungs kleiner schwarzer Toyota stand wie ein stummer Überlebender einer weniger rätselhaften Zeit da.

Er klingelte, und die Tür ging ohne Nachfrage summend auf. Ihre Wohnung war unter dem Dach. Hornung stand in der geöffneten Tür. Sie hatte ein verblichenes rotes Baumwollkleid an, keine Schuhe. Sie sah müde aus, aber sie lächelte, also lächelte er auch.

«Hier bin ich.»

«Komm rein.»

Er setzte sich an den runden Metalltisch auf der kleinen, in das Dach eingeschnittenen Terrasse. Alle möglichen Vögel feierten den frühlingshaften Tag so laut, dass er am liebsten für Ruhe gesorgt hätte. Er trank lauwarmes Mineralwasser aus einem spülmaschinenblinden Glas. Drinnen werkelte Hornung an einem Kaffee. Sie war seinem Lippenkuss ausgewichen. Er dachte traurig, dass er alles wohl zum letzten Mal sähe, wenn sie sich von ihm trennte. Irgendetwas legte ihm nahe, es stünde ernst um sie beide.

Schließlich saß sie ihm gegenüber, die Augen hinter einer Sonnenbrille verborgen, aber immerhin schien ja auch die Sonne. Es musste nichts heißen. Ja, bestimmt blendete sie einfach nur das Licht.

Der Kaffee schmeckte etwas ranzig.

«Wenn du ihn in den Kühlschrank stellst», sagte Theuer, «dann hält er sich.»

Sie nickte. «Ich bin für Vorratshaltung nicht sehr geeignet», sagte sie. «Immer wenn ich komme, ist irgendwas verdorben, woran ich nicht gedacht habe. Hätte ich eine von den unteren Wohnungen, hätte ich längst Ameisen.»

Über den Tisch krabbelte eine Ameise. Sie lachten zwei pflichthafte Atemzüge lang.

«So fühle ich mich», meinte der Kommissar dann und versuchte, forsch zu klingen: «Wie eine Ameise auf einer planen Fläche, sinnlos am Herumkrabbeln. Jetzt sag mir halt, was los ist.»

Sie seufzte und schaute an ihm vorbei. «Was los ist ... Ich habe einen Freund», lächelte sie dann.

Theuer wurde von einer Kettensäge zerteilt und registrierte in der einzigen unverletzten Ecke seines Hirnkastens, dass er sich augenblicklich wieder fühlte wie schon als liebeskranker Schüler – und dass das ziemlich wenig seelische Reife annehmen ließ.

«Er heißt Theuer und ist Bulle», fuhr sie fort. (Tiefe Erleichterung.) «Er hat eine eigene Wohnung, wäscht seine Wäsche selbst und bedrängt mich in keiner Weise. Er hat viel erlebt, vor allem aber hat er seine Frau verloren, vor vielen Jahren schon. Wann immer er mit mir schläft, und er hat daran gar nicht besonders oft Interesse, benimmt er sich so, als würde er jemanden betrügen, geht hinterher rasch, scheint manchmal fast böse auf mich zu sein, so, als hätte ich ihn zu etwas Unanständigem verführt.» Sie lächelte nicht mehr.

Theuer spürte sich wütend werden: «Um diese Lesebuchgeschichte loszuwerden, hast du mich herbestellt? Was soll der Scheiß? Ich habe dir nie irgendwelche riesigen Versprechungen gemacht.»

Auch ihre Stimme war nicht sanft: «Ich habe dich betrogen. Mit Häcker gestern in seinem Hotelzimmer. Wie ein Flittchen, dabei mag ich ihn eigentlich gar nicht. Aber ich find ihn geil, und du lässt mich verhungern. Ich habe dir übrigens auch nichts versprochen, und der Himmel weiß, warum ich ein schlechtes Gewissen habe. Vielleicht ist es aber gar nicht so schlecht, wenn man sich ein bisschen was verspricht. Am Ende hält man's.»

Also doch. Warum das nur so wehtat. Der Kommissar atmete gegen den Schmerz in der Brust an und wusste nichts, aber auch gar nichts zu erwidern.

Alles, was nun kommen würde, hatte man in einem bestimmten Alter schon mehrmals gesagt und gehört, aber das dazugehörige Gefühl hatte immer etwas Sensationelles, war trotz allen Wissens scheinbar neu. Mit bebender Stimme fragte er, ob das nun das Ende sei.

«Das habe ich doch nicht gesagt», keifte ihn Hornung an. «Wer spricht denn vom Ende?»

Ihr bissiger Ton ermöglichte Theuer die so dringend gebrauchte Wut: «Du hast es aber auch absolut nötig, mich jetzt anzumeckern, verdammt nochmal!» Wie im Kino sah er sich die Kaffeetasse gegen die Rauputzwand rechts neben sich hauen. Sie zerbrach.

Hornung schaute ihn mit großen Augen an, die sich dann zu Schlitzen verengten. «Na, das ist ja wenigstens mal eine Reaktion, Herr Theuer ...»

«Das tut mir Leid, das hätte ich nicht ...»

«Hast du aber, mein Lieber. Du tust eine ganze Menge, worauf natürlich keine Wutausbrüche zugelassen sind. Wer würde einem schon erlauben, auf das verklärte Bild einer Frau im geblümten Kleid Zorn zu empfinden?»

Ihre Stimme wurde lauter. In allem Elend schickte Theuer ein Stoßgebet zum Himmel, die anderen Besitzer möchten nicht da sein, nur für den Fall, dass doch noch alles gut werden sollte und sie noch einmal zu zweit ... Aber seine Freundin war in ihrem Zorn den schwächlichen Wünschen des Kommissars nicht zugänglich.

«Deine Frau ist tot, aber immer da. Lebte sie, hättest du sie vielleicht mit fünf anderen betrogen. Vielleicht wäre sie fett, hätte dir ein Lahmes geboren und würde deinen Wein verstecken. Aber sie ist aus Licht, aus Licht, und wir hier sind im Schatten. Ich darf den Schatten mit dir teilen. Ich will aber nicht, ich wollte es nie und werde es nicht mehr tun!»

«Willst du mich heiraten?», fragte Theuer und fand, er klang wie ein Hund, wo doch Hunde gar nicht sprechen und er auch keiner sein mochte. Er sah einen Dackel vor sich und seufzte erfolglos gegen eine stählerne Brust an.

«Nein», schrie Hornung. «Ich will dich absolut nicht heiraten. Das wäre nämlich Bigamie! Du bist verheiratet. Du hast einfach nicht in des Todes Scheidung eingewilligt, bist immer verheiratet geblieben!»

«Das ist es nicht», stammelte Theuer und fühlte ein Weinen wie Erbrechen in sich aufsteigen. «Das ist es nicht. Ich hab sie sogar betrogen, im Suff. Ich hab sie manchmal gar nicht geliebt, hab oft Angst gehabt, ich könnte nicht lieben. Und anscheinend kann ich es ja auch nicht.» Er schluchzte.

«Doch», schrie Hornung, «du kannst lieben. Dich selbst und Leichen! Leichen aller Art. Ich hasse deine Heidelberger Toten, ich hasse deine Frau. Es ist mir scheißegal, dass man so etwas nicht sagt. Meinst du, du bist der Einzige, der etwas verloren hat?»

«Nein», flüsterte Theuer. Er spürte eine Schwärze, die alle anderen Gefühle begrub. «Es ist nur ... ich war doch schuld.» Es schüttelte ihn. «Warum musst du blöde Sau mir das antun», sagte er leise.

Dann stand er auf und ging ins Zimmer, als betrete er einen ganz anderen Ort. Seine Knie gaben nach. Er lag erschöpft auf dem Boden und lauschte seinem keuchendem Atem.

«Jockel, wegen dem Fahren heute: Kommst du denn nicht sowieso zu spät? Ich mag net Auto fahren.»

«Ja, komm, wir haben das doch ausgemacht. Ich nehm das Rad, und du holst Erde, damit ich nachher die Geranien machen kann ... Heut liegt nix an, ich bin bald wieder da.»

«Ich hab keine Lust, ich hab Bauchweh ... Kannst du nicht nachher die Erde mitbringen?»

«Mit dem Fahrrad? Also, du weißt doch, dass mir das nie reicht, und die Setzlinge machen's nimmer lang ...»

«Ich mach's auch nimmer lang mit dem Bauch ...»

«Ooooh, Schatzel ...»

«Die denken doch immer, die Post kommt, wenn ich anroll ...»

«Des schad' nix. Gelbe Autos sieht mer gut. Und dann so ä schöne Frau im Blummekleid.»

«Kavalier. Isch hab en Ranze wie e Nilpferd. Unser Kind hat dei Gwicht geerbt.»

«Sei lieb, Schatzel, wirsch schon kein Unfall hawe ... Du, ich muss, gell? Tschau.»

«Tschau, Theuer ...»

Hornung kam herein und setzte sich neben ihn auf den Boden. Sie legte ihm die Hand auf die Schulter.

«Es ist doch gar nicht nur das», sagte sie ohne Wut in der Stimme. «Ich muss dir noch was sagen ...»

«Hat er Aids?» Theuer richtete sich halb auf. Er fühlte sich wie ein Kind im Laufstall.

«Du Depp», sagte Hornung und lachte fast, «du Arschloch, du Mann.»

Sie saßen in den Sesseln unter der Dachschräge. Es wurde kühler, und der Erste Hauptkommissar wickelte sich in eine Decke. Er lehnte den angebotenen Rotwein ab, denn er würde zurückfahren müssen.

«Also nochmal», sagte er, «damit ich es kapiere. Als du gestern Nachmittag vom Häcker weg bist ... Mein Gott, kurz danach hatte der die Chuzpe, mich anzurufen ... Also, als du weg bist, hat die Sonne geschienen?»

Sie nickte.

«Und da hast du gesehen, dass große Teile des Schlossbergs im Schatten lagen, weil es ja noch Winter ist, richtig? Genauso sieht es auch auf Sundermanns Bild aus.» Wieder nickte Hornung.

«Und Turner war immer im Sommer da, und da liegt der Schlossberg abends in der Sonne ... Das ist ja der Hammer.» Theuer lachte. «Den entscheidenden Hinweis zu finden, habe ich mir angenehmer vorgestellt.»

«Ich konnte es dir nicht einfach so sagen ...» Sie griff nach seiner Hand. «Ich wusste, dass ich es sagen muss, weil es wichtig ist ... Ich kann das nicht, das Lügen. Ich mach's wieder gut, Theuer ...»

Ungeachtet eigener Reue, fand Theuer diese Schuldgefühle seiner Freundin höchst angemessen.

«Kannst du fahren?», flüsterte sie ängstlich. «Ich muss doch auch morgen früh zurück, dann können wir zusammen ...»

Theuer schüttelte den Kopf. Es war der reine dumpfe Männerstolz, aber wenigstens empfand er ihn einmal.

Am nächsten Morgen trommelte Theuer übernächtigt und etwas verkatert von vier wütenden Riesenobstlern, die er im Stehen in der Küche nachts um drei genommen hatte, sein Team bei sich zusammen. Auch Yildirim bat er hinzu.

Dann aber sagte er zunächst gar nichts, und es war ein wenig wie im Kino, wenn der Film gerissen ist und man es noch für eine Kunstpause des avantgardistischen Regisseurs hält.

«Also, Folgendes», begann er dann. «Meine Freundin hat mich mit Häcker betrogen ... weitgehend zu Recht ...» Erst danach konnte er alles erzählen.

Allen war klar, dass Hornungs Entdeckung einen großen Schritt bedeuten konnte. Möglicherweise war damit endgültig bewiesen, dass das Bild falsch war. Aber während sie sich das immer wieder aufgeregt versicherten, fiel Yildirims Blick auf das Werbegeschenk auf Theuers Tisch.

«Woher haben Sie das?», fragte sie stirnrunzelnd.

«Oh, das ist wohl ein Werbegeschenk. War ein etwas seltsamer Brief dabei. Wieso?»

«Weil mir dieser Duncan letzten Mittwoch ein identisches Modell schenken wollte. Und meines Erachtens hat er in diesem Gespräch etwas penetrant nach der Turner-Geschichte gefragt.» Sie erklärte den vier Polizisten, was sie über den neuseeländischen Besucher wusste.

«Ja, Gott», meinte Theuer. Ehrlich gestand er sich ein, dass ihn eine weitere Spur jetzt fast ärgern würde. «Der wird das von derselben Firma geschenkt bekommen haben. Von mir aus kannst du's haben, Haffner.»

Der erstaunlich nüchterne junge Kollege freute sich sichtlich, aber bevor er das Etui einstecken konnte, nahm es Leidig.

«Welche Firma verschickt denn heute noch Rauchutensilien? Und wieso hat ein Neuseeländer das Gleiche von einer demnach weltweit operierenden Firma gekriegt, die zufällig seine Initialen verwendet, die aber niemand von uns kennt?»

Theuer seufzte. «Sie haben Recht. Ach, Mensch, ich bin so müde, ich kann kaum noch denken. Ich hab schon ein ganz pelziges Gefühl im Kopf ...»

«Komisch», sagte Yildirim. «Ich hab Duncan auch nie rauchen sehen. Er hat gesagt, er hätte es gerade aufgegeben, aber warum nimmt man dann ein Etui mit ...?»

«Wo wohnt er?», fragte Theuer.

«Unten an der Stadthalle. Der Hotelname fällt mir gerade nicht ein, aber es ist gleich das nächste.»

Theuer brütete wie ein alter Uhu im Baum. «Ich hab ihn bei der Scheiß-Pressekonferenz gesehen.» Er stand auf und trat grob gegen die Wand. «Und ich hab noch gedacht, den könnte ich kennen. Ich hab ihn nämlich auch bei Sundermann gesehen, von hinten, aus dem Fenster. Derselbe Anzug … Der will das Bild!»

Leidig hatte unterdessen das Etui untersucht. Er legte es auf den Boden und trat mit aller Kraft darauf.

«He!», schrie Haffner. «Das ist meines!» Aber dann verstummte er.

Ein Chip- und Drahtknäuel quoll zwischen der doppelten Außenwand hervor.

«Bis jetzt hat er alles mitgehört, nehme ich an», bemerkte Leidig stolz. «Mein Neffe interessiert sich für so ein Zeug, der hat mir mal ein Buch geschenkt.»

«Du hast Geschwister?», fragte Haffner familiär.

«Das gibt's doch alles nicht», schimpfte der Erste Hauptkommissar los. «Haben wir nicht schon genug Ärger? Jetzt müssen wir uns auch noch mit so einem Bildschieber rumärgern.» Dann dachte er nach, lange und fast wohlig, weil er zu verstehen glaubte. «Also, wir machen das am besten so. Heute sind wir ja noch suspendiert. Morgen früh können wir mit voller Mannschaft bei diesem Typen anrücken. Vielleicht hilft es uns ein bisschen, wenn wir im Revier eine Festnahme präsentieren …»

«Ich weiß nicht so recht», zweifelte Leidig. «Der hat möglicherweise alles mitgehört und muss ja jetzt sekündlich mit seiner Festnahme rechnen. Der ist morgen weg.»

Theuer hatte ähnliche Gedanken. Dennoch blieb er bei seinem Vorschlag. Sie waren endgültig nicht mehr in der Position, formale Fehler zu machen.

«Das haben wir davon», seufzte er. «Wenn wir heute mit einem Verhafteten im Revier auftauchen, bekommt der wahrscheinlich Pralinen vom Chef. Wir sind die absoluten Volldeppen.»

Dem konnte niemand so recht widersprechen.

Es war nicht ganz leicht, für den restlichen Tag ein Gespinst von Aufgaben zu finden, das allen wenigstens das Gefühl gab, noch etwas Produktives zu tun. Schließlich einigten sie sich, dass Leidig und Stern im Internet prüften, welche Preise für Turner zu erzielen waren. Haffner sollte das Etui zu einem Kumpel bringen, der nach seiner Aussage «unschlagbar» in Elektronik und «ein Spitzengedrängehalb» beim Rugby war. Letzteres interessierte den Hauptkommissar nicht so besonders.

Yildirim nahm sich vor, alles aufzuschreiben, was ihnen bisher die Ermittlungsarbeit erschwert hatte. «Vielleicht können wir den Kopf nochmal aus der Schlinge ziehen, wenn wir dokumentieren, wie bräsig dieser Seltmann die Sache von Anfang betrieben hat.» So recht glaubte sie aber nicht daran.

«Hast du daheim Internet?», fragte Leidig.

Stern nickte. «Aber da hängt mein Vater den ganzen Tag dran und lässt mir Baufinanzierungen erstellen. Ich würde lieber in die Stadtbücherei gehen.»

«Ansonsten ...», meldete sich der gebeutelte Teamchef nochmals zu Wort, suchte seinen grauen Teppichboden nach Sensationen ab, fand keine und fuhr schließlich mit fester Stimme fort: «Wer wäre denn so nett und würde Dr. Häcker mitteilen, dass wir seine Dienste nicht weiter benötigen?»

«Alle», sagte Haffner grimmig.

Theuer entließ seine Truppe, und man vereinbarte telefonische Absprachen für den Abend. Erst als er alleine war, fiel ihm auf, dass für ihn keine Aufgabe übrig geblieben war. Das erschien ihm dann irgendwie auch wieder typisch.

Yildirim ging über die Theodor-Heuss-Brücke zum Kurfürst-Friedrich-Gymnasium. Sie hoffte, vielleicht Babett in der großen Pause zu sehen. Aber als sie vor der Schule stand, kam sie sich wie eine Spannerin vor und ging weiter.

Am Bismarckplatz hüpfte ein entfesselter Trupp der Krishnas zwischen den Gleisen herum. Yildirim schaute in den Himmel und stellte sich vor, die Welt sei eine Kiste, ein grauer Karton voller Mäuse. Die indischen Tanzmäuse, die deutschen Mäuse im Laufrad und in einem Labyrinth eine dunkle Maus mit schweinchenrosa Pfoten, die herumwuselte, aber den Käse nicht fand.

Theuer frühstückte im Bistro auf der anderen Straßenseite. Er redete sich ein, dass er nun einen Tag darauf verwenden würde, gut zu sich zu sein: speisen, schwimmen gehen und vielleicht ein Buch? Er wollte immer schon einen Roman mit diesem traurigen schwedischen Polizisten lesen, der jährlich einen internationalen Fall in die Provinz bekam. Hornung hatte sich da lobend geäußert. Er dachte an seine Freundin und hatte überhaupt keine Kategorien im Schädel für das, was sie beide in Zukunft ausmachen sollte. Außerdem hatte er vergessen, wie der Schwede hieß, ihm fiel immer nur der Hundename Waldi ein. Eine Badehose hatte er auch nicht.

Bisher hatte sich dieser Duncan ja wohl nicht blöde angestellt. Hatte es geschafft, offizieller Gast der Heidelberger Staatsanwaltschaft zu werden, um im Auge des Orkans unbemerkt zu schnüffeln. Konnte es nicht etwas zu bedeuten haben, wenn diese Rätselfigur jetzt so eine plumpe Aktion startete? Das ergab nur einen Sinn: Duncan wollte sicherlich etwas von ihren Ermittlungen mitkriegen, aber er wollte auch ein Zeichen geben, und dieses Zeichen hatte ihm, dem demontierten Theuer, gegolten.

Er wusste nicht so recht, warum ihm das jetzt so wichtig war, aber er wollte, dass seine Hypothese stimmte, und deshalb musste er alleine hin. Wenn es wirr genug zugeht, ist man für einen verstandenen Satz dankbar, auch wenn er ärmsten Inhalts ist. Außerdem hatte der Polizist irgendwo weit hinten in der wunden Männerseele Lust, jemanden fertig zu machen. Theuer zahlte, gab ein absurd großes Trinkgeld und schlenderte wie selbstverständlich zu seinem Auto.

Die Fahrt zur Stadthalle kam ihm später immer etwas filmisch vor, zeichenhaft aufgeladen. Zum ersten Mal seit Jahren sah er den blinden Leierkastenmann wieder, vor dem ihm immer ein wenig grauste, weil der auf einer Pappe drastisch damit warb, seine Augen operativ entfernt bekommen zu haben. Und dann flog noch ein verlorener Nebelfetzen ums Schloss, das so romantisch über den Fluss grüßte – man mochte sich eine Leier umschnallen und mittelhochdeutsche Jammergesänge anstimmen. Dann war er da.

13

Theuer stieß die Tür des Hotelzimmers auf. Duncan saß auf dem Bett und schaute ihn entspannt an.

«Hat der Karpfen den Köder geschluckt. Wunderbar. Kommen Sie doch herein», sagte er freundlich. «Nur schließen Sie bitte die Tür. Danke schön. Ich habe gesehen, dass Sie alleine sind, sonst wäre ich jetzt nicht mehr da. Sie sollen wissen, dass Sie es mit keinem Dilettanten zu tun haben. Zunächst Folgendes: Ich habe neben allem, dessen Sie mich möglicherweise verdächtigen, diesen Knaben totgeschlagen, weil er nach Kokosöl gerochen hat, und ums Haar hätte ich Ihre Türkin gefickt, Herr Kommissar Theuer.»

Der Ermittler setzte sich verblüfft auf einen Hocker neben dem Schrank. «Sie ist nicht meine Türkin. Sie ist nicht einmal Türkin. Niemand fickt unabsichtlich», sagte er schlicht.

«Nun, ich bin jedenfalls auch kein Neuseeländer. Es gibt keinen Dr. Duncan aus Auckland. Es gibt ein paar fingierte Briefe und geschickt umgeleitete Telefongespräche.»

Er zieht eine Pistole, geschmeidig, aber nicht protzig wie ein Westernheld, er kennt einfach die passende Bewegung.

«Entwaffnen Sie sich», sagte Duncan gleichmütig. «Sie brauchen nichts zu probieren, was Sie aus Krimis kennen, ich erschieße Sie sofort. Verstehen Sie? Das ist eines der Geheimnisse, denen Sie so treu nachspüren, ohne sie ganz zu begreifen: Ich tue die unerhörten Dinge, ohne auch nur ein bisschen zu zögern, und damit geht man durch die Welt, als bestehe man aus einer anderen Art Materie. Man geht tatsächlich *durch* die Welt, das ist was anderes als das übliche Herumspazieren.»

Theuer legte seine Dienstwaffe auf den Tisch.

Er lächelt, er ist ganz da. Die totale Gegenwart. Wer in der Gegenwart lebt, ist unsterblich.

Duncan steckte seine Pistole wieder ein. «Jetzt greifen Sie mich an.»

«Bitte?», fragte Theuer.

«Sie sollen mich angreifen! Das ist doch ein Angebot, oder?»

Theuer taxierte das Zimmer. Duncan saß ihm mit etwa drei Metern Abstand gegenüber. Wenn er aufstand und sprang wie ein Frosch, reichte die Zeit immer noch, um die Waffe zu ziehen, wenn man darin so geübt war, wie er das bei seinem Gegenüber annahm. Aber neben ihm auf dem Fensterbrett stand eine Blumenvase. Wenn er die zielgenau werfen würde ... Seine Hand hatte sie noch nicht berührt, als er bereits wieder in die Mündung der Pistole blickte.

«Ich hätte gedacht, Sie würden wie ein Büffel auf mich zustapfen, aber auch so geht es nicht, das haben Sie gesehen, nicht wahr?»

Theuer nickte und hatte an etwas Großem zu schlucken.

«Sie tun mir Leid», sagte Duncan. «Nicht, weil Sie heute sterben werden ...»

Theuer hörte das Wort «sterben», als bezeichne es etwas Seltsames, einen neuen Trendsport, den er nicht mitbekommen hatte, oder als entstammte es einer flachen Sprache aus dem Norden.

«... sondern weil Sie zu den vielen gehören, die irgendwelchen Dingen hinterherlaufen, die sie böse nennen, aber eigentlich überhaupt keinen Standpunkt haben. Habe ich Recht?»

Theuer schwieg. Sterben, dachte er, das kann man doch eigentlich gar nicht. Entweder man lebt, oder man ist tot. Was ist sterben?

«Sie haben mein externes Ohr entdeckt?»

Theuer nickte.

«Aber Sie haben als kleiner Heidelberger Polizist gedacht, dass da einer mit linken Methoden dem Bild hinterherhechelt wie Sie, einer, den Sie jetzt mitnehmen und einbuchten können. Sie haben nicht bedacht, dass es einer ist, der alles macht, was nötig ist.»

Theuer nickte.

«Und dann war da noch ein bisschen Ehre dabei. Dem wird ich's zeigen! Den schnapp ich auch noch, diesen kleinen Trickbetrüger … Wie lächerlich. Das macht der tolle Hecht dann alleine, auch noch frisch betrogen, wie ich zuletzt entzückt mit anhören durfte. Nur, der, mit dem Sie Ihre Pfütze betrogen hat, ist wohl kein Verbrecher. Da kann man dann nichts machen.»

Theuer nickte. Er wusste gar nichts anderes zu tun.

«Sie Jammerlappen. Es wird Sie interessieren, dass ich darauf spezialisiert bin, potenten Kunden zu bringen, was sie wollen. Egal, was es ist. Ganz egal, was es ist. Ich bringe es, und ich schließe keine Kompromisse.»

«Das Bild ist eine Fälschung», sagte Theuer. «Wir sind so gut wie sicher.»

«Oh, das habe ich mir von Anfang an gedacht», lachte Duncan. «Nur können Sie sich in Ihrem Bullenschädel natürlich gar nicht vorstellen, dass es da jemanden gibt, den es amüsiert, von seinem Künstler auch das Falsche, das Ähnliche, das Verschiedene zu besitzen. Mein Auftraggeber will alles, was mit dem Namen Turner verbunden ist, und wird nicht ruhen, bis ihm alles gehört. Er will Turner ganz. Er ist anders als ich, aber er ähnelt mir in seiner Kompromisslosigkeit. Er will alles, freilich will er wissen, was es ist. Nur deshalb bin ich noch da, ich wollte ganz sicher gehen. Da kamen mir Ihre kleinen Ermittlungen zupass, und ich habe eine Zeit lang teilgenommen. Aber nun, nach dem schönen Hinweis mit dem Licht, bin ich mir sicher. Dieses Bild kommt in die Fehlfarbensammlung.»

Theuer entsann sich, dass vor Jahren ein berühmtes Bild Turners gestohlen worden war.

«Demnächst wird Ihre rührende kleine Stadt bei Sotheby's wohl mitbieten und diese berühmte Ansicht von Heidelberg zu ersteigern versuchen», fuhr Duncan gut gelaunt fort, als könne er die Gedanken des Ermittlers lesen. «Vergessen Sie's. Ein Kunsthändler wird sie bekommen. Er hat die Option, unbegrenzt zu bieten. Wirklich unbegrenzt. Und er wird niemandem sagen, wer das Bild dann schließlich bekommt.»

«Wenn er es sagt, ist er tot, nehme ich an», meinte Theuer müde.

Duncan antwortete nicht, aber nicht, weil da ein Geheimnis zu wahren wäre, sondern weil man an einem wolkenlosen Tag nichts sagt, wenn jemand erwähnen muss, dass die Sonne scheint.

«Warum haben Sie das Bild Sundermann nicht einfach abgekauft?»

«Weil es die Summe nicht wert ist, die der Idiot verlangt, deshalb. Wie gesagt, mein Auftraggeber und ich ähneln uns – wir machen die Regeln, nicht die anderen. Kein Sundermann legt einen Preis fest.»

«Und wer ist Ihr Auftraggeber?», fragte Theuer grantig. «Dr. No?»

«Ich bin mir ganz sicher, dass ich es nicht überleben würde, das zu sagen», grinste Duncan. «Noch nicht einmal, wenn ich es Ihnen ein paar Stunden vor Ihrem Hinscheiden verriete. Er hat garantiert seine Vorkehrungen getroffen.»

«Na, das ist mal eine Regel, die Sie nicht gemacht haben», bellte der Kommissar und erwartete Zorn.

Aber Duncan reagierte gleichmütig: «Die Gravitation werde ich auch nicht abschaffen, obwohl es mir persönlich angenehmer wäre, zu schweben. Ich kann es schon akzeptieren, wenn etwas Großes dahinter ist. Aber die staubigen Regeln Ihrer Welt sind nichts Großes.»

«Was will so ein Gottkaiser mit Turner?» Theuer dachte an den kleinen Moment über der Zeit, den er mit dem Turner-Katalog genossen hatte, und konnte das nicht mit scheinbar unbegrenzter Macht verbinden. Es war etwas gewesen, das einen bescheiden stimmte.

«Er sammelt ihn», sagte Duncan schlicht. «Ich nehme an, die Bilder gefallen ihm. Er will sie haben, und wenn er sie hat, will er etwas anderes. Und auch das wird er bekommen.»

Dann griff der Emissär des Sammlers plötzlich zum Telefon und rief den Studenten Sundermann an: Er käme am Nachmittag vorbei. Er sei mit dem Preis jetzt einverstanden, es könne alles wie geplant ablaufen.

«Es ist böse», sagte Theuer. «Es ist böse, was Sie tun. Das ist Ihnen egal, aber es ist trotzdem so.»

Duncan schien amüsiert: «Wenn Sie das Böse so gut kennen, Herr Kommissar, dann berichten Sie mir doch bitte, was das Gute ist, für das Sie jetzt bald Ihre Rübe niederlegen. Aber bitte verschonen Sie mich mit spielenden Kindern, Blümlein am Wegesrand oder der Fähigkeit einiger Weißkittel, Karzinome so aus Titten rauszuschneiden, dass der Gemahl auch hinterher noch geil wird.»

Theuer schwieg und hüllte sich in sein Schweigen ein, so gut er konnte, denn ihm war kalt. Wenn ich jetzt nichts sage, dachte er, dann bin ich ausgelöscht, sogar wenn ich das hier überlebe. Also versuchte er es: «Akkorde ... das Licht ... die Momente, wenn alles zusammenpasst ...»

Duncan begann schallend zu lachen.

«Die Voraussetzungen für das Gute muss man schaffen ...», stammelte Theuer weiter. «Das Gute kann sich nur ereignen ...»

Duncan wieherte ausgelassen.

«Die Voraussetzungen für alles sind nicht ohne Moral möglich ...» Er brach gedemütigt ab.

«Mein Gott, jetzt haben Sie sich aber angestrengt.» Duncan musste sich Tränen des Lachens abwischen. «Ich bin vom Zuhören ganz erschöpft ... Wissen Sie, was? Wir gehen etwas essen! Am Klingenteich gibt es ein kleines italienisches Restaurant, das ist ganz ausgezeichnet.»

Theuer fuhr. «Was würden Sie eigentlich machen, wenn uns eine Polizeistreife stoppt?»

«Das ist sehr unwahrscheinlich», sagte Duncan gelassen. «Es war viel wahrscheinlicher, dass Sie alleine kommen. Ich kann Sie ausgezeichnet brauchen.»

«Ich mich nicht», sagte Theuer leise.

«Wir sind da», sagte Duncan. «Halten Sie da an.»

«Hier kriegen wir einen Strafzettel», brummte der Kommissar sarkastisch.

«Der geht auf mich.» Duncan grinste. «Sie sind sowieso mein Gast. Aber den Schlüssel geben Sie mir bitte zur Verwahrung.»

Der stolze Wirt wies ihnen fast wortlos einen Platz bei der Tür zu.

«Er kennt mich schon», wisperte Duncan vertraulich. «Das

ist seit Tagen mein Tisch. Sollte es unerfreulicherweise nötig sein, dass ich Sie hier erschieße, bin ich mit vier Schritten beim Auto.»

Ein Kellner kam und fragte nach ihren Getränkewünschen. Duncan bestellte einen Weißwein, den Theuer nicht kannte. Die Bestellung bewog den Kellner, anerkennend die Brauen zu heben.

Theuer überlegte sich, ob es möglich sein würde, eine Gabel oder ein Messer in seinen Exekutor zu rammen. Der las völlig entspannt die Speisekarte, dann aber hielt er Theuer, ohne den Blick zu heben, unter dem Tisch die Waffe an den Bauch.

«Schüsse in den Leib sind besonders schmerzhaft, nur so für den Fall, dass Sie gerade darüber nachdenken, mir mit irgendeinem stumpfen Besteck mein Hemd zu zerknittern. So, ich weiß, was ich will», sagte er dann zufrieden und schlug die Karte zu. «Sie haben ja noch gar nicht geschaut! Dann muss ich wohl für Sie wählen. Was sind denn so Ihre Vorlieben?»

«Keinen Fisch», sagte Theuer möglichst beherrscht. «Ich mag keinen Fisch.»

Als der Kellner an den Tisch trat, bestellte Duncan zwei Lachscarpaccios. Mit der Hauptspeise würden sie noch warten.

«Das macht Ihnen Spaß, nicht wahr?» Theuer würgte schon vorab an dem tranigen Lappen.

«Ja», sagte Duncan, «das macht mir Spaß. Alles macht mir Spaß. Mein Beruf macht mir Spaß.»

Theuer schaute ihn traurig an. Er war sich einigermaßen sicher, diese Begegnung nicht zu überleben, und überschlug seine restlichen Chancen. Sie lagen wohl darin, Duncan zu verblüffen, wütend zu machen. Dann neigte er zu sinnlosen Taten. Er dachte an den toten Jungen.

«Wie viele Menschen haben Sie schon umgebracht?», wollte er wissen, wie man nach der Uhrzeit fragt.

Duncan dachte stolz nach, taxierte sichtlich sein Kerbholz. «Sind schon einige. Wie viele Menschen sind verhungert, weil Sie so viel gefressen haben?»

«Keiner», sagte Theuer fest. «Es ist sicher Leid durch mich in die Welt gekommen, aber ich esse niemandes Brot.»

«Sind Sie da so sicher?» Duncans Miene war zugewandt, gütig, offensichtlich versuchte er sein Gegenüber von schweren Denkfehlern zu heilen. «Ich sage Ihnen selbstverständlich nicht, wo ich geboren bin. Ich könnte das, weil Sie niemandem etwas erzählen werden, nur empfände ich es als Verrat an meiner Lebensform – das müssen Sie nicht verstehen. Aber ich kann Ihnen sagen, dass man, wenn man falsch in die Welt kommt, nicht die geringste Chance hat, gar keine, weil andere die Plätze besetzt haben, die das überhaupt nicht verdienen. Solche Nieten wie Sie. Und wenn der Vater Schlitzaugen hatte und man in einer Gegend lebt, wo die wenigsten Menschen Schlitzaugen haben, dann kann man froh sein, dass man nicht einfach vors Stadttor gelegt wird wie im Mittelalter.»

«Man hat es sicher schwer», sagte Theuer und nippte traurig am kalten Weißwein, der am Rande der Grube so unerhört gut schmeckte. «Aber man hat immer noch sich und seine Fähigkeiten. Sie haben doch Fähigkeiten.»

«Ich war immer gut in Fremdsprachen, wenn Sie so etwas meinen. Wissen Sie, warum? Weil sie fremd waren. Aber die Schule war schlecht, und die Lehrer waren schlecht. So Leid es mir tut: Der Weg zum Studium langobardischer Dialekte war zu steinig.»

«Und doch haben Sie etwas gelernt und können mir mein Todesurteil in astreinem Deutsch vortragen.»

«Variante eins: Ich hatte beruflich lange in Deutschland zu tun.» Duncan lächelte bescheiden. «Als die Leute hier in der dummen Meinung, das brächte ihnen die große Freiheit, diese Mauer abrissen, war Ihr Scheißland eine Zeit lang der schönste Platz auf Erden. Man könnte sagen, da fiel ich gar nicht auf, aber ich falle niemals auf.»

«Das stimmt nicht», sagte Theuer. «Mir sind Sie aufgefallen.»

«Ein Zufall. Zufälle sind zunächst stärker als der Wille, aber das lässt sich korrigieren, und dabei sind wir ja gerade.»

Theuers Gedanken waren ruhig. Es schien, als ob ihn etwas vor der Todesangst bewahrte, die er, das wusste er wohl, eigentlich empfinden sollte. Er musste herausfinden, was es war.

Der Kellner brachte das Essen.

«Variante zwei», sagte Duncan kauend: «Ich bin Deutscher. Ein Vietnamesenbastard aus der Ex-DDR. Ein wenig britischen Akzent nachzumachen, ist kein Problem. Variante drei: Ich bin Mongole, Germanist aus irgendeiner Stadt, die Sie nicht kennen. Erst im Gefängnis, in das ich als politischer Häftling kam, bin ich auf den Geschmack dessen gekommen, was Sie das Böse nennen. Ein Gefängnis in einem Land, das es nicht mehr gibt – keine Unterlagen, nichts.»

«Der Lachs ist ausgezeichnet», log Theuer. «In Wirklichkeit liebe ich Fisch. Es war völlig klar, wie Sie reagieren würden.»

Duncans Miene blieb gelassen. «Vergessen Sie's, Herr Polizist. Glauben Sie nicht, dass Sie mich noch verblüffen können, Sie Kämpfer für Licht und Akkorde und das Gute.» Wieder musste er lachen.

«Ich könnte Ihnen ein Lied vorsingen. Das würde Ihnen gefallen.»

Duncan schaute ihn amüsiert an: «Sie sind ja noch blöder, als ich dachte. Wie wär's mit diesem Lokalhit, von wegen ‹Herz in Heidelberg verloren›? Das kommt nämlich in etwa hin: Ich werde Sie erschießen. Direkt vor den Augen des Knaben, und dann wird er mir das Bild geben.»

«Man wird Sie kriegen.»

«Man wird mich nicht kriegen. Sie könnten nicht einmal sagen, ob ich Japaner, Chinese, Vietnamese oder Mongole bin, und wissen Sie, was? Niemand weiß es. Nach wem wollen Ihre Leute suchen? Einem Asiaten, der Deutsch kann?»

Theuer ging sein Repertoire von Absurditäten durch: Er musste ihn einfach wahnsinnig machen, denn das klappte eigentlich immer bei allen ... «Ich adoptiere Sie», schlug er vor, «an Sohnes statt. Und im Herbst lassen wir Drachen steigen.»

«Hören Sie.» Duncan war allenfalls leicht genervt. «So wie ich es vorhabe, ist es am elegantesten. Aber ich kann Sie auch hier erschießen. Einfach so. Rausgehen und nach Mannheim fahren und dem Knaben die Scheiße aus dem Körper prügeln. Wenn Sie mitspielen, können Sie hoffen. Vielleicht mache ich einen Fehler, lasse Sie einen Augenblick aus den Augen – wer weiß? Das ist mein Angebot.»

Theuer schwieg. Duncan bestellte den zweiten Gang. Für sich Ravioli mit Trüffeln, für Theuer einen gedünsteten Fisch.

«Hat es Ihnen nicht geschmeckt?», fragte der Kellner. Duncan hatte einen Bissen liegen lassen.

«Es war ausgezeichnet», sagte Theuer. «Aber mein Freund hier hat falsch gewählt, er mag eigentlich keinen Fisch.»

Duncan lächelte ihn an, anerkennend, wie die Walfänger

auch ihre großen Gegner schätzen mochten, bevor sie ihnen Stahl mit Widerhaken ins Fleisch trieben. Dann genoss der Jäger sichtlich jeden Bissen seiner Ravioli. «Das hätten Sie nehmen sollen», sagte er vergnügt. «Aber der Fisch sieht auch ganz ausgezeichnet aus.»

Theuer aß mechanisch. «Ihre Lebensform, Herr Duncan – soll ich Sie überhaupt noch Duncan nennen? Also, auf jeden Fall ermöglicht Ihnen Ihre Lebensform eine gewisse Perfektion. Ich gebe zu, dass ich da nicht mithalten kann. Ich will irgendwie das weniger Schlechte nicht ganz ohne Chancen lassen, während Sie kaputtmachen, bis nichts mehr da ist. Aber wenn alle so wären ...»

«Es sind aber nicht alle so», beschied ihn Duncan knapp.

«Der Junge, den Sie einfach umgehauen haben – das war nicht perfekt. Das würde doch Ihrem Auftraggeber nicht gefallen. Das war einfach eine sinnlose, brutale Tat.»

«Den Jungen habe ich mir vorgenommen, weil ich sonst womöglich schlecht geschlafen hätte. Stressabbau – sehr gesund.»

Theuer dachte, wenn es eine Chance gab, dann lag sie da, in diesem Hochmut.

Nach dem Kaffee – der Polizist verzichtete auf ein Dessert – fuhren sie nach Mannheim.

Der Regen hämmerte aufs Dach. Theuer fuhr schnell, ohne Angst, jenseits der Angst. Er erwog, einfach gegen eine Mauer zu steuern, vielleicht würde er es überleben. Aber er tat es nicht. Er gehorchte. Der Mittelstreifen warf sein weißes Stakkato im Takt von Theuers Herz in den Himmel.

«Ich werde Sie Perkeo nennen», sagte er. «So hieß ein Zwerg, Hofnarr eines Kurfürsten. Er soll das große Fass auf dem Schloss leer getrunken haben. Immer wenn er Wein angeboten bekam, sagte er in seiner italienischen Muttersprache: ‹*Perche no*?›, das heißt: ‹Warum nicht?› Die Heidelberger erzählen, dass er einmal aus Versehen Wasser getrunken hat und daran gestorben ist. Auch Sie werden einmal Wasser trinken, Perkeo.»

Es kam keine Antwort, aber als sie die Autobahn verließen und an der ersten roten Ampel warten mussten, schlug ihm Duncan beiläufig in den fischigen Magen. Theuer krümmte sich, verkniff sich aber jeden Schmerzenslaut.

«Ich mag Ihren Humor nicht», sagte Duncan. «Außerdem bin ich zu groß für einen Zwerg.»

«Riesen fangen klein an, Zwerge finden sich groß», presste sein Opfer hervor.

Sie kamen im Stadtverkehr nur langsam voran.

Theuers Mörder hatte bald wieder einen ganz heiteren Ton: «Ich habe einen Gedichtband von Hölderlin im Gepäck, eines kann ich inzwischen fast auswendig. Hören Sie sich doch mal diese herrliche erste Strophe an:
‹Nur einen Sommer gönnt, ihr Gewaltigen!
Und einen Herbst zu reifem Gesange mir,
dass williger mein Herz, vom süßen
Spiele gesättigt, dann mir sterbe!›

Hatten Sie denn Ihren Sommer, Herr Kommissar?»

Theuer dachte nach. «Nein», sagte er schließlich. «Ein paar Sommertage schon, aber keinen Sommer.»

«Und meiner dauert, solange ich will», strahlte sein Peiniger. «Ich habe alles selbst in die Hand genommen und festgestellt, dass es ganz leicht ist.»

«Das meiste mag ganz leicht sein, aber nicht der Sommer, den machen wir nicht.» Theuer war zum Heulen zumute. Sie waren keine drei Straßen von Sundermanns Wohnung entfernt.

«Das klingt ja fast romantisch, du fetter dummer Bulle, gläubig. Es klingt gläubig!» Duncan lachte.

Sie parkten am Straßenrand.

«Warum haben Sie mich herausgeködert?»

«Sie sind der Einfachste, der Schwächste.»

Duncan nahm ihm wieder den Schlüssel ab, und Theuer musste sitzen bleiben, bis der Herr des Sommers ihn herausließ, wie man einen Hasen aus dem Stall lässt.

Er schaut sich rasch um. Ein paar Halbwüchsige lungern hinten bei der Schule herum, nichts von Bedeutung. Wer sollte ihm auch auflauern und warum? Der junge Schnösel glaubt ja, es gibt jetzt das große Geld.

Er wird schon heute Abend zurückfahren, wohlig und zufrieden wie ein eiszeitlicher Jäger, der seine Beute ins heimische Tal schleppt.

«Er hat mich gemästet und will mich schlachten.» Theuer bemerkte kaum, ob er dachte oder sprach. Es war nicht mehr er, der die Gedanken formte und Entscheidungen fällte, er war schon im Gehen begriffen. Jetzt wusste er, warum er keine Angst hatte. Weil er tatsächlich irgendwie gläubig war, an das Passen der Teile glaubte, wenn sie auch noch so chaotisch gestreut schienen. Und wie er da seine vermutlich letzten Schritte ging, zu Sundermanns Haustür, die wankte, weil er wankte, da merkte er, dass sein Glaube falsch gewesen war, faul. Die Angst schlug durch ihn hindurch ins Innere der Erde und kam zurück, stieg an, eine schwarze Flut. Sie blieb und füllte alles aus.

Duncan klingelte. «Er wird da sein», sagte er. «Er erwartet mich mit einem Koffer voll Geld. Stattdessen bringe ich einen Sack voll Scheiße mit.»

Schritte auf dem nassen Boden, ein wenig klatschend, schnell. Sie fuhren herum. Drei Jungs in schwarzen Lederjacken, der älteste vielleicht siebzehn. Türken, Albaner. Theuer war noch dabei, zuzuordnen, als der erste Duncan ein Messer in die Brust stieß und der zweite mit einem Totschläger auf die Schläfe des verblüfften Sonnenkönigs traf. Theuer warf sich zur Seite. Der dritte stieß sein Messer gegen die Hauswand. Alle drei schauten ihn an.

«Nicht!», schrie er. «Ich bin nicht sein Kumpel! Er wollte mich umbringen, ich bin von der Polizei! Ihr seid verhaftet!»

Passanten liefen zusammen, und die drei rannten weg. Eine alte Frau schaute pflichtschuldig entsetzt, aber doch auch unverhohlen neugierig aus dem Fenster der Parterrewohnung.

Theuer rappelte sich hoch. «Ich muss ins Haus, Polizei, hier ist ein Mord passiert!» Er zeigte seine Marke.

Die Dame war so schnell an der Haustür, dass Theuer kurz von der Vision geplagt wurde, sie trüge Rollschuhe, aber dem war nicht so.

Duncan lebte noch. Er röchelte und versuchte offensichtlich, nach seiner Waffe zu fingern. Theuer griff die schwachen Hände des Killers. Es sah fürsorglich aus, doch tat er es voller Hass. Sie schauten einander an.

«Kein Sommer», sagte Theuer.

«Kein Sommer ohne Herbst», flüsterte Duncan.

«Sie sterben, und ich lebe», sagte der Ermittler leise. «Das ist dein letzter Gedanke, du Arschloch.»

Die Hände wurden schlaff. Das konnte noch einmal ein Trick sein, aber es war keiner. Duncan atmete nicht mehr.

14 Theuer funktionierte, das war aber auch alles. Jetzt lief die große Nummer: Sundermann wurde festgenommen. Das Team hatte alle Beamten zur Verfügung, die sie sich wünschen konnten. Hornung würde auf Theuer warten, bis er heimkäme, sie hatte geheult und dann eingekauft. Die Jungs umringten ihn wie junge Hunde. Sie hätten ihn zweifellos aufgefangen, wenn er gefallen wäre, aber er fiel nicht. Er fühlte sich wie eine Kugel, die so dahinrollte und alles abprallen ließ. Schemenhaft nahm er wahr, dass ein reichlich blamierter Wernz vorstellig wurde und ihm alle denkbare Unterstützung zusagte.

Zwischendurch bekam er fürchterlichen Durchfall. «Er hat mich gemästet und wollte mich schlachten», dachte er, wie er da nacktärschig saß und gegen die sinnlosen Darmkrämpfe ankämpfte, obwohl schon alles draußen war.

Ob er wohl nach Hause könne, ließ er nachfragen. Selbstverständlich, bestellte man ihm aus der verwirrten Chefetage, und er dürfe jederzeit wiederkommen, und alles Gute und was nicht alles.

Ein kleiner Lichtstrahl drang in das Dunkel des Kommissars: Ratzer war aus dem Koma erwacht und redete schon wieder beträchtlichen Unsinn, es waren also keine bleibenden Schäden zu erwarten.

Theuer ging nach Hause.

Er schlief gut, aber am nächsten Morgen, einem Tag ohne Wetter, grau in grau, hatte er Angst. Die tiefe Angst, die keinen Anlass braucht, die, wenn sie da ist, schon immer da war und immer sein wird. Er lag entblößt vor der Welt, ein dahingeworfenes Stück Fleisch.

Seine Leute übernahmen es, weiter auf Sundermann einzuwirken, aber der war standhaft und behauptete nun, das

Bild bereits verkauft zu haben. Ratzer war noch nicht vernehmungsfähig.

Einmal saß Theuer da und wollte nach der Wand greifen, sich einfach abstützen. Aber die Wand war viel weiter weg, als er angenommen hatte. Er griff ins Leere. Die ganze Welt war weg. Dann wieder sprangen ihn Gegenstände an, beglotzte ihn ein Küchenstuhl wie ein wilder Stier. Groß, gefährlich, sprachlos, rätselhaft. Er konnte nicht in den dahinwalzenden Fluss schauen, nicht den Anblick des Himmels ertragen, wenn sich nur ein Wölkchen in der grauen Masse bewegte.

Jemand, er wusste nicht, wer, meinte, er mache möglicherweise eine Psychose durch und brauche Hilfe. Aber er brauchte keine Hilfe, er war tot.

Er ging auf und ab und dachte in Silben. Es gab gute und schlechte Silben. Die mit «a» und «o» waren dunkel und wüst, «e» war gut, «i» gemein, «ei» war albern, aber «ai», ein offenes «ai», löste irgendetwas auf, was tatsächlich gelöst werden musste.

Jemand wiederholte den Rat, Hilfe hinzuzuziehen, und jetzt erkannte er sie: Es war Hornung. Er schüttelte den Kopf und riss sich fürchterlich zusammen. Er riss und riss. Es tat weh, entsetzlich weh. Der Schmerz blieb, aber die Welt war wieder bewohnbar.

Er las keine Zeitung, hörte kein Radio und sah nicht fern. Er klemmte zwischen allen Stühlen, blieb einfach zu Hause. Hornung und er sprachen kaum mehr über die Sache mit Häcker. Er merkte, dass sie sich schuldig fühlte, und versuchte, das nicht auszunutzen. Das war alles.

Beiläufig nahm er zur Kenntnis, dass man nun Willys Gesicht in den Nachrichten brachte und dass er bald als Martin Burmeister aus Heilbronn identifiziert war. Dort hatte er alleine in seinem Elternhaus gewohnt und als oft verreisender Doktor eine geachtete Existenz geführt. Das Haus wurde nun durchsucht, doch das kümmerte ihn nicht. Bald darauf erfuhr man aus Basel, dass Willy dort gelegentlich als Freier auf dem Knabenstrich aufgetaucht war. Auch das kümmerte Theuer nicht weiter.

Ganz allmählich setzte sich das Leben wieder durch. Er stellte keinen Wecker, aber er wachte wieder früher auf. Er war nicht ungeduldig, wieder zu arbeiten, aber begann davon auszugehen, dass er es irgendwann täte.

Zweimal schlief er in der Zeit mit Hornung. Langsam, intensiv, aber nicht wirklich leidenschaftlich. Theuer merkte, dass er körperliche Nähe kaum verkraften konnte, und seine Freundin verstand ihn.

Seine Jungs schickten ihm eine Karte mit aufmunternden Worten. Am meisten rührte Theuer, dass die Karte nach kaltem Rauch roch. Er stellte sich vor, Haffner habe sie besorgt und eingeworfen. (So war es auch.)

Gelegentlich ging er abends aus und trank beträchtliche Mengen Wein, aber er bekam keinen dicken Kopf davon. «Tote kriegen keine Kopfschmerzen», sagte er. Er hörte seine Stimme tausendfach von den Wänden hallen, wenn er morgens aufwachte und allenfalls etwas durstig war.

Einmal kam Yildirim vorbei. Sie hatte Kuchen dabei, verbat sich sämtliche beruflichen Fragen und gewann von fünf Partien Backgammon vier. Bei der letzten verschob Theuer die Steine, und sie tat so, als ob sie es nicht sähe. Dann gab sie ihm ein Päckchen. Babett hatte ein Bild für ihn gemalt. Eine Kasperfigur winkte aus einer ruppig mit Wachskreide dahingeschmierten Südseelandschaft. Yildirim hatte eine Flasche Raki beigelegt. Theuer hängte das Bild in den Flur.

Es war etwas wärmer. Die Sonne erzwang sich ein wenig Platz in der Nässe dieses beschissenen Frühjahrs. Theuer machte Spaziergänge ohne Jacke und hoffte, er bekäme einen Schnupfen. Er wollte gerne noch einmal zu dem heiligen HNO-Arzt, den er aus der Zeit vor seiner Ermordung kannte. Aber er wurde nicht krank. Gespenster erkälten sich nicht.

Am Sonntag, dem ersten April, ging er ins Büro.

«Es ist Sonntag», sagte der Pförtner. «Sie wollen heute wieder anfangen? Oder ist das ein Aprilscherz?»

Theuer zeigte dem verblüfften Wächter den Finger und ging zügig durchs Gebäude.

Als er versuchte, das Büro aufzuschließen, ging das nicht, weil es offen war. «Sauladen!», rief er und riss die Tür temperamentvoll auf.

Haffner, Leidig und Stern starrten ihn an.

«Der Chef ist wieder da!», strahlte Haffner.

«Was macht ihr Streber denn hier?», fragte Theuer fassungslos.

«Wir arbeiten», sagte Leidig.

«Es ist Sonntag.»

«Ja», entgegnete Stern, «das wissen wir. Und was wollen Sie?»

«Meinen Schreibtisch ausräumen», sagte Theuer ernst. «Es geht nicht mehr.»

Die Jungen schauten zu Boden.

«Scheiße», bellte Haffner und begann heftig zu rauchen.

«April, April», schmunzelte Theuer. «Ich wollte schauen, wie weit ihr seid.»

Stern ließ Luft ab wie ein beschossenes Schwimmtier. Aber rasch war die Wiedersehensfreude dahin.

«Man musste Sundermann rauslassen», sagte Leidig. «Wir haben ihn nicht kleingekriegt. Er hält das eisern durch: Das Bild ist verkauft, er weiß nicht, wo es ist. Sein Alibi für den Tatabend stimmt.»

«Und Basel?», fragte Theuer.

«Nichts – außer dass Willy dort immer mal wieder zu den Buben ist. Einen hat er David genannt. Die Kollegen haben ihn eingebuchtet – er hatte keinen Bockschein. Sie haben uns ein Foto von ihm gemailt, ich hab's da ...» Stern hob es hoch. «Sieht Sundermann ähnlich.»

Theuer betrachtete das mürrische Gesicht auf dem Foto. Es ähnelte Sundermann tatsächlich, war aber weniger keck. «Der Willy hat aufs falsche Pferd gesetzt», sagte er. «Und wir auch.»

«Na ja», sagte Leidig, «das ist so ziemlich das Einzige, was wir rausgefunden haben: Sundermann hat zugegeben, dass er mit Willy ‹ein bisschen Fez› gemacht hat, so drückt er das aus, aber mit der Fälscherei habe er nichts zu tun. Die Heilbronner haben bei Willy Fälscherutensilien gefunden, aber nichts, was speziell auf den angeblichen Turner hinweist.» Leidig hatte abgenommen, er hatte wohl in den letzten zwei Wochen die Führung innegehabt.

Theuer verstand die Resignation seiner Kollegen nicht. «Der hat mit Willy ein Verhältnis gehabt? Mein Gott, das ist doch was!

«Er hat gesagt» – Stern sprach es ungern aus –, «es macht ihm Spaß, Alte ein bisschen zur Sau zu machen. Und mit den drei Jungs da hat er natürlich überhaupt nichts zu tun. Falls doch, hat er's geschickt eingefädelt. Die Mannheimer finden nichts.»

«Die finden sowieso nichts», knurrte Haffner. «Hohlriegel.»

Leidig gähnte: «Ein Verhältnis ist ja nun nichts Strafbares. Und Sundermann meint, wenn Willy gefälscht habe, sei das nicht sein Problem – darüber hätten sie nie gesprochen. Man müsste das Bild haben.»

«Und diese Oberdorf bleibt dabei, dass das Bild echt ist?» Theuer musste sich anstrengen, wieder in sein altes Denken zurückzufinden.

«Ohne Abstriche», sagte Stern. «Nach allem, was war, klingt das verrückt, aber wir haben nichts Richtiges in der Hand.»

Irgendwie amüsierte das Theuer. «Ratzer?», fragte er schließlich.

«Da wissen wir bestens Bescheid.» Leidig griff nach seinen Notizen. «Der war ganz versessen aufs Aussagen. Nachdem Willy bei ihm gepfuscht hat, war der Herr Student sauer und hat hinter dem Zwerg herspioniert. Ihm ist auch die Turner-Geschichte aufgefallen. Man hat bei ihm den gleichen Katalog gefunden, in dem Sie das mit Fownes rausgekriegt haben. Sie hatten mit allem Recht: Ratzer wollte irgendeine große Lösung, ohne genau zu wissen, was dabei rauskommen sollte. Wie hat er gesagt?» Er musste ein paar Zettel durchgehen, ehe er weiter berichten konnte. «Da: ‹Ich wollte ein Ende mit Schrecken› – genau wie Sie gesagt haben –, ‹aber welcher Art der Schrecken sein soll, wollte ich einem Größeren überlassen.›»

«So ein Depp ist das», drang aus Haffners tiefster Seele. «Der kriegt wahrscheinlich nur Bewährung. Geschieht ihm recht.»

«Dass Willy tot war, wusste er ja von Yildirim. Dann ist er da eingebrochen. Unten war offen, weil das ja auch der Eingang zur Weinstube ist, oben hat's der Gottesmann zu seiner eigenen Überraschung mit einer Büroklammer geschafft. Die Tür war nur ins Schloss geschnappt, nicht abgeschlossen. Willy muss nur mal eben kurz weggegangen sein, als er getötet wurde.» Leidig gähnte.

«Erinnern Sie sich?», schaltete sich Stern wieder ein. «Einer dieser Weinbrüder in Willys Wohnhaus, also dem Heidelberger Wohnhaus, hat doch gesagt, er habe Tagebuch geschrieben. Wir haben die Heilbronner jeden Tag angerufen ...»

«Wir haben denen einen Hörsturz drangelabert», wurde hinter dicken Rauschschwaden präzisiert.

«Nichts – keine Aufzeichnungen, gar nichts.»

Leidig nahm sich eine von Haffners Zigaretten, was dieser geschehen ließ. Einen kurzen, schlimmen Moment lang hatte Theuer das Gefühl, ohne ihn verstünden sich alle besser.

«Wir haben Oberdorf noch nicht mit der ... der Entdeckung Ihrer Freundin konfrontiert ... Wir wollten warten, bis Sie wieder da sind.» Die Jungs schauten wie drei Tafelputzer, die vom Lehrer ein Lob und ein Stück Schokolade wollen.

«Ich hab keine Schokolade dabei», sagte Theuer.

Sein Team sagte nichts.

«Entschuldigung», schob er nach.

«Können Sie wirklich wieder?», fragte Stern vorsichtig.

«Ich konnte noch nie», sagte Theuer freundlich.

Später rief er Yildirim an. Sie freute sich hörbar, dass er wieder mitmachte. Seinen dahinimprovisierten Wunsch, Sundermanns Post und Gespräche zu kontrollieren, konnte sie nicht erfüllen – da gebe es Kompetenzgerangel mit den Mannheimern, aber möglicherweise ließe sich im Lauf der Woche etwas machen.

Abends aß er mit Hornung bei ihr zu Hause.

«Ich habe das Gefühl, dass ein Teil fehlt, damit es ein – ja, man kann das Wort kaum mehr hören: ein Bild ergibt», sagte er zwischen zwei Bissen Salat und verschluckte sich.

Denn plötzlich stand da ein ganzes Panorama des Falles vor ihm.

Hornung blieb nicht verborgen, welcher Schub gerade ihren Freund erfasste. Auch sie ließ die Gabel sinken. «Hab ich einen falschen Essig gekauft?»

«Ach was», rief Theuer. «So muss es gewesen sein! Willy ist als Student an dieser Oberdorf hängen geblieben – diese Wuchtbrumme war doch so früh Professorin! Deshalb hat er sich von Sundermann überzeugen lassen, etwas viel Spektakuläreres zu fälschen als sonst. Er war bestimmt verliebt in diesen Jüngling, da lässt man sich ja gerne mal zu was hinreißen, und jetzt konnte er zeigen, dass mehr in ihm steckt, dass er nicht nur ein alter Zwerg ist! Aber Sundermann wollte von Anfang an Kohle machen, ist wahrscheinlich durch die Erbschaft drauf gekommen – verdammt nochmal. Der kann die Oberdorf zwar sicher auch nicht leiden, aber er wollte mehr. Das ist keiner, der sich zufrieden gibt!»

«Dann ergäbe es ja Sinn, wenn er Willy umgebracht hat.» Hornung bekam eine Gänsehaut. Sie hatte sich schon daran gewöhnt, dass man so vor sich hin ermittelte und nichts herausfand.

«Aber er war es nicht!», rief Theuer. «Sein Alibi im Compagnion – und deshalb ...»

«Ja?»

Theuer sah alles als Bild, in Turner'sches Licht getaucht. Heidelberg, vom Wehr aus gesehen bei Nacht. Der kleine

Willy, der kapiert hat, dass ihn der schmucke Jüngling nasgeführt hat. Neben ihm die Walküre, die er nun einweiht, doppelt so groß wie der graue Zwerg stand sie da.

«In den Bildern stehen die Zeiten nebeneinander», sagte der Kommissar und erhob sich wie ein Blinder, der verheißungsvollen Lottozahlen lauscht. «Er hat sie auf das Wehr bestellt, um ihr klar zu machen, wie sie sich hat vorführen lassen. Und als sie das erkennt, packt sie den kleinen Kerl und wirft ihn ins Wasser. Ihr Hass muss grenzenlos sein – nach der London-Geschichte wäre sie mit einer weiteren Fehleinschätzung dieses Kalibers erledigt. Und sie glaubt es nicht. Kaum ist der Zwerg versunken, versinken auch seine Worte. Einer, der ihr übel will, hat es zu weit getrieben, zu weit. Sie kann nun nur noch vorwärts. Aber im Bild ist auch Sundermann. Ich sehe ihn, wie er zu Oberdorfs Villa geht, winzig klein vom anderen Ufer aus. Er weiß, dass sie das Bild für echt halten wird, er ist sich ganz sicher, sonst täte er's nicht. Sie hat seine Magisterarbeit verrissen, jetzt muss sie etwas für ihn tun. Ein bisschen bi schadet nie, und es macht ihm Spaß, alte Leute zur Sau zu machen ...»

Hornung sah ihn verzweifelt an.

«Ich habe soeben wie ein Maler gedacht», entschuldigte sich Theuer gemessen. «Ich kehre jetzt zur Sprache zurück.»

«Das ist aber nett.»

«Ich kehre zurück», wiederholte er verträumt. «Vielleicht kehre ich ja tatsächlich zurück. Nur wohin?» Er erwartete, etwas Gelbes zu sehen, aber er sah nur Heidelberg vom Wehr aus. Im falschen Licht.

Am nächsten Morgen im Büro konnte Theuer seine Überlegungen deutlicher formulieren. Yildirim war dazugestoßen, auch Hornung war dabei, obwohl sie sich furchtbar schämte.

«Eins unserer letzten Probleme ist das Votum aus London», sagte Theuer. «Solange die sich winden, kann sich die Oberdorf dahinter verschanzen. Sie will ja lieber eine Mörderin sein als an Sundermann zweifeln. Deshalb hat sich meine Freundin bereit erklärt, drei Tage nach London zu fliegen und dort nochmal vorstellig zu werden. Sie ist ja wohl am besten geeignet, den Briten die hiesigen Lichtverhältnisse zu verdeutlichen.»

Wie jedes Mal, wenn es um Hornungs Entdeckung ging, irrte ein wenig Peinlichkeit durchs Zimmer.

«Leidig, ich brauche die bestmögliche Vergrößerung des Bildes aus der *RNZ*, vielleicht haben die bei der Zeitung noch andere Abzüge. Da hätten wir Arschlöcher auch früher dran denken können.»

Das war so richtig, dass alle schwiegen.

Lustvoll und fest hieb Theuer nochmals in die Kerbe: «Was sind wir für riesengroße Arschlöcher! Sie nicht, Frau Yildirim ... Haffner», fuhr der Ermittler dann fort, «wir kriegen von den Mannheimern so bald wie möglich Unterstützung ...» Er ignorierte Yildirims Prusten. «Aber bis dahin will ich, dass du dich bei Sundermann ein bisschen rumdrückst. Vielleicht erwischst du auch seine Post ...»

«Jetzt Moment mal», schaltete sich Yildirim ein. «Es gibt schließlich Gesetze.»

«Er soll die Post ja nicht lesen», log der Erste Hauptkommissar, der er allmählich wieder wurde. «Nur die Absender interessieren mich.»

«Ich werd's vom Auto aus kaum entziffern können.»

Theuer nahm den verdutzten Kommissar bei der Nase.

«Dann steigst du eben aus dem Auto aus.» Er ließ ihn los und schrie: «Haffner, alles klar? Mach dem Bubi Angst.»

«Jawoll!»

Plötzlich fielen Theuer die drei Jungs mit den schwarzen Lederjacken ein. Er hörte ihre Schritte, sah das Messer, vernahm Duncans tierhaftes Röcheln und fügte viel leiser hinzu: «Aber riskieren Sie nichts.»

Haffner nickte.

«Stern, du klebst dich an die Oberdorf, okay? Leidig löst später Haffner ab, und ich übernehme dann die Professorin. Wir müssen auch einen guten Teil der Nacht dranbleiben.»

Stern war verwirrt: «Wenn wir davon ausgehen, dass Oberdorf Willy umgebracht haben könnte, warum buchten wir sie dann nicht ein?»

«Weil wir überhaupt keinen Beweis haben.» Der schwere Teamchef verdrehte hilflos die Augen. «Wenn sie ihn erschossen hätte, mit einem ihrer Jagdgewehre am besten! Aber wir haben ja keine Spur und keine Zeugen – jedenfalls noch nicht. Wir müssen noch zuwarten.» Zu Yildirim gewandt, bekam seine Stimme etwas Flehentliches: «Wir brauchen Leute, wirklich. Wir müssen Leitungen abhören dürfen und so. Sie will das Bild sicher aus dem Verkehr ziehen, und Sundermann will Geld. Nach Duncans Tod kann der Student vielleicht nur noch von Oberdorf welches bekommen. Diesen Kontakt müssen wir nachweisen.»

Die Staatsanwältin nickte: «Ich spreche mit Wernz. Nach seinem Meisterstück mit dem tollen Neuseeländer kann ich mir nicht vorstellen, dass er so bald wieder dicke Arme macht. Scheiße …» Sie fasste sich an den Kopf. «Heute ist er nicht da, da ist er auf einer Trauerfeier.»

«Jemand Nahestehendes?», fragte Theuer wohlerzogen, denn es war ihm eigentlich völlig wurscht.

«Ein Hund», sagte Yildirim. «Das letzte Opfer des Hundemörders gehörte seinem Bruder. In Frankfurt gibt es einen Friedhof für die Vierbeiner.»

Dann ging alles schnell. Hornung verabschiedete sich mit einem etwas groben, aber erträglichen Abzug des falschen Turners. Die Zeitung hatte keine anderen Aufnahmen, wenigstens hier hatten sie nichts versäumt.

Als Theuer abends Stern ablöste, war er etwas gekränkt. Niemand bemerkte, dass er neuerdings wieder Auto fuhr.

Weder in Heidelberg noch in Mannheim war etwas Auffälliges geschehen. Oberdorf schien nicht zu ahnen, dass man sie beobachten könnte, oder es war ihr egal. Sie lief gut sichtbar in ihrer hell erleuchteten Villa auf und ab. Gegen 23 Uhr telefonierte sie. Theuer rief sofort Sundermanns Nummer an. Es war besetzt. Das konnte Zufall sein.

Um eins klopfte jemand an seine Scheibe. Er erschrak fürchterlich. Für einen Moment sah er Duncans höfliches letztes Gesicht aus dem Dunkel auftauchen, aber es war Yildirim. Sie hatte Kaffee dabei.

«Ich habe Wernz noch erwischt», sagte sie nach den ersten, grunzend genossenen Schlucken im Auto. «Die Pfeife will jetzt gar nichts mehr alleine entscheiden, vielleicht darf er es auch nicht mehr. Das ist an höherer Stelle ziemlich mies angekommen, was er da mit Duncan geliefert hat.»

Theuer schlug wütend auf das Lenkrad und betätigte dabei versehentlich die Hupe.

«Sie sind ja ein Spitzenbeschatter», sagte Yildirim knapp. «Wer Sie nicht bemerkt, muss ja wohl unschuldig sein.»

Theuer ignorierte die verdiente Rüge. «Seit der gute Willy ersoffen ist, habe ich es nur mit so genannten Vorgesetzten zu tun, die mich daran hindern wollen, etwas zu tun. Womit habe ich das eigentlich verdient?»

«Vielleicht hatten Sie es in einem früheren Leben mal mit einer Ziege oder so», sagte Yildirim und kicherte.

«Mit einer Ziege», sagte der Ermittler gekränkt, «also wirklich.»

Erst gegen drei Uhr morgens schien Oberdorf zu schlafen. Auch bei Leidig in Mannheim war alles ruhig. Sundermann ging nicht aus, das war vielleicht schon bemerkenswert. Theuer verfügte, es sei für die Nacht genug. Um sieben Uhr übernähmen dann wieder Stern und Haffner.

Er fuhr Yildirim nach Hause und wartete, bis sie die Haustür geschlossen hatte. Selbst hatte er niemanden, der auf ihn aufpasste. Er würgte an Angst, die nach Fischtran schmeckte, bis er seine Wohnungstür zweimal verriegelt hatte.

Hornung war auf dem Anrufbeantworter. Sie hatte für den nächsten Tag einen Termin mit Verantwortlichen der Tate ergattert.

Der Ermittler trank Yildirims Raki und hörte «Grapefruit moon».

15

Theuer wachte vom Klingeln des Telefons auf. Noch fast schlafend beschloss er, seinen Wecker wegzuschmeißen, irgendjemand rief ja immer an. «Wenn es Seltmann ist, dann kann er was erleben. Einen Toten in seiner Ruhe zu stören …», brabbelte er vor sich hin. So zu reden, wurde eine Marotte, die er kaum noch bemerkte.

Aber es war Hornung, die sich sehr wunderte, dass er noch schlief, da sie trotz der Zeitverschiebung schon ihr Gespräch in der Tate Gallery hinter sich hatte. Der Kommissar verwies gekränkt auf seine Nachtarbeit, aber Hornungs Mitgefühl hielt sich in Grenzen. Sie war zu aufgeregt, mit ihrer Neuigkeit herauszurücken.

«Stell dir vor: Der Typ, der mit Sundermann geredet hat, ist gefeuert! Das haben die dem Häcker am Telefon gar nicht gesagt. Bis man so was vor Ort erfährt, ist es schon schwierig genug. Die Briten geben wahrscheinlich erst zu, dass ihnen was wehtut, wenn sie einen Eimer voll geblutet haben.»

Theuer, der morgens am Leib immer etwas sensibel war, versuchte das Bild eines Eimers voll Blut aus seiner Vorstellung zu verbannen.

«Auf jeden Fall haben sie mir gesagt, dass sie nie solche Statements abgeben, wenn es sich um etwas derartig Brisantes wie einen Turner handelt. Allerdings erinnern sie sich noch an Sundermann. Er hatte es geradezu darauf angelegt, an den Unerfahrensten in dem Laden zu geraten. Er ist zunächst gar nicht mit seinem Anliegen herausgerückt, sondern …»

«Moment», rief Theuer. «Renate, bitte! Ich habe keinen Kaffee getrunken und muss aufs Klo, kann ich dich zurückrufen?»

Sie lachte. «Sag mal! Ich hab wieder vergessen, dass du noch schläfst – bei euch ist es doch schon eins!»

Das war Theuer dann doch selbst etwas unheimlich, und nachdem er sich die Durchwahlnummer zu ihrem Zimmer notiert hatte, durcheilte er seine Morgentoilette rabiat und verzichtete somit diesmal bewusst auf eine Rasur.

Dann rief er in London zurück. Hornung bestand darauf, zunächst den Hörer aus dem Fenster zu halten, damit er sich das «herrliche» Weltstadtgetöse anhörte. Für Theuer strömten Wehlaute der Hölle durch den Äther, aber seine Freundin jubelte, dass das etwas sei, das sie an diesem verschnarchten Heidelberg vermisse.

Das Paar geriet daraufhin über achthundert Kilometer Luftlinie in eine kurze Debatte, ob einer Frau aus dem nicht eben riesigen Marburg solche Urteile anstünden, zumal ja Heidelberg, was das Verbrechen anging, schwerstens auf dem Vormarsch schien. Dann entschied Theuer männlich, dass man zum Thema zurückzukehren habe.

«Also, Sundermann hat sich als Student ausgegeben, der sich über Praktika an englischen Museen informieren wollte. Freundlich, wie die Angelsachsen nun mal sind, haben sie seinem Wunsch entsprochen und ihn mit einem Praktikanten im Hause bekannt gemacht. Dem hat er dann das Bild so nach dem Motto ‹Wenn ich schon da bin …› vorgelegt …»

«Und wegen dieses Mannheimer Greisen- und Zwergenfickers ist der jetzt seine Stelle los?»

«Nicht nur deshalb, er muss einfach ziemlich größenwahnsinnig agiert haben. Wie gesagt, die lassen ja wenig raus. Aber ich habe dann gesagt, ich sei von der Stuttgarter Staatsgalerie und wir hätten eine Anfrage aus London …»

«Du hast gelogen?», fragte Theuer seltsam empört.

«Ja, klar.» Hornung klang fröhlicher, als er sie bis jetzt kannte. «Also, auf jeden Fall will man hier überhaupt nichts mehr davon wissen, dass das Bild echt sei. Als ich dann noch von unseren Entdeckungen berichtet habe, erst recht nicht. Gehst du mal mit mir nach London, für immer?»

«Ja, klar, die von Scotland Yard sind ganz verrückt nach mir.»

«Manchmal wäre ich gerne jung mit dir.» Hornungs Stimme wurde melancholisch, und Theuer wusste nichts darauf zu sagen.

Frau Schönthaler saß im Treppenhaus und rührte sich nicht. Yildirim ging vorsichtig an ihr vorbei nach oben. Sie erschrak über ihren spontanen Wunsch, die Alte möge tot sein. Der süßliche Geruch und der wogende Busen ließen freilich keinen Zweifel. Babetts Mutter schlief sitzend einen furchtbaren Rausch aus.

Yildirim fragte sich, woran es liegen mochte, dass diese jämmerliche, aber doch seit Jahren stabil vor sich hin vegetierende Figur in den letzten Wochen so rabiat abbaute. Ihr wurde kalt, als sie auf die banale Erklärung kam: Sie war der Grund. Die unglückliche Frau verlor Babett, bestimmt zu Recht, aber warum war sie noch nie darauf gekommen, dass das der alten Schönthaler Schmerz bereitete?

Yildirim schloss ihre Wohnung auf und überlegte, ob sie den Krankenwagen holen sollte. Hatte sie das Schlafzimmer am Morgen offen gelassen? Aber nein.

«Bist du schon da?» Babett kam barfuß und in Unterwäsche aus dem Schlafzimmer. «Ich weiß nicht ... Als ich aus der Schule gekommen bin, ist sie schon so dagesessen. Da bin ich einfach ins Bett ...» Sie fiel Yildirim in die Arme. «Ich geh schon wieder runter, ich geh gleich runter. Dein Bett hat nach dir gerochen.»

Yildirim badete in der Liebe des Kindes und fand sich abscheulich. «Ich bin ganz früh ins Büro», sagte sie, «deshalb konnte ich auch schon heim ... Ich schlaf nicht so gut zurzeit …» Sie wollte nicht von diesem nagenden Ton erzählen, der ihr die ganze Nacht vorgedröhnt hatte, dass sie ganz alleine war.

Babett zog sich an.

«Du kannst noch bleiben», sagte die Staatsanwältin hilflos. Sie hatte noch nicht einmal den Mantel ausgezogen.

Babett schüttelte den Kopf. «Ich ruf jetzt das Jugendamt an und spiel die Verzweifelte. Dann lassen die mich wieder zu dir.»

Yildirim fiel nichts dazu ein. Zum ersten Mal fühlte sie eine Kraft von Babett ausgehen, von der sie etwas lernen konnte.

Unter der Tür drehte sich die Kleine noch einmal um: «Jetzt kannst du wieder wichsen.» Kichernd verschwand sie.

Yildirim hielt sich die Ohren zu. Der Ton war leiser.

Dann rief Theuer an.

Den Kommissar hatte seinerseits schon wieder das Telefon aufgeschreckt – Haffner.

«Ich hab gedacht, Sie wären schon lange im Büro!»

«Bin ich aber nicht», entgegnete Theuer giftig.

«Wir sind alle auf Posten, schon lange …»

«Was gibt's, Haffner? Oder gibt's mal wieder nichts?»

Es gab etwas. Nach einigen Informationen fuhr Theuer mit halsbrecherischen vierzig Stundenkilometern zum Revier Mitte, wo seine Jungs auf ihn warteten.

«Der Brief, den Haffner aus Sundermanns Briefkasten herausgeholt hat, ist von Oberdorf. Anscheinend hat er mit der auch was gehabt, ich hatte Recht.» Dieser Satz aus seinem eigenen Munde verstörte Theuer geradezu. Er schaute nochmals auf das penibel beschriebene Blatt. *«Oh, wenn mich nur noch einmal deine zarten, strengen Hände formten. Nur noch einmal: in deiner Hand.»* Er schüttelte angeekelt den Kopf. «Wo bleibt denn die Yildirim?», schrie er. «Die Anklagevertreter sollen mal hautnah mitbekommen, mit welchen Dreckspatzereien wir uns hier herumschlagen, bevor sie uns wieder mit den Gesetzen kommen!» Aber dann fasste er sich und sprach leiser weiter: «Ich war mir nicht sicher. Ich dachte, es reicht ihm vielleicht, sie mit dem Bild zur Sau zu machen, aber der meint das hübsch wörtlich. Die Jungen meinen immer alles so wörtlich.»

«Was machen wir jetzt?», fragte Leidig. «Wir haben ausreichend Hinweise darauf, dass Willy das Bild für Sundermann gefälscht hat. Wir wissen, dass es ein Dreiecksverhältnis gab. Oberdorf hatte ein Motiv, Willy umzubringen. Die Londoner nehmen zurück, dass das Bild echt ist. Die Teile fügen sich zusammen ...»

Theuer brach der Schweiß aus, wenn er an verstreute Teile dachte. «Wir sollten warten, bis die Heilbronner mit der Wohnung fertig sind, dann können wir vielleicht viel gezielter vorgehen. Ich glaube nicht, dass Willy sein Tagebuch vernichtet hat, der hat ja nicht mit seinem Tod gerechnet ...»

Es klopfte, Yildirim kam herein. «Sie kriegen Ihre Leute. Wernz hat mit Seltmann telefoniert. Ab morgen werden beide Wohnungen observiert und die Gespräche abgehört. Gibt's sonst was Neues?»

Theuer gab sich alle Mühe, ihren derzeitigen Stand präzise zusammenzufassen. Yildirim verkniff es sich, etwas zu Haffners wenig rechtsstaatlicher Aktion zu sagen. Sie bekam allenfalls leichtes Magengrummen, wenn sie Formulierungen suchte, mit denen sie diese Tat in einem Prozess verschleiern könnte.

«Sonst war doch nichts, oder?», schloss der Erste Hauptkommissar.

Haffner schlug sich heftig an die Stirn: «Scheiße, doch! Nachdem ich mir diesen Ferkelbrief geangelt hatte, ist kurz danach so eine Ausländerin gekommen und hat bei dem Sunderschwanz geklingelt. Ich hab mir gleich gedacht, dass das seine Putzfrau ist, und hab die Personalien aufgenommen. Die wohnt in einem Heim für Asylbewerber ...» Er schaute stolz in die Runde.

«Ja und?», fragte Stern.

«Das heißt ja dann wohl, dass sie illegal bei ihm putzt!» Haffner begriff offensichtlich nicht, wie das den anderen gleichgültig sein konnte.

Theuer schaute zur Decke: «Das, Kollege Haffner, lassen wir jetzt mal auf sich beruhen. Wir haben noch ein, zwei andere Sorgen.» Er wandte sich Yildirim zu. «Ab morgen wird uns also nichts mehr entgehen. Heute Nacht müssen wir noch durchhalten.»

Da flog die Tür auf, und man ahnte die gekünstelte Grazie des Eintretenden schon, bevor er drin war.

«Herr Seltmann», stöhnte Theuer. «Muss ich jetzt alles nochmal erzählen?»

«Herr Theuer!» Seltmann nahm die schlaffe Rechte des Ersten Hauptkommissars innig in beide Hände. «Jetzt haben wir's bald geschafft, wir zwei!»

«Werden wir pensioniert?», fragte der Kommissar verwirrt.

«Das dauert noch ein bisschen», rief Seltmann aufgekratzt. «Heut fühl ich mich wie ein Student!»

«Sie Ärmster», entfuhr es Haffner.

«Die Heilbronner Kollegen haben das Tagebuch, diverse

andere Unterlagen, Fotos vom Wehr aus, altes Papier, Farbpigmente, was nicht alles gefunden. Stellen Sie sich vor: Im Heizkessel hatte er eine luftdichte Kassette versteckt! Was sich die Leute alles einfallen lassen, unglaublich. Aber wir finden es, wir finden es eben doch. Es geht halt nichts über eine gründliche investigative Arbeit, die sich an vielfach erprobten und optimierten Abläufen orientiert.»

Zufrieden, doch keineswegs dazu aufgefordert, ließ sich der Polizeidirektor auf Theuers Stuhl fallen.

«So eine gründliche, professionelle Arbeit hätte ich auch gerne abgeliefert», sagte der Erste Hauptkommissar erschöpft, der den vergangenen Monat in diesen Sekunden wie ein Jahr empfand.

«Gewiss, Herr Theuer.» Seltmann verschränkte die Arme hinter dem Kopf. «Aber auf Ihre Weise haben Sie alter Sturkopf doch auch ganz schön Dampf gemacht, ganz schön Dampf gemacht. Und dass hier nicht mehr geraucht wird, wissen Sie, gell, Herr Haffner?»

Der Angesprochene rauchte weiter.

«Das war's dann wohl.» In Ermangelung einer anderen Sitzgelegenheit setzte sich Theuer auf die Heizung. Den Gästestuhl besetzte Yildirim, und sie machte keine Anstalten aufzustehen. «Wenn Willy in diesen Aufzeichnungen nur halbwegs ehrlich ist, kriegen wir die Sache klar genug, um Oberdorf zu verhaften. Wird dann sicher noch ein gutes Stück, sie weich zu klopfen, aber das schaffen wir schon. Wir sind schließlich ein Superteam.» Er musste plötzlich mit den Tränen kämpfen.

«Oberdorf?», fragte Seltmann großäugig. «Ich denke, Sundermann.»

Yildirim nahm es Theuer, der ihr von Herzen dankbar war,

ab und berichtete dem staunenden Direktor von Haffners abgefangenem Brief.

«Was für ein Schmutz», gab sich Seltmann betreten. «Und Sie junges Ding» – er fasste in Richtung der Staatsanwältin, die dezent, aber rasch wegrückte –, «Sie müssen da gleich in die tiefsten Abgründe menschlicher Abart blicken. Was für einen Eindruck müssen Sie von Ihrer Wahlheimat bekommen ...»

«Sie ist hier geboren», brüllte Stern mit hochrotem Gesicht. Das war so, als ob Haffner plötzlich für die Heilsarmee öffentlich Schnapsflaschen zerschlagen oder Leidig seine Mutter mit Hilfe von Staranwälten entmündigt in ein rumänisches Seniorenstift schaffen würde. «Ist doch wahr», schrie Stern weiter. «Was ist denn daran ihre Wahl? Ich kann das nicht mehr haben, wenn immer anders geredet wird, als es ... als es ...»

«... als es ist», half ihm Haffner mit würdiger, tiefer Stimme aus.

«Wir brauchen Erholung ...», klagte Seltmann und stand unter Mühen auf. «Sie und ich, wir alle. Ich werde daher den Hundefall einer anderen Gruppe übertragen. Das haben Sie sich verdient, meine Herren, speziell Sie, Herr Theuer. Ich habe da keine Probleme, mich zu korrigieren. Auch Sie können sicher in Zukunft noch besser das Private vom Beruflichen trennen ... gerade wenn es um die Hilfe externer Experten geht, ohne die wir ja nicht selten ... Eine Hand wäscht die andere ...»

Theuer hatte plötzlich eine gar nicht schöne Idee. «Was meinen Sie damit denn ganz konkret, Herr Direktor?» Er schaute wie ein kleines Rehkitz, aber ihn suchten hirschhafte Gefühle heim.

«Nun, es gab da offensichtlich zwischen Ihnen und Herrn Dr. Häcker einige zwischenmenschliche Probleme. Dieser noble Mensch wollte nicht deutlicher werden ... Ich sage es noch einmal: Wir sind Partner des Bürgers und Schuldner des Informanten, Theuerchen!»

Der schwere Ermittler hangelte nach seinem Brieföffner.

«Verzeihen Sie, ich wollte Sie nicht diminutieren, diminutivieren, also klein machen, nichts da! À la hopp, wie man hier sagt. Herr Theuer, mein alter Querkopf, so will ich Sie mal nennen, das können Sie so nicht lösen. Der Ärmste ist ganz gekränkt, dass er in den weiteren Verlauf der Ermittlungen nicht mehr einbezogen wurde! Heute Mittag hat er mir erst seine Aufwartung gemacht.»

«Wie, der Häcker ist da?», entfuhr es Theuer. «Muss der nicht arbeiten?»

«Er macht wohl noch ein paar Tage Urlaub in Heidelberg ...»

Theuer war recht zufrieden, dass Hornung in London war, und stellte sich boshaft vor, wie sich der Widerling eine Blase an den Zeigefinger telefonierte.

«Nun, ich habe das, denke ich, für Sie ausgebügelt», sagte Seltmann mit allergrößter Hochachtung für sich selbst in der Stimme. «Ich konnte ihm mit ein paar Details aus den Berichten, die mir – in nicht allzu regelmäßigen Abständen – von der Theuer-Gang, ja, so nenne ich Sie tolle Burschen manchmal im Stillen, zugekommen sind ... Also, mit ein paar zusätzlichen Informationen konnte ich Dr. Häcker das Gefühl geben, auch zu ernten, was er gesät ...»

«Herr Dr. Häcker», sagte Theuer etwas lauter, «hat überhaupt nichts gesät. Alles, was er uns gebracht hat, stand praktisch wortwörtlich in einem Kunstband, ich habe es selbst nachgelesen. Die eine Sache, die wir ihm indirekt verdanken, sollte man ihm nicht allzu hoch anrechnen, denn es war die Entdeckung meiner Freundin, dass Willys Bild in winterliches Licht getaucht ist. Freilich hatte Herr Häcker sie vorher gebürstet, sonst hätte sie das wohl nicht entdeckt. Das ist sein gelehrter Anteil an unserem nicht ganz hindernisfreien Weg zum herrlichen Ziel, eine Riesenprofessorin und einen Bi-Bengel in den Knast zu kriegen!»

«Gebürstet?», fragte Seltmann.

«Geschlechtsverkehr», sagte Yildirim hart, was Theuer ein wenig traurig stimmte.

«Um Gottes willen.» Seltmann zog an seiner Krawatte, als müsse er ein großes Geschäft wegspülen. «Das ist natürlich sehr verletzend, Herr Theuer. Das ist ja schon Ironie – gerade dieses Beleuchtungsphänomen habe ich geglaubt ihm mitteilen zu dürfen. Und die amouröse Verbindung der beiden Männer habe ich auch angedeutet … au weia. Na dann, auf Wiedersehen, die Herren, die Dame. Jetzt gehen Sie erst mal ein Bier trinken.» Seltmanns Miene, der man ansah, dass er sich seine lose Informationspolitik nicht mehr zurechtlügen konnte, hellte sich auf. «So ein richtig schönes Bier! Das wär was, Herr Haffner, gell, das wär doch jetzt was?»

Er ging eigens ein paar tupfige Schritte, um Haffner spontan auf die Schulter hauen zu können, was dieser knurrend geschehen ließ.

Tatsächlich saßen sie nicht allzu viel später in der nächsten Eckkneipe der Bergheimer Straße und versicherten sich gegenseitig, jetzt zu feiern, aber die rechte Stimmung kam nicht auf.

«Ich weiß nicht», sagte Leidig und befingerte nervös seine

Cola light. «Die Oberdorf könnte sich als zäh herausstellen. Wenn Willys Tagebuch nichts hergibt, wird das noch eine langwierige Geschichte.»

Im Stillen gaben ihm alle Recht. Der Wunsch, die Sache zum Abschluss zu bringen, konnte immer noch am Lästigsten, der Wirklichkeit, scheitern.

«Ich mach mal das Handy an», sagte Theuer. «Vielleicht meldet sich die Renate nochmal aus London. Ihr sollt übrigens nicht schlecht über sie denken.»

«Quatsch», sagte Haffner heftig, «das war der Scheiß-Häcker.»

Nicht viel später klingelte das Handy, doch es war nicht Hornung.

Theuers Miene versteinerte, aber es gelang ihm, ganz liebenswürdig zu klingen: «Guten Abend, Scheiß-Häcker.»

Sie ging durch alle Räume ihrer Wohnung und rückte zurecht, was nicht ohnehin perfekt ihrer strengen Ordnung gehorchte. Im Schlafzimmer blieb sie lange stehen und betrachtete ihr Bett wie ein außerirdisches Artefakt. Hatte sie da gelegen, nackt und riesig, mit all ihren Besenreisern, Zellulitisbeulen und rauen Hautpartien? Wie hatte sie das tun können, was hatte sie so tollkühn gemacht? Sie sah noch einmal den Raum im flackernden Kerzenlicht und ihren jungen, geschmeidigen Herrn, der heißes Wachs auf ihre Brüste tropfte. Dann legte sie einen schwarzen Überwurf auf die Laken.

Im Arbeitszimmer setzte sie sich an den Schreibtisch, um Abschied zu nehmen. Aufrecht, wie sie es immer getan hatte. Sie nahm ihr altes Diktaphon und vergoss ein paar Tränen, weil es ein Geschenk ihres Vaters zur ersten Dozentur war. Das eine Mal, da sie das Gefühl gehabt hatte, ihn zufrieden gestellt zu haben, und ihn einfach lieben konnte. Jetzt liebte sie noch einmal alle, die sie in ihrem Leben geliebt hatte. Die wenigsten hatten davon gewusst.

Sie nahm das Mikrophon in die Hand.

«Mein Name ist Cornelia Oberdorf, heute ist der 3. 4. 2001. Meine Lebensdaten sind hinlänglich bekannt, also beschränke ich mich auf das Wesentliche: Ich werde nachher Herrn Daniel Sundermann erschießen und ein Bild vernichten, mit dessen weiterer Existenz eine fortwährende Beleidigung meiner Lebensleistung auf dem Gebiet der hermeneutischen Interpretation bildender Kunst des 19. Jahrhunderts einherginge, die ich ungeachtet mancher tatsächlicher oder vermeintlicher Fehler in der jüngeren Vergangenheit nicht hinzunehmen bereit bin. Danach werde ich mich selbst töten. Es handelt sich bei dem Bild um eine Fälschung im Stile William Turners, die ich aus psychologischen Gründen nicht erkannt habe. Psychologisch deshalb, weil der angebliche Finder des Bildes, Herr Daniel Sundermann, zu diesem Zeitpunkt eine sexuelle Beziehung zu mir unterhielt, die nicht frei von sadomasochistischen Anteilen war und rückschauend zu einer Art Hörigkeit geführt hat. Erst seit heute Abend bin ich von der Falschheit des Bildes überzeugt, in der Tat weiß ich nun auch, dass mich Herr Sundermann über längere Zeit mit dem Fälscher des Bildes betrogen hat.

Diesen Fälscher habe ich bereits vor über einem Monat im Affekt getötet. Bei einem nächtlichen Treffen auf dem Wehr hinter der Alten Brücke, wo er mir demonstrieren wollte, von welchem Punkt aus er das Motiv für sein Machwerk gewählt hatte. Ich war damals noch überzeugt, ein erpresserischer Mensch wollte sich den Zufall zunutze machen, dass sich an Turners virtuellem damaligen Aussichtspunkt nun ein

Stauwehr befindet, und habe ihn im Zorn über das Geländer geworfen. Ich kann nicht sagen, dass ich diese Tat bis heute Abend anders denn als Notwehr empfand.

Heute sehe ich in Sundermanns gemeiner Täuschung einen Aspekt seines Sadismus und eine kleine Rachlust, die ich ihm nicht zugetraut hätte, musste ich doch ungeachtet meiner ...» Sie stockte, hielt das Band an und schaute lange in die Nacht vor ihrem makellos geputzten Erkerfenster hinaus. «... Musste ich doch ungeachtet meiner Liebe zu ihm seiner Magisterarbeit jede fachliche Qualität absprechen. Mir ist klar, dass ich durch diese dürftigen Erklärungen meinen Namen nicht reinwaschen kann. Ich habe viele Jahre zu ertragen gelernt, kein Mensch zu sein, den man mag. Ich will aber alles das, was jetzt kommen wird, nicht ertragen. Das wäre alles.»

Häcker saß strahlend zwischen den Polizisten und Yildirim, doch wäre ihm nur die Hälfte dessen geschehen, was man am Tisch so in Gedanken praktizierte, läse sich die Scharia dagegen wie ein Poesiealbum.

Bisher war das Gespräch über gegenseitige Spitzen nicht hinausgekommen. Häcker fand immer neue Wendungen, um zu verdeutlichen, dass er es nicht gewohnt sei, aus einer Arbeit, in die er sein Fachwissen auf freiwilliger Basis eingebracht habe, einfach hinausgekegelt zu werden.

«Vielleicht sollten Sie dann allzu engen Kontakt zu weiblichen Mitgliedern solcher Arbeitsgruppen unterlassen? Sie haben doch Familie, oder täusche ich mich?», sagte Theuer.

«Wenn der Kontakt gesucht wird ...» Häcker lächelte mit hängenden Mundwinkeln und stellte seine Brauen bübisch gegeneinander wie altmodische Scheibenwischer. «Da Sie weiter auf meinen bürgerlichen Stand anspielen – ich sehe keine Kontradiktion zwischen legalisierter Brutpflege und einem offenen Verhältnis zur Erotik.»

Haffner zerkrümelte tötungsbereit einen Bierdeckel.

«Okay, Dr. Häcker», Yildirims Gesicht lief spitz zu, als stecke es in einer Schultüte: «Sie haben Herrn Theuer ins Handy gequatscht, dass Sie uns was zu sagen hätten, das uns interessieren dürfte. Was ist das? Damit wir Sie dann wieder wegschicken können.»

«Nun, so lange will ich in dieser dümmlichen Runde gar nicht bleiben», lachte Häcker, aber so ganz egal war ihm der gegen ihn anbrandende Hass dann auch wieder nicht. Seine Ohren dunkelten rot ein. «Herr Direktor Seltmann war ja so freundlich, mir ein paar weitere Schritte der Ermittlung – wenn man das Schritte nennen will – mitzuteilen. Mir ist schon klar, dass das nicht alles war. Aber immerhin, kleinere Geister hätten sich sicher hinter ihren Vorschriften verschanzt … Daraufhin habe ich mir gedacht, ich erzähle mal der guten alten Oberdorf, was sie da für ein Bild begutachtet hat. Den Spaß habe ich mir gemacht.»

«Wie?» Zunächst verstand Theuer nicht. «Wo waren Sie?»

«Ich bin zur Oberdorf und habe ihr mal so richtig schön das Winterlicht um die Elefantenohren gehauen. Ich hätte nie gedacht, dass die das noch nicht weiß. Aber so war's richtig schön.»

«Sie haben Rache für irgendeine Referatkritik vor zig Jahren genommen …», stöhnte Theuer. «Dieser Seltmann, dieser Depp … Um Gottes willen, was macht die jetzt? Jetzt weiß sie, dass sie erledigt ist … Zahlen!», brüllte er. «Sofort zahlen! Wir müssen weg!»

In den allgemeinen Aufbruch hinein rief ein verwirrter

Häcker, das sei noch gar nicht alles. Sie habe ihm nämlich praktisch gestanden und würde sich morgen der Polizei stellen. «Verstehen Sie?», rief er schon wieder stolz. «Ich habe ein Gespräch gebraucht, um den Sack zuzumachen. Ein Gespräch! Wo die gehört hat, dass Sundermann was mit Willy gehabt hat ...»

«Wie bitte?», schrie Theuer fassungslos. «Das weiß sie auch? Leute, wir müssen da hin. Scheiße, wenn die jetzt zum Schluss durchdreht ...»

Haffner stellte sich mit Nasenspitzenkontakt vor Häcker: «Du ... du ...»

«Was denn, wollen Sie in Ihrer Erbärmlichkeit jetzt roh werden?»

Leidig zerrte Haffner mit: «Lass das Arschloch. Werner holt sein Auto ...»

Sie brauchten nur wenige Minuten zu Oberdorfs Haus, Stern fuhr mit der Gesetzestreue eines sizilianischen Trinkers.

«Vorsicht, wenn wir dort sind», flüsterte Theuer im Wagen.

Ohne jede Vorsicht sprang er freilich als Erster aus dem Auto.

«Alles dunkel», brüllte er und landete seinen nachquellenden Jungs auch schon wieder praktisch in den Armen. «Die Garage ist offen, die ist weg. Wir müssen nach Neckarau. Die will den Sundermann umnieten.»

16 Auf dem Weg telefonierte Theuer zunehmend verzweifelt mit den Kollegen in Mannheim. Als sie in Sundermanns Straße einbogen, standen aber immerhin vier Streifenpolizisten vor der Tür.

Den Ersten Hauptkommissar schüttelte Panik, wie sie sich der Tür näherten. «Hier hat er mich umgebracht», wimmerte er. «Hier hat er mich umgebracht. Seit fast drei Wochen bin ich tot ...»

«Jetzt lassen Sie das mal, Sie sind nicht tot», sagte Yildirim mütterlich und gab ihm eine Kopfnuss, die ihm in allem Durcheinander wohl tat.

«Also, was soll hier passiert sein?», begrüßte sie einer der vier Wartenden in aufreizender Lässigkeit.

«Wir glauben, dass da drin ein Mord begangen wurde oder gerade begangen wird», sagte Theuer atemlos. «Ich heiß Theuer, Erster Kriminalhauptkommissar ...»

Von den Mannheimer Beamten hielt es keiner für nötig, sich vorzustellen. Ein kleiner Runder, der selbst nachts nicht von seiner Pilotensonnenbrille lassen wollte, deutete auf Yildirim: «Und was hat des Türgemädel hier verlore?»

«Das ist die Staatsanwältin, die mit dem Fall betraut ist, Frau Yildirim», bellte Theuer.

«Aha. Staatsanwältin», wiederholte der Lässige. «Gehen die in der Türkei immer mit der Polizei auf Spazierfahrt?»

«Was soll das?», schrie Haffner los. «Wollt ihr ein paar hinter die Löffel? Leidig, Stern, die wollen ein paar. Auf, Jungs!»

Theuer drückte unterdessen den Klingelknopf durch die Mauer. «Wir müssen rein, verdammt!»

Die alte Frau aus dem Erdgeschoss erschien in ihrem Fenster: «Schon wieder Sie? Machen Sie immer Radau? Oben im Haus knallt's, unten auf der Straß' wird gebrüllt ...»

«Entschuldigung», sagte Stern artig, zog sich an ihrem Fensterbrett hoch und enterte das Haus mit einer respektablen Flugrolle über den weißen Schopf der Dame hinweg.

«So geht des aber net!», meldete sich einer der Streifenbeamten, der noch gar nichts gesagt hatte und aussah, als habe er auch nichts gedacht.

Stern machte die Tür auf. Sie hasteten die Treppe hoch. Sundermanns Tür war zu, aber nur ganz kurz, dann lag Haffner stöhnend in Resopalsplittern.

Leidig sah ihn zuerst. «Das Gesicht ist weg.»

Da, wo der hübsche, freizügige Student Daniel Sundermann immer so nett gelächelt hatte, war ein blutiger Haufen Fleisch. Ein Auge blickte wie vergessen von einer erhaltenen Insel Haut. Da, wo das andere Auge gewesen war, sah man nur ein wenig dunkleres Blut als in der restlichen Wunde, Blut, das in der Augenhöhle stand. Aber er lebte.

«Haben Sie ihr gesagt, wo das Bild ist?», fragte Stern eindringlich. In dieser Sekunde bewunderten ihn alle, denn er kniete neben dem furchtbar Verwundeten und schaute ihn an.

Man konnte die Andeutung eines Nickens erkennen.

«Und wo ist es?»

Theuer zwang sich hinzusehen: «Er kann nicht sprechen. Der Mund ist weg.»

Sie ließen die kleinlaut gewordenen Mannheimer alles Nötige am Tatort übernehmen und rannten die Treppen hinunter. Die Tür zum Hinterhof und der Eingang zu einem angrenzenden Haus waren offen.

«Sie ist weg. Sie holt das Bild.» Theuer warf eine Mülltonne um und setzte sich drauf.

In ihrer ratlosen Versunkenheit fiel ihnen nicht gleich auf, dass Yildirim weinte. Leidig merkte es schließlich und bot ihr linkisch ein Tempo an.

Sie schüttelte den Kopf und presste die Lippen aufeinander, aber dann legte sie doch los: «Türkenmädel! Ein Typ, der seinen Taschenrechner mit dem Handy verwechselt, nennt mich Türkenmädel. Jeder Depp darf mir was sagen!»

Jetzt trat auch sie eine Mülltonne um. Die ersten Hausbewohner sammelten sich an den Fenstern.

Yildirim schaute zu ihnen hoch. «Ihr Eselficker, ihr verdammten Eselficker!», schrie sie. «Meine Mutter hat geputzt, bis ihr die Bandscheiben wie Dominosteine rausgefallen sind. Sie war ihren tollen deutschen Herrschaften so treu, dass sie aus eigener Tasche die Briefe nachfrankiert hat, wenn die Geizhälse mal wieder zu wenig draufgebabt hatten. Ihr Deutschen seid doch alle Eselficker. Und Leute wie meine Eltern waren dankbar. Dankbar! Scheißland!»

Theuer stand auf und ging zu ihr.

«Ach, verdammt.» Sie schlug die Hände vors Gesicht.

«Ist ja gut», brummte der Kommissar. Unbeholfen tätschelte er ihre Schulter. «Wir sind Eselficker.» Nach einer Pause fragte er: «Hätte Ihre Mutter auch ein Bild für die Herrschaften versteckt?»

«Bestimmt», heulte Yildirim, dann verstand sie und schaute auf.

«Ich hab die Adresse», sagte Haffner leise, «ich hab sie noch.»

Kaum lauter meinte Stern, er habe einen Stadtplan von Mannheim im Auto. Trotzdem standen sie einen Augenblick wie angepflockt da.

«Los», sagte Theuer.

Sie brauchten länger, als es der kurze Weg auf dem Plan

auswies. Die Straßen waren eng, und Leidig hatte so seine Probleme, beim Schein von Haffners Feuerzeug mit satellitengestützten Verkehrsleitsystemen zu konkurrieren. Außerdem kam er mit der Patentfaltung nicht zurecht.

«Mach den Scheißplan halt kaputt», schrie Stern, «und sag mir, wo ich hinsoll!»

Durchaus filmreif schlitterten sie in die erste Kurve. Rechts waren alte, zum Teil noch bäuerliche Häuser in Reihe gebaut, links die Betonschule, alles sauste schneller und schneller an ihnen vorbei, als säße ein Touretteler an der Kurbel beweglicher Theaterkulissen. Dann allerdings brach diese Kurbel. Stern stieß das Bremspedal in den Boden, denn direkt vor ihnen bog ein dicker Amischlitten in die schmale Straße ein, langsam, im mächtigen Wissen um die Regel unbeschilderter Wegkreuzungen.

«An dem kommen wir nicht vorbei», stöhnte Leidig, «aber ich glaub, du kannst da vorne rechts und dann wieder links.»

Stern schaute in den Rückspiegel – hinter ihnen formierten sich gerade zwei weitere Autos. Zurück ging nichts, also fuhren sie zum Platzen angespannt unfassliche zehn Stundenkilometer, in der Absicht, ein Massaker zu verhindern.

«Die Oberdorf knallt vielleicht gerade alles ab, und die fahren da spazieren. Verdammt, normalerweise rasen doch alle!» Stern wimmerte geradezu.

Hinten auf dem dahinzuckelnden Chevrolet gratulierten penibel angeordnete Klebestreifen den Insassen zum Abi 2001.

«Diese Scheißstudenten, was wir mit denen Ärger haben!» Haffner hatte es schon immer gewusst. Er quetschte sich aus dem hinteren Seitenfenster, stemmte seine Dienstmarke gen Himmel wie ein Sportler seine Medaille und schrie: «Polizei! Weg da!»

Das kaum gedämpfte Umbda-Umbda aus der Abiturientenkutsche versiegelte deren Insassen gegen solche gute Ansprache.

«Lass gut sein, Haffner.» Theuer spürte seinen Puls am Kragen, als würde er aufgepumpt, aber er versuchte, seine Stimme ruhig zu halten. «Es ist Nacht. Genauso gut könntest du ein Hanuta in der Hand halten.»

Yildirim, die sich unglücklich zwischen Theuer und Haffner wand wie Schutz suchende Kinder in Nachkriegsehebetten, fragte naiv, ob man denn kein Blaulicht einsetzen könne.

Stern, zehn Jahre Mittelfeld in der Bezirksliga ohne gelbe Karte, schlug mit beiden Fäusten auf sein Lenkrad: «Das ist mein Privatwagen, verdammt. Meinen Sie, ich mach tatütata, wenn ich zum Minimal fahre?» Er bremste abrupt ab, Theuer stieß sich die Nase an der Kopfstütze. «Wie sieht denn das mit dem Versicherungsschutz aus, wenn jetzt was passiert?»

«Fahr weiter, Stern», sagt der Hauptkommissar, und seine Stimme klang wie ein alter, schwerer Kleiderschrank, den man über einen unversiegelten Holzboden schiebt.

Endlich konnten sie abbiegen, und der junge Kommissar tat sein Möglichstes, die Zeit aufzuholen.

«Komm, fahr normal», hörte sich Theuer sagen. «Entweder wir schaffen's, oder nicht. Ich will jetzt nicht auch noch irgendjemanden totfahren, der Kippen holt. Schlimm genug, dass er raucht.»

Haffner zündete sich wie dressiert eine Zigarette an.

Während der wenigen restlichen Minuten der Fahrt kam ein Gefühl der Unwirklichkeit auf, das alle erfasste. Sie sahen ein paar leger erzogene Kinder durch die Nacht inlinern, ein paar alte Leute führten ihre Hunde aus, und sie waren zwei

Straßen vom Krieg entfernt, auf den Fersen einer alten, dicken Professorin der Kunstgeschichte. Da gab es nicht mehr viel zu sagen.

Und so klang Leidigs Stimme auch mehr als gefasst, als sie endlich in die Wörthstraße eingebogen waren: «Da steht, glaube ich, ihr Auto. HD.»

Keine Inliner mehr, keine Spaziergänger. Höchstens ängstlich geduckte Schatten hinter Fenstern der umliegenden Häuser waren zu ahnen. Sie sahen noch, wie die Langsameren unter den Bewohnern der alten Backsteinzeile die Lichter ausmachten. Irgendwas war schon passiert, aber was?

Das Asylantenheim war nicht zu verfehlen: Betongeschosse, Außenflure, sicher der mit Abstand niedrigste Kostenvoranschlag seinerzeit. Den Vorgarten ersetzten zwei gewaltige Haufen Sperrmüll, in denen Theuer in der verengten Wahrnehmung höchster Nervosität eine tadellose Matratze auffiel.

Aus dem Haus hörte man Schreie. Sie zogen ihre Waffen. Yildirim krallte nach ihrem Pfefferspray, erwischte aber das Asthma-Kortison.

Aus dem Fenster eines Nachbarhauses fistelte eine Greisenstimme, da habe jemand geschossen, bei den Ausländern.

«Nur im Notfall», sagte Theuer leise und entsicherte verzweifelt die Pistole, das erste Mal nach dreißig Jahren.

Die Tür war nur angelehnt. Das Treppenhaus erinnerte mehr an ein heruntergekommenes Parkhaus als an eine menschliche Behausung. Ein kleiner Junge kam ihnen entgegengerannt, starrte, im Rennen gefroren, auf ihre Waffen und lief schreiend zurück.

«Wir sind von der Polizei», brüllte Theuer. «Wir wollen helfen.»

Es wurde lauter im Treppenhaus. Sie hasteten sinnlos nach oben, wussten gar nicht, wo sie suchen sollten, aber man ist lieber oben als unten. Ein paar junge Burschen rannten durch einen der Außenflure auf sie zu. Sie hatten Messer in den Händen, mehr sah man nicht durch die schmutzige Glastür nach außen.

«Polizei», brüllten sie durcheinander, «lasst den Quatsch!»

Zwei machten kehrt, aber einer riss die Tür auf und hob mit Augen wie Tischtennisbällen seinen Butterflydolch.

«Keine siebzehn ist der», sagte Haffner teilnahmsvoll und schlug ihn fast behutsam k.o.

Plötzlich loderten Flammen im Treppenhaus.

«Die schmeißen brennendes Klopapier runter», schrie Leidig und riss Yildirim zur Seite, jenseits der Blutsbande sein bis dato heftigster Kontakt mit dem anderen Geschlecht.

«Was machen Sie eigentlich hier?», herrschte Theuer die Staatsanwältin an. «Sie hätten gefälligst im Auto bleiben sollen.»

Yildirim gab ihm im Stillen sehr Recht, aber streckte ihm die Zunge heraus.

Der Irrsinn machte ein seltsames Päuschen, aber warum sollte der Irrsinn nicht seltsam sein?

Stern schaute sich im Betonschacht um. «Wenn wir hier schießen, pfeifen uns die eigenen Kugeln pfeilgerade auf die Zwölf.»

Jemand gab oben Anweisungen, ruhig, aber sehr entschlossen. Dann hörte man Schritte, viele Schritte, langsam und fest, fast militärisch.

«Jetzt meinen sie's ernst», sagte Theuer leise und bekam fürchterliche Angst.

Es waren mindestens zwanzig Männer, die auf sie zukamen.

Man sah ihnen an, dass sie solche Situationen eher gewöhnt waren als die fünf, die ihnen flehentlich ihre Mission erläutern wollten. Die Staatsdiener wichen auf den Außenflur zurück.

«Warum Waffen? Polizei Waffen und Uniform. Ihr Spitzbube. Nazis? Nix Polizei du!» Der mit der festen Stimme stand in der ersten Reihe der Männer.

«Die Kriminalpolizei trägt nie Uniform», sagte Leidig eifrig, «das hat mit der Bewaffnung überhaupt nichts ...»

«Mein Gott, du sollst ihm keinen Kurs geben», zischte sein Chef.

«Jemand schieß. Wo jetzt?», fragte der Alte.

«Das wollen wir wissen. Wo Frau?», schrie Theuer verzweifelt.

Yildirim hatte sich während dieses wichtigen Gesprächs über die Brüstung gelehnt, eigentlich um zu schauen, wie es mit Springen wäre. «Sie ist da unten», hechelte sie gegen ihren drohenden Asthmaanfall an. «Mit der Putzfrau.»

Theuer trat auf den Alten zu. Hätte er ihn auf der Straße gesehen, hätte er ihn womöglich gefragt, ob er ihm die Einkaufstasche tragen könne. «Böse Frau», rief er verzweifelt und deutete beschwörend nach unten.

Das Gesicht des Alten wurde purpurrot. «Frau tot. Bosnien. Nix böse. Serbe totmach Frau, du Huresohn!» Er bellte einen Befehl, und eine ganze Menge Waffen wurden auf die fünf gerichtet, die sich jetzt kindlich zusammendrängten.

«Keine dieser Waffen ist legal», kreischte Yildirim. «Lernt doch Deutsch, ihr Idioten!»

Theuer packte die Staatsanwältin an den Schultern und schüttelte sie wie ein behangenes Apfelbäumchen: «Gute Frau!», schrie er. «Da unten: böse Frau!»

Einer der Männer sagte etwas zu dem Alten, dessen Gesicht wieder menschenähnliche Farbe annahm.

«Vielleicht kapiert er's jetzt?», wisperte Leidig. «Ich will echt nicht sterben.»

Die Männer wichen unschlüssig etwas zurück, ihre Knarren ließen sie wie durstige Blumen sinken.

«Was ist denn jetzt da unten im Treppenhaus?», stöhnte Theuer.

Es brannte. Das Feuer griff auf die Müllhaufen über. Mit stiller Angst starrten alle, die sich vor Sekunden fast noch ein sinnloses Scharmützel geliefert hätten, nach unten.

«Das Bild jetzt!», drang Oberdorfs Stimme herauf. «Sonst töte ich Sie. Nochmal schieße ich nicht in die Luft. Geben Sie mir das Bild, Sie primitive Kuh!»

«Bild Sundermann.» Die Stimme der Putzfrau klang fest. «Du nix Bild. Meine Sohn dich totmache.»

Die Regenrinne verlief einen guten Meter jenseits des Flurendes, und ein Meter aus nichts ist viel, aber Haffner sprang und erwischte die Rinne tatsächlich. Leider löste sie sich augenblicklich von der Wand und schwankte unentschlossen, innig umklammert vom tapferen Polizisten.

«Ich trink nie mehr was», rief er mit gepresster Stimme.

«Womit haben die hier gebaut?», stöhnte Theuer. «Mit Spucke?»

Jetzt knickte die Rinne ein – freilich so, dass sie Haffner tatsächlich auf den unteren Balkon abwarf. Kurze Ewigkeiten hörten sie nichts.

Dann rief Haffner: «Ich hab sie! Ich hab sie niedergeschlagen», sagte er leiser. «Eine Frau.»

Gegen Mitternacht war alles so weit, dass sie eigentlich gehen konnten. Der brennende Müll war gelöscht. Die sehr zweckmäßige Bauweise des Hauses hatte den positiven Nebeneffekt, dass letztlich nichts in größeren Brand geraten konnte. Die Blaulichter der verschiedenen Fahrzeuge von Polizei und Feuerwehr verliehen dem Ort eine magische Note, wie eine sommerliche Gartenparty von Poltergeistern. Das Piepsen der Funkgeräte waren die Poltergeistgrillen.

Es war mild, seit fünf Minuten schrieb man den 4. April 2001, Frühlingsluft. Oberdorf und der junge Messerschwinger waren mit leichten Blessuren im Gewahrsam der Mannheimer Kollegen, die jetzt merklich sanfter mit den Heidelbergern umgingen. Eben verstaute einer die Jagdflinte der Professorin. Jede Menge illegaler Waffen waren schon sichergestellt und jede Menge Personalien aufgenommen worden.

Eine Familie saß weinend auf den Stufen zur Haustür. Ihnen und anderen drohte die Abschiebung.

Haffner hockte auf dem Bordstein und trank das dritte Bier. Der Alte, der sie vorhin noch alle erschießen wollte, brachte schuldbewusst Nachschub. Niemand stieß sich daran.

«Jetzt können wir's vielleicht mal gut sein lassen», meinte Theuer. «Den Rest machen wir morgen. Kommt, fahren wir.»

Stern stand auf der anderen Straßenseite und starrte nach oben.

«Ohne dich geht's nicht», rief Leidig.

Der sonst so beflissene Kollege aber reagierte nicht und ging zu den Mannheimer Kräften. «Sind alle Hausbewohner unten?»

«Nach ihren Angaben ja», meinte einer. «Wie viele hier leben, weiß ich nicht.»

Stern wandte sich an Sundermanns Putzfrau. Sie saß abseits

von den anderen auf einer Obstkiste und massierte ihre Handgelenke. Die Kassette mit dem Bild hatte man ihr zuletzt grob aus den Händen gewunden.

Stern winkte den Dolmetscher zu sich. «Fragen Sie sie, wo ihr Sohn ist.»

Er war nicht da.

Der Dolmetscher stand bei den Heidelbergern. «Sie sagt, er wohnt nicht hier. Aber ein kleiner Junge hat gesagt, der wohnt hier, und hat dafür gleich eine gebatscht gekriegt.»

Yildirim ärgerte es, dass dieser bosnische Student so umgangssprachlich daherkam.

«Versteht ihr nicht?», fragte Stern aufgeregt. «Sundermann hat sogar den Sohn der Putzfrau benutzt. Er hat ihn auf Duncan gehetzt ...»

«Es waren drei», sagte Theuer zweifelnd.

«Ach was, so Typen helfen sich.» Stern war selten so bestimmt aufgetreten. «Ich hab solche Typen im Verein. Wenn einer die Rote kriegt, dreht die ganz Clique hohl.»

Sie fanden sie im Keller inmitten von Erbrochenem. Beinahe wären sie am Rauch erstickt.

«Das sind die drei, die Duncan abgestochen haben», sagte Theuer müde. «Ich erkenn sie wieder.»

Haffner ging ins Treppenhaus und brüllte etwas unscharf artikulierend zu den Mannheimern hoch, sie könnten aufhören zu suchen, die Heidelberger wären halt wieder schneller gewesen.

Plötzlich hatte einer der drei eine Pistole in der Hand.

Stern sah seinen rechten Arm, den, mit dem er sich in Besprechungen oft ungesehen meldete, den, mit dessen Hand er sonntags immer dem Schiedsrichter dankte, auch wenn der wie Stevie Wonder gepfiffen hatte. Aber der Arm, die Hand kamen ihm fremd vor mit der nie benutzten Polizistenknarre. Alles in einer Sekunde. Jahrelanges Training. Und einfach nicht möglich. Er schoss.

Yildirim fuhr zurück.

Stern saß auf dem Beifahrersitz und fuchtelte hysterisch mit den Fetzen des Stadtplans herum. «Was hätten wir eigentlich gemacht, wenn wir den nicht gehabt hätten? Und das ist gar nicht meiner – den hat ein Kumpel vergessen. Jetzt ist er kaputt ...» Er fing zu heulen an.

Leidig streichelte ihm von hinten den zuckenden Kopf, und keiner fand etwas dabei, nicht einmal Haffner.

«Ich kauf ihm einen neuen, einen ganz neuen», sagte Leidig sanft. «Der Arzt hat doch gesagt, er ist nicht schwer verletzt ... Ich kauf ihm notfalls zwei neue ...»

Theuer saß mit einem großen Schoppen Wein in der Küche. Gegen Morgen kamen wieder kältere Winde auf. Aus dem kleinen Kofferradio knarrte gerade eine überaus gut gelaunte Stimme, die den nächsten Wintereinbruch ankündigte.

17

Johannes Theuer ließ die Kalbshaxen ins heiße Olivenöl fallen. Es war früher Abend, er hatte es gerade noch ins Geschäft geschafft. Die Jungs hatten es kaum fassen können, dass er sie zum Essen einlud.

Den Wein, den er zum Ablöschen und Vollsaufen brauchen würde, hatte er bereits geöffnet und aus Gründen, über die er sich belog, auch schon mehrfach verkostet. Ein Montepulciano von gegenüber, sieben achtzig der Liter, sehr bekömmlich. Das Fenster seiner kleinen Küche stand offen. Aber die Wettervorhersage war eindeutig schlecht, und Experten faselten etwas von Sonnenflecken. Die Rinderseuchen verheerten das Land. Er hatte etwas Öko-Fleisch besorgt.

Theuer wusste auch nicht, was ihn so familiär hatte werden lassen.

«Aufpassen, dass es nur goldgelb wird und nicht braun», hatte es in der Fernsehsendung geheißen, in der immer ein am Herd dilettierender Prominenter dem ebenfalls laienhaften Fernsehkoch und ansonsten berühmten Talkmaster beistand. In diesem speziellen Fall waren der greise österreichische Mime und der Talkmaster in ein von vielen Probeschlucken gegliedertes Gespräch über Wein abgeglitten, und die Scheiben waren schließlich dunkelbraun geworden, was dann aber auch nichts machte. Theuer liebte die Serie, und besonders diese Folge hatte er sich – er nahm alle auf – schon mehrfach angeschaut. Hauptsächlich, weil der Gastkoch nach jedem Schluck Wein ein unendlich gemütliches «'s isch guad» gebrummt hatte.

Theuer nahm einen Schluck Wein und brummte: «'s isch guad.»

Jetzt waren die Scheiben so weit, und er konnte die verschiedenen Gemüse hineinwerfen, die er lustlos, aber penibel verhackt hatte, und schließlich mit gewaltigen Mengen Rotwein ablöschen.

Ein leichter Wind bauschte die vergilbte Küchengardine. Ab jetzt kochte sich das Rezept selbst.

Es würde noch etwas dauern, bis das Team anrückte. Theuer schlappte ins Wohnzimmer und legte sich auf die schwarze Ledercouch. Er las noch einmal Hornungs Brief.

Mein Lieber!
Es ist mir kein Trost, dass durch meine Eselei die ganze Sache möglicherweise aufgeklärt wurde. Und ich schäme mich vor deinen Leuten noch zu sehr. Ich will nicht mitfeiern, bitte versteh das.
Weißt du, ich habe Literatur studiert, weil ich schon als Kind Geschichten geliebt habe, weil sie mich getröstet haben, selbst wenn sie traurig waren, und mich gehalten haben, wenn sonst nichts mehr hielt. Und weil ich herausfinden wollte, wie das kommt. Ich habe es nicht herausgefunden. Und heute will ich es gar nicht mehr genau wissen. Ich bevorzuge es, noch ein paar verzauberte Dinge ins Alter zu retten.
Ich glaube allerdings, dass Geschichten nicht zu ersetzen sind. Die Leute glotzen die blödesten Soaps, Hip-Hop ist die Musik der Jungen und erinnert mich oftmals an das alte Erzählen am Lagerfeuer, nur dass eben dieser wahnsinnige Rhythmus dazugekommen ist. Ich muss mich manchmal zwingen, nicht an eine tickende Zeitbombe zu denken.
Wir hatten bisher keine Geschichte, wir hatten immer nur Begegnungen. Jetzt haben wir eine und können an ihr weiterschreiben, sie mit anderen vergleichen und ein wenig verbessern. Geschichten sind nicht so sehr in der Zeit. Auch wenn man eine gelesen hat, sagt man: «Sie ist schön», nicht: «Sie war.» Ich käme gerne so weit, mein Leben so sehen zu können.
Hoffentlich stehst du altes Ross diesen Abend gut durch. Sauf nicht so viel …
Ich küsse dich
R.

Theuer suchte brieftaugliches Papier. Den alten Kolbenfüller musste er unter dem Wasser durchpusten. Dann schrieb er.

Liebe Renate,
dein Brief ist schön, aber für mich alten Bullen fast ein bisschen hoch. Ich möchte dich bitten, mit mir ins Piemont zu reisen! Ich habe dort einen italienischen Freund. Ich erzähl dir irgendwann mal, wie ich den kennen gelernt habe, lustigerweise in Schottland. Egal jetzt.
Gleich nächste Woche. Ich habe von deinem Laden den Eindruck, dass es möglicherweise nicht so schlimm ist, wenn man eine Weile abhaut, und wir Superbullen haben eine Woche Urlaub befohlen bekommen. Seltmann meint, er bräuchte die Zeit, um Ordnung ins Chaos zu bringen. Wahrscheinlich hofft er, dass er ohne uns besser den Rahm abschöpfen kann. Mir ist es scheißegal.
Ich verspreche, sofort mit dir woanders hinzufahren, wenn es im Piemont doof ist. Wohin du willst. Wo immer man mich reinlässt. Ich war nie mit der Toten im Piemont, falls das wichtig ist. Ich glaube, es ist wichtig.
Ich bin Polizist geworden, weil ich kein Geld hatte, zu studieren, nachdem mein Vater gestorben war. Damals ging man als fortschrittlicher Schlaumeier nicht zur Polizei, was mir das Gefühl gab, gegen den Strom zu schwimmen. Bin ich auch Bulle geworden, weil ich etwas für die Gerechtigkeit tun wollte? Vielleicht schon.
Ist nicht viel draus geworden, aber wir sind noch nicht tot.
Gibt es etwas wirklich Sinnvolles?
Vielleicht schon.
Dein Johannes

PS: Kommst du mit? Sonst musst du nochmal mit dem Häcker ...

Sein Brief gefiel ihm nicht. Aber er raffte sich auf, steckte ihn in einen Umschlag, und als ihm dann auch noch eine Briefmarke in die Hände fiel, nahm er's als Gottesurteil und ging – mit schlechtem Gewissen wegen des Essens auf dem Herd – zum Briefkasten. Er hätte ihn fast eingeworfen, aber morgen war Feiertag, und ihm lag an ihrer Antwort. Seufzend ließ er sich ins Auto plumpsen, nicht ohne seinen Weinkonsum artistisch auf höchstens 0,4 Promille herunterzurechnen, und fuhr in Richtung des grauenhaften Dossenheimer Neubaugebiets, wo seine Freundin stur weiter zu wohnen gedachte.

Dort angekommen, schlich er sich an den Briefkasten seiner Freundin. Er vermisste sie.

Auf der Rückfahrt war der Kommissar fast sicher, sein Heim in hellen Flammen vorzufinden, was ihm buddhistische Heiterkeit verlieh, aber es war nichts passiert. Er musste nur etwas Wein nachgießen, ins Essen und in sich.

Er rief kurz an und sagte ihr, sie solle in den Briefkasten schauen. Die Briefmarke könne sie behalten. Ihre Stimme klang ganz jung, so sehr freute sie sich.

Dann nahm er zwei Aspirin und rauchte, jawohl, rauchte eine. Er hatte sich sauteure Davidoffs gekauft und noch eine Reservepackung Players.

Er zog den Klapptisch hinter dem Regal hervor, nahm die weiße Decke von seiner verstorbenen Tante und entschloss sich schließlich für das englische Geschirr, mit dem ihn diese Tante nach dem Tod seiner Frau jahrelang hartnäckig zu jedem Fest beschenkt hatte. Heute würde er es zum ersten Mal verwenden. Da er nur zwei Servietten aus Stoff hatte, musste er sich seufzend für weihnachtlich gemusterte Papierservietten entscheiden. Fehlte etwas? Kerzen? Jetzt reichte es, er schimpfte sich laut: «Du empfängst drei mehr oder weniger schlichte Bullen und eine schroffe Türkin, nicht Isabelle Adjani …»

Er trank einen kalten löslichen Kaffee, den er lieblos mit dem Finger umrührte, und stibitzte ausgiebig Schokolade aus dem Geheimfach seines Kleiderschrankes.

Es klingelte, Theuer drückte den Türöffner, ohne zu fragen.

Nur wenige Sekunden später sprintete Stern das letzte der vier Stockwerke hinauf. «Hallo, Chef!»

«Grüß dich, Werner!»

Sein Junger ging sehr selbstverständlich ins Wohnzimmer und öffnete auch die angrenzende Schlafzimmertür. Theuer folgte ihm amüsiert.

«Entschuldige, ich bin immer so neugierig.»

Der Erste Hauptkommissar lachte: «Sag mal, hast du Bubi mich gerade geduzt?»

«O Gott!» Stern erbleichte. «O Gott, o nein!»

«Lass mal, heute sind wir per du. Haben ja auch was geschafft.»

Wieder klingelte es. Theuer ging zur Tür.

Leidig tänzelte blasiert die Stufen hoch, und zeitgleich angekommen, schnaufte Haffner hinter ihm her.

«Selbst der trainierte Sportler gerät etwas ins Japsen, wenn die Leber 90 Prozent der Körperenergie benötigt.» Leidig kicherte aufgekratzt über seinen bösen Scherz, aber Haffner hatte ihn überhaupt nicht gehört.

«Kommt rein. Ach Gott, Thomas, was hast du denn mitgebracht?» Ehrlich gerührt nahm Johannes Theuer den ersten Blumenstrauß seit langem entgegen, Sonnenblumen mit dürren Zweigchen drapiert. «Gott, Haffner, die sind schön ...»

Einige Minuten war man mit der Suche nach einer Vase beschäftigt, wobei dem Gastgeber Gedanken wärmster Art über den ungeliebten, wüsten, weichen Haffner kamen. Als die Blumen schließlich am Wohnzimmerfenster standen, meinte sogar Leidig, sie seien «superb». Sichtlich überrumpelt vom gefühligen Geschenk seines Kollegen, zog er dann fast widerwillig ein kleines Päckchen aus der Innentasche seines Blazers und gab es Theuer etwas defensiv.

«Ach», meinte Theuer nur und konnte sich seine beständig ansteigende Rührung kaum erklären. Er zerriss das rote Papier ungeschickt. «Ein Krimi von Friedrich Glauser: ‹Matto regiert›. Kenn ich nicht. Dank dir, Simon.»

«Weil wir uns so gefreut haben, dass Sie uns eingeladen haben», krähte Haffner zwischen zwei abgrundtiefen Zügen an der Reval.

Er war schrecklich angezogen, musste Theuer im Stillen befinden. Haffner trug ein senffarbenes Jackett, ein hellbraunes Hemd mit einem kleinen gestickten Rodeo-Reiter auf der Brusttasche, eingewaschene Billigjeans mit nietenbesetztem Gürtel und Cowboystiefel. Leidig dagegen sah wieder aus wie ein Konfirmand, graue Hosen, braune Schuhe, blaues Jackett, es fehlten nur die schlecht gebundene Krawatte und das Blumensträußchen im Knopfloch. Stern, der etwas abseits stand – irgendwie standen sie einfach nur rum –, war daneben kläglich underdressed: Segelschuhe, Jeans, grauer, zu enger Pulli.

«Wir sehen alle schrecklich aus», murmelte Theuer, was glücklicherweise keiner hörte. Er trug neben seinem Jeans-

Jeanshemd-Allerleilook wahrhaftig karierte Pantoffeln und die Schürze, die er sich in einem Anfall von irgendetwas Schlimmem beim Westdeutschen Rundfunk bestellt hatte. Laut sagte er aber dann: «Wir stehen hier so rum. Setzt euch doch, ich hol mal den Wein.»

Er pries sich sehr für seinen üppigen Kauf beim Wein-Ochs. Zwei waren im Essen, eine sozusagen verdunstet, aber es gab immer noch zehn prachtvoll schimmernde Lampions für einen Bubenzug ums Haus. Er öffnete gleich zwei Flaschen.

Normalerweise war das die Stelle, an der solche wie Haffner tapfer behaupteten, sie wollten nur Mineralwasser, um dann eine halbe Stunde später «ein Gläschen» zu probieren, aber diesmal unterließ er dieses beschämende Ritual, genauso wie Leidig darauf verzichtete, auf seinem mustergültigen Abstinenzlertum zu bestehen. In großer Sympathie zueinander saßen die vier Männer beisammen und pichelten. Aus der Küche wehte köstlicher Duft.

«'s isch guad», dachte Theuer.

«Hättest doch auch was mitbringen können, du Hinterlader!» Es blieb dem enormen Thomas Haffner vorbehalten, die liebliche Stimmung kurzfristig zu stören.

Der getadelte Stern errötete, meinte dann aber tapfer, er habe dem Johannes sehr wohl auch etwas mitgebracht ...

«Wie nennt der ihn? Was hat er gesagt? Wie sagt der zum Chef?»

«Das ist okay, Thomas, heut sind wir per du. «'s isch guad ...»

Also, er habe auch etwas dabei. Man könne ihn nun fragen, warum er es noch nicht überreicht habe, ja, er erwarte die Frage geradezu, wand sich Stern.

«Warum hast du dein Geschenk noch nicht abgegeben?», fragte Haffner begeistert.

«Na ja, meine Frau hat's ausgesucht, und ich weiß nicht, ob es dem Chef ... na gut, also.» Ruckartig holte Stern ein Schächtelchen aus der Hosentasche und drückte es Theuer in die Hand. «Da, Johannes, und ich hätt nie gedacht, dass du uns mal einlädst.»

Es waren Manschettenknöpfe, zwei kleine Teddybärenköpfe. Leidig lachte hysterisch, und Haffner tippte sich an die Stirn. Sterns Röte wurde noch dunkler. Theuer legte ihm den Arm um die Schulter: «Hör doch nicht auf die, Werner – und sag deiner Frau, die Knöpfe gefallen mir sehr! So. Und ich schau jetzt mal, was unser Essen macht.»

In der Küche warf Theuer die Knöpfe in den Abfall. Er besaß nicht einmal ein geeignetes Hemd. Aber nicht doch! Er holte sie wieder aus dem Eimer und legte sie in die Kruschtschublade.

Wer weiß, was wozu gut ist, was weiß man schon?

Der Montepulciano floss in Strömen. Der leere Bräter stand mittlerweile auf dem Boden, und Haffner nutzte ihn als Zweitascher. Theuer qualmte mit ihm um die Wette, selbst jeder der beiden anderen hatte schon ein, zwei gepafft.

«Der Seltmann, der wollt uns ficken. EF - I - CE - KA - E - EN!»

«Mann, Haffner, jetzt sei doch nicht so vulgär. Es ist wirklich nicht jedermanns Sache ...»

«Leidig, du Hans, glaubst du, du bist besser? Du Depp, du Fisch! Leidig, Leidig, leider, leider ... Das Pornohefdel, wegen dem deine Mutter den Seltmann auf dich gehetzt hat, was war denn do noch damit?»

An sich war das eine Hinrichtung, aber Leidig war seltsam milde gestimmt. «Da freusch dich, gell, du Wrack? Des war abber gar nix, des war sogar dem Seltmann zu bleed.»

Es klingelte.

«Die Nachbarn», meinte Stern reuig. «Wir waren zu laut.»

«Nee, ich glaub, das ist die Yildirim», brummte der Hausherr. «Die hab ich auch eingeladen. Wollte später kommen.»

«Geil», freute sich Haffner.

Theuer drückte auf den Öffner und stellte sich schwer in die Tür.

Sie lächelte, als sie um die letzte Kurve kam – er sah lustig aus, wie er da oben stand, wie ein Ballon mit Schürze.

«*Merhaba*!», grinste Theuer. «Wir sind alle schon ein bisschen betrunken.»

«*Merhaba*, hallo!», lachte Yildirim. «Können Sie türkisch?»

«Das hab ich mal so in der ‹Sendung mit der Maus› aufgeschnappt. Zu essen haben wir leider nix mehr.»

«Egal», sagte Yildirim. «Ich hab mich bei Ihnen noch nie richtig umgesehen. Wirklich eine hübsche Wohnung. Ist sie Ihnen nicht zu klein?»

«Darüber habe ich noch nie nachgedacht», log Theuer und half ihr aus der Lederjacke.

«Ach, Babetts Bild!» Yildirim lächelte, als sie das Kunstwerk an der Wand entdeckte. «Die Mutter kommt wieder weg, diesmal unter Zwang und in die Psychiatrie. Und die Kleine kommt wieder zu mir. Morgen. Heute haben wir zusammen zu Abend gegessen. Grießbrei, mein erster Grießbrei. War gut! Und danach hat sie gemeint, sie mag eigentlich keinen. Morgen kommt sie, ich freu mich voll …»

Ziemlich schnell trank die Stiefmutter dann zwei Gläser

Rotwein. Die Männer nahmen sich etwas zusammen, schon um sie nicht aus Versehen zu duzen.

«Ich hab den Bericht jetzt fertig», sagte sie schließlich. «Vielen Dank für Ihre Unterlagen, waren kaum Kommafehler drin.»

Haffner spreizte die Finger zum Siegeszeichen.

«Ist noch was rausgekommen?», wollte Leidig wissen.

«O ja», nickte Yildirim und lächelte nicht mehr. «Oberdorf hat sich gestern in der U-Haft zu erhängen versucht, aber sie haben sie rechtzeitig abgeschnitten.»

Jetzt war es still.

Sehr selbstverständlich nahm sie sich eine von Haffners tödlich starken Revals und zog kräftig daran. «Seit letztem Sommersemester war Oberdorf aus London nach Heidelberg zurückgekommen, weil sie in England niemand mehr ernst nahm, wegen dieses Caspar-David-Friedrich-Bilds. Jetzt habe ich mitbekommen, dass ihr die Experten inzwischen Recht geben. Sie hatte Recht. Verrückt, gell? Und dann hat unser Zuckerbübchen Sundermann sie im Herbst verführt. Jetzt noch, wo sie ihm das halbe Gesicht weggeschossen hat, sagt er, es wäre halt Fun für ihn gewesen, alte Säue quieken zu lassen, aber ich glaub das nicht. Ich glaub, der war hinter seinen vielen Muskeln ein ganz einsamer Bubi und hat die alten Männer und Frauen gehasst und geliebt, weil sie ihn verlassen haben ...»

«... In Gestalt seiner Eltern», nickte Theuer. «Hass und Liebe, schon ist man beim Sadomasochismus. Wir laufen alle auf dünnem Eis.»

«Im Dezember hat er Willy dann über die übliche Buschtrommel der Studenten kennen gelernt. Das Geheime an Willy hat ihn fasziniert, sagt er. Möglich, dass er ihn ein bisschen gemocht hat, schließlich hat er mit ihm auch wohl weniger dominant gefickt.»

Die Männer waren baff, solch ein Wort zu hören, das sie sonst ihrem Geschlecht zurechneten wie den Bartwuchs.

«Was ich jetzt erst durch das Tagebuch kapiert habe», fuhr sie fort, «war das mit dem Wehr und dem Bild. Willy hat sich zum ersten Mal im Leben getraut, seine Homosexualität ein klein wenig zu zeigen. Aber er ist mit Sundermann an Silvester nicht auf die Alte Brücke, wo alle um Mitternacht stehen, sondern aufs Wehr, weiter weg. Wahrscheinlich haben sie da Händchen gehalten. Oder besser, Sundermann hat ihm gestattet, das Patschehändchen in seine große Klaue zu stecken. Für ihn war das gar nichts und für Willy der Höhepunkt seines Lebens.»

«Und deshalb hat er dann von dort aus gemalt. Aber eines verstehe ich nicht.» Stern schenkte sich üppig nach, ehe er weitersprach: «Wie hat ihn Sundermann dazu gebracht, ein so großes Ding zu drehen?»

«Das haben Kollegen von Ihnen jetzt auch rausgekriegt», sagte Yildirim. «Willy hat als junger Student schon unter Oberdorf gelitten, sie war ja unheimlich früh Professorin. Sie war einer der Gründe, warum er nie fertig geworden ist. Und Sundermann hat Willy dann wahrscheinlich damit geködert, dass es doch ein toller Gag wäre ...»

«...Und aus lauter Liebe hat sich der Zwerg dann selbst übertroffen», schüttelte Leidig den Kopf. Er war manchmal doch froh, dass Liebe in seinem Leben keine Rolle spielte.

Haffner zündete sich ums Haar zwei Zigaretten auf einmal an. «Was passiert denn jetzt mit dem Sundermann? Die halbe Fresse ist weg, das ist ja schon Scheiße.»

«Wenn er zusammengeflickt ist, wird er angeklagt, unter anderem wegen Anstiftung zum Mord an unserem armen Pseudo-Neuseeländer», sagte Yildirim. «Mir tut er nicht so Leid wie diese drei albanischen Idioten, die Duncan oder wie er auch heißt, gestoppt haben. Ich versuch wenigstens die Putzfrau rauszuhalten, einer ist ja ihr Sohn. Aber ich glaub nicht, dass das klappt. Und die Oberdorf tut mir auch Leid. Das mit Willy war Totschlag, aber wenn man mit einem Schrotgewehr bei jemandem eindringt und schießt, dann ist es versuchter Mord.»

«Also, alles kapier ich immer noch nicht», brummte Haffner, «aber das ist mir scheißegal. Hauptsache, 's ist rum. Nur, warum hat der Sundermann den Duncan hinmachen lassen?»

«Weil er gedacht hat, der hätte Willy umgebracht und würde dasselbe mit ihm tun.» Yildirim schenkte sich nach. «Er ist nur zum Schein auf sein letztes Angebot eingegangen, genauso wie es auch Duncan nur zum Schein gemacht hat. Der Scheißkerl hat irgendeine Bemerkung über Willy gemacht – dein Zwerg ist tot oder so. Das hat unser Sundermann dann zum Glück», sie schaute Theuer an, «falsch ausgelegt.»

«Hauptsache, 's ist rum», wiederholte Haffner, denn er wollte jetzt endlich wieder feiern.

«Ob das je ganz vorbei ist, bezweifle ich», entgegnete Yildirim. «Vielleicht können wir die Existenz dieses größenwahnsinnigen Duncan aufklären, da läuft schon was mit Holland, wer weiß ... Aber ob wir zum Beispiel je den geheimen Sammler auftreiben, wage ich nicht zu sagen.»

«Der ist das größte Arschloch.» Haffner wollte es jetzt ordentlich haben. «Aber dann kommt gleich der Häcker ... Der ist ...» Er durchforstete seinen an Injurien nicht armen

Wortschatz, um dann zur schlimmsten Bezichtigung zu gelangen, die die Kurpfalz kennt: «… Der ist, tut mir Leid, der ist ein Spitzbub.»

Jetzt gab es kein Halten mehr. Die Herren brüllten und tobten wie die Schulbuben bei Hitzefrei. Theuer legte Pop-CDs auf und gab zu, danach ein bisschen süchtig zu sein, was die Jungen begeisterte.

Sie grölten irgendeinen Gitarrenpop mit, wo ein Mädchen vom «silver moon» sang und es «kiss me» im Refrain hieß, was Haffner nutzte, um Stern einen nassen Schmatz auf den Hals zu drücken. Dann versuchte er ihm einen Knutschfleck zu machen, «damit die Alte heult». Schließlich tanzten Theuer und Yildirim heftig zu Queens «Don't stop me now!».

Erhitzt und fröhlich verabschiedete sich die Staatsanwältin dann, sie habe noch einiges für Babett vorzubereiten. Das mit den Eselfickern nehme sie im Allgemeinen zurück, aber für ihren Chef gelte es weiter.

Die Jungs winkten vom Sofa. Haffner schrie: «Alles klar.»

Theuer brachte sie zur Tür. Als sie fast treppab verschwunden war, sagte er: «Frau Yildirim?»

«Ja?» Sie schaute hoch und sah plötzlich wie ein kleines Mädchen aus, das etwas ganz Neues hörte.

«Ich empfinde Freundschaft für Sie.»

Sie lachte gelöst: «Ich für Sie auch. Doch, echt.»

Dann war sie schnell weg.

Kurz darauf warf Theuer die restlichen drei hinaus, indem er behauptete, einen Migräneanfall zu haben. Es war kurz vor drei.

Er bemerkte, wie sich seiner eine gefährliche Sentimentalität bemächtigte. Die Nacht lag eisgrau auf den Häusern. Theuer ging nochmals zum Weinregal. Er entkorkte einen 93er Barbera, aber es war ihm eigentlich egal, was jetzt reinplumpste, nur schwer musste es sein. Er legte Bachs Cellosuiten in der kostbaren Fassung mit Pablo Casals auf.

Dann lauschte er eine Zeit lang nur der Musik und trank die Flasche halb leer. Ein Schwarm Regentropfen verbündete sich zu einem kleinen Schlagzeugsolo auf Ziegel und Glas. Regen – ein Frühling wie Herbst. Zur falschen Zeit. Im falschen Licht. Alles falsch.

Der Kommissar beschloss, nochmals ausnahmsweise zu rauchen. Als ob es gesünder wäre, stellte er sich ans offene Fenster.

Dann schnappte er sich, ohne viel nachzudenken, Schuhe, Mantel und Schirm und marschierte los: rechts um in die Bergstraße, die Augen geradeaus, links um, rechts um, Mönchbergsteige hoch. Er keuchte, als er im Wald war. Man ahnte den neuen Tag, Karfreitag. Früher wurde das Radioprogramm zur Todesstunde Christi unterbrochen, heute würden sie das Ende der Welt noch mit Werbeblöcken spicken.

Er ging ziellos weiter «Das wär's jetzt», sagte er laut, denn ein bisschen Angst hatte er schon: «Von irgendeiner Wildsau tot getrampelt zu werden. Ihr verdankt mir vielleicht euer Schweineleben!», rief er in die Schwärze. «Ich hab die Oberdorf gekriegt!» Aber er fand seinen Witz nicht gut.

Nach einer Stunde erreichte er einen Platz, den er kannte. Das Wegkreuz an der alten Holdermannseiche, er würde also nach Hause finden. Der Regen übertönte seine Schritte, und das war gut, denn er war nicht alleine.

Da stand ein älterer Mann, im Dämmerlicht gut zu erkennen. Kein Mensch, vor dem man sich fürchten musste, noch nicht einmal, wenn er zitternd eine Pistole gegen den am Baum festgebundenen Schäferhund hob.

«Lassen Sie es», sagte Theuer ruhig. «Der ganze Wald ist voller Polizisten. Es ist vorbei.»

Nachdem der Kommissar die Waffe eingesteckt hatte, trotteten sie zurück. Der Alte führte den Schäferhund, der dumm und ergeben parierte.

«Ich bin pensionierter Briefträger», erzählte er. «Was glauben Sie, wie oft ich gebissen worden bin? Und die Schäferhunde, das sind die Schlimmsten. Letztes Jahr habe ich ein Training gemacht, gegen Hundephobie. In Viernheim war das, haben mir meine Kinder zum 65. Geburtstag geschenkt, die Armen. Am Schluss haben mir sogar fremde Hunde gehorcht, da kam ich auf die Idee.»

Theuer nickte.

«Sie haben mich ja ganz schön angelogen, von wegen der ganze Wald voller Polizisten! Und eine Fahne haben Sie, meine Herren!»

«Sie haben mir hier keine Vorwürfe zu machen!», versetzte Theuer streng. «Haben Sie einen Ausweis?»

«Natürlich», sagte der Alte, «muss man doch immer bei sich haben.» Er händigte Theuer einen gepflegten Personalausweis aus.

Theuer warf einen Blick darauf. «Herr Gutfleisch?»

«Ja. Die Pension ist futsch. O wei, o wei.»

Theuer wusste, dass Tierquälerei oftmals den Ausgangspunkt zu weit schlimmeren Taten markierte, aber wenn er sich Gutfleisch so anschaute …

«Die Pistole ist noch vom Hitler, also von meinem Vater, der war Nazi. Aber ich war immer bei der SPD hier im Ortsverein …»

«Halten Sie das Maul», sagte der Kommissar unglücklich.

Als sie bei den Häusern im Mühltal waren, befahl er dem Alten, den Hund an einer Laterne anzubinden.

«Wieso denn das?», fragte der Alte verblüfft, tat aber, wie ihm geheißen. «Lassen Sie mich laufen?»

Theuer knurrte etwas Unverständliches und sagte dann kurz darauf deutlicher: «Hier biegen Sie ab, in die kleine Löbingsgasse, und da bleiben Sie eine Viertelstunde. Ist mir scheißegal, wo Sie wirklich wohnen. Ihren Ausweis behalte ich, und beim nächsten toten Hund sind Sie dran.»

Der Alte verschwand wortlos.

Theuer marschierte stramm Richtung Neuenheim, ging an seiner Haustür vorbei und hielt erst an, als er unter der Theodor-Heuss-Brücke angekommen war. Eine Ratte sauste davon, es schüttelte ihn vor Ekel. Er schaute sich um, er war allein. Er warf die Pistole in den Neckar.

18 Am Ostersamstag fuhren sie. Hornung hatte ein weißes Kopftuch um, weil sie irrtümlich in Erinnerung hatte, Theuer könne das Dach abnehmen. Sie versprachen sich, einander nun wirklich besser kennen zu lernen.

Die Luft war diesig verhangen, doch die Hoffnung auf italienische Frühlingstage ließ sie das übersehen. Theuer fuhr gerne Auto, das fiel beiden auf. Als sich die Autobahn in Baden-Baden von drei auf zwei Spuren verengte, wäre er allerdings fast in den Graben gerumpelt.

Beim braunen Schild, das den Europa-Park in Rust ankündigte, konnte Hornung den aufgeräumten Kommissar nur mit Mühe daran hindern, abzubiegen, um ein paar Runden Achterbahn einzuschieben. Erst der Hinweis auf ihrer beider Alter besänftigte den tollen Dicken.

Er fuhr dann langsamer, ließ sich von einem wahrscheinlich schlafenden finnischen Lkw-Piloten durch die Rheinebene ziehen. Ihr Gespräch legte eine zärtliche Spur in den Nebel. Hornung erzählte, sie habe einmal etwas bei Hanna Arendt gelesen – Theuer hatte nicht die geringste Ahnung, von wem sie sprach. Arendt schreibe von einer zeitfreien Region, einem kleinen zeitlosen Gebiet inmitten des Herzens der Zeit, das die einzige Heimat von Kunst, Geist und Seele sei. Das verstand der Polizist nicht, aber was versteht man schon.

Seine Freundin hatte einiges über das Piemont gelesen. Theuer wusste nichts außer den Dingen, die er dort erfahren hatte. Ja, sie würden Alba und Asti besichtigen, aber sehr wichtig war ihm auch, bei dem leicht wahnsinnigen Dorfwirt Castagnetos zunächst ein großes Bier zu trinken und dann den Alten zuzuschauen, die auf den grünen Bänken vor dem Lokal saßen und sich von den streunenden Kötern anknabbern ließen.

Sie plauderten sich weiter bis an die Schweizer Grenze. Der Zöllner hämmerte die Vignette an die Scheibe. Dann schwiegen beide verdüstert. Im Transit kam einem abhanden, dass Basel eine schöne Stadt war, eher fühlte man sich in einer gigantischen halb fertigen Tiefgarage nach Plänen des Architekten Speer. Wie sie durch die Betonschlingen kurvten, fiel ihnen Willy ein, der hier seinen traurigen Eskapaden gefrönt hatte.

«Ob ihn auch mal jemand gemocht hat von diesen Jungs?», fragte Hornung. «Ob ihn einer vermisst?»

Theuer hatte seine Zweifel. Er selbst mochte den Zwerg

nicht, das spürte er. Es gab ein Maß an Feigheit, dass nicht tolerierbar war. Und Willy war in allererster Linie furchtbar feige gewesen.

«Mag sein», entgegnete er seiner Freundin. «Aber als er das einzige Mal mutig war, frech wurde, aus dem Schatten trat, ein großes Ding versuchte, war es sein Tod.»

Sie passierten südlich von Basel die Verzweigung Augst. Theuer erzählte, dass er auf früheren Reisen hier stets irrtümlich «Verzweiflung Angst» gelesen habe, aber dahinter …

«Hier fängt der Süden an», rief er. «Gleich haben wir ein Bombenwetter, das weiß ich.»

Es begann zu regnen.

Heidelberg, 2. April 2001

Ich will wissen, woran ich bin. Warum erfahre ich nichts? Ich habe gehört, du seist verhaftet gewesen, aber das kann doch nicht sein! Ich verbürge mich mit meinem guten Namen. So einfach können doch diese furchtbar dummen Polizisten nicht fuhrwerken! Warum tust du am Telefon so, als verbände uns nichts? Ich weiß ja gar nicht, ob mein Brief abgefangen wird. Aber jetzt bin ich wahrscheinlich hysterisch, wir sind ja nicht in Chicago. Ich schicke ihn ab, ich habe ja fast nichts mehr zu verlieren.

Melde dich, mein Artist. Wenn du nicht mehr die Dinge tun willst, die ich so genossen habe, dann sag es mir doch wenigstens. Ich habe ein Recht darauf. Ich bin keine Pomeranze vom Lande, die man einfach fallen lässt!

Oder kannst du für alles gar nichts? Oh, wenn mich nur noch einmal deine zarten, strengen Hände formten.

Nur noch einmal:

in deiner Hand

Willkommen dann, o Stille der Schattenwelt!

Zufrieden bin ich, wenn auch mein Saitenspiel

mich nicht hinabgeleitet: einmal

lebt' ich wie Götter, und mehr bedarfs nicht.

Eiskalte Morde:
Die ganze Welt der skandinavischen Kriminalliteratur bei rororo

Liza Marklund
Studio 6
Roman 3-499-22875-0
Auf einem Friedhof hat man eine Frauenleiche gefunden. Das Opfer war eine Tänzerin im Stripteaseclub «Studio 6». Die Journalistin Annika Bengtzon stellt wieder eigenmächtig Nachforschungen an ...
«Schweden hat einen neuen Export-Schlager: Liza Marklund.» Brigitte

Liza Marklund
Olympisches Feuer
Roman 3-499-22733-9

Karin Alvtegen
Die Flüchtige
Roman 3-499-23251-0
Mit ihrem ersten Roman «Schuld» (rororo 22946) rückte die Großnichte Astrid Lindgrens in die Top-Riege schwedischer Krimiautoren.

Willy Josefsson
Denn ihrer ist das Himmelreich
Roman 3-499-23320-7
Josefssons neuer Erfolgsroman mit neuer Heldin: Eva Ström – der erste Fall der Pastorin von Ängelholm.

Leena Lehtolainen
Alle singen im Chor
Roman 3-499-23090-9
Maria Kallio muss sich bewähren. Ein heikler Fall für die finnische Ermittlerin.

Leena Lehtolainen
Zeit zu sterben
Roman

3-499-23100-X

B 3/4

Foto: Hergen Schimpf

Petra Hammesfahr

«Spannung bis zum bitteren Ende.» Stern

Das Geheimnis der Puppe
Roman 3-499-22884-X

Der gläserne Himmel
Roman 3-499-22878-5

Der Puppengräber
Roman 3-499-22528-X

Der stille Herr Genardy
Roman 3-499-23030-X

Die Chefin
Roman 3-499-23132-8

Die Mutter
Roman 3-499-22992-7

Die Sünderin
Roman 3-499-22755-X

Lukkas Erbe
Roman 3-499-22742-8

Meineid
Roman 3-499-22941-2

Roberts Schwester
Roman 3-499-23156-5

Merkels Tochter
Roman 3-499-23225-1

Ein süßer Sommer
Roman 3-499-23625-7

Das letzte Opfer
Roman 3-499-23454-8

Mit den Augen eines Kindes
Roman. Kommissar Metzners Sohn will Zeuge einer Entführung geworden sein. Aber der Junge hat eine überschäumende Phantasie ...

3-499-23612-5

Weitere Informationen in der Rowohlt Revue oder unter www.rororo.de

Wolf Haas

«Wolf Haas schreibt die komischsten und geistreichsten Kriminalromane.» Die Welt

Brenners erste Fälle
Auferstehung der Toten
Der Knochenmann
3-499-23705-9

Auferstehung der Toten
Roman
«Ein erstaunliches Debüt. Vielleicht der beste deutschsprachige Kriminalroman des Jahres.» (FAZ)
Ausgezeichnet mit dem Deutschen Krimi-Preis 1997.
3-499-22831-9

Der Knochenmann
Roman. 3-499-22832-7

Komm, süßer Tod
Roman
Ausgezeichnet mit dem Deutschen Krimi-Preis 1999. 3-499-22814-9

Silentium!
Roman
Ausgezeichnet mit dem Deutschen Krimi-Preis 2000. 3-499-22830-0

Ausgebremst
Der Roman zur Formel 1
3-499-22868-8

Wie die Tiere
Roman
Der beste Freund des Hundes ist der Pensionist – und das Kleinkind sein natürlicher Feind ... «So wunderbar, dass wir beim Finale weinen müssten, hätten wir nicht schon alle Tränen vorher beim Lachen verbraucht.» (Die Zeit)

3-499-23331-2

Weitere Informationen in der Rowohlt Revue oder unter www.rororo.de

Philip Kerr

«Ein glänzender, erfindungsreicher Thriller-Autor.»
Salman Rushdie

Alte Freunde – neue Feinde
Ein Fall für Bernhard Gunther
Roman. 3-499-22829-7

Im Sog der dunklen Mächte
Ein Fall für Bernhard Gunther
Roman. 3-499-22828-9

Feuer in Berlin
Ein Fall für Bernhard Gunther
Roman. 3-499-22827-0

Gesetze der Gier
Roman. 3-499-22145-X

Esau
Roman 3-499-22480-1

Das Wittgensteinprogramm
Roman. 3-499-22812-2

Game over
Roman. 3-499-22400-3

Der Plan
Roman. 3-499-22833-5

Der zweite Engel
Roman
3-499-23000-3

Der Tag X
USA 1960: John F. Kennedy ist Präsident, und der Kalte Krieg droht heißzulaufen. Schlechte Zeiten für die Mafia, deren Geschäfte auf Kuba nicht mehr gut gehen. Castro muss weg – schließlich kann man in Amerika alles kaufen, auch einen Killer …

3-499-23252-9

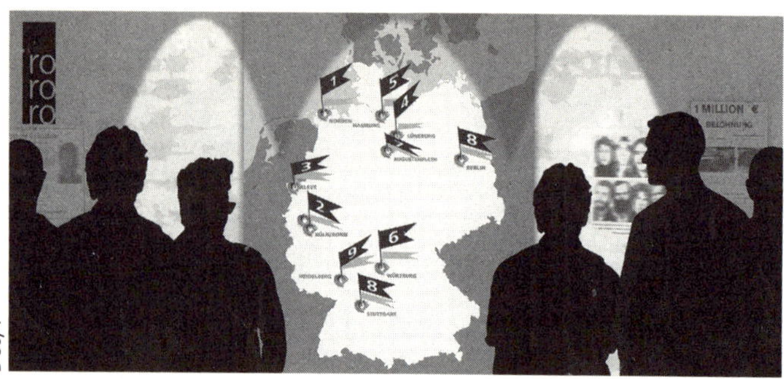

Tatort Deutschland:

9 Regionen, 9 Kommissare, 9 spektakuläre Verbrechen – quer durch die Republik für nur 6,– €

Mord mit Qualität:
Made in Germany

Begeben Sie sich auf eine aufregende, deutschlandweite Tatortbesichtigung – von der Hauptstadt Berlin (Felix Huby) bis in die tiefste Provinz der Lüneburger Heide (Petra Oelker), von der traditionsreichen Residenzstadt Würzburg (Roman Rausch) bis ins scheinbare Touristenidyll Heidelberg (Carlo Schäfer). So unterschiedlich die Regionen, so verschieden auch die Ermittler und ihre Fälle. Was allen Büchern jedoch gemeinsam ist: Psychologisch dicht und raffiniert bieten sie spannende Unterhaltung, die unter die Haut geht.

Petra Hammesfahr
Das letzte Opfer
3-499-23718-0

Roman Rausch
Tiepolos Fehler
3-499-23726-1

Carlo Schäfer
Im falschen Licht
3-499-23723-7

Petra Oelker
Der Klosterwald
3-499-23720-2

Leenders/Bay/Leenders
Augenzeugen
3-499-23719-9

Elke Loewe
Die Rosenbowle
3-499-23722-9

Felix Huby
Bienzle im Reich des Paten
3-499-23725-3

Renate Kampmann
Die Macht der Bilder
3-499-23721-0

Sandra Lüpkes
Fischer, wie tief ist das Wasser?
3-499-23724-5

Weitere Informationen in der Rowohlt Revue oder unter www.rororo.de